人民共和國文化與文學叢書

三 編

李 怡 主編

第 13 冊

文革文學史
（1966～1976）

張 閎 著

花木蘭文化出版社

國家圖書館出版品預行編目資料

文革文學史（1966～1976）／張閎 著 -- 初版 -- 新北市：花
木蘭文化出版社，2016〔民105〕
目 4+284 面；19×26 公分
（人民共和國文化與文學叢書 三編：第 13 冊）
ISBN 978-986-404-660-7（精裝）
1. 中國當代文學 2. 中國文學史 3. 文學評論
820.8   105012615

ISBN-978-986-404-660-7

9 789864 046607

人民共和國文化與文學叢書
三　編　第十三冊
ISBN：978-986-404-660-7

文革文學史（1966～1976）

作　　者　張閎
主　　編　李怡
企　　劃　北京師範大學民國歷史文化與文學研究中心
　　　　　四川大學現代中國文化與文學研究中心
總 編 輯　杜潔祥
副總編輯　楊嘉樂
編　　輯　許郁翎、王　筑　美術編輯　陳逸婷
印　　刷　普羅文化出版廣告事業
出　　版　花木蘭文化出版社
社　　長　高小娟
聯絡地址　235 新北市中和區中安街七二號十三樓
　　　　　電話：02-2923-1455／傳眞：02-2923-1452
網　　址　http://www.huamulan.tw 信箱 hml810518@gmail.com
初　　版　2016 年 9 月
全書字數　223336 字
定　　價　三編20冊（精裝）台幣36,000 元

版權所有·請勿翻印

文革文學史
（1966～1976）

張閎 著

作者簡介

張閎，1962 年生。文化批評家，隨筆作家。1981 年畢業於江西省九江醫專。後就讀於獲華東師範大學中文系，獲文學博士學位。現爲同濟大學人文學院教授兼中國現當代文學研究所所長，博士生導師。主要研究領域爲中國現當代文學及文化哲學與文化批評。倡導文本細讀和文化符號學批評，並以獨立的批判立場、銳利的思想鋒芒和奇警的話語風格，在文化批評界獨樹一幟。著有《文化街壘》《黑暗中的聲音——魯迅〈野草〉詩學研究》《感官王國——當代先鋒小說敘事藝術》《聲音的詩學——現代漢語抒情藝術研究》《欲望號街車——流行文化符號批判》等，主編有《21 世紀中國文化地圖》（多卷）等。

提　　要

　　本書是一部研究「文革」文學史的專著。作者將「文革」文學放置到一個開闊的文化史視野中來加以考察，展示了「文革」時期各種不同類型的文學和文藝形態。在本書中，作者對「文革」主流文藝和民間文化暗流，予以了同等程度的關注，構造了「文革」文學史的整體面貌。其中，既有對「文革」樣板戲的評價，也有對「文革」地下文學的描述；既有對紅衛兵文藝的評價，也有對「文革」手抄本的介紹。對造反文化諸形態（如大字報、忠字舞、語錄操等）存在方式和生產模式，也作出了較爲詳盡的介紹和分析。本書以史家之公正、理論家之洞見、批評家之膽識、文藝家之文采，將文化史的宏觀視野與文化符號學的微觀深度分析結合在一起，描繪了一幅清晰的「文革」文化的歷史圖景。

正在成為「知識」建構的中國現當代文學研究——「人民共和國文化與文學叢書」三輯引言

李　怡

一

回顧自所謂「新時期」以來的中國現當代文學研究的發展，我們會明顯發現一條由熱烈的思想啓蒙到冷靜的知識建構的演變軌跡：1980 年代的鋪天蓋地的思想啓蒙讓無數人爲之動容，1990 年代以來的日益冷靜的學科知識建構在當今已漸成氣候。前者是激情的，後者是理性的，前者是介入現實的，後者是克制的，與現實保持著清晰的距離，前者屬於社會進步、思想啓蒙這些巨大的工程的組成部分，後者常常與「學科建設」、「知識更新」等「分內之事」聯繫在一起。

當文學與文學研究都承載了過多的負荷而不堪重負，能夠回返我們學科自身，梳理與思索那些學科學術發展的相關內容，應當說是十分重要的。很明顯，正是在文學研究回返學科本位之後，我們才有了更多的機會與精力來認眞討論我們自己的「遊戲規則」問題——學術規範的意義，學術史的經驗，以及學科建設的細節等等。而且，只有當一個學科的課題能夠從巨大而籠統的社會命題中剝離出來，這個學科本身的發展才進入到一個穩定有序的狀態，只有當旁逸斜出的激情沉澱爲系統的知識加以傳播與承襲，這個學科的思想才穩健地融化爲文明體系的有機組成部分。從這個意義上說，正在成爲「知識」建構的中國現當代文學研究，是我們學科成熟的眞正標誌。

當然，任何一種成熟都同時可能是另外一些新的危機的開始，在今天，當我們需要進一步思考學科的發展與學術的深化之時，就不得不正視和面對這樣的危機。

二

　　當中國現當代文學研究在日益嚴密的「學術規範」當中成為文明體系知識建設的基本形式，這是不是從另外一個方向上意味著它介入文明批判、關注當下人生的力量的某種減弱，或者至少是某些有意無意的遮蔽？

　　學術性的加強與人生力量的減弱的結果會不會導致學科發展後勁的暗中流失？例如，在 1980 年代，中國現當代文學研究的曾經輝煌在很大程度上得之於廣大青年學子的主動投入與深切關懷，在這種投入與關懷的背後，恰恰就是中國現當代文學研究的人生介入力量：中國現當代文學與廣大青年思考中、探索中的人生問題密切相關。在這個時候，中國現當代文學的存在主要不是作為一種「學科知識」而是自我人生追求的有意義的組成部分。在那個時候，不會有人刻意挑剔出現在魯迅身上的「愛國問題」、「家庭婚姻問題」乃至「藝術才能問題」，因為魯迅關於「立人」的設想，那些「任個人而排眾數，掊物質而張靈明」的論述已經足以成為一個「重返人性」時代的正常的人生的理直氣壯的張揚。同樣，在「五四」作家的「問題小說」，在文學研究會「為人生」，在創造社曾經標榜「為藝術」，在郭沫若的善變，在胡適的溫厚，在蔡元培的包容，在巴金的真誠，在徐志摩的多情，在蕭紅的坎坷當中，中國現當代文學不斷展示著它的「回答人生問題」的能力，而中國現當代文學研究則似乎就是對這些能力的細緻展開和深度說明。今天的人們可能會對這樣的提問方式及尋覓人生的方式感到幼稚和不切實際，然後，平心而論，正是來自廣大青年的這份幼稚在事實上強化了中國現當代文學的魅力，造就和鞏固了一個時代的「專業興趣」。今天的學術界，常常可以讀到關於 1980 年代的批判性反思，例如說它多麼的情緒化，多麼的喪失了學術的理性，多麼的「西化」，也許這些反思都有它自身的理由，然而，我們也不得不指出，正是這些看似情緒化的中國現當代文學研究方式，不斷呈現出某些對現實人生的傾情擁抱與主體投入，來自研究者的溫熱在很大的程度上煽動了青年學子的情感，形成了後來學術規範時代蔚為大觀的學術生力軍。

　　從 1980 到 1990，從「人生問題」的求解到「專業知識」的完善，這樣的轉換包含了太多的社會文化因素，其中的委曲非這篇短文所能夠道盡。我這裏想提到的一點是，當眾所週知的國家政治的演變挫折了知識分子的政治熱情，是否也一併挫折了這份熱情背後的人生探險的激情？當知識分子經濟地位的提高日益明顯地與專業本位的守衛相互掛靠的時候，廣大的中國現當代

文學工作者的自我定位是否也因此已經就發生了根本性的改變？

而這些自我生存方式的改變是不是也會被我們自覺不自覺地轉化爲某種富有「學術」意味的冠冕堂皇的說明？

如果眞是這樣，那麼，作爲今天的文學研究者，我們不僅要保持一份對於非理性的「激情方式」的警惕，同樣也應該保持一份對於理性的「學術方式」的警惕。

三

在中國現當代文學研究日益成爲知識建構工程的今天，有一種流行的學術方式也值得我們加以注意和反思，這就是「知識社會學」的研究視野與方法。

知識社會學（sociology of knowledge）著力於知識與其它社會或文化存在的關係的研究。其思想淵源雖然可以追溯到歐洲啓蒙運動以來的懷疑論傳統和維科的《新科學》，首先使用這一詞彙的是 1924 年的馬克斯‧舍勒，他創用了 Wissenssoziologie 一詞，從此，知識社會學作爲一門獨立的學科確立了起來。此後，經過卡爾‧曼海姆、彼得‧伯格和托馬斯‧盧克曼的等人的工作，這一研究日趨成熟。1970 年代以後，知識社會學問題再次成爲西方社會科學研究中的焦點。據說，對知識的考察能夠從知識本身的邏輯關係中超越出來，轉而揭示它與各種社會文化的相互關係，乃是基於知識本身的確在一個充滿了文化衝突、價值紛爭的時代大有影響，而它所置身的複雜的社會文化力量從不同的方向上構成了對它的牽引。

同樣，文化的衝突與價值的紛爭不僅是 1990 年代以降中國知識界的普遍感受，它們更好像是中國近現當代社會發展過程的基本特徵。中國現當代文化的種種「知識」無不體現著各種文化傳統（西方的與古代的）、各種社會政治力量（政黨的、知識分子的與民間的、國家的）彼此角逐、爭奪、控制、妥協的繁複景象，中國現當代文化的許多基本概念，如眞、善、美，「爲人生」、「爲藝術」、現實主義、浪漫主義、現當代主義、古典主義、象徵主義、生活等等至今也沒有一個完全統一的解釋，這也一再證明純知識的邏輯探討往往不如更廣闊的社會文化的透視，此種情形聯繫到馬克思「社會存在決定社會意識」這一著名的而特別爲中國人耳熟能詳的觀點，當更能夠見出我們對「知識社會學」的強大的需要。事實是，在西方知識社會學的發生演變史上，馬

克思的確就是為知識社會學給出了一條基本原理，即所有知識都是由社會決定的。正如知識社會學代表人物曼海姆所指出的那樣：「事實上，知識社會學是與馬克思同時出現：馬克思深奧的提示，直指問題的核心。」〔註1〕

今天的中國現當代文學研究，正需要從不同的角度揭示出精神的產品背後的複雜社會聯繫。這樣的揭示，將使我們的文化研究不再流於空疏與空洞，而是通過一系列複雜社會文化的挖掘呈現其內部的肌理與脈絡，而這樣的呈現無疑會更加的理性，也更加的富有實證性，它與過去的一些激情式的價值判斷式的研究拉開了距離。近年來，學術界比較盛行的關於現當代傳媒與現當代文學關係、現代社會體制與現當代文學關係、現代政治文化與現當代文學關係、現代經濟方式與現當代文學關係等等的探索都是如此。

當然，正如每一種研究方式都有它不可避免的局限一樣，知識社會學的視野與方法也有它的限度。具體到中國現當代文學的闡釋當中，在我看來，起碼有兩個方面的局限值得我們加以注意。

其一是「關係結構」與知識創造本身的能動性問題。知識社會學的長處在於分析一種知識現象與整個社會文化的「關係」，梳理它們彼此間的「結構」，這樣的研究，有可能將一切分析的對象都認定為特定「結構」下「理所當然」的產物，從而有意無意地忽略了作為知識創造者的各種能動性與主動性，正如韋伯認為的那樣，把知識及其各種範疇歸併到一個以集體性為基礎的潛在結構之中容易導致忽視觀念本身的能動作用，抹殺人作為主體參與形成思想產品的實踐活動。關於中國現當代文學的研究也是如此，一方面，我們應該對各種社會文化「關係網絡」中的精神現象作出理性的分析，但是，在另一方面，卻又不能因此而陷入到「文化決定論」的泥沼之中，不能因此忽略現代中國知識分子面對種種文化關係之時的獨立思考與獨立選擇，更不能忽視廣大知識分子自身的生命體驗。在最近幾年的中國現當代文學與現代文化研究當中，我以為已經出現了這樣的危險，值得我們加以警惕。

其二便是知識社會學本身的難題，即它學科內部邏輯所呈現出來的相對主義問題。正如默頓指出的那樣，知識社會學誕生於如下假定，即認為即使是真理也要從社會方面加以說明，也要與它產生於其中的社會聯繫起來，因為不僅謬誤、幻覺或不可靠的信念，而且真理都受到社會（歷史）的影響，這種觀念始終存在於知識社會學的發展中。西方批評界幾乎都有這樣的共

〔註1〕曼海姆：《知識社會學導論》中譯本97頁，臺灣風雲論壇有限公司1998年。

識：知識社會學堅持其普遍有效性要求就意味著主張所有的知識都是相對的，所以說全部知識社會學都面臨著一個共同的相對主義問題，知識社會學止步於眞理之前，因爲這門學科本身即產生於用一種對稱的態度看待謬誤和眞理。應該說，中國現代文化的發展本身是一個「尙未完成」的過程，包括今天運用著知識社會學的我們，也依然置身於這樣的歷史進程，作爲一個時代的知識分子，並且必須爲這樣的過程做出自己的貢獻，因而，即便是學術研究，我們也沒有理由刻意以學術的所謂中立性去消解我們對眞理本身的追求和思考，我們不能因爲連續不斷的「關係結構」的分析而認爲所有的文化現象都沒有歷史價值的區別，在這裏，「公共知識分子」的精神應該構成對「專業知識分子」角色的調整甚至批判，當然，這首先是一種自我的反省與批判。

總之，知識社會學的視野與方法無疑有著它的意義，但是，同樣也有著它的限度，在通常的時候，其研究應該與更多的方法與形式結合在一起，成爲我們思想的延伸而不是束縛。

在中國現當代文學研究日益成爲「知識化」過程一部分的時候，我們能夠對我們所依賴的知識背景作多方面的追問，應當是一件富有意義的事情。

目

次

前言：「文革文學」研究概述

第一節　「文革文學」研究的幾個難題

　　「文革文學」（及「文革文藝」）的研究，一直是學術界的一個難題。由於種種原因，「十年文革」這樣一個對現代中國乃至世界的政治格局影響巨大的歷史階段，國內的研究卻甚爲薄弱。由於「文革」史研究的薄弱，「文革」文學史的研究也就必然陷於舉步維艱的困境。

　　第一重困難來自材料的散亂。「文革」文獻的特殊性在於，絕大多數公開發行的報刊的編輯出版工作均告終止，文學機構也被解散，文學活動分散在街頭政治活動當中，文學性的書寫也散落在各種政治表達的縫隙當中。中國大陸出版的報刊種類，1965 年爲 343 種，1966 年下降到 49 種，1967 年爲 43 種，1968 年爲 42 種。雜誌種類 1965 年爲 790 種，1966 年下降到 191 種，1967 年爲 27 種，1968 年爲 22 種。〔註1〕取而代之的是大量的自發性的民間社團（如各種紅衛兵組織和造反派組織）和個人，自行印發的各種各樣的「小報」、刊物、傳單和大字報等文獻。這些特殊文獻以鉛印、油印，乃至手抄的方式存在，種類繁多、內容龐雜、形式多樣，收集保存殊爲困難。據專家估計，「全國各地出版的小報超過 6000 種，此外，還有群眾組織編輯、多爲油印的內部通訊性質的刊物。」〔註2〕儘管這些小報和民間刊物大多不屬於文學

〔註 1〕　參閱中國出版工作者協會編：《中國出版年鑒・1980 年》，商務印書館，1980
　　　　年。

〔註 2〕　印紅標：《「文革」中的群眾組織小報》，載《新聞與傳播研究》（北京），1992
　　　　年第 1 期。

報刊，在這些自發性出版物當中，夾雜著大量的詩歌、雜文、政論等帶有文學性的內容。這正是「文革」時期文學的特殊存在狀況。由於對「文革史」研究的諸多限制，「文革文學」材料的整理工作很少有專門的學者和研究機構來做，一些獨立學者的整理工作，也不得不以個體勞動的方式來進行，進展緩慢，覆蓋面也有限，效率也不會太高。大多數圖書機構收藏較為齊備的是「文革」官方文獻，而很少有個人或收藏機構持有完整的文獻，整理工作則更為滯後。因而，「文革文學」研究的推進，有待「文革史」研究的發展和「文革」史料學方面的突破。

第二重困難來自「文革」文學的認知和評判上的模糊。「文革文學」是一種高度意識形態化的文學樣式，其從內容到形式，都染上了濃重的「文革」時期的「造反哲學」和政治幫派意識的色彩。一般而言，自官方決議徹底否定「文革」以來，朝野對「文革」的否定性意見有基本共識，儘管在許多具體問題上仍存在爭議。無論如何，徹底否定「文革」，也就意味著在政治上徹底否定「文革」文藝。然而，對林彪和「四人幫」等政治集團的政治審判業已結束，意識形態清算亦基本完成，隨著時間的推移，「文革」文藝作為一種文藝形式，刺鼻的意識形態氣息亦逐漸消淡，其在形式上相對獨立的美學特質，則日益彰顯。毫無疑問，「文革」破壞了原有文學的秩序和美學原則，而「文革」的主導者們是試圖在「舊文化」的廢墟之上建立起自己的文化神殿。至於這種新的文化秩序在政治屬性方面究竟如何，可另當別論。對於作為美學形態的「文革」文藝的評判，並不能通過政治甄別來解決。「文革」文藝在履行其政治意識形態宣傳使命的同時，形成了一種怪異而又獨特的美學形態和表達方式，如何理解和分析「文革」文藝的這一特異性，需要一種全新的美學觀念、闡釋模式及話語。而這種新的研究範式尚未真正形成。

第三重困難在於，「文革」文學並非一個完全孤立和自閉的體系，也不是單一的政治意識形態的附屬物。以「樣板戲」為代表的「樣板文藝」，體現了江青及其極左政治思潮的美學，而由紅衛兵造反文藝衍生出來的知青文學，並不能完全歸屬於「樣板文藝」。隨著「文革」文學史料學的研究進展，越來越多的所謂「地下文學」史料浮出水面。這些秘密寫作的文學作品，有的始終以手稿的形式存在，直到「文革」結束後，在慢慢被發掘出來，如穆旦、牛漢等人的詩歌。有一些則在小範圍傳播，並產生了重大影響，如食指、北島等人的詩。還有一些則在當時即以「手抄本」的形式存在，甚至影響相當

廣泛，如畢汝協的小說《九級浪》、張揚的小說《第二次握手》等。與這些地下文學的命運相類似的，還有當時民間流傳的口頭文藝作品，如民間故事《梅花黨》、流行歌曲《知青之歌》等。這些非主流的文藝，也屬於「文革」文藝的一部分，而且，很可能是更為重要的部分。它們在精神特質、美學品格、表達方式，乃至生產和傳播方式等方面，都與「文革」主流文學大相徑庭，很難籠統地以「文革文學」這樣一個簡單的標籤來統攝。即使是所謂「樣板文藝」，也並非天外飛來之物。「樣板戲」在觀念上和內容上，大多從「文革」前的文藝作品中脫胎而來，與「十七年文學」關係密切。另一方面，「樣板戲」的幽靈也一直徘徊在當代中國文壇的上空，它的思維和話語方式，並未隨「文革」的結束而一勞永逸的消逝，依然在相當程度上影響著「新時期」中國文藝家和作家。如何理解和評判「文革」文學與「十七年文學」和「新時期文學」之間的關係，也是一個重大的難題。

　　本書的寫作自然也面臨上述難題，尋找解決這些難題的可能路徑，是本書努力的要做的。

第二節　「文革文學」研究的幾個階段

　　在困難重重的情況下，文藝學家和文學史家仍為推動「文革文學」研究作出了艱難的努力。中國大陸「文革文學」研究，大致可以分為幾個階段：

一、1980 年代：全盤否定

　　「文革」結束後，文藝界對「文革」文學的研究最初的階段，主要是對「文革」的「幫派文藝」控訴和批判，一般認為，這種文藝對中國文藝界造成了極大的破壞。1979 年 10 月 30 日～11 月 16 日，中國文學藝術工作者第四次全國代表大會在北京舉行。鄧小平代表中共中央、國務院致祝詞，周揚作題為《繼往開來，繁榮社會主義新時期的文藝》的報告，報告肯定「文化大革命」前十七年的文藝路線基本是正確的，文藝工作的成績是顯著的。而認為「文革」期間，「四人幫」等極左路線的代表人物，「利用所攫取的政治權力，推行最反動的文化政策，大搞封建法西斯文化專制主義和文化虛無主義，形成了新中國文化史上最黑暗的年代。他們不僅全盤否定十七年文藝工作的成就，也否定從三十年代以來甚至從『五四』以來我國革命文藝的偉大成果和光榮傳統。他們把我國的社會主義文藝誣衊為『反黨反社會主義文藝

黑線』，把革命的作家、藝術家誣衊爲『黑線人物』，把黨對文藝工作的領導誣衊爲『黑線專政』。他們禁絕古今中外所有的優秀文藝作品，妄圖撲滅人類一切進步的文化。文聯和各協會被誣衊爲『裴多菲俱樂部』，強行解散，大批文藝工作者遭到迫害和凌辱。我國的社會主義文藝蒙受了一場空前的浩劫。」報告還重新定義了文藝與政治的關係，指出：「文藝反映生活的眞實，就應當適合一個歷史階段的政治的需要，……而不應該把文藝和政治的關係狹隘地理解爲僅僅是要求文藝作品配合當時當地的某項具體政治任務。」〔註3〕1981 年 6 月，中共十一屆六中全會通過了《關於建國以來黨的若干歷史問題的決議》，爲「文革」作出了政治定性。《決議》認爲：「『文化大革命』是一場由領導者錯誤發動，被反革命集團利用，給黨、國家和各族人民帶來嚴重災難的內亂。」此後的主流「文革觀」基本上以此《決議》爲準繩。在文藝上，對「文革」時期的判斷基本上依據第四次文代會的觀點爲依據。正如解放軍總政治部向中共中央提交的《關於建議撤銷〈一九六六年二月部隊文藝工作座談會紀要〉的請示》中所描述的，「貫徹《紀要》的結果，文學藝術上的百花齊放完全沒有了。文藝創作在思想上陷入了僵化和虛假的絕境；在藝術上日趨貧乏、單調和模式化，把社會主義的文學藝術引進了一條死胡同，實際上取消了無產階級文學藝術。」通行的觀點認爲，十年浩劫，文學藝術一片空白。流行語以「八億人民八個戲」來形容「文革」期間文藝凋零的狀況，表達了對「樣板戲」以及「樣板文藝」一花獨放，稱霸文壇的局面的不滿。

　　「空白論」基於對「文革」的政治評判，並不將「『文革』文學」看作一個獨立的文學整體，而是附庸於政治路線和派系鬥爭之上的附屬品。在「徹底否定『文革』」的政治語境下，對「文革」文學的態度，基本上傾向於全盤否定和評判。即使是 1980 年代末期喧囂一時的「重寫文學史」運動，也沒有將「文革」文學納入「重寫」的考量中。「空白論」遵循的是「政治正確」的原則，但並不一定符合文學研究和學術研究的原則。

二、1990 年代：從歧見迭現到學術審視

　　1980 年代末，「文革」研究出現了變化的徵兆。《中國青年研究》1989 年

〔註3〕　周揚：《繼往開來，繁榮社會主義新時期的文藝——在中國文學藝術工作者第四次代表大會上的報告》，載《文藝報》（北京），1979 年第 11～12 合刊。

第 2 期以「歷史的回聲」為題的專欄，發表了一組探討現代中國青年運動的文章，其中就有幾篇關於紅衛兵運動，如「文革」史專家印紅標的《有待開發的「紅衛兵運動」的研究》，提出應把「紅衛兵運動」看作 20 世紀中國青年運動的一個特殊的階段加以研究，表達了年輕一代學者以歷史而不是政治的眼光對待「文革」的訴求。文學界也遙相呼應。同年，潘凱雄、賀紹俊在《鍾山》雜誌發表《「文革」文學：一段值得重新研究的文學史》一文，試圖將「文革」文學納入文學史考察的對象，不應人為地製造文學史空白區。同期，還發表了木弓的《「文革」的文學精神——民眾理想的輝煌勝利》和王幹的《重讀〈東方紅〉和〈大海航行靠舵手〉》等文，表達了知識界已不滿足於以簡單的政治判決替代文學和歷史研究，要求重新理解和評價「文革」文學的意願。

民間則以另一種方式表達了對「文革」的不同理解。1990 年前後，民間興起的崇拜毛澤東、懷戀「文革」的所謂「紅太陽熱」。藝術市場上推出了幾位流行歌星聯合翻唱的「文革」歌曲磁帶和 CD 唱片，引起熱銷。《紅太陽頌》在一定程度上削弱了「文革」歌曲中原有的狂熱和戾氣，對革命的高亢旋律做了一些軟化處理，將紅色歌曲「粉色化」，將革命「情慾化」，將革命的狂熱與懷舊時尚的優雅混雜在一起，形成了一種風格怪異的文化潮流。隨後不久，停演多年的「樣板戲」也正式搬上了舞臺和熒屏。民間對「文革」和毛澤東的迷戀，是「後文革」時代特異的文化現象，蘊含了極為複雜的文化心理內容，值得關注和研究。但這不屬於本書所要討論的內容。

另一方面，另一些人則對「文革」藝術的幽靈還魂大惑不解。最有代表性的觀點是著名學者王元化。王元化在《談樣板戲及其它》一文中說：「樣板戲是應時應運而生的產物，它在大字報、批鬥遊街、文攻武衛、奪權與反奪權所演奏的鬥爭交響曲中成了一個與之相應的音符。……樣板戲散佈的鬥爭哲學有利於造成一種滿眼敵人的嚴峻氣氛，從而和『文化大革命』的要求是一致的。」〔註 4〕後來，他又在《再談樣板戲》一文中更為尖銳地指出：「樣板戲在許多方面蘊含了『文化大革命』的精神實質。『以階級鬥爭為綱』、『三突出』、『高大全』等藝術理論與實踐，是把過去長期延續下來表現為極左思潮的教條主義推向極端。」〔註 5〕王元化先生的觀點，代表了自由知識分子對

〔註 4〕 王元化：《談樣板戲及其它》，《文匯報》，1988 年 4 月 29 日。
〔註 5〕 參閱王元化：《清園談戲錄》，上海書店出版社，2007 年。

於「文革」極左文化的鮮明的批判立場，與五四新文化運動的啓蒙主義精神一脈相承。其它一些與王元化有著類似身份的人文學者和作家，如馮英子、鄧友梅等，也先後撰文表達了類似的立場。

上述兩種對立的觀點，在知識界進一步發酵，至上世紀 90 年代末，成為知識界左右兩派思想論戰的組成部分。但在我看來，這兩種方式——肯定的或否定的——都無法眞正深入到「文革」文學的內部，也無法眞正理解「文革」文學的邏輯核心。

1993 年，是」文革文學」研究史上的一個關鍵年份。學者楊健出版《文化大革命中的地下文學》（朝華出版社，1993 年）。這是一部里程碑式的著作，它標誌著「文革」文學研究進入了一個實質性的階段：不再是停留於簡單的政治評判和美學趣味之好惡的劃分，而是以歷史和學術的方法來對待這一時期的文化現象。楊健的著作涉及「文革」期間的非主流的所謂「地下文學」，並且主要是以北京地區的青年寫作者的文學活動爲考察對象，描述了一條由「紅衛兵文藝」到「知青文藝」，以及「地下文藝」的變化的路線圖。這部著作的出現，改變了人們通常對「文革」文學的理解，使人們對於「文革」文藝「單調」、「千篇一律」的印象得以改觀。但由於該書主要的考察對象爲北京地區的地下文學現象，其代表性受到學術界的質疑。數年後，作者在該書的基礎上加以擴充，寫成《中國知青文學史》（中國工人出版社，2002 年），在一定程度上彌補了前書的不足。作者把暗流狀態下的文學寫作和文藝活動，作爲學術研究的對象，極大地拓展了「文革」文學研究的視野，促成了「文革」研究的進一步深化。在接下來的一段時間裏，「文革地下文學」研究，成爲「文革」研究的一個重要領域，形成了一股「文革地下文學」研究的熱潮。

詩歌方面的地下文學資料相對較多，也較早引起關注。如謝冕、唐曉渡等人主編的「當代詩歌潮流回顧叢書」中，《在黎明的銅鏡中・朦朧詩卷》（北京師範大學出版社，1993 年）和《魚化石或懸崖邊的樹・歸來者詩卷》（北京師範大學出版社，1993 年），就收錄有大量的「文革」期間的詩歌作品，成爲研究「文革地下文學」的重要參考資料。而廖亦武主編的《沉淪的聖殿——中國 20 世紀 70 年代地下詩歌遺照》（新疆青少年出版社，1999 年），則以訪談錄、回憶錄和資料考訂的方式，考察了「文革地下文學」中最重要的詩歌群體——「白洋淀詩群」以及相關的「今天派」詩歌的活動狀況，提供了重

要的文學史料。

如果說上述著作較多關注相對比較專業的文學人士的寫作情況的話，而郝海彥主編《中國知青詩抄》所關注的，則是作為普通「知識青年」的文學活動。文學寫作是那個時代的青年人最重要的文化活動之一，文學（尤其是詩歌）寫作在知青群體中相當普遍，但大多數人在日後並非以詩人或作家的身份出現，他們是「沉默的大多數」，而在這些自發的、幾乎被徹底遺忘的寫作活動中，潛藏著一個時代的文化精神和美學趣味的秘密，而且很可能是更為真實的秘密。

重要的是，文學史家迅速吸收了相關成果，改變了「文革」文學史的版圖。洪子誠的《中國當代文學史》以文學史家的眼光，重新審視「文革」文學，賦予「文革」文學以文學史地位，尤其是對「文革地下文學」予以了強烈的關注和高度評價。洪著還試圖打破「革命／反動」、「肯定／否定」兩極對立的思維模式，讓各種不同的文學類型，無論是「樣板文藝」還是「地下文藝」，以價值均等的面貌呈現於歷史主義的學術視野中，還文學研究和歷史研究以學術公正。陳思和在其主編的《中國當代文學史教程》中，也賦予了「地下文學」以重要的文學史地位，並提出所謂「潛在寫作」的概念。「潛在寫作」是對「地下文學」概念的擴展。「潛在寫作」一方面包括任何一類寫作者（包括知青一代，以及老一代作家和知識分子）在「文革」期間的非公開的寫作活動，另一方面也是指任何一種類型（包括文學性的，以及非文學性的私人日記、札記、書信等）的寫作。陳思和及其學生在搜集所謂「潛在寫作」史料方面，用力甚多，尤其是對對老一代作家「文革」期間的秘密寫作，如早已被打成牛鬼蛇神的「七月派詩人」、「九葉派詩人」等的「牛棚」寫作，以及沈從文、豐子愷、無名氏等人的寫作，進行了較多的挖掘和考察。代表性的成果是劉志榮博士的論著《潛在寫作：1949～1976》（復旦大學出版社，2007 年）。

這種田野調查工作，一直在持續。近年來比較重要的收穫有：白士弘主編的《暗流：「文革」手抄文存》（文化藝術出版社，2001 年），陳思和主編，李潤霞等編選的「潛在寫作文從」（包括《青春的絕響》《被放逐的詩神》《暗夜的舉火者》等十餘種，武漢出版社，2006 年）。《暗流：「文革」手抄文存》，收集了「文革」期間流行的「手抄本」文學，主要是傳奇故事。此前公開出版過「文革手抄本」文學，主要是張揚的《第二次握手》等一些所謂「純文

學」作品，而當時流傳甚廣的通俗傳奇故事則不被關注，《暗流》的出版，填補了空白。《青春的絕響》等詩文選，所收錄的大多是鮮為人知的詩人和作家的作品，但在「文革」地下詩歌寫作中，佔有不可忽略的地位。此前對所謂「地下詩人」的關注，大多集中於諸如食指、北島、多多、「白洋淀詩群」，以及黃翔、啞默等在詩壇影響重大的詩人，而在「潛在寫作文從」中所收錄的詩歌，則除那些有影響的詩人之外，大多是偶而為之的詩人的作品，而蔡華俊、丁證霖、陳建華、灰娃等詩人，均在「文革」期間有較長時間的寫作歷史，而且，有各自獨特的詩學品格和藝術追求，這在「文革」期間的寫作中，是較為罕見的。據稱，白士弘還曾編過另一著名「手抄本」《少女之心》，但由於「涉黃」而未准出版。不過，這部在互聯網上流傳的「潔本」《少女之心》，被指為「偽造」，與「文革」期間流傳的版本無關。

其它文藝樣式以「樣板戲」及「文革」音樂研究方面成果較多。學者戴嘉枋自上個世紀 90 年代以來，致力於「文革」戲劇和音樂的研究。作為音樂學專家，戴嘉枋較早地以學者的身份來對待「樣板戲」，把「樣板戲」納入到學術領域來考察。1995 年，他出版專著《「樣板戲」的風風雨雨》（知識出版社，1995 年），考察了「樣板戲」臺前幕後的若干歷史事實，成為「文革」後第一部「樣板戲」專著。如果說，這部著作仍限於史實的整理的話，那麼，他在近幾年撰寫的一系列學術論文，如《論「交響音樂」〈沙家浜〉的音樂創作》《論京劇「樣板戲」的音樂改革》《沉重的歷史回響——論中國「文革」音樂及其在新時期的影響》《動亂中的喧囂——1966～1969 年間紅衛兵運動中的音樂》《烏托邦裏的哀歌——「「文革」」期間知青歌曲的研究》《復蘇與再沉淪——論「文革」期間〈戰地新歌〉中的歌曲創作》等，則更多地從藝術學的角度考察「樣板戲」以及「文革」時期的音樂。學者傅謹對「樣板戲」及其它「文革」戲劇的研究，也有相當的成就。

美術方面，「文革」美術研究專家王明賢的研究影響巨大。其與嚴善淳合著的專著《新中國美術圖史：1966～1976》（中國青年出版社，2000 年），被學術界認為是填補了新中國美術史研究的空白。事實上，「文革」美術與當下美術及視覺藝術的關係更為密切和複雜，同樣也需要更為複雜的思維，才能解析兩者之間的關係。

1990 年代以來，其它領域裏的「文革」研究也有很大的進展。如學者印紅標對「文革」期間的紅衛兵組織、青年思潮和「文革」小報的研究，宋永

毅對「文革」期間的異端思潮的研究，徐友漁對「文革」群眾運動的研究，金大陸的文革日常生活和經濟生活的研究，李遜的文革工人造反運動研究，等等。這些進展，為重新審視「文革」文學，提供了新的參照和視野。

三、新世紀：新思維、新視角、新方法

以學術的方式對待「文革」文學（文藝），是 1990 年代以來「文革」文學（文藝）研究的基本趨向。學者王堯的觀點最具代表性。王堯在《關於「文革」文學」的釋義與研究》一文中認為：「文革文學」研究不是一個簡單的「肯定」或「否定」的問題，政治批判不能代替學術研究，在價值取向上對以極左意識形態話語為主體的「文革文學」的否定，不能替代「文革文學」研究，應從學理層面來體現「文革文學」研究的特色。〔註6〕王堯本人即以「文革」文學作為博士論文的研究對象。而他在專題論文集《遲到的批判：當代作家與「文革文學」》（大象出版社，2000 年）中，努力以文學史家的視角，考察「文革」文學與所謂「新時期文學」之間的連續性的關係。

然而，問題的複雜性在於，「文革」文學是否僅僅是一種歷史的陳跡，必須交由文學史家來處理，或者說，作為文學作品的「文革」文學，其「文學性」問題又如何解決。「文革」文學（文藝）是一種特殊狀態的文學（文藝）現象，很難以一般文藝學（詩學）的方式來對待它。一般文藝學方法把文藝作品視作一個相對獨立的美學整體，研究者通過對文藝作品中的詩學要素的考察，來對作品作出審美判斷，並對作品的獨特美學價值以及創作者獨特的藝術個性加以辨析和評判。而「文革」文藝並不（至少是首先不）提供美學滿足，這樣一個高度意識形態化的文藝樣式，並且往往排除創作者的個體的藝術獨特性。「文革」文藝作品，尤其是大型作品（如「樣板戲」、長篇小說），往往是一個團隊的集體作業。即使是一些相對個體化的寫作（如詩歌），在藝術手法上，也總是盡量消除個體的痕跡，使之看上去跟大多數主流的作品沒有什麼差別。面對這種「非審美化」和「非個性化」的寫作，文藝學或詩學研究必將面臨一種尷尬的局面：用美學的方法對待一個美學價值相對匱乏的作品，研究者必將喪失學術目標。

「文革」文學研究，是對文藝學觀念和方法論的一場挑戰。面對這樣一

〔註6〕 參閱王堯：《關於「文革」文學」的釋義與研究》，載《文藝理論研究》（上海），1999 年第 5 期。

個特殊的文化產物，傳統的文藝學（詩學）方法宣告失效。「文革」文學研究呼喚新思維，呼喚一種全新的觀念、思路和方法。

香港中文大學當代中國文化研究中心自 1990 年代以來，一直致力於「文革」資料的搜集、研究，並不定期開展相關學術研討活動，劉青峰主編的該中心學術集刊《文化大革命：史實與研究》（中文大學出版社，1996 年）一書收錄了 1990 年代「文革」研究代表性的成果，其中亦有一部分涉及「文革文藝」研究，顯示出了較高的學術前沿性。1990 年代初，人文學術雜誌《二十一世紀》（香港）和文學雜誌《今天》（紐約）先後創刊，成爲境外最重要的漢語人文刊物。這兩份雜誌自創刊以來，陸續發表了一批重新解讀現代漢語文學經典作品，尤其是革命文學作品的文章，這些文章後來由唐小兵編選結集爲《再解讀：大眾文藝與意識形態》（牛津大學出版社，1993 年）。書中收錄了黃子平、孟悅、劉禾、唐小兵等人的論文。這些作者大多爲留學歐美的青年學者，他們試圖拋開國內 1980 年代形成的、已陷入僵局的文學評論和文學研究的方法模式，借助西方現代主義和後現代主義的方法，重新對闡釋現代漢語文學作品。儘管該書主要是對「十七年文學」的代表性作品（即所謂「紅色經典」）的解讀，但重要的是打開了新的研究視野，提供了全新的方法論。

自 1980 年代後期開始，對「十七年文學」和「文革文學」的研究一度陷於沈寂，當代文學評論家更醉心於新銳的「新時期文學」研究，而對相對陳舊的文學興味索然。《再解讀》的出現，使得當代文學研究界重新活躍起來，至 1990 年代中後期，掀起了一股針對「十七年文學」和「文革文學」的「重讀熱」。「再解讀」的理論源頭之一，是西方後現代文學理論，如美國學者弗里德里克·傑姆遜的文學理論。傑姆遜的理論是西方馬克思主義的美國化的代表人物，對當代中國青年一代的文學研究者影響巨大。傑姆遜曾經以「民族國家寓言」概念來解釋第三世界國家的文學和文藝，即是認爲，在現代性語境下，第三世界國家的文藝作品首先並非一個自閉、自足的美學織體，而是一個關於族群、民族、國家的「寓言」。〔註 7〕中國青年一代學者沿用這一「寓言性」的理論，文學被視作一個開放的話語結構，其內卷化的構造過程，實際上是外部權力和意識形態的微妙映像和隱喻。而「文革」文學則可

〔註 7〕 參閱弗里德里克·傑姆遜：《處於跨國資本主義時代中的第三世界文學》，張京媛譯，《當代電影》（北京），1989 年第 6 期。

視作革命的「意識形態寓言」，或處於政治意識形態籠罩之下的微小個人的「主體寓言」。這樣，「文革」文學研究，就不再是一般意義上的以審美為目標的文學研究，而是一種話語分析，一種關於詩學的和意識形態的，以及這二者之間的互動關係的話語批判。這是一次意義重大的學術轉型，尤其是對「文革文學」研究而言，它在一定程度上解決了「文革」文藝作品美學價值匱乏的難題。

國內學者也開始了類似的學術轉型。陳思和在「樣板戲」及革命文學中，發現了民間文藝的「隱形結構」（如《沙家浜》中的「一女三男」的角色模型與《劉三姐》等民間故事中的角色模型的同構關係），並認為，「紅色經典」得以「成功」的原因，在於其在一定程度上也相容了「民間因素」。〔註8〕以「民間性」理論和「結構原型」理論來分析「文革」文學，也不失為一次有益的嘗試。另外，較早一些時候的李揚的著作《抗爭宿命之路——現實主義與 20 世紀中國文學》（時代文藝出版社，1993 年），也有部分涉及「文革」文學。

《再解讀》的出現，還為另一種研究維度的介入埋下了伏筆，那就是「文化研究」維度。最初的代表性的成果，當數黃子平的《革命‧歷史‧小說》。黃子平是《再解讀》的作者之一，他的研究結合了精神分析、結構主義、符號學、話語理論和意識形態批判理論等，形成了一種全新的整體性的文學研究模式，尤其是在對文學話語與意識形態話語之間的微妙的互滲關係的解析方面，顯得極為精確和細緻。黃子平的研究，代表了「再解讀派」的基本學術立場和思路，但他比其它研究者更有藝術感受力和對於文本細節的解析能力，也文化視野也更為開闊。他的研究，既為文學文本細讀分析提供了範式，也為文學研究向文化研究的轉型開闢了通道。

1990 年代末期以來，大陸年輕一代的學者也開始學術轉型，以後現代理論和文化研究的方法重新闡釋文學史文本的學術論文（包括學位論文）數量日漸增多，但大多為半生不熟的作品。青年學者余岱宗的研究表現出較為成熟的學術能力。他的關於「樣板戲」的系列論文，如《論樣板戲的角色等級與仇恨視角》〔註9〕、《樣板戲的「禁欲」與樣板戲的偽激進》〔註10〕等，較

〔註 8〕 參閱陳思和：《民間的浮沉——對抗戰到文革文學史的一個嘗試性解釋》，《上海文學》（上海），1994 年第 1 期。

〔註 9〕 載《粵海風》（廣州），2001 年第 3 期。

爲嫻熟地運用了意識形態話語分析的方法，解析「樣板戲」的話語形態與政治意識形態之間的關係，其新出版的學術論著《被規訓的激情——論 1950、1960 年代的紅色小說》（上海三聯書店，2004 年）依然沿用這一方法，也有部分內容涉及「文革」期間的小說。互聯網上流傳署名「倪才」的論文《從〈紅燈記〉看樣板戲與文革意識形態》，顯然屬於一篇碩士學位論文，也顯示了這位佚名作者運用新方法解析樣板文藝的能力。另外，批評家張閎的論文《灰姑娘·紅姑娘——〈青春之歌〉及革命文藝中的愛欲與政治》〔註 11〕也屬於這一類文獻中有代表性的作品。

　　近年來，一些被稱之爲「新左派」的人文學者和文學研究者，也致力於對「文革」文學和藝術作品的重新闡釋，來爲新左派意識形態尋找歷史資源。其中，代表性的觀點有學者李揚的文章《沒有「十七年文學」與「「文革」文學」，何來「新時期文學」？》。〔註 12〕李揚的文章強調了文學史的連續性和因果關係，但他以時間上的先後關係來替代邏輯上的因果關係，進而以邏輯上的因果關係來替代價值上的認同關係，這與經濟學和政治學領域裏的「新左派」的思路是一致的。「新左派」致力於重新爲「文革」（及其文藝）尋找合法性闡釋，而在重新發掘「文革」的精神資源的過程中，尚未找到更爲新銳的和有效的理論方法和闡釋模式，往往不得不陷入「樣板文藝」的理論魔咒當中，」文革文藝」合法性問題，必然涉及「文革」合法性難題。毫無疑問，「文革」文藝自有其美學上的獨立性、特殊性，其存在的「合邏輯性」也是「文革」研究需要加以闡釋的，對於文學史上的任何現象的「合邏輯性」辨析，是學術批判的應有之義。但以邏輯的合法性替代價值的合法性，通過美學翻案來推動政治翻案，這就違背了學術中立立場，將美學批判變成了另一種政治批判。

　　近年來的「文革」研究在一些專題研究方面，也有顯著的變化。其中值得一提的是學者王家平的論著《文化大革命時期詩歌研究》（河南大學出版社，2004 年）。這本研究「文革」詩歌的專著，對「文革」時期主流詩歌和地下詩歌，作出了較爲詳盡的梳理和評述。而謝泳的論文《〈朝霞〉雜誌研究》，〔註 13〕則將「文革」文學研究進一步微觀化。此外，羅平漢的《牆上

〔註 10〕發表於互聯網。
〔註 11〕載《今天》（紐約），2001 年第 2 期。
〔註 12〕載《文學評論》（北京），2001 年第 2 期。
〔註 13〕載《南方文壇》（南寧），2006 年第 4 期。

春秋——大字報的興衰》（福建人民出版社，2001 年）和沈展雲著《灰皮書，黃皮書》（花城出版社，2007 年），分別研究了「文革」時期的特殊的書寫方式——大字報，特殊的閱讀方式——「皮書」，這些研究也將間接地推動「文革」文學研究的發展，並爲「文化研究」方式的介入，提供了較爲充分的材料。

　　比其它文藝樣式來，「文革美術」顯得更爲特殊。對於當代藝術家而言，這是一筆令人尷尬的遺產。1990 年代中後期以來，「文革」美術遺產引起了藝術家的強烈興趣。「文革」美術的革命性姿態，在一定程度上刺激了以變革、創新爲目標的藝術家。對「文革紅色美術」資源的大量徵用，成爲世紀末藝術的一個最爲醒目的現象。一方面，大量的「政治波普」以「文革」宣傳畫和工農兵美術作品爲母本，進行諷喻性的摹仿、複製和改造。另一方面，小資時尚文化也熱衷於在「文革」美術的革命性中，尋找浪漫激情。在此背景下，「文革」美術的研究，也開始成爲藝術史研究的一個熱點。王明賢、嚴善淳《新中國美術圖史：1966～1976》（中國青年出版社，2000 年）比較全面地展示了「文革美術」的基本面貌。而一些年輕的學者則致力於對「文革美術」進行「再解讀」。其中，評論家馮原的研究最爲引人注目。在《被壓迫的「美學」——〈血衣〉與階級鬥爭的圖象政治》〔註14〕、《足尖上的仇恨——革命芭蕾舞中的身體困境與政治神話》〔註15〕、《我是舞臺上的海燕——亮相、戲劇化與〈我是海燕〉》〔註16〕、《思想、煙斗和鐵錘——〈老書記〉與勞動經濟學的身體寓言》、《惠能與書記——〈毛主席去安源〉中的「目擊者困境」》、《冷戰熱飯——〈雪夜送飯〉中的非常飲食》等一系列論文，以及其著作《被壓迫的美學：視覺表象的文化批評》（中國人民大學出版社，2013 年）中，馮原以視覺文化研究的方式，切入「文革」美術作品（油畫、宣傳畫、雕塑）的研究，精確地揭示了革命美學與意識形態敘事借助視覺元素得以呈現的內在機制。其它如孫振華的《毛澤東時代雕塑中的身體政治》〔註17〕，鄒躍進的《「逆光」，一種想像「紅色中國」的視覺方式——淺議廣東美術家在「文革」後期的藝術創作及其意義》〔註18〕，楊小彥的《場景與儀式：對視覺的

〔註14〕 載廣東美術館（編）：《毛澤東時代美術論文集》，2005 年。
〔註15〕 載蔣原倫（編）：《今日先鋒》第 15 輯，上海人民出版社，2009 年。
〔註16〕 該篇及隨後三篇載《藝術世界》（上海），2008 年至 2009 年。
〔註17〕 載《藝術探索》（南寧），2005 年第 2 期。
〔註18〕 載廣東美術館（編）：《毛澤東時代美術論文集》（內部資料），2005 年。

政治修辭術的一種分析》〔註19〕，李公明的《「階級」與「怨恨」的圖象學分析——以毛時代美術中的地主——農民題材爲中心》〔註20〕《專制主義藝術中的身體與政治——1949年後中國大陸的政治宣傳畫》〔註21〕，楊小濱《中國前衛藝術及其紅色記憶幽靈》〔註22〕等論文，也都試圖重新描述「文革」美術的精神版圖，並試圖對「文革」美術中的美學與意識形態符碼進行重新解析。

第三節　「文革文學」研究的幾點主張

　　究竟應該如何研究「文革文學」（文藝），這是一個難題。本書的基本思路和學術主張，是將文藝看成是一種不同「話語」關係所形成的「話語共同體」，文學史則是不同類型的話語生產的過程。

　　文藝的話語形態一方面包括文藝的敘事模式、抒情模式和修辭風格，同時也包了文藝的生產方式、傳播方式和消費方式，等等。在馬克思那裡，國家社會制度不僅是一種上層建築和意識形態，而首先是一種物質生產方式。不同的物質生產方式，決定了不同的社會制度。文化也可以看作一種特殊的物質生產。其精神內容首先附著於某種特殊的生產和傳播方式當中，同時也是附著於某種特殊的話語形態當中。社會主義的物質形態生產、意識形態生產和話語形態生產之間，存在著一定程度上的同構性。文化生產方式的轉變和話語形態的轉變，是社會政治和意識形態轉變的基本徵兆。「文革」生產了一種新的意識形態，也產生了一種新的文化形態、文藝生產方式和話語模式。新的話語生產在相當程度上承載了「文革」意識形態內容。從話語生成史的角度看，1950年代是社會主義中國建立其國家話語形態的發生期，話語生產空間逐步轉化爲單一維度的現代國家的意識形態一體化空間。文藝生產流程和傳播途徑均由國家統一支配。在「十七年」文學中，國家話語模式逐步形成。「文革」期間的「樣板文藝」是國家話語在特殊環境中的變異形態，但造反運動的極度混亂狀況則又造成了國家話語的言路斷裂，這一斷裂既是破壞性的，同時也蘊藏著新的話語形態生成的可能性。「文革」期間民間

〔註19〕　載同上。
〔註20〕　載同上。
〔註21〕　載《二十一世紀》（香港），2015年八月號。
〔註22〕　載《東方藝術》（鄭州），2008年第15期。

獨立書寫，則偏離了國家文藝生產流程，以原始方式進行生產和傳播（口頭文藝和手抄本）。1980 年代，新的國家意識形態的形成，引起文藝生產方式的變化，朦朧詩徹底改寫了樣板文藝的話語模式。我們需要考察的是，「文革」特殊的文化建制和話語生產模式，是如何被建立起來的，其邏輯起點和架構又如何。

本書在考察「文革文學（文藝）」的過程中，將充分考慮到這樣歷史時期的特殊性，嘗試以一種新的方式來描述這一段特殊的歷史。

首先，必須把「文革文學（文藝）」當作一種特定歷史階段的文藝生產過程和結果來看待。毫無疑問，在這個特殊的歷史時期，文學和藝術是特殊政治意識形態的附屬品和載體，但它同時又有著溢出意識形態之外的意義部分。其特殊的形式生產部分，在一定程度上有著相對獨立的美學品格和價值。

其次，「文革文學（文藝）」是一種特異狀態下的文學（文藝），它不同於一般意義上的文藝作品。建立在文本獨立性基礎之上的一般文藝學原則，在「文革文藝」面前，並不充分有效。同時，一般文藝學所關注的「作者—作品」關係，在「文革文藝」那裡，也會面臨困境。

第三，「文革文藝」的特異性還表現在其話語生產邏輯上的斷裂性和混亂性。「文革」中的許多文學性的表達，散落在小報、大字報、大批判文章和私人性書寫的文獻當中，並不直接與文學史上的某種文學樣式相聯繫。比如說，「文革」詩歌並非完全是「十七年」詩歌的邏輯延續，它與「新時期」詩歌也缺乏完整的連續關係，或者，只有部分的連續性。而且，不同的文學現象，如「樣板文學」、紅衛兵文學、地下文學等現象之間，交互重疊，卻又彼此衝突。更為特殊的是，「文革」雖然發生的 20 世紀，卻又出現了文化傳播上的「返祖」現象，許多文藝作品是通過手抄、口口相傳等較為原始的手段來傳播。因此，「文革文藝」研究，很難以一般文學史方式來對待，很難以連續性的邏輯來描述一段清晰、完整的文學史路線。

本書將關注「文革」期間所出現的一些特殊的文藝現象，如大字報、「樣板戲」、「手抄本」、地下寫作，等等。這些文藝現象屬於「文革文藝」特殊的存在方式和表達方式。

緒論:「文革文學」概觀

第一節　文革文學的「三個階段」和「三種模式」

　　本書涉及的時間範圍為 1966 年 5 月至 1976 年 10 月,即「文化大革命」期間這一特殊時期的文學。這一時期的文學呈現出與其它任何時期都全然不同的面貌。文革爆發之後,文革前十七年所建立起來的「社會主義文學」制度,突然被徹底顛覆,文學秩序也被打亂。文學(文藝)像文革中的其它一切事物一樣,陷於混亂和危險的沼澤。在經歷了數年的混亂和破壞之後,文革的主導者開始謀求重建文學秩序,並主導文藝創作。一種新的符合文革中當權者的理念和利益的文學觀念和秩序被建立起來了,直至文革結束。文革研究學者、文藝學家和文學史家致力於在混亂的文革歷史現象中尋找文學藝術發展的脈絡和規律,但到目前為止,尚無明確的結論。「文革文學」,如果存在一個「文革文學」的話,很難像其它階段的文學那樣,找到一個一體化的描述。本書試圖對「文革文學」作一個階段性的劃分,並對各階段的文學和文藝現象加以描述和分析。

　　由於紅衛兵的文化造反和極左思潮對傳統的否定,「文革文學」表現出一種徹底的決裂姿態和全新的面貌,同時,也由於造反和否定一切的態度,「文革文學」很難呈現為一種一體化的形態。與「十七年文學」所傳達的整體性的社會主義文學不同,「文革文學」實際上是三分天下,呈現為三種並置、交錯、相互糾結和相互頡頏的三種模式,並且,這三種模式分別集中在三個階段表現出來。

　　第一階段從 1966 年 5 月至 1968 年 12 月。這一階段主要是紅衛兵運動和造反運動，其在文學上表現為造反文藝的勃興。文革期間，最初出現的是「紅衛兵文學」，但這種文學很難說是一種單純的文學樣式。紅衛兵並不以文學創作見長，或者說，紅衛兵對文學創作並無特別的興趣，他們主要使命是行動，是造反。假如我們認定存在一種「紅衛兵文學」的話，也是紅衛兵運動的衍生物。它並非一種成熟穩定的文學形式，但紅衛兵運動需要文學和文藝形式的參與和表達。紅衛兵運動在文化上的主張，是徹底清除「封資修」毒草，橫掃一切牛鬼蛇神，與傳統文化實行徹底決裂。因此，紅衛兵在文學上的行動首先是破壞性的，從口頭上和文字上的批判，到對文藝作品和文藝家在實體上的消滅，紅衛兵對古今中外的文學實行了最徹底的破壞。創造了最粗糲和最狂暴的美學形式，如果這種「粗糲」和「狂暴」也是一種美學形態的話。

　　第二階段從 1969 年 1 月至 1971 年 12 月。這一階段是「樣板文藝」的成型期。「樣板戲」在江青的主導下，可以調動全國最優質的文化資源，不計成本，十年磨一劍。尤其是在對英雄人物的塑造方面，幾乎達到了神學的高度。「樣板戲」建立起革命的神學系譜，成為革命的美學樣板，其它文藝樣式紛紛傚仿，形成了「樣板文藝」壟斷性地位，同時相伴隨的是對其它非樣板文藝的打壓和圍剿。這種狀態一直延續到文革結束。

　　第三階段從 1972 年 1 月至 1976 年 10 月。這一階段並無明確的分期標誌，實際上大約是從 1971 年「九一三事件」之後開始。「九一三事件」之後，中國社會開始醞釀了一系列重大變化，包括思想上和文學上的變化，最明顯的特徵就是青年一代知識分子的政治覺醒和再一定程度上的美學自覺。我們選擇了北島一代人的「地下文學」寫作作為這一階段的開端。「地下文學」一部分是由「紅衛兵文學」發展而來，但它基本上走向了「紅衛兵文學」的反面，以對於「紅衛兵文學」中的政治迷信和政治狂熱的明顯疏離態度，表現出強烈的政治反思和精神啟蒙色彩。但「地下文學」的寫作者們遭到了當時主流政治力量的打壓和迫害，這兩種政治力量的較量，直至 1976 年「四五運動」徹底公開了，並與政治抗議行動結合在一起，形成了尖銳的對抗和衝突。通過「四五運動」中的詩歌活動，「地下文學」開啟了「文革後」新文學的先河。

第二節　紅衛兵運動的文化狂歡

　　我們首先來看一份名單：老舍、周作人、陳寅恪、熊十力、馬一浮、張東蓀、潘光旦、田漢、陳夢家、邵洵美、周瘦鵑、李廣田、麗尼、倪貽德、陳翔鶴、余上沅、饒孟侃、張競生、顧準、趙樹理、鄧拓、吳晗、楊朔、以群、傅雷、李平心、邵荃麟、侯金鏡、呂熒、王任叔、司馬文森、海默、彭柏山、劉綬松、聞捷、魏金枝、李六如、蕭也牧、蔣牧良、吳興華、羅廣斌、孔厥、郭世英……這是一份文革期間作家和文藝家非正常死亡的名單。這份名單並不完全，但足以讓我們震驚。死亡方式或是被迫害致死，或是自殺身亡，或是含冤抑鬱而終，也有少數因某種罪名被逮捕和處決。在這份名單中，我們看到的是文學的悲慘命運。

　　文革初期，文學生產的基本的和必要的條件，均遭到嚴重破壞。文學生產者——作家，大多遭到不同程度上的迫害，結局是，如果沒有被迫害致死的話，也不得不停止文學寫作，接受無休止的批判；文學作品存在和傳播的載體——出版物也遭到不同程度的破壞，幾乎全部文學刊物都停刊，文學作品出版也陷於停頓。即使是社會主義文藝所特有的文學組織和管理機構——作家協會的活動也陷於徹底癱瘓狀態。各地作家協會領導層均遭衝擊，行政權力被造反派所奪取。文革前出版的文藝作品基本上被禁止，與其它類型的書籍一起，或被封禁，或被銷毀。在一段時間內，除了「兩報一刊」（《人民日報》、《解放軍報》、《紅旗》雜誌）和各地方黨報之外，幾乎沒有其它公開發行的報刊。書籍方面則除了馬恩列斯毛和魯迅的著作之外，幾乎沒有其它書籍可以公開閱讀。

　　與對於文學的物質形態的大破壞相一致，文學的美學規則也遭到了前所未有的摧毀。包括中國古典文學、西方文學、蘇聯文學以及中國現代文學和文革前的社會主義文學在內的文學作品，一律被打上「封資修」的標記。文學中所表現的人性、人情、人道、愛，以及任何涉及人性複雜性和豐富性的內容，被視作資產階級的價值觀念而遭到批判。文學語言的優美、典雅，也被視作資產階級情調。單一的政治立場取代了美學標準。粗俗、狂暴的語言代替了文學表達。

　　在此背景下，紅衛兵文藝的開始興起。紅衛兵文藝的主要內容為歌頌領袖和造反精神以及揭批走資派，以街頭文藝、大字報、牆報、傳單和小報的形式出現，文學體裁上常為詩歌、政論、雜文、活報劇、話劇和歌舞劇，偶

而也以章回體小說的形式出現。

　　街頭文藝以集體忠字舞和文藝宣傳隊的形式出現。介乎於集體操、舞蹈和啞劇之間的忠字舞，有整齊劃一的動作，常常在街頭即興表演，表達對領袖的忠誠。有時也被用來作為對反動分子的一種懲罰手段。毛澤東思想文藝宣傳隊是相對有組織的小型表演團體，他們常常走街串巷，巡迴演出，表演的內容較為豐富，形式靈活多樣，諸如舞蹈、活報劇、表演唱、對口詞、群口詞、快板書、詩朗誦、大聯唱，等等。

　　與文學關係較為密切的大字報，作為一種書寫性的表達，是文革期間的一大文化奇觀。作為「四大」（大鳴、大放、大字報、大辯論）之一的大字報，其直接源頭來自 1957 年代的「反右」運動。當時的右派和他們的對立面，都用大字報的形式來發言。文革造反運動延續了這一表達方式，並得到了主流意識形態的高度認同。大字報一般以毛筆書寫於整張的白紙上，張貼於人流較為集中的牆壁上。這種臨時性的紙質載體，決定了大字報必須以快捷的方式出籠，在文體上需要簡潔、直接、明快的表達，詩歌、雜文、標語口號，是大字報最常採用的體裁。在書法上則需要清晰、醒目和富於刺激性的視覺表達。張貼、觀看、朗讀和傳抄，成為大字報傳播的基本方式，也是政治混亂中的公共信息的重要來源。圍繞著大字報，形成了一個小型的公共輿論廣場。但在群眾性的表達權的爭奪鬥爭中，這種缺乏理性的遊戲規則的表達，最終不得不訴諸謠言、誹謗和強權邏輯。一張大字報的威力，有時不亞於一場政治審評。

　　紅衛兵文藝從一開始就表現出一種罕有的狂暴風格。尤其是在表達造反精神和批判性的內容的時候，紅衛兵文藝常常充滿了激烈的暴力化的言辭。這些狂暴言辭與現實中的暴力相呼應，構成了文革文藝的暴力美學。紅衛兵運動即是這樣一種身體暴力和語言暴力相融合的政治狂歡，並將「暴力美學」推向了極致。

　　不過，對於紅衛兵文藝，由於諸多外部條件限制，面前學術界尚缺乏充分的研究。

第三節　樣板與反樣板：「文革文藝」新秩序

　　自 1968 年起，紅衛兵運動開始走向低潮。「復課鬧革命」階段，紅衛兵停止了針對外部世界的暴力，轉向了對造反運動本身的總結，並以文藝的方

式加以表達。而到 1968 年底，所謂「上山下鄉」運動開始，大批紅衛兵被送往農村和邊疆，轟轟烈烈的紅衛兵運動徹底終結。與此同時，隨著「三支兩軍」的軍隊介入，大規模的群眾運動式的造反行動和派別武鬥也逐漸歸於平息。新的權力機構以「三結合」的方式建立起來了，各地的「革命委員會」相繼宣告成立。文革進入了一個新的階段。在文革中獲益的政治權力集團基本上控制了文藝及意識形態宣傳的管道，他們通過文藝方式，顯示文革的成就，並試圖通過建立一系列文藝「樣板」來爲他們建立新的文藝制度和秩序提供準則和範式。首先是「樣板戲」。

「樣板戲」源自文革前的全國文藝調演。文革造反運動高潮過去之後，江青開始重新拾起被文革中斷了的現代京劇改編工作。由於當時最具權勢的人物江青的介入和主導，「樣板戲」一枝獨秀，成爲文革荒原上唯一綻放的花朵。第一批「樣板戲」共八部，通常稱之爲「八個樣板戲」，包括現代京劇《紅燈記》《智取威虎山》《沙家浜》《海港》《奇襲白虎團》，芭蕾舞劇《紅色娘子軍》《白毛女》，交響音樂《沙家浜》等。之後，還陸續排出其它「樣板戲」，計約 20 部。「樣板戲」均爲現代題材，其選材幾乎囊括了中國共產黨革命史的各個階段和社會主義時期的各個領域，主要爲京劇，另有數部芭蕾舞劇和交響音樂。「樣板戲」確立了文革主流文藝的基本原則，這一原則經由於會泳提出，稱之爲「三突出」原則。所謂「三突出」，即是要求文藝作品大力塑造工農兵的英雄形象，並且要求在人物塑造方面，在所有人物中突出正面人物，在正面人物中突出英雄人物，在英雄人物中突出主要英雄人物。在這一原則的指導下，文革舞臺上和文藝作品中，出現了一批「高大全」式的英雄形象，而這種英雄塑造手法，又被稱之爲「紅光亮」。

關於「樣板戲」的評價，至今依然存在爭議。持否定態度者認爲，「樣板戲」是江青集團政治陰謀的一部分，它在內容上是幫派政治的產物，在形式上是僵化、虛假的。它是與「四人幫」對人民的身心傷害聯繫在一起的，並且，是對傳統京劇藝術的粗暴踐踏和破壞。持肯定態度者則認爲，藝術形式本身有某種相對的獨立性。「樣板戲」雖然出生於文革期間，並負載了幫派政治的內容，但其在藝術上還是較爲精美的。一旦剝離了政治語境，「樣板戲」仍有其較高的藝術價值。並且，傳統戲曲如果需要與現代藝術相結合、表達現代題材的內容的話，「樣板戲」仍不失爲一種有益的借鑒。無論如何，在相當長的時間內，「樣板戲」思維對中國文藝的深遠影響依然不會完全消失。

在「樣板戲」的號召下，文革初期中斷的文藝創作開始恢復。但這種恢復是有限的。作家和文藝家們必須小心翼翼地追隨「樣板戲」的路線，任何偏離和違背，都是危險的。而要成爲「樣板」，則取決於當權者江青等人的意志。在此語境下，產生了一批「樣板文藝」。如電影《春苗》《紅雨》《決裂》《盛大的節日》《反擊》《閃閃的紅星》等，小說家浩然的長篇小說《金光大道》、詩人張永枚的詩報告《西沙之戰》等，被樹立爲「樣板」的作品紅極一時。

但也有一些文藝作品未能完全遵守「樣板文藝」的準則，如湘劇《園丁之歌》和稍晚一些的電影《創業》等。這些作品或者在無意中透露了一些人情味，或者在人物塑造方面表現出較多的複雜性。這種文藝傾向引起了江青等人的不滿，它們被視作反動的「文藝黑線」回潮，隨即遭到了大規模的批判。而由紅衛兵文藝發展出來的年輕一代的獨立寫作，也在民間悄悄萌芽，其中，最具代表性的是青年詩人食指（郭路生）的《相信未來》、《這裡是四點零八分的北京》等詩作。這種自發的獨立寫作，在日後形成了一股地下寫作的暗流，對文革主流文藝構成了強大的衝擊。

第四節　暗流湧動：「文革文藝」的危機

中共「九大」召開後，社會政治局勢暫趨穩定，公眾對文藝（尤其是戲劇、電影等）的需求也越來越強烈，文藝荒蕪的局面無法再持續下去。1970年代初，文藝開始出現復蘇。各地文藝刊物相繼復刊。圍繞著這些文藝刊物，開始聚集了龐大的作者群。文藝的新秩序也開始建立。

上海的文藝刊物《朝霞》，雖然復刊較晚，但由於上海是極左派的大本營，與中央文革關係密切，對政治風向的把握有優勢，《朝霞》乃成爲文革時期主流文藝在政治上和藝術上的代表刊物。文藝爲政治服務，尤其是爲某一政治幫派服務，成爲這些文藝刊物的主導方針，也是文革後期建立的文藝新秩序的主導方針。

作者群中，文藝新人所佔的比例較大。文革前的老作者，因種種原因，很少再從事創作，新作者主要來自部隊文藝人員、工廠工人和以知青爲主體的所謂「農民」，形成了「工農兵文藝」的新面貌。但除了少數具有製造「樣板」能力的較爲成熟的作家（如浩然、張永枚等）的作品之外，多數作品屬

於或接近集體創作。各種類型的寫作組的出現，成為這一時期最具特色的寫作現象。一些重要的寫作組，是由有關文化機構抽調人馬專門成立的，以集體筆名發表作品，如梁效、初瀾、池恒、丁學雷、羅思鼎、石一歌、唐曉文、洪廣思、辛文彤等。這些寫作組以政論和文藝評論寫作為主，各種筆名的使用或有專門的分工。一些較大型的文藝作品，則常常署名「＊＊寫作組集體創作」發表。寫作的集體化傾向，在一定程度上與社會主義的勞動原則簡化為簡單體力勞動的傾向有關。個體化的、複雜的精神勞動的規則被漠視。

知青群體本就是一個龐大的文藝人才倉庫。他們中間的許多人有著良好的文藝素養，也懷有強烈的文藝夢想。這種才能和夢想，在更多的時候處於一種壓抑狀態。閱讀、思考、交流和創作，是他們在勞動之餘，最重要的精神生活。隨著文藝創作的部分復蘇和文藝刊物的復刊，文藝界也需要大量表現新生事物的文藝新人，因此，這一階段，知青作家和文藝家成為一支重要的創作隊伍。其中一些人很快加入了文藝新秩序當中，致力於表現文革中湧現的包括「上山下鄉」、工農兵佔領文化戰線等在內的所謂「社會主義新生事物」。不過，儘管早期知青文藝打上了鮮明的文革印記，但作為年輕一代的知識分子，他們依然表現出了有別於文革「樣板文藝」的新面貌。這些人的寫作，成為文革後「新時期」文藝中的「知青文學」的先聲。

不過，帶有強烈政治幫派色彩的文藝新秩序，從一開始就遇到了挑戰。在知青群體中，能夠有效地進入主流文藝行列的寫作者，尚屬少數，大量的思考者和寫作者，仍處於民間的非公開的狀態。從更早一些時候開始，一種被稱之為「皮書」（灰皮書、黃皮書）的讀物在知青群體中流行。這些讀物是文革前和文革期間內部發行的出版物，內容包括西方資本主義國家和蘇聯、東歐等所謂「修正主義」國家的哲學、政治、經濟、文化、文藝等方面的著作。生活在大城市的知青，尤其是那些所謂「高幹」家庭出身的年輕人，有機會獲得這些讀物。在思想文化高度禁錮的文革時期，「皮書」的出現，打開了一道通向外部世界的窄小縫隙。從這道縫隙中洩漏進來的微弱光芒，照亮這一代人的精神世界。在文學方面，「皮書」中的一些西方現代派作品和蘇聯的「解凍文學」作品，如薩特的《厭惡及其它》、貝克特的《等待戈多》、阿克肖諾夫的《帶星星的火車票》等，已經開始產生影響。「反思」從這裡開始。尤其是「九一三」事件之後，針對文革的反思，達到了一個高潮。與此

同時，青年人開始自發地組成自己的閱讀小圈子，甚至是「地下沙龍」和一定規模的寫作群體，如「白洋淀詩群」。他們交換書籍和閱讀心得，討論各種各樣的社會問題，探討民族的政治和精神出路，也交流各自的作品，在精神文化的荒漠上，開墾出屬於自己一代人的精神綠洲。「手抄本」，這一原始的傳播手段，與口頭故事、知青歌曲一起，成為這一時期最重要的民間文藝形式。

從內容上看，「手抄本」重要有這麼幾類：

一是著名的文藝作品。這些名著大多來自所謂「皮書」，如塞林格的小說《麥田裏的守望者》、凱魯亞克的小說《在路上》，以及諸如普希金、海涅、裴多菲、洛爾迦、馬雅可夫斯基、葉賽寧、T.S.艾略特、帕斯捷爾納克等浪漫主義或現代主義詩人的詩作。儘管有一些作品篇幅相當大，但由於不易得到，還是有人不惜耗時耗力，予以轉抄。

二是當時流行的地下文學。這些作品在當時大多佚名，日後有一部分考證出作者。其中，代表性的有小說《九級浪》（畢汝協）、《逃亡》（佚名）、《第二次握手》（張揚）。尤其是《第二次握手》的傳抄，構成了文革期間中國文學最具戲劇性的一幕。傳抄範圍遍及全國，版本不計其數。可以說，這是一部由無數傳抄者集體完成的作品。另一部有著類似處境的「手抄本」，則是被認為是「黃色小說」的《少女之心》（佚名）。這些「手抄本」文學的影響力，在其它文藝類型中只有知青歌曲《南京知青之歌》（任毅）可以與之相媲美。而這些作品在隨後均遭當局嚴厲查禁。

三是個人化的地下創作。這一類「手抄本」，或以個人筆記本的形式存在，或只在同仁圈中小範圍傳播，但它卻是文革期間獨立寫作的最珍貴的遺產。代表性的作品有食指、依群、黃翔、啞默、陳建華、錢玉林等人的詩歌，北島、多多、芒克、舒婷，以及「白洋淀詩群」的詩歌，北島的小說《波動》等。這些詩人、作家，在幽閉、逼仄的精神空間裏，艱難地書寫。他們的寫作，代表了文革期間獨立的文學精神境界和藝術標高，也成為「新時期」文學的重要精神源頭。

另一方面，老一代作家在經歷了殘酷的身心折磨之後，文學精神也蘇醒。他們也以不同的方式，嘗試著重新尋找自我表達的可能，與年輕一代的文學形成了隱秘的呼應。「七月派」詩人曾卓、綠原、牛漢等，以及穆旦、朱英誕等，在「幹校」或「牛棚」中的秘密寫作，表達了詩人衝破精神囚籠的

強烈願望和對現實世界的含蓄而又深刻的批判，即使是如郭小川這樣曾經的主流文學的代表，也在《團泊窪的秋天》《秋歌》等詩中，傳達出深沉的反思精神和批判立場。來自民間的地下獨立書寫秘響旁通，暗流洶湧，主流文藝則表現出了外觀上的空前喧鬧和熱烈。如「小靳莊詩歌」運動，以龐大的數量和高亢的聲響，妝點著文革後期慘淡的精神天空。空洞和無聊已以難以掩飾。

1976 年前後，即使是最不關心政治的民眾，也都會有一種「山雨欲來風滿樓」的預感。對於極左政治的不滿情緒，從政治高層到社會階層、從廟堂到民間，四處蔓延。而周恩來總理的逝世，成爲這種情緒爆發的導火索。一種情緒引發了另一種情緒，哀悼演變成憤怒。「四五」天安門廣場群眾運動，是文革期間被壓抑的政治情緒的總爆發，也是民間思想文化運動的大檢閱。詩歌成爲這場政治運動的最重要的表達手段。通過詩歌，「四五」運動不僅打響了文革結束的信號槍，也在藝術上宣告了「文革文藝」的終結。之後不久「四人幫」的垮臺。接下來的一二年時間裏，「傷痕文學」開始出現，代表民間獨立寫作立場和藝術精神的《今天》雜誌創刊，「文革文學」終於黯淡謝幕。中國文學翻開了新的一頁。

第一章　暴風驟雨：文革初期的
　　　　文學狀況

第一節　社會主義文學話語模式的形成

文革前的十七年的文學，文學史通常稱之爲「十七年文學」。「十七年文學」奠定了社會主義文學的基本形態，在文學觀念、文學制度、表現手法、美學模式等方面，提供了一種相對成熟、穩定的原則。

一、文學觀念：從社會主義現實主義到「兩結合」

「十七年文學」的文學觀有兩個彼此相關的來源。第一個來源是 1930 年代蘇聯文藝理論體系，該體系由斯大林時代的意識形態主管官員日丹諾夫所主導形成，故也稱之爲「日丹諾夫體系」。這個體系的核心內容是所謂「社會主義現實主義」的美學原則。關於「社會主義現實主義」的基本含義，歸結起來就是說，社會主義文學藝術在意識形態上是社會主義的，在藝術手段上是現實主義的。以馬克思主義世界觀爲思想指南，從革命的發展的觀點，從矛盾鬥爭的觀點去觀察生活，描寫生活，揭示生活的本質及其趨勢，是社會主義現實主義方法的最基本的特點。堅持黨性原則。黨性就是作家自覺地站在無產階級立場爲革命和社會主義事業服務。正面肯定社會主義的現實，塑造正面英雄形象，是社會主義現實主義的基本要求。在 1934 年全蘇第一次作家代表大會通過的蘇聯作家協會章程裏作了如下的表述：「社會主義現實主義，作爲蘇聯文學與蘇聯文學批評的基本方法，要求藝術家從現實的革命發

展中眞實地、歷史具體地去描寫現實；同時，藝術描寫的眞實性和歷史具體性必須與用社會主義精神從思想上改造和教育勞動人民的任務結合起來。社會主義現實主義保證藝術創作有特殊的可能性去發揮創造的主動性，去選擇各種各樣的形式、風格和體裁。」但實際上作家選擇其它表達手段（如浪漫主義、表現主義、象徵主義、超現實主義等）的可能性非常小，現實主義手法是壟斷性的。

「十七年文學」另一個理論來源是毛澤東的《在延安文藝座談會上的講話》。從根本上說，《講話》的文藝思想與蘇聯文藝思想一脈相承。《講話》的核心是「文藝爲什麼人服務」和「如何去服務」的問題，《講話》認爲，「我們的文學藝術都是爲人民大眾的，首先是爲工農兵的，爲工農兵而創作，爲工農兵所利用的。」而在「如何服務」的問題上，《講話》主張文藝工作者要深入生活，深入工農大眾，向工農兵學習，改造自己的思想，創造廣大人民其中喜聞樂見的藝術。《講話》還特別談到了文藝與政治的關係。《講話》認爲，文藝是從屬於政治的，評判文藝的標準看其是否有利於無產階級政治，「政治標準第一，藝術標準第二」。自《講話》問世以來，一直成爲中共領導下的文藝工作的指導思想和政策依據。

1950 年代的「解凍」時期，蘇聯文藝界圍繞「社會主義現實主義」問題又展開過廣泛而持久的爭論。一部分人繼續堅持社會主義現實主義是蘇聯文學和文學批評的基本原則，另一部分人則攻擊社會主義現實主義已成了「公式」、「教條」、「僵死的規則」等，並把問題同斯大林「個人崇拜」聯繫起來，要求重新審議這一原則。這些爭論對中國文學界也產生了影響，中國的文藝觀念試圖尋找擺脫蘇聯文藝觀念的束縛。文革前夕，隨著中蘇兩黨意識形態上的分裂，對「十七年文學」在理論上的合理性和成就上的評估，出現了爭議。極左派開始向「十七年」的文藝觀念提出了挑戰性的批判。

另一方面，在「大躍進」的背景下，文藝創作也出現了一些新的現象。與「大躍進」時期依靠想像來超越現實的「人有多大膽，地有多大產」的風氣相一致，當時風行一時的工農兵歌謠運動中，出現了大量的修辭誇張、想像奇異的歌謠，如「天上沒有玉皇，地上沒有龍王，我就是玉皇！我就是龍王！喝令三山五嶽開道，我來了！」（《紅旗歌謠‧我來了》）「稻堆堆得圓又圓，社員堆稻上了天，撕片白雲擦擦汗，湊上太陽吸袋煙。」（《紅旗歌謠‧稻堆》）「一鑔能鑔千層嶺，一擔能挑兩座山，一炮能翻萬丈崖，一鑽能通九

道灣。兩隻巨手提江河，霎時掛在高山尖。」(《紅旗歌謠·兩隻巨手提江河》)
等。毛澤東本人熱愛古體詩詞，並常有詩詞作品。在美學趣味上，毛澤東偏
愛文學史上的浪漫主義一派，如李白、李賀、辛棄疾等。毛澤東本人的詩詞
風格豪放，想像奇特，語言華采，如「山，快馬加鞭未下鞍。驚回首，離天
三尺三。」(《十六字令（三首）》)，「橫空出世，莽崑崙，閱盡人間春色。揮
起玉龍三百萬，攪得周天寒徹。」(《念奴嬌·崑崙》)，「鯤鵬展翅，九萬里，
翻動扶搖羊角。背負青天朝下看，都是人間城郭。」(《念奴嬌·鳥兒問答》)
等。1958 年 4 月郭沫若於《文藝報》第 7 期發表的關於《蝶戀花》詞答該刊
編者問的信，稱毛澤東的這首詞是「革命的浪漫主義與革命的現實主義的典
型的結合」。6 月 1 日《紅旗》創刊號發表周揚《新民歌開拓了詩歌的新道路》
的文章，稱：「毛澤東同志提倡我們的文學應當是革命的現實主義和革命的浪
漫主義的結合，這是對全部文學歷史的經驗的科學概括，是根據當前時代的
特點和需要而提出的一項十分正確的主張，應當成為我們全體文藝工作者共
同奮鬥的方向……我們處在一個社會主義大革命的時代，勞動人民的物質生
產力和精神生產力都獲得了空前解放、共產主義精神空前高漲的時代。人民
群眾在革命和建設的鬥爭中，就是把實踐的精神和遠大的理想結合在一起
的。沒有高度的革命的浪漫主義精神就不足以表現我們的時代，我們的人民，
我們工人階級的共產主義風格。人們過去常常把現實主義和浪漫主義當作兩
個互相排斥的傾向，我們卻把它們看成是對立的而又統一的。沒有浪漫主義，
現實主義就流於鼠目寸光的自然主義」。當時的理論家認為，「兩結合」創作
方法是文學歷史發展的必然結果。在蘇聯，形成了社會主義現實主義的創作
方法；在中國，在自己的土壤上，即在新的現實基礎和思想基礎上，也產生
了與蘇聯文學屬於同一性質的第三種東西。1960 年召開的第三次全國文學藝
術界代表大會的報告中關於這個問題總結說：「我們今天所提倡的革命的現實
主義和革命的浪漫主義的結合，批判地繼承和綜合了過去文學藝術中現實主
義和浪漫主義的優良傳統，在新的歷史條件下，在馬克思主義世界觀的基礎
上將兩者結合起來，形成為一種完全新的藝術方法」。還認定它是「最好的創
作方法」。從此到社會主義新時期文藝以前，「兩結合」取代了原先的社會主
義現實主義成為中國文藝的指導性的創作方法。

在對待知識分子和文藝工作者的態度方面，「十七年」也確定了一個大致
的方針。1956 年 5 月 2 日，毛澤東在最高國務會議第七次會議上正式提出實

行「雙百方針」，即「百花齊放、百家爭鳴」。1956 年 5 月 26 日，中共中央宣傳部部長陸定一向自然科學家、社會科學家、醫學家、文學家和藝術家作了題爲《百花齊放，百家爭鳴》的講話，系統闡述了中共提出的「雙百方針」。他強調：「我們所主張的『百花齊放，百家爭鳴』是提倡在文學藝術工作和科學研究中有獨立思考的自由，有辯論的自由，有創作和批評的自由，有發表自己意見的自由。」「我們主張政治上必須分清敵我，我們又主張人民內部一定要有自由。『百花齊放，百家爭鳴』，是人民內部的自由在文藝工作和科學領域中的表現。」在文學藝術工作方面，他指出：限制創作的題材「只許寫工農兵題材，只許寫新社會，只許寫新人物等等，這種限制是不對的。」「『百花齊放，百家爭鳴』，對批評工作來說，就是批評的自由和反批評的自由」。這一原則比日後提出的「兩結合」創作方法來得更爲寬鬆。「雙百方針」至少在理論上成爲中國共產黨對科學文化工作的長期性方針。在對待文學傳統的態度上，主張批判地繼承，採取「取其精華、去其糟粕」、「古爲今用、洋爲中用、百花齊放、推陳出新」的實用主義態度。不管這些方針政策在多大程度上得到落實，但這些提法作爲一種基本原則，得到上下一致的肯定。

在此背景下，1950 年代後期至 1960 年代初的幾年，中國文學藝術呈現出一定程度上的繁榮面貌。而社會主義新國家的文藝形態和美學原則也逐步成熟起來，大體上確立了中國式的社會主義文學的基本模式。

二、敘事模式：史詩化和寫實性

社會主義文學體系中，敘事性文學始終占主導性地位。首先是小說，尤其是長篇小說，被視作「十七年文學」的主力文體。

長篇小說成熟於 19 世紀歐洲。巴爾札克、列夫・托爾斯泰、狄更斯之類的小說家，試圖通過對他們所處的時代的總體性的描述，來再現社會的整體面貌。在盧卡奇看來，資本主義制度造成人的異化，人的經驗分崩離析，這是「現代性」的後果之一。19 世紀史詩性的長篇小說則是文藝家對「現代性危機」的一種救贖。通過小說敘事的總體性來整合被勞動異化所產生的分崩離析的經驗碎片。社會主義社會在政治制度和經濟制度上，顛覆了資本主義，但以「現代性」的邏輯觀之，社會主義與資本主義屬於「現代性」進程中的同一階段。另一方面，社會主義在政治和經濟方面構成了資本主義的反面，

但在文化上，仍對資本主義文化形態有所繼承。這一點，也是後來毛澤東在文化領域發動革命的理論依據之一。在文學敘事上，社會主義文學大體上繼承了 19 世紀資本主義的敘事邏輯。現實主義是社會主義文學的基本創作方式，只不過，不再主張批判的現實主義，而代之以社會主義的（或革命的）現實主義。

1950 年代後期，社會主義文學敘事模式的漸趨成熟，形成了以「三紅一創、青山保林」為代表的典範體系。所謂「三紅一創、青山保林」，是指包括《紅旗譜》（梁斌）、《紅岩》（楊益言、羅廣斌）、《紅日》（吳強）、《創業史》（柳青）、《青春之歌》（楊沫）、《山鄉巨變》（周立波）、《保衛延安》（杜鵬程）、《林海雪原》（曲波）等的幾部長篇小說。這些小說的最基本特徵之一，是其史詩性。這些小說將 19 世紀史詩性結構與社會主義敘事結合在一起，如《紅旗譜》可以看作是一部農民革命的史詩。從結構上看，小說混合了家族史、英雄傳奇、復仇故事和個人成長史等小說敘事模式，其中有《水滸傳》、《基督山伯爵》、《恰巴耶夫》等小說的影子。但他在總體上卻是一個革命英雄的成長小說。《青春之歌》則是一部典型的個人「成長小說」，其中有《簡·愛》、《牛虻》、《鋼鐵是怎樣煉成的》等小說的影子，小說把 19 世紀歐洲的愛情小說與 20 世紀蘇聯的革命小說混合在一起，構成了一部小資產階級知識分子成長為共產主義戰士的神話。類似的還有歐陽山的《三家巷》。《紅日》一類的戰爭題材的小說，則試圖再現「特洛伊戰爭」式的場景，再混合以蘇聯衛國戰爭小說的大場面的描繪，形成了一種全景式戰爭史詩。至於《創業史》、《山鄉巨變》等現實題材的作品，則致力於社會主義新史詩的創造。《創業史》描寫了一個鄉村的轉變，他們從個體小農經濟方式，逐步走向集體化的合作社和人民公社的過程。這一類小說依然可以看作是「成長小說」的變種，只不過，其主人公並不局限於一個個人，而是一個村莊以及其所代表的整個中國農村。稍後出現的浩然的《豔陽天》，在一定程度上是對柳青式的史詩的繼承，但年輕一輩的浩然則根據當時的政治形勢的變化，在小說中更加強調了農村階級鬥爭的因素，把人物的活動置於階級鬥爭和路線鬥爭的矛盾衝突中來展開。

另一類小說則是中國古典傳奇與社會主義敘事的結合體。如《林海雪原》、《鐵道游擊隊》（知俠）、《敵後武工隊》（馮志）、《野火春風鬥古城》（李英儒）等。《林海雪原》的英雄傳奇，看上去如同《三俠五義》等一類的武俠

故事，而《鐵道游擊隊》在人物設置上，與《水滸傳》、《隋唐演義》等通俗傳奇故事如出一轍。《新兒女英雄傳》（孔厥、袁靜）則乾脆就是對古典傳奇話本《兒女英雄傳》的改寫和套用。這一類的小說數量龐大，佔據了「十七年小說」，尤其是革命戰爭題材小說的大部分，其所起的作用，相當於傳統民間的傳奇話本和武俠小說所起的作用。

其它如《李雙雙小傳》（李準）、《「鍛鍊鍛鍊」》（趙樹理）等短篇小說，致力於踐行社會主義現實主義，努力在社會主義與現實主義之間尋找平衡點。

三、抒情模式：集體意象和大抒情

「十七年文學」之抒情性作品成就相對而言，要低一些。其抒情模式較為單一，主要是頌歌體，以賀敬之、郭小川等人的「政治抒情詩」為代表。「政治抒情詩」模式也來自蘇聯，在蘇聯稱之為「政治鼓動詩」，如馬雅可夫斯基在蘇維埃時期的詩歌。其功能也較為單一，主要在於歌頌和政治鼓動。馬雅可夫斯基的「階梯體」詩歌，是這一類詩歌的範本，如賀敬之的《放聲歌唱》、《十月頌歌》、《雷鋒之歌》，郭小川的《投入火熱的鬥爭》、《致青年公民》組詩（包括《在社會主義高潮中》《閃耀吧，青春的火光》《向困難進軍》）等。這一類詩歌聲調高亢、節奏鏗鏘、富於戰鬥性和鼓動性，適合在舞臺和公共場合朗誦。儘管賀敬之、郭小川等人還創造了新的抒情性的文體，如將「信天遊」等民歌體加以改造，或將古典辭賦的鋪陳、重疊、排比、對仗等手段的引入而形成所謂「新辭賦體」，但在抒情的功能上，並沒有太大的改變。

這些「政治抒情詩」創造了一種政治化的集體抒情模式，形成了一種「大抒情」風格。雖然詩中也經常出現抒情主體「我」，但實際上，具體的主體是不存在的，或者說，它是一個「超我」，而在當時的話語系統中，被稱之為「大我」。抒情者不過是這個「大我」的代言人和發聲器官而已。「政治抒情詩」中充滿了宏大的意象，如祖國的高山大川、長空藍天、陽光和土地，等等，由這些宏大意象建構起集體性的情感和想像。

抒情性散文也加入了「大抒情」的行列，並且影響深遠。最典型的代表是楊朔。在楊朔的作品中，如《荔枝蜜》、《蓬萊仙境》、《雪浪花》、《香山紅葉》、《泰山極頂》、《茶花賦》、《海市》等，現實總是一派鶯歌燕舞的景象。

不過，與「政治抒情詩」有所不同的是，楊朔的散文有時會表達一些細小的事物，如蜜蜂、花朵、樹葉，等等，但這並不意味著楊朔試圖回歸到個人化的「小抒情」上去，相反，他是以另一種方式來建構「大抒情」。細小事物更多的只是作者起興的道具，它們最終都要被「昇華」，上升到神聖的高度，與政黨、國家、民族、人民等宏大事物聯繫在一起，賦予政治性的價值。「楊朔體」雄霸中國散文文體數十年，直到 1990 年代，方被風格相近、結構相似但意象系統有所更新的「余秋雨體」所取代。

　　另一種抒情模式是一種類似於「民謠」的打油詩。這一類作品集中產生於「大躍進」年代。「每個縣都要出一個郭沫若」、「太白斗酒詩百篇，農民只需半袋煙」、「大小高爐遍地起，六億神州盡詩人」等口號的鼓動下，各地掀起了「文藝大躍進」、「詩歌大躍進」的狂潮，產生出不計其數的歌謠作品，後經遴選結集出版為《紅旗歌謠》。「紅旗歌謠」式的詩歌，屬於「工農兵文藝」的一種極端形式，它的出現，一方面呼應了「大躍進」年代狂熱的政治氣氛，另一方面則是極左文藝思潮的急性發作。發動者試圖證明勞動人民才是文化以及文學的真正主人。但也有研究指出：「《紅旗歌謠》中沒有一首是真正的『勞動人民創作』」，「《紅旗歌謠》所代表的新民歌是一種為特定文化目的而製造的偽俗文學。」〔註 1〕

四、論說模式：雄辯的和堅定的革命邏輯

　　1950 年代末以來，蘇共與中共兩黨在意識形態方面的分歧越來越嚴重，自 1963 年起，兩黨圍繞所謂「關於國際共產主義運動總路線」問題展開了一場大論戰。中共中央組織專門的寫作班子，撰寫了一系列理論文章，反駁蘇共的觀點。寫作班子名稱為「中央反修檔起草小組」，直屬中共中央政治局，組長是康生，實際上由鄧小平主持，成員包括吳冷西、喬冠華、廖承志、伍修權、孔原、章漢夫、許立群、姚溱、王力、范若愚等十餘人。自 1963 年 9 月 6 日起至 1964 年 7 月 14 日為止，以《紅旗》雜誌和《人民日報》的名義，連續發表 9 篇評論文章，統稱為「九評」。這九篇評論是：《蘇共領導同我們分歧的由來和發展》《關於斯大林問題》《南斯拉夫是社會主義國家嗎？》《新殖民主義的辯護士》《戰爭與和平問題上的兩條路線》《兩種根本對立的和平共處政策》《蘇共領導是當代最大的分裂主義者》《無產階級革命和赫魯曉夫

〔註 1〕　趙毅衡：《村裏的郭沫若：讀〈紅旗歌謠〉》，載《今天》，1992 年第 2 期。

修正主義》《關於赫魯曉夫的假共產主義在世界上的教訓》。

「九評」在意識形態上的正確性問題，是很可疑的。連鄧小平在 1989 年會見蘇共總書記戈爾巴喬夫時，也承認：「從一九五七年第一次莫斯科會談，到六十年代前半期，中蘇兩黨展開了激烈的爭論。我算是那場爭論的當事人之一，扮演了不是無足輕重的角色。經過二十多年的實踐，回過頭來看，雙方都講了許多空話……現在我們也不認為自己當時說的都是對的。」〔註2〕據稱，胡耀邦在文革結束後，在反思「九評」時說過：「現在看來，《九評》的基本方向是錯的，這個恐怕就是文化大革命的國際根源。」〔註3〕中共黨史專家席宣、金春明也認為：「通過這場大論戰，使中國共產黨內已經產生的『左』傾觀點系統化和理論化了，並且一步步更深入全黨的思想教育和每個黨員的頭腦。」〔註4〕

但「九評」對當代中國政論和批評文體的影響卻不可低估。「九評」文風犀利，邏輯雄辯，語氣決斷、堅定，形成了一種特殊的論辯模式。「九評體」喜歡用質問的方法，把問題拋向對手，然後用一連串的事實反駁。在陳述事實的時候，往往使用排比的手法，形成一種汪洋恣肆、排山倒海的效果。大量引用馬克思、列寧的語錄，以增強說服力。引用對手的觀點的時候，則不惜斷章取義，或將對手的邏輯加以極端化，使對手陷於荒謬。而在作結論的時候，則以無可辯駁的決斷的語氣，用格言、警句，或格言式、警句式的句子，作出判決。

「九評」經中央人民廣播電臺反覆播放，王牌播音員夏青、齊越、方明、葛蘭等人以凜冽、激越、大義凜然的口吻，強化了它的效果，對一代人的思想觀念和文風的形成，產生了極大的影響。「九評體」是現代中國官方政論體的成熟之作，文革期間的「兩報一刊」（《人民日報》、《解放軍報》、《紅旗》雜誌）社論和「文革」寫作班子的革命大批判文章，均可看作是其風格的延續。而文革中的紅衛兵和造反派組織的大辯論、大字報文章，也自覺或不自覺地模仿「九評體」，並將其風格推向了極端，形成了一種風格狂暴、富於殺傷力的檄文文體。

〔註2〕 參閱鄧小平：《結束過去，開闢未來》，《鄧小平文選》（第三卷），人民出版社，1993 年。
〔註3〕 參閱宋以敏：《胡耀邦在對外關繫上的撥亂反正》，《炎黃春秋》（北京），2009 年第 5 期。
〔註4〕 席宣、金春明：《「文化大革命」簡史》（增訂新版），第 45 頁。

五、綜藝模式：革命頌歌的大匯合

　　宏大的史詩化風格，是社會主義文藝最執著和最強烈的美學追求。這種追求不僅表現在文學敘事上，而且輻射到其它藝術門類。以歌舞形式來進行史詩敘事，這是 1960 年代的文藝的一項意義重大的創造性的發明。

　　爲了慶祝中華人民共和國成立十五週年，國務院總理周恩來倡議搞一臺反映中國共產黨革命鬥爭歷史，展現毛澤東思想發展過程的大型歌舞作品。爲此，文化部和中共中央宣傳部專門成立了以周揚爲首的大歌舞領導小組。周恩來親自過問，討論、審定節目和臺詞。參加演出的人員達三千人之多，其中有五大軍區的文工團、北京的所有文藝團體，還有數百名工人和學生業餘合唱團的成員。

　　1964 年 10 月 2 日，大型歌舞史詩《東方紅》在北京人民大會堂首演。毛澤東、劉少奇、周恩來等到場觀看。演出獲得了空前的成功。

　　大型歌舞史詩劇《東方紅》，共分五場：第一場：東方的曙光，第二場：星火燎原，第三場：萬水千山，第四場：抗日的烽火，第五場：埋葬蔣家王朝，第六場；中國人民站起來。各場分別表現了中共革命史上的各個主要階段，由歌舞表演串聯起一個完整的革命歷史。而最核心的內容是對領袖的歌頌。這個特殊的藝術，融合了多種藝術形式，把音樂、舞蹈、戲劇、朗誦糅合在一起，其中可見宗教神秘劇、狂歡節表演、中國民間節慶遊藝表演、頌歌大合唱和現代歌舞等多種藝術形式的痕跡。表演中經常以大量的造型、亮相，以身體形象塑造一個個帶有政治宣傳畫特徵的場面，演員的身體陣型，凝固成高度符號化的政治意識形態代碼。這些表演，實際上已經大大超越了現實主義的清規戒律，而更接近於浪漫主義，甚至蘊含了象徵主義和超現實主義乃至後現代觀念藝術的微弱成分。或者可以說，這是一種「社會主義現代主義」的雛形。

　　《東方紅》留下了一個意識形態化的美學典範，是政治與藝術密切媾合的範本。這個前所未有的華美的革命神話，代表了文革前主流意識形態和美學原則的綜藝節目已經臻於成熟。與之相似的還有稍晚一些的歌舞史詩《長征組歌》。節目中許多歌曲一直傳唱至今。其藝術架構、演唱形式、舞蹈語彙，尤其是通過歌舞構造史詩、身體的政治性表演，對日後的戲劇、舞臺綜藝、歌舞表演等節目，產生了較爲深遠的影響。從文革時期的紅衛兵歌舞和戲劇，到今天的節日慶典演出和「春節文藝晚會」，都可以看到《東方紅》深

刻的痕跡。

　　總之，到文革爆發前夕，社會主義文學從文學觀念到藝術實踐，從創作原則到表現手段，都已經高度成熟了。而文化大革命所要面對的，首先就是這一龐大、堅固的文藝堡壘。文革發動者看到了「十七年文學」本身所具有的強烈的政治色彩，故而，文革造反運動一開始，就從文藝著手，從最柔軟的文化部位著手，發起了一場猛烈的政治攻擊。頃刻之間，「十七年文學」這一龐然大物轟然坍塌，分崩離析。

第二節　從文藝批判到政治鬥爭

一、批判《海瑞罷官》：大批判鋒芒小試

　　1965 年 11 月 10 日，上海《文匯報》上發表了一篇文藝批評文章《評新編歷史劇〈海瑞罷官〉》，署名姚文元。11 月 30 日《人民日報》轉載了全文。姚文元時為上海市《解放日報》編委，此前曾撰寫過多篇文藝評論文章，其文藝觀較為左傾，文風犀利，善於捕風捉影，上綱上線，將美學問題意識形態化，因此，頗得當時的上海市委領導如柯慶施、張春橋和中央高層極左派如江青、陳伯達等人的賞識。

　　《海瑞罷官》是歷史學家吳晗於 1960 年所撰的新編歷史劇，內容是關於明代「清官」海瑞因為上書批評當時的明世宗而被罷官下獄的故事。據稱，毛澤東在 1959 年 4 月針對幹部中不敢講真話的問題，提倡學習海瑞「剛正不阿，直言敢諫」的精神，明史專家吳晗根據毛澤東的這一號召寫出《海瑞罵皇帝》、《論海瑞》等文章，後又寫出京劇《海瑞罷官》，劇本於 1961 年發表，同年出版單行本。作品描述明代松江府告老還鄉的太師徐階的第三子徐瑛霸佔民田，強搶農女趙小蘭。小蘭母洪阿蘭到縣衙告狀，華亭縣令王明友受賄，杖斃小蘭祖父，斥逐洪阿蘭結案。應天巡撫海瑞微服上任，路遇洪阿蘭和眾鄉民，查明徐階侵佔土地、魚肉鄉民，徐瑛強搶民女、殘害良民等情。海瑞到任後，向徐階提出洪阿蘭一案，徐階反誣刁民聚訟。海瑞依法判處徐瑛、王明友死罪，飭令徐階退出所佔田地。徐階買通朝官、太監，急任新巡撫戴鳳翔趕赴應天，妄圖在處決徐瑛以前罷免海瑞，推翻定案。海瑞識破奸計，當戴鳳翔之面斷然下令處決二犯，然後交出巡撫官印，慨然罷官歸里。劇本

寫出後，交由北京京劇團（現在的北京京劇院）排演，馬連良、裘盛戎、李多奎等京劇名家主演，在當時頗得好評。

　　姚文元的文章在歷史劇的「歷史虛構與藝術真實」等問題上，展開了對《海瑞罷官》的批評。然而，在文章的結尾部分，姚文元寫道：

　　　《海瑞罷官》這張「大字報」的「現實意義」究竟是什麼？對我們社會主義時代的中國人民究竟起什麼作用？要回答這個問題，就要研究一下作品產生的背景。大家知道，一九六一年，正是我國因為連續三年自然災害而遇到暫時的經濟困難的時候，在帝國主義、各國反動派和現代修正主義一再發動反革高潮的情況下，牛鬼蛇神們刮過一陣「單幹風」、「翻案風」。他們鼓吹什麼「單幹」的「優越性」，要求恢復個體經濟，要求「退田」，就是要拆掉人民公社的臺，恢復地主富農的罪惡統治。那些在舊社會中為勞動人民製造了無數冤獄的帝國主義者和地富反壞右，他們失掉了製造冤獄的權利，他們覺得被打倒是「冤枉」的，大肆叫囂什麼「平冤獄」，他們希望有那麼一個代表他們利益的人物出來，同無產階級專政對抗，為他們抱不平，為他們「翻案」，使他們再上臺執政。「退田」、「平冤獄」就是當時資產階級反對無產階級專政和社會主義革命的鬥爭焦點。階級鬥爭是客觀存在，它必然要在意識形態領域裏用這種或者那種形式反映出來，在這位或者那位作家的筆下反映出來，而不管這位作家是自覺的還是不自覺的，這是不以人們意志為轉移的客觀規律。《海瑞罷官》就是這種階級鬥爭的一種形式的反映。如果吳晗同志不同意這種分析，那麼請他明確回答：在一九六一年，人民從歪曲歷史真實的《海瑞罷官》中到底能「學習」到一些什麼東西呢？

　　　我們認為：《海瑞罷官》並不是芬芳的香花，而是一株毒草。它雖然是頭幾年發表和演出的，但是，歌頌的文章連篇累牘，類似的作品和文章大量流傳，影響很大，流毒很廣，不加以澄清，對人民的事業是十分有害的，需要加以討論。在這種討論中，只要用階級分析觀點認真地思考，一定可以得到現實的和歷史的階級鬥爭的深刻教訓。〔註5〕

〔註5〕姚文元：《評新編歷史劇〈海瑞罷官〉》，載《文匯報》（上海），1965年11月

　　姚文元將吳晗的文藝作品與當時的政治鬥爭掛鈎，把歷史劇看做是現實政治的別有用心的「影射」，這顯然是一種違背文藝批評原則的政治構陷和攻擊。但如果這僅僅是代表了文藝批評家個人觀點和文風，那並不成為什麼嚴重的問題。然而，事情並不那麼簡單。

　　吳晗的另一重身份是北京市副市長。針對吳晗的批評，很可能即是針對北京市領導層的批評。時任中共中央書記處書記兼中共北京市委書記、北京市市長的彭真，並不十分清楚姚文元文章背後的政治動機，他不主張《人民日報》和北京的報紙急於轉載姚文元的文章，而且，在不得不轉載的情況下，他依然試圖將針對《海瑞罷官》的批評納入正常的學術思想批評的軌道當中。《人民日報》在轉載姚文元的文章時，編發了「編者按」，稱：「我們準備就《海瑞罷官》這齣戲和有關問題在報紙上展開一次辯論，歡迎史學界、哲學界、文藝界和廣大讀者踴躍參加……我們希望，通過這次辯論，能夠進一步發展各種意見之間的相互爭論和相互批評。我們的方針是：既容許批評的自由，也容許反批評的自由；對於錯誤的意見，我們也採取說理的方法，實事求是，以理服人。正如毛澤東同志所指出，『我們一定要學會通過辯論的方法、說理的方法，來克服各種錯誤思想。』」〔註6〕這一切看上去像是一場一般性質的文藝論爭。此前也有過許多文藝論爭，如關於電影《武訓傳》、「《紅樓夢》問題」、「美學和形象思維問題」等的論爭和1963年至1964年的文藝界整風運動等，這些論爭和批判雖然也都充滿了火藥味，但仍局限於文藝領域和觀念層面，充其量是意識形態整肅的一部分。事實上，在接下來的一段時間裏，知識界許多人確實是按照思想論爭和學術論爭的方式，展開了對《海瑞罷官》的討論。一些學者以學術論爭的方式提出了一些不同意見，其中既有針對吳晗的歷史劇《海瑞罷官》的，也有針對姚文元的批評文章的。如北京的學者尚鉞、周培源、鄧廣銘、齊思和等，上海的學者周谷城、周予同、李平心、王西彥等，這些學者秉持學術公正原則和學者良知，表達自己的意見。他們並不知道，自己正在捲入一場巨大的政治風暴當中。

　　據稱，毛澤東對彭真及中共北京市委在批判《海瑞罷官》問題上的態度甚為不滿，他認為：姚文元的文章發表之後，全國各地都轉載，北京不轉載。各省都發行單行本，就是北京答應發行。北京市委就是針插不進、水潑不進

　　　　10日。
〔註6〕　《人民日報》，1965年11月30日。

的獨立王國。〔註7〕毛澤東在同陳伯達等人談話時說：「一些知識分子，什麼吳晗啦、翦伯贊啦，越來越不行了。姚文元的文章也很好；點了名，對戲劇界、史學界、哲學界震動極大，但是沒有打中要害。《海瑞罷官》的要害問題是『罷官』。嘉靖皇帝罷了海瑞的官，1959年我們罷了彭德懷的官。彭德懷也是『海瑞』。」〔註8〕毛澤東的談話點出了批判《海瑞罷官》的政治動機，明確地將歷史劇《海瑞罷官》與當時的政治鬥爭事件——批判彭德懷——聯繫在一起。至此，「《海瑞罷官》事件」進一步升級，歷史劇不僅被看作是對現實的「影射」，而且進一步直接就成了現實政治鬥爭的工具。吳晗被視作爲彭德懷鳴冤叫屈和翻案的陰謀家。而在吳晗的身後，則是與他有著相同政治立場和利益的政治集團，首先是中共北京市委，進而是更高一層的政治人物。這種層層剝筍式的政治鬥爭模式，成爲文革期間慣用的手段。吳晗不過是文革鬥爭哲學擴大化的第一個犧牲品。隨後，所謂「彭羅陸楊」（彭眞、羅瑞卿、陸定一、楊尚昆）集團被打倒，文藝批判運動開始逐步顯示出其政治鬥爭的眞面目。

二、砸爛「三家村」：鬥爭的升級

批判「三家村」，是文革爆發前夜的一陣急促的「敲門聲」。

所謂「三家村」，源自報刊專欄「三家村札記」。1961年9月，中共北京市委機關刊物《前線》雜誌爲「豐富刊物內容」、「活躍氣氛」、「提高質量」，開闢了一個雜感專欄，邀請北京市委書記處書記鄧拓、北京市副市長吳晗和北京市委統戰部部長廖沫沙爲專欄特約撰稿人。他們約定，文章以一千字左右爲限，每期刊登一篇，三人輪流寫稿。作者由三人取一個共同的筆名——「吳南星」。吳南星之名來自三個人的名字，吳晗出「吳」字，鄧拓出「南」字（筆名「馬南邨」），廖沫沙出「星」（筆名「繁星」），三字合併而成。此前，鄧拓還應《北京晚報》之約，撰寫「燕山夜話」專欄雜文，後結集出版《燕山夜話》。

何謂「三家村」？在批判「三家村」的當時，就有人考證出其來源。上海市《解放日報》發表上海市新力中學高中二年級學生許仁德的來信《從「三家村」黑招牌的來歷看鄧拓黑幫的狼子野心》，信中對「三家村」一詞的詞源

〔註7〕　參閱席宣、金春明：《「文化大革命」簡史》（增訂新版）「第二章，『文化大革命』的全面發動」，中共黨史出版社，2006年第3版。
〔註8〕　羅平漢：《「文革」前夜的中國》，第282頁，人民出版社，2007年。

作出了考證。信中稱：

> 鄧拓、吳晗、廖沫沙合夥開辦的黑店，是個毒蛇穴。查一查這個黑店的招牌——「三家村」的來歷，我們就可以清楚地看出鄧拓一夥的反動本質。

> 有一本詞典是這樣說的：「三家村，偏僻的小鄉村。陸游《村飲示鄰曲》：『偶失萬戶侯，遂老三家村』。」我再查陸游的這首詩，發現詩裏還有「七年收朝跡，名不到權門；耿耿一寸心，思與窮友論」；「耳熱我欲歌，四座且勿喧」；「扶義孰可遣？一戰洗乾坤」等句。我又進一步翻閱了有關的歷史書，才知道陸游在宋朝光宗即位之初，被罷了官，回到山陰老家。「偶失萬戶侯，遂老三家村」，「七年收朝跡，名不到權門」，說明這首詩是陸游罷官回鄉七年後寫的。「思與窮友論」、「一戰洗乾坤」，說明陸游不願意終老山村，還要施展自己的政治抱負，而且要和那些同他一樣罷了官的「窮友」們一同起來鬥爭。〔註9〕

另有考證稱「三家村」乃魏晉時代嵇康等名士聚居之處。酷愛鍛劍、博學多才的大名士嵇康長年居住在河南焦作地方焦家、馬家、白家三家作坊附近的一片竹林中，並經常在家門口那棵大柳樹下，和向秀一起揮錘打鐵，談玄說虛、消磨時光。山東東平呂安因崇尚嵇康文，亦遷於此，後人遂將三人居住過的地方稱爲「三家村」。後引申爲鄉間人居寥落的之處。唐代王季友詩《代賀若令譽贈沈千運》有句云：「山上雙松長不改，百年唯有三家村。」蘇軾《用舊韻送魯元翰知洛洲》有句云：「永謝十年舊，老死三家村。」陸游有另有詩《散步至三家村》云：「人情簡樸古風存，暮過三家水際村。見說終年常閉戶，仍聞累世自通婚。罾船歸處魚餐美，社甕香時黍酒渾。記取放翁扶杖處，渚蒲煙草濕黃昏。」這種田園牧歌情調的世外桃源，乃是古代文人傾心嚮往的處所。晚清小說《何典》中，有一個虛構的村莊也名叫「三家村」，康有爲所作《唯心》中有「三家村學究，得一第，則驚喜失度。」皆取此義。「三家村」乃成爲「雞犬之聲相聞老死不相往來」的古典鄉野的代名詞。

現代「三家村」的三位主人，雖身爲政府官員，但他們仍寄情於民間鄉

〔註9〕 許仁德：《「三家村」黑招牌的來歷看鄧拓黑幫的狼子野心》，載《解放日報》（上海），1966年5月21日。

野，頗具名士風流。取「三家村」之名，彼此志同道合，心心相印，持有仿傚古代文人雅士唱和之閒情逸致，秉承談天說地，品評世事，又超凡脫俗、與世無爭的簡樸古風。從 1961 年 10 月到 1964 年 7 月，「三家村札記」共發表了 60 多篇文章。這些文章的內容大部分以說古論今、談天說地的形式，談論思想修養、藝術欣賞等問題，個別篇章應讀者點題而作，其中一些篇章也批評了當時社會生活中的不良現象，對時弊確實有所諷喻。然而，儘管「三家村」三主人以古典名士相標榜，但在當時的政治環境，並無文人雅士的言論空間，他們之所以還能夠大膽針砭時弊，在很大程度上也是因其特殊的政治身份而享有批判的特權的緣故。

隨著對吳晗的批判的升級，鄧拓、廖沫沙也厄運難逃。1966 年 5 月 8 日，《解放軍報》發表署名「高炬」的文章《向反黨反社會主義的黑線開火》。文章說：「對黨和社會主義懷著刻骨仇恨的鄧拓一夥，從一九六一年開始，就拋出了他們的《燕山夜話》、《三家村札記》。他們以談歷史、傳知識、講故事、說笑話做幌子，借古諷今，指桑罵槐，含沙射影，旁敲側擊，對我們偉大的黨進行了全面的惡毒的攻擊。辱罵我們的黨『狂熱』、『發高燒』，說『偉大的空話』，害了『健忘症』。惡毒地攻擊總路線、大躍進是『吹牛皮』，『想入非非』，『用空想代替了現實』，把『一個雞蛋的家當』，『全部毀掉了』，在事實面前『碰得頭破血流』。竭力為罷了官的右傾機會主義分子喊冤叫屈，吹捧他們的反黨『骨相』和『叛逆性格』，鼓勵他們東山再起。」「不僅鄧拓滑不過去，他的同夥也滑不過去；不僅《燕山夜話》、《三家村札記》要剷除掉，《海瑞罷官》、《李慧娘》、《謝瑤環》，以及《長短錄》中的毒草，等等，凡是反黨反社會主義的東西，都要一一剷除，毫不例外。」《人民日報》和《光明日報》於 9 日同時轉載該文。

5 月 10 日，《解放日報》、《文匯報》同時發表姚文元的《評「三家村」——〈燕山夜話〉〈三家村札記〉的反動本質》。在這篇長達 2 萬字的文章中，姚文元歷數了鄧拓、吳晗、廖沫沙的種種罪行，並認為：「鄧拓、吳晗、廖沫沙這個時期所寫的大批向黨進攻的文章並不是各不相關的『單幹』，而是從『三家村』的合夥公司裏拋出來的，有指揮，有計劃，異常鮮明地相互配合著。吳晗是一位急先鋒，廖沫沙緊緊跟上，而三將之中真正的『主將』，即『三家村』黑店的掌櫃和總管，則是鄧拓……我們可以很清楚地看見，在《燕山夜話》和《三家村札記》中，貫穿著一條同《海瑞罵皇帝》《海瑞罷官》一

脈相承的反黨反人民反社會主義的黑線：誣衊和攻擊以毛澤東同志爲首的黨中央，攻擊黨的總路線，極力支持被『罷』了『官』的右傾機會主義分子的翻案進攻，支持封建勢力和資本主義勢力的倡狂進攻。這條黑線隨著國內外階級鬥爭形勢的變化，隨著『想到、看到、聽到』的『問題』不同，選擇不同的攻擊方向，『分工合作』，相互呼應，四面配合，掀起了一陣陣的黑浪，刮起了一股又一股的妖風……要懂得什麼叫『和平演變』嗎？請看『三家村』這個活標本。他們這一套醜惡的言論，他們的活動方式和想達到的結果，就是在最準確的意義上推行『和平演變』。從這些觸目驚心的反面教員中，我們可以得到深刻的階級鬥爭的教訓。」文章最後指出：「從批判《海瑞罷官》到批判『三家村』，是一場驚心動魄的階級鬥爭。是一場政治、思想、文化領域中的大革命。」這已經不是文藝批評，而是政治審判。這種發掘微言大義，搜索蛛絲馬蹟，然後無限上綱上線的文風，是典型的「姚文元式」的文風，而且，成爲文革大批判文風的典範。

11 日，《紅旗》第 7 期刊登戚本禹的文章《評〈前線〉〈北京日報〉的資產階級立場》。文章稱：「《前線》《北京日報》，還有那份《北京晚報》，在最近幾年的一個相當長的時間裏，本身就是鄧拓、吳晗、廖沫沙等人倡狂向黨、向社會主義進攻的工具，而不是什麼不自覺地被人『利用』的問題。你們這個陣地，不是無產階級的陣地，而是資產階級的陣地。」隨後，北京市委主辦的理論刊物《前線》宣告停刊。這是「文革」開始後第一個停辦的刊物。

與此同時，全國各地大小報刊紛紛發表批判「三家村」的戰鬥檄文，其文風、邏輯、觀點、立場，大同小異。一時間，「三家村」成了過街老鼠人人喊打。各地也都掀起了揪大大小小的「三家村」、「四家店」的浪潮，「三家村」成了「反黨反社會主義黑線」的代名詞，揪「黑幫」運動也在各地各級機構展開。首當其衝的是文化機構。一個思想治罪的網羅因此在全國範圍內撒開：所有對現實稍有意見，或被領導、群眾認爲有不滿情緒、不健康思想，常常撰文發表賺額外稿費引起嫉恨的人，那些喜歡呼朋引類、以文會友的文化人或文學愛好者小圈子，在當時都曾被冠以「三家村」的帽子。連與文化無關的小單位，只要有三五個人的小圈子存在，很可能就會被打成「三家村」揪出來批鬥，許多人遭到殘酷迫害。

至於「三家村」的三位成員的命運，則更加悲慘。「三家村」成員在 1966

年 5 月被打成「三家村反革命集團」。鄧拓不堪迫害，於 1966 年 5 月 18 日，即文革全面爆發之後的第 3 日，便自殺身亡，成爲第一位文革犧牲品。吳晗在肉體和精神的雙重折磨之後，於 1968 年 3 月被捕入獄，1969 年 10 月 11 日在獄中自殺身亡。廖沫沙僥倖活過了文革，從 1966 年 5 月起，連續遭受批鬥，1968 年初被捕入獄，在獄中整整被關了 8 年，後又被送到江西某林場勞動 3 年，直至 1979 年平反。

三、《部隊文藝工作座談會紀要》：「文革文藝」總綱領

產生於文革前夕的《林彪同志委託江青同志召開的部隊文藝工作座談會紀要》是一份重要文件，它是文革極左文藝的總綱領，也是文革在文藝領域行動的路線圖。

1966 年 1 月 21 日，江青通過林彪安排召開部隊文藝工作座談會。總政治部副主任劉志堅、宣傳部長李曼村、文化部長謝鏜忠、文化部副部長陳亞丁等人，2 月 2 日～20 日在上海錦江小禮堂看了十多部電影和三臺戲，座談近 20 次，形成了一個以「文藝界……讓帝王將相、才子佳人、洋人死人統治舞臺」，「有一條與毛主席思想對立的反黨反社會主義的黑線專了我們的政」爲基調的紀要初稿，與差不多同時產生的彭眞主導的《二月提綱》分庭抗禮。毛澤東指示陳伯達、張春橋、姚文元參與修改。把這條文藝黑線與「30 年代上海地下黨執行王明路線」掛起鈎來，把江青領導的戲劇革命，如《沙家浜》、《紅燈記》、《智取威虎山》寫進無產階級文藝革命成就。1966 年 4 月 18 日，《解放軍報》以社論《高舉毛澤東思想偉大紅旗，積極參加社會主義文化大革命》形式把《紀要》的主要內容髮表出去。作爲先導和重要側翼，從政治上有力地配合了對劉鄧資產階級司令部的攻擊。1967 年 5 月 29 日在紀念毛澤東《在延安文藝座談會上的講話》發表二十五週年之際，於 5 月 29 日正式發表。

《紀要》對文革前十七年的文藝工作，包括部隊的文藝工作進行徹底的否定。《紀要》認爲，1949 年以後，毛澤東的文藝路線基本上沒有得到貫徹落實而是「被一條與毛主席思想相對立的反黨反社會主義的黑線專了我們的政，這條黑線就是資產階級的文藝思想、現代正主義的文藝思想和所謂三十年代文藝的結合。」結合這一「黑線專政論」，《紀要》提出了所謂「黑八論」，即文藝黑線專政下的八種理論：「寫眞實」論、「現實主義廣闊的道路」

論、「現實主義的深化」論、「題決定」論、「中間人物」論、反「火藥味」
論、「時代精神匯合」論和「離經叛道」論。另一方面，《紀要》肯定了近三
年來文化革命的成果，主要是由江青所主導的革命現代京劇《紅燈記》《沙家
浜》《智取威虎山》《奇襲白虎團》等和芭蕾舞劇《紅色娘子軍》、交響音樂
《沙家浜》、泥塑《收租院》等。《紀要》稱：「從事京劇改革的文藝工作者，
在黨中央的領導下，以馬克思列寧主義和毛澤東思想為武器，向封建階級、
資產階級和現代修正主義文藝展開了英勇頑強的進攻，鋒芒所向，使京劇這
個最頑固的堡壘，從思想到形式，都起了極大的革命，並且帶動文藝界發生
著革命性的變化。」《紀要》徹底否定了三十年代左翼文藝傳統，稱「左翼文
藝運動政治上是王明的『左傾』機會主義路線，組織上是關門主義和宗派主
義，文藝思想實際上是俄國資產階級文藝評論家別林斯基、車爾尼雪夫斯
基、杜勃羅留波夫以及戲劇方面的斯坦尼斯拉夫斯基的思想，他們是俄國沙
皇時代資產階級民主主義者，他們的思想不是馬克思主義，而是資產階級思
想。資產階級民主革命，是一個剝削階級反對另一個剝削階級的革命，只有
無產階級的社會主義革命，才是最後消滅一切剝削階級的革命，因此，決不
能把任何一個資產階級革命家的思想，當成我們無產階級思想運動、文藝運
動的指導方針。」並認為對十月革命後出現的一批比較優秀的蘇聯革命文藝
作品，也要有分析，不能盲目崇拜，更不要盲目的模仿。《紀要》還提出「根
本任務論」，即「要努力塑造工農兵的英雄人物，這是社會主義文藝的根本任
務。」

　　根據《紀要》的原則，文藝界開始了現代修正主義文學進行了批判，如
對「別、車、杜」文藝思想和「斯坦尼體系」的表演理論，以及以肖洛霍夫、
西蒙諾夫為代表的蘇聯文藝思想，進行了整肅和清洗。同時，展開了「三十
年代文藝」文藝思想和以周揚為代表的文藝黑線的大批判，一大批文學藝術
家蒙冤罹難，把 17 年文藝政策的左傾思潮推向了自我悖反的極端。陸定一、
周揚、林默涵、夏衍、齊燕銘、田漢、陽翰笙、蕭望東、陳荒煤、張致祥、
邵荃麟等官方文藝領導幹部遭點名批判和揪鬥，將他們定性為「文藝界黨內
最大的一小撮走資本主義道路的當權派」。1966 年 6 月 8 日，《紅旗》第 8 期
發表社論《無產階級文化大革命萬歲》，基本上沿襲了《紀要》的思路，將文
化大革命的實質總結為「要解決無產階級和資產階級之間在意識形態方面『誰
勝誰負』的問題」。社論稱，「在文藝界，資產階級代表人物極力宣揚對抗毛

主席文藝路線的一整套修正主義文藝路線，賣力地宣揚他們的所謂三十年代傳統。『寫眞實』論，『現實主義廣闊的道路』論，『現實主義深化』論，反『題材決定』論，『中間人物』論，反『火藥味』論，『時代精神匯合』論，『離經叛道』論，等等，就是他們的代表性論點。在這些論點『指導』下，出了一批反黨反社會主義的壞戲、壞電影、壞小說、壞電影史、壞文學史」。另一方面，《紀要》高度讚揚了江青等人主導的文化革命的成果，接下來，極左派加緊了對「樣板戲」等樣板文藝形式的推動。至 1967 年 5 月間，確定爲「八個樣板戲」。

　　《部隊文藝工作座談會紀要》和隨後的《五一六通知》相呼應，反映了極左派對文化、政治等領域階級鬥爭形勢的嚴重估計和發動文革的決心，被當時官方媒體吹捧爲「以毛主席爲代表的無產階級司令部發出的革命號令」，「是粉碎資本主義復辟的重要文件」。

四、《五一六通知》：文革全面發動的信號彈

　　1964 年 7 月，根據毛澤東提議，中共中央成立「五人小組」，負責在中央政治局、書記處領導下開展文化革命方面的工作，故又稱「文化革命五人小組」。小組由五人組成，組長彭眞（中共中央北京市委第一書記），副組長陸定一（國務院副總理，中宣部長兼文化部長），成員有康生（中共中央書記處書記）、周揚（中宣部副部長）、吳冷西（新華社社長兼《人民日報》社社長）。至 1966 年初，面對批判《海瑞罷官》事件以來思想理論界的形勢，五人小組於 2 月 3 日召開有召開擴大會議。出席會議的除五人小組成員外，還有許立群、胡繩、姚溱、王力、范若愚、劉仁、鄭天翔等，共 11 人。會議由彭眞主持，討論了學術批判中出現的問題。會後將討論的結果，整理成爲《文化革命五人小組關於當前學術討論的彙報提綱》（後來被稱爲「二月提綱」），向中共中央和毛澤東彙報。

　　「提綱」認爲，當前學術討論和學術批判的性質「是馬克思列寧主義、毛澤東思想同資產階級思想在意識形態領域內的一場大斗爭，是我國無產階級取得政權並且實行社會主義革命後，在學術領域中清除資產階級和其它反動或錯誤思想的鬥爭，是興無滅資的鬥爭，即社會主義同資本主義兩條道路鬥爭中的一個組成部分。這場大辯論勢必擴展到其它學術領域中去。我們要有領導地、認眞地、積極地和謹愼地搞好這場鬥爭，打擊資產階級思想，鞏

固、擴大無產階級的思想陣地，並且大大推動我們幹部、學術工作者、廣大工農群眾對馬克思列寧主義、毛澤東思想的學習，把他們的政治思想水準大大提高一步。」「徹底清理學術領域內的資產階級思想，是蘇聯和其它社會主義國家一直沒有解決的問題。這裡存在著一個誰領導誰、誰戰勝誰的問題。我們要通過這場鬥爭，在毛澤東思想的指引下，開闢解決這個問題的道路，在邊爭邊學中鍛鍊出一支又紅又專的學術隊伍，並且逐步地、系統地解決這方面的問題。」「提綱」試圖對學術討論中「左」的偏向加以限制，要求「堅持毛澤東同志 1957 年 3 月在黨的全國宣傳工作會議上所講的『放』的方針」，提出「要堅持實事求是，在真理面前人人平等的原則，要以理服人，不要像學閥一樣武斷和以勢壓人。要提倡『堅持真理、隨時修正錯誤』。要有破立（沒有立，就不可能達到真正、徹底的破）。我們在鬥爭中要認真地、刻苦地學習毛澤東思想和進行學術研究，掌握大量資料，進行科學分析，把學術向前推進。」「要准許和歡迎犯錯誤的人和學術觀點反動的人自己改正錯誤。對他們要採取嚴肅和與人為善的態度，不要和稀泥，不要不准革命。」還提出「報上公開點名作重點批判要慎重」等問題。

2 月 5 日，劉少奇主持中央政治局在京常委討論並通過了這個「提綱」，康生在會上也表示同意。2 月 8 日，彭真、陸定一、許立群等去武漢向毛澤東彙報，毛澤東也沒有表示反對。2 月 12 日，由中共中央將「提綱」批發到全黨。而毛澤東在 3 月 28 日至 30 日，數次同江青、康生等人談話，嚴厲指責北京市委、中央宣傳部包庇壞人，不支持左派。他說，北京市針插不進，水潑不進，要解散市委；中宣部是「閻王殿」，要「打倒閻王，解放小鬼」；說吳晗、翦伯贊是學閥，上面還有包庇他們的大黨閥；並點名批評鄧拓、吳晗、廖沫沙三人撰寫的《三家村札記》和鄧拓寫的《燕山夜話》是反黨反社會主義的。毛澤東還號召地方造反，向中央進攻，說各地應多出一些孫悟空，大鬧天宮。毛澤東的這一談話，預示著「文化大革命」這場災難的來臨。

5 月 16 日，中共中央政治局擴大會議通過了由毛澤東主持起草的《中國共產黨中央委員會通知》（即《五一六通知》）。《五一六通知》分為三個部分。一是前言，宣佈撤銷一九六六年二月十二日批轉的《文化革命五人小組關於當前學術討論的彙報提綱》（即《二月提綱》）和「文化革命五人小組」及其辦事機構，提出重新設立「文化革命小組」，隸屬於政治局黨委會。這是為了

開展「文化大革命」採取的組織措施；二是列舉《二月提綱》的 10 條罪狀，逐條批判，並認定其爲「反對把社會主義革命進行到底，反對以毛澤東同志爲首的黨中央的文化革命路線，打擊無產階級左派，包庇資產階級右派，爲資產階級復辟作輿論準備。這個提綱是資產階級思想在黨內的反映，是徹頭徹尾的修正主義。」同時提出一套「左」的理論、路線、方針、政策；三是結語，要求各級黨委立即停止執行《二月提綱》，奪取文化領域中的領導權，號召向黨、政、軍、文各界的「資產階級代表人物」猛烈開火。《五一六通知》最後寫道：

> 同這條修正主義路線作鬥爭，絕對不是一件小事，而是關係我們黨和國家的命運，關係我們黨和國家的前途，關係我們黨和國家將來的面貌，也是關係世界革命的一件頭等大事。

> 各級黨委要立即停止執行《文化革命五人小組關於當前學術討論的彙報提綱》。全黨必須遵照毛澤東同志的指示，高舉無產階級文化革命的大旗，徹底揭露那批反黨反社會主義的所謂「學術權威」的資產階級反動立場，徹底批判學術界、教育界、新聞界、文藝界、出版界的資產階級反動思想，奪取在這些文化領域中的領導權。而要做到這一點，必須同時批判混進黨裏、政府裏、軍隊裏和文化領域的各界裏的資產階級代表人物，清洗這些人，有些則要調動他們的職務。尤其不能信用這些人去做領導文化革命的工作，而過去和現在確有很多人是在做這種工作，這是異常危險的。

> 混進黨裏、政府裏、軍隊裏和各種文化界的資產階級代表人物，是一批反革命的修正主義分子，一旦時機成熟，他們就會要奪取政權，由無產階級專政變爲資產階級專政。這些人物，有些已被我們識破了，有些則還沒有被識破，有些正在受到我們信用，被培養爲我們的接班人，例如赫魯曉夫那樣的人物，他們現在睡在我們的身旁，各級黨委必須充分注意這一點。

《五一六通知》是中共中央正式通過的關於「文化大革命」的第一個綱領性文件，爲「無產階級專政下繼續革命理論」奠定了基礎，其影響迅速波及到了社會的各個領域，是「文化大革命」全面發動的標誌。《五一六通知》發布之後，文革在全國範圍內全面展開。

5 月 28 日，新的「中央文化革命小組」成立。組長：陳伯達，顧問：陶

鑄、康生，副組長：江青、王任重、劉志堅、張春橋，組員：謝鐺忠、尹達、
王力、關鋒、戚本禹、穆欣、姚文元等。後又補充了 4 名組員：郭影秋（代
表中共中央華北局），鄭季翹（代表中共中央東北局），楊植霖（代表中共中
央西北局），劉文珍（代表中共中央西南局）。1967 年初，陶鑄被「揪」了出
來，成為中共黨內第三號走資派。文革小組成員大為減縮，剩下組長陳伯達，
顧問康生，副組長江青、張春橋，組員王力、關鋒、戚本禹、姚文元。不久
之後，王力、關鋒、戚本禹又被排除出局，只剩下五個人。在文革高潮期間，
這個「中央文革小組」權傾一時，甚至取代了中共中央政治局，完全掌控了
當時的政治走向和行政權力。30 日，中央駐《人民日報》社工作組成立，陳
伯達任組長，正式接管《人民日報》。

　　5 月 25 日，聶元梓與哲學系另 6 位教師宋一秀、夏劍豸、楊克明、趙正
義、高雲鵬、李醒塵在北大食堂共同張貼《宋碩、陸平、彭佩雲在文化革命
中究竟幹些什麼？》的大字報，批判了北京大學校領導破壞文革的行徑，並
號召：「一切革命的知識分子，是戰鬥的時候了！讓我們團結起來，高舉毛澤
東思想的偉大紅旗，團結在黨中央和毛主席的周圍，打破修正主義的種種控
制和一切陰謀詭計，堅決、徹底、乾淨、全部地消滅一切牛鬼蛇神、一切赫
魯曉夫式的反革命的修正主義分子，把社會主義革命進行到底。」這張被稱
之為「全國第一張馬列主義的大字報」影響深遠，成為文革期間大字報的範
本之一。

　　5 月 29 日，第一個「紅衛兵小組」組織成立。清華附中學生駱小海、卜
大華、鄺桃生、王銘、張曉賓、熊剛、張承志、陶正、高洪旭、袁東平等學
生聚在北京西郊圓明園遺址開會，決定成立自己的組織。駱小海事後回憶稱，
「圓明園也就自然成了紅衛兵的聖地，它曾讓我一度感覺到，紅衛兵是鴉片
戰爭以來中國革命的直接繼承者。」〔註 10〕聚會成員在討論並同意集體使用
張承志（後來成為著名作家）的筆名「紅衛兵」署名大字報。有回憶稱：「在
討論叫什麼名字時，張承志說，『就叫紅衛兵吧。意思是做毛主席的紅衛兵，
同階級敵人、反革命修正主義鬥爭到底！』大家一致贊成。」〔註 11〕

　　6 月 2 日下午，一張署名紅衛兵的大字報出現在清華附中校園的教室門

〔註 10〕 參閱宋柏林：《紅衛兵興衰錄——清華附中老紅衛兵手記》，香港：德賽出版
　　　　有限公司，2006 年。
〔註 11〕 參閱仲維光：《清華附中紅衛兵小組誕生史實》。

口。大字報的題目是《誓死保衛無產階級專政，誓死保衛毛澤東思想》，大字
報全文如下：

> 黨中央、毛主席向全國人民吹響了衝鋒號，將無產階級文化大
> 革命進行到底！
>
> 我們，無產階級革命的後代，無限熱愛、無限信仰、無限崇拜
> 毛澤東思想。對一切反毛澤東思想的言行，懷著刻骨的仇恨。在大
> 革命中，我們一定要樹立毛澤東思想的絕對權威，一腳踢開一切反
> 毛澤東思想的所謂「權威」，凡是毛主席指示的，我們就堅決照辦，
> 堅決執行，就是上刀山、下火海也在所不辭！凡是違背毛澤東思想
> 的，不管他是什麼人，不管他打著什麼旗號，不管他有多麼高的地
> 位，統統都要砸得稀爛！
>
> 文化大革命，是兩個階級，兩種世界觀的決戰。我們一定要突
> 出無產階級政治，大搞世界觀、人生觀的改造，不准資產階級在任
> 何領域中負隅頑抗！
>
> 資產階級的老爺們，你們既然挑起了這一場鬥爭，那麼好吧！
> 我們來者不拒，堅決奉陪到底，不拔掉黑旗，不打垮黑幫，不砸爛
> 黑店，不取締黑市，決不收兵！
>
> 同志們，革命戰友們：
>
> 誓死跟著黨中央，誓死跟著毛主席，誓死保衛無產階級專政！
>
> 毛主席萬歲！
>
> 紅衛兵
>
> 1966 年 6 月 2 日

這是紅衛兵的第一次公開亮相。這個特殊的政治組織開始登上中國的歷
史舞臺。在很短的時間裏，由學生成立的「紅衛兵」組織蜂擁而起，到處揪
鬥學校領導和教師，一些黨政機關受到衝擊。社會動盪由是開始。

8 月 1 日至 12 日，黨的八屆十一中全會召開。會議期間，毛澤東寫了《炮
打司令部——我的一張大字報》，提出中央有一個資產階級司令部，矛頭直指
劉少奇、鄧小平。全會通過關於「文化大革命」的十六條，對於運動的對象、
依靠力量、方法等根本性問題作了有嚴重錯誤的規定。全會改組了中央領導
機構。

八屆十一中全會後，紅衛兵運動迅猛發展。從 1966 年 8 月至 11 月，毛

澤東先後八次接見一十一白多萬「紅衛兵」。在「保衛毛主席」和「反修防修」口號鼓動下，紅衛兵衝向文化團體、教育機構、黨政機關，衝向社會各個領域。紅衛兵運動最初是破除「四舊」（即所謂舊思想、舊文化、舊風俗、舊習慣），隨後發展爲抄家、打人、砸物。無數優秀的文化典籍被付之一炬，大量國家文物遭受洗劫，許多知識分子、民主人士和幹部遭到批鬥。紅衛兵對他們認定的「封、資、修」事物進行大破壞；對他們認定的「黑幫分子」、「資產階級代表人物」、「反動學術權威」、「反革命修正主義分子」，採取批鬥、抄家、毆打和侮辱等種種手段加以迫害。1966 年 10 月初，中共中央轉發中央軍委關於軍隊院校進行「文化大革命」的緊急指示，宣佈取消由黨委領導運動的規定。在「踢開黨委鬧革命」的口號下，造反狂潮全面擴展到工農業領域。中央和地方的許多領導幹部受到批鬥，機關工作普遍陷於癱瘓、半癱瘓狀態。中共的基層組織的活動和黨員的組織生活陷於停頓。國家陷入空前的混亂之中。致使各地黨政體系陷於癱瘓，各級官員作爲「走資派」、「牛鬼蛇神」等被打倒，甚至從肉體上被消滅。

1967 年 1 月初，在張春橋、姚文元策劃下，上海市的造反派組織奪取了上海市的黨政領導大權。這場奪權鬥爭得到充分肯定。1 月中下旬，各地掀起由造反派奪取黨和政府各級領導權的「一月革命」風暴。奪權狂潮一經引發便不可收拾，很快發展成「打倒一切」的全面內亂。

第三節　紅衛兵運動的文化後果

文革期間，數以億計的公民受到衝擊，政界和文化界知名人士幾乎無人幸免。被迫害致死的上至國家主席和元帥，下至籍籍無名的街坊大媽或鄉村大叔，加上在武鬥中致死的，數以百萬計。尤其是紅衛兵「破四舊」期間，對文化的衝擊和破壞，可謂是中國歷史上，乃至人類文明史上空前絕後的浩劫。直接或間接死於文革的著名人士中，政界人士有劉少奇、彭德懷、陶鑄、賀龍、王稼祥、陶勇、徐海東、李立三、鄧子恢、陳昌浩、章伯鈞、曾昭掄、邵力子、許光達、田家英、浦熙修、錢瑛、楊之華、王造時、潘梓年等；演藝界人士有蔡楚生、鄭君里、焦菊隱、應衛雲、馬連良、荀慧生、裘盛戎、蓋叫天、王瑩、上官雲珠、舒繡文、言慧珠、嚴鳳英、潘天壽、孫維世等；文學和人文學術界人士有老舍、周作人、陳寅恪、熊十力、馬一浮、

張東蓀、潘光旦、李達、田漢、陳夢家、胡先驌、邵洵美、周瘦鵑、李廣田、麗尼、倪貽德、陳翔鶴、余上沅、饒孟侃、張競生、顧準、康同璧、翦伯贊、趙樹理、鄧拓、吳晗、楊朔、以群、傅雷、向達、李平心、邵荃麟、侯金鏡、華崗、呂熒、王任叔、司馬文森、海默、彭柏山、劉綬松、聞捷、魏金枝、李六如、蕭也牧、蔣牧良、吳興華、羅廣斌、孔厥、郭世英等。在這些人當中，有的直接死於殘酷批鬥，有的因不堪迫害自殺身亡，有的在飽受精神和肉體雙重摧殘之後含冤而終。這一觸目驚心的名單，僅僅是文革劫難的冰山一角。在 1978 年召開的第四屆文代會上，大會提議為被林彪、「四人幫」迫害逝世和身後遭受誣陷的作家、藝術家們致哀，在宣讀的名單中，有作家、藝術家近二百名。在文革中被監禁、刑訊、關押、毆打和下「五七幹校」進行勞動改造的作家、藝術家就更無法統計了，可以說幾乎無一人幸免。更多的人和更多的家庭所遭受的創傷，至今依舊難以撫平。

紅衛兵運動除了對具體的文化人的人身迫害之外，還有一個重要的行動，就是對有形的文化器物進行徹底的破壞。紅衛兵決心剷除一切「封資修」的文化。所謂「封資修」，指的是封建主義、資產階級和修正主義。封建主義文化包括現代中國之前的所有文化，資產階級文化包括西方文化和 1949 年之前的中國現代文化，修正主義文化則包括蘇聯、東歐社會主義陣營的文化和文革前的所謂「十七年」文化。這樣一來，除了文革期間的極左文化之外，幾乎人類文明史上的所有文化類型，均屬於反動的文化，都在紅衛兵的清除之列。

紅衛兵所到之處，歷代文物皆毀壞殆盡，包括炎帝陵、舜帝陵、大禹廟、孔子墓、孔廟、武侯祠、包公墓、岳飛廟，以及白馬寺、龍門石窟、吐魯番地區千佛洞等在內的古跡，無一幸免。佛像被搗毀，珍玩被砸碎，壁畫被剷除，碑刻被鑿爛，字畫、古籍被焚燒……僅僅 1966 年 11 月 9 日至 12 月 7 日，以北京紅衛兵「五大領袖」之一的譚厚蘭率領的紅衛兵所破壞的孔廟文物 6000 餘件，燒毀古書 2700 餘冊，各種字畫 900 多軸，歷代石碑 1000 餘座，其中包括國家一級保護文物的國寶 70 餘件，珍版書籍 1000 多冊。

同樣，「資產階級文化」也在清除之列。西方古典名著一律被斥之為「毒草」、「黃色書籍」而遭查抄和焚毀。如在人民文學出版社革命造反派、紅代會新師院魯迅兵團在《周揚集團在外國文學方面推行名洋古黑線罪惡史》一文中，被點名的「毒草」包括：1950 年出版的「描寫妓女生涯的《娜娜》，鼓

吹個人奮鬥的《約翰·克利斯朵夫》、《紅與黑》、《馬丁·伊登》，宣揚愛情至
上的《傲慢與偏見》、《簡愛》等等」，以及 1958～1965 年《外國古典文學名
著叢書》24 種，「寫超階級愛情的《沙恭達羅》，美化地主、美化農奴制度的
《獵人筆記》，誨淫誨盜的《吉爾·布拉斯》，宣揚剝削有理、爲資產階級
唱輓歌的《布登洛克一家》，描寫貴族荒淫生活的《博馬舍戲劇集》，宣揚資
產階級腐朽愛情的《包利法夫人》，歌頌殖民主義的《魯濱遜漂流記》，宣
揚人性論的《名利場》等等」。甚至 1964 年中宣部和文化部批准人民文學出
版社出版《莎士比亞全集》以「配合莎氏誕辰 400 週年紀念」，也成爲一條罪
狀。〔註12〕

　　中國現代白話文新文學（除魯迅的作品之外）也遭遇相同的命運，幾乎
一律被禁。現代中國作家只有魯迅一人的著作是被允許公開閱讀的。帶有文
化激進主義傾向的魯迅，被打扮成「文革」的精神領袖之一，並借其來打擊
在 1930 年代與魯迅有過衝突的周揚等人。「文革」爆發後的 1966 年 10 月，
官方公開舉行紀念魯迅逝世 30 週年大會，陳伯達在大會閉幕詞中稱魯迅爲「先
知」，而稱周揚爲「叛徒」和「投降主義者」。《紅旗》雜誌發表社論《紀念我
們的文化革命先驅魯迅》，稱：「魯迅最值得我們學習的，在於他對偉大領袖
毛主席無比崇敬和熱愛……他始終堅定地跟著毛主席走，勇敢地捍衛以毛主
席爲代表的正確路線」，雖然早年曾經彷徨過，「但是，當他找到了馬克思主
義，特別是找到了以毛主席爲代表的中國共產黨，找到了以毛主席爲代表的
革命路線之後，他就下定決心，俯首聽命，甘願做無產階級革命的『馬前卒』
和『小兵』。『烈士暮年，壯心不已』。魯迅越到晚年，革命意志越堅強，越顯
出戰鬥的青春活力。這是什麼力量在鼓舞著他呢？這就是以毛主席爲代表的
中國共產黨，這就是我們偉大的導師毛主席。」社論還強調了魯迅的「造反
精神」。而許廣平在《毛澤東思想的陽光照耀著魯迅》文章中則這樣寫道：「毛
主席稱讚魯迅是文化革命的主將，但魯迅總是以黨的一名小兵自命……魯迅
一生所遵奉的命令……是黨和毛主席的命令。他努力學習和掌握毛澤東同志
制定的黨的方針政策……所有這一切，至今我還歷歷在目，永生難忘……當
時魯迅和毛主席雖然住在天南地北，但魯迅的心，嚮往著毛主席，跟著毛主
席，我們偉大的領袖毛主席，是魯迅心中最紅最紅的紅太陽。」

〔註12〕 參閱楊鍵：《中國知青文學史》「第三章·紅衛兵文學」，中國工人出版社，2002
　　　　年。

　　西方的和中國五四以來的音樂、美術作品，也一律被禁。1949 年之前的影片一律被禁。1949 年至文革前拍攝的影片，甚至包括動畫片和科教片，基本被禁。據造反派組織「紅代會北京電影學院井岡山文藝兵團、江蘇省無產階級革命派電影批判聯絡站、江蘇省電影發行放映公司」聯合發行的小報統計，被打成毒草的中外影片達 400 部之多。該小報還列舉了每一部打成「毒草」的理由。試列舉幾種如下：《梁山伯與祝英臺》：謳歌才子佳人，鼓吹愛情至上。《女籃五號》：沒有黨的領導，宣傳球隊指導（作用）。美化了資產階級小姐，最後叫小姐愛上了窮運動員，還宣傳了階級調和，合二而一。《不夜城》：是文藝界和統戰部一小撮反革命修正主義分子秉承黨內最大的走資本主義道路當權派的旨意，而精心炮製的一株反黨反社會主義、向無產階級專政進行倡狂進攻的大毒草，是鼓吹「剝削有功」反革命理論的代表作，是復辟資本主義的宣言書。影片極力爲資本主義塗脂抹粉，樹碑立傳，把利慾薰心、惟利是圖的資本家打扮成「勤儉起家」、「苦心經營」、「實業救國」的英雄，並大肆宣揚資產階級腐朽、糜爛的生活方式。影片對工人階級極力醜化，把工人寫成向資本家「請願」、「乞求」，不記「私仇」，對資產階級實行「感化」政策的階級投降主義者，宣揚階級合作，鼓吹階級投降主義，反對無產階級專政。《杜十娘》：美化妓女和地主「公子哥」。《英雄虎膽》：美化特務阿蘭，跳搖擺舞一場是資產階級生活大展覽，歪曲了偵察部隊形象，雷參謀化裝後，比敵人還像敵人。《徐秋影案件》：渲染恐怖、神秘，醜化我公安人員，攻擊社會主義制度。《五朵金花》：整個影片寫了一男一女，別人都是陪襯他們談戀愛的。對少數民族不說他們進步，政治成長，精神面貌的變化，盡是吃喝談戀愛。情歌很有問題。《竇娥冤》：是和《海瑞罷官》一樣的鬼戲。《竇娥冤》係根據傳統劇目改編的，作者借古喻今，爲罷了官的右傾機會主義分子和牛鬼蛇神鳴冤叫屈。《大李、小李和老李》：低級、庸俗，把故事安排在屠場，是別有用心的，影射我們像豬一樣被宰。寫幹部不是胖豬就是瘦猴，把車間主任關在冷藏室，把幹部寫得跟豬一樣。《野豬林》：含沙射影地以宋朝八十萬禁軍教頭林沖受迫害的遭遇，攻擊黨中央、毛主席對右傾機會主義分子彭德懷等所作的鬥爭。爲彭德懷等鳴不平，煽動彭等伺機東山再起。《大鬧天宮》：發泄對社會主義現實的不滿，號召牛鬼蛇神大鬧社會主義江山，影片中的孫悟空已不是勇敢、正直、革命造反的形象，而是牛鬼蛇神、流氓無賴的化身。《小太陽》：胡說什麼天上只有一個太陽還太冷，北極的冰雪都沒法融

化，萬物不能生長，必須再製造一個小太陽，天上有兩個太陽才行，以此惡毒攻擊我們心中最紅最紅的紅太陽毛主席。《揭開棉蚜生活的秘密》：借害蟲棉蚜之口，惡毒攻擊黨，攻擊社會主義，反對無產階級專政，為資本主義復辟製造輿論⋯⋯

外國影片基本被禁。1970 年代初期，開始逐步解禁和引進了一批外國影片，主要是社會主義國家的影片，如蘇聯影片《列寧在十月》《列寧在 1918 年》，阿爾巴尼亞影片《寧死不屈》《地下游擊隊》《創傷》《腳印》《第八個是銅像》《海岸風雷》《廣闊的地平線》《戰鬥的早晨》《勇敢的人們》等十餘部，朝鮮影片《看不見的戰線》《賣花姑娘》《原形畢露》《摘蘋果的時候》《南江村的婦女》《金姬和銀姬的命運》《一個自衛隊員的自白》《血海》等十餘部，羅馬尼亞影片《爆炸》《多瑙河之波》《勇敢的米哈伊》《斯特凡大公》等數部，越南影片《回故鄉之路》《琛姑娘的森林》《阿福》等數部。在相當長的一段時間裏，除「樣板戲」之外，可供上映的國產故事片只有近乎軍事教學片的《地道戰》《地雷戰》和《南征北戰》三部，其餘則只有一些諸如《怎樣防治豬囊蟲》《針刺麻醉》《對蝦》等科教片和《新聞簡報》。曾有民謠描述當時的電影：「朝鮮電影哭哭笑笑，蘇聯電影摟摟抱抱，羅馬尼亞電影打打鬧鬧，阿爾巴尼亞電影莫名其妙，越南電影飛機大炮，中國電影新聞簡報。」

文革期間，文學和學術出版物也遭遇滅頂之災。1966 年 5 月，北京市委主辦的理論刊物《前線》停刊。這是「文革」開始後第一個停辦的刊物。之後，全國其它包括文藝雜誌在內的刊物陸續停刊，至 7 月，文藝雜誌僅存《解放軍文藝》一種，後者延續至 1968 年 6 月，也告停刊。直至 1970 年代初期開始逐步恢覆文藝和學術刊物的編輯發行。文革高潮期間，出版業近乎陷於停頓。各出版社的主要工作是出版發行「紅寶書」（即《毛主席語錄》）。據統計，《毛主席語錄》從 1964 年到 1976 年，全國共出版漢文版 4 種，少數民族文字（8 種文字）版 8 種，盲文版 1 種，外文版（37 種文字）和漢英對照共38 種，總印數 105549.8 萬冊。還不包括各種群眾組織和機構自行印刷發行的數字。據外文出版發行事業局統計，截至 1967 年 10 月，世界各國以 65 種文字翻譯出版毛澤東著作 853 種，其中有 20 個國家的 20 種文字翻譯出版《毛主席語錄》，共有 35 種版本。出版《毛澤東選集》（1～4 卷）2415.8 萬部；《毛澤東著作選讀》甲種本 2867.4 萬冊，乙種本 6449.4 萬冊；毛澤東著作各種專

集、彙編本、單篇本，如「老三篇」（毛澤東所著《為人民服務》、《紀念白求恩》、《愚公移山》等三篇文章）、「老五篇」（含「老三篇」加《關於糾正黨內的錯誤思想》、《反對自由主義》）等 74814.8 萬冊；毛澤東單張語錄、語錄畫31090 萬張，單張毛澤東詩詞手跡 224 萬張；毛澤東像 37910.5 萬張。此外，印行較多的出版物有《最新指示》和《毛主席詩詞》等。

幾乎所有的文藝團體和機構均告廢止，或機構解散，或運轉癱瘓，或停止辦公。全國文藝界受誣陷、迫害、揪鬥所謂的「黑線人物」的人數無法計算，僅文化部及直屬單位就有 2600 多人被誣陷；禍及教育界，建國十七年來教育戰線的成就也被全盤否定了，僅國務院直屬單位和十七省、市受誣陷、迫害的教師就有 14.2 萬多人。8 月 29 日，紅衛兵闖入中國作家協會，揪鬥了作協領導人劉白羽、嚴文井、韓北屏、張光年、邵荃麟、侯金鏡、馮牧、李季、葛洛、張僖、陳默等人。之後，中國作家協會和中國文聯的辦公地點被造反派佔據，作協領導人及部分著名作家如冰心、張天翼、陳白塵等已揪出的所謂「牛鬼蛇神」，被集中監管，強迫勞動、寫交代材料、讀毛著和接受批鬥示眾。這些人在經歷了文革高潮的衝擊之後，倖存者大多於 1970 年代初被遣送至各地的「五七幹校」勞動。

作家秦牧在談到文革時，感歎道：「這真是空前的一場浩劫，多少百萬人顛連困頓，多少百萬人含恨以終，多少家庭分崩離析，多少少年兒童變成了流氓惡棍，多少書籍被付之一炬，多少名勝古跡橫遭破壞，多少先賢墳墓被挖掉，多少罪惡假革命之名以進行！」

第二章 「造反有理」：紅衛兵運動與 「造反文藝」

第一節 「造反文藝」與暴力美學

一、紅衛兵運動與「造反文藝」的興起

　　「五一六通知」之後，紅衛兵組織開始成立。自 1966 年 5 月 29 日清華附中學生成立全國第一個紅衛兵組織以來，全國各地大大小小的紅衛兵團體不計其數，一般自稱爲「戰鬥隊」、「兵團」、「司令部」、「公社」等。紅衛兵的宗旨是向「走資本主義道路的當權派」、「資產階級反動權威」、「資產階級保皇派」造反，「懷疑一切，打倒一切」，手段是大字報、大批鬥，「破四舊」、「抄家」中進行了打砸搶，他們的造反行動衝垮了各級黨政機關現成的運行體系，整個社會因而處於無政府主義狀態。這是一場頗爲怪異的革命：國家最高政治領袖發動青年學生和底層民眾，自下而上地徹底摧毀了他本人及其戰友歷經十多年時間打造出來的官僚行政體系和國家機器，並給他身邊的政治同僚以致命打擊，奪取了他們的權力。這場革命的理論依據是馬克思列寧主義的政治哲學，毛澤東本人將這種政治理論總結爲：「馬克思主義的道理千頭萬緒，歸根結底就是一句話：造反有理。」隨著造反運動的發展，紅衛兵在日後分裂成若干派系，計有「老紅衛兵」、「保皇派」、「造反派」、「逍遙派」、「極左派」等，也有諸如「四三派」、「四四派」等分類法。各派之間爲爭奪權力，經常發生武鬥。

　　標準的紅衛兵形象是：頭戴綠軍帽、身著綠軍裝、腰佩武裝帶、臂佩紅袖章、腳蹬解放鞋、手握紅寶書。男孩蓄平頭，女孩剪齊耳短髮，或紮刷把短辮。至於軍裝要洗得越舊、越白越好——顯示其父輩的參加革命早、資格老，革命血統純粹。草綠色新軍裝則被認為贋品，蔑稱稱為「雞屎綠」。腰間的武裝帶，最正宗的為牛皮帶黃銅扣，解下來可以充當武器。許多走資派在挨鬥時，都嘗過被武裝帶抽打的滋味。

　　最初一批被稱之為「老紅衛兵」。但他們並不老，基本上是 15 歲至 18 歲的中學生，而且大多是北京幾所著名中學（如清華附中、師大附中、第四中學、第六中學、第一零一中學、第四十七中學等），這些中學就讀的，大部分是所謂「高幹子女」，他們的家庭本是當時的政治特權階層，他們自認為是其父輩革命傳統的繼承者，是無產階級革命事業的紅色接班人。他們決定接過父輩的革命旗幟，開始新的革命行動，砸爛舊世界。他們砸爛了教室和學校，燒毀了教科書和其它能夠找到的書籍，批鬥、毆打和監禁教師及其它家庭出身不好的同學。在北京，熱鬧的王府井大街上的霓虹燈被砸碎，東安市場的百貨商店被搗毀。在上海，繁華的南京路的霓虹燈被砸碎，普希金銅像被搗毀。這一情形，讓人們聯想到納粹德國時期的衝鋒隊在猶太人社區製造的「玻璃之夜」。紅衛兵們還手持皮尺和剪刀，在北京的王府井大街和上海的外灘、南京路上，對對行人的褲腿實行專政，不合標準的褲腿（太大或太窄），一律剪開。長髮和捲髮也被強行剪除。成群結隊的紅衛兵衝入所謂「黑五類」的民宅，進行抄家、刑訊。一本書、一張唱片、一瓶香水，都會惹來殺身之禍。各地紅衛兵還開始了大串聯行動，即紅衛兵向全國各地進發，宣傳文化大革命和毛澤東思想，聯合各地造反的紅衛兵，介入當地的造反行動，揪鬥走資派。

　　1966 年 8 月 18 日，毛澤東在北京天安門廣場接見了來自全國各地的上百萬紅衛兵。毛澤東身穿綠軍裝，佩戴紅衛兵袖章，站在天安門城樓上，表示支持紅衛兵運動。他被紅衛兵尊崇為「紅司令」。紅旗、紅寶書，彙成一片，天安門廣場成為一片紅色的海洋。「毛主席萬歲！」的口號聲響徹雲霄。8 月 18 日至 11 月 26 日，毛澤東先後 8 次接見紅衛兵，接見人數多達 1300 多萬。

　　這些離開教室，衝向街頭的年輕人，幾乎把全部的精力都投入到造反運動當中，在揪鬥、抄家、打砸、串聯之餘，他們就會以文藝活動的形式，宣

傳毛澤東思想和造反的道路，批判修正主義路線，歌頌文化大革命。

紅衛兵文藝的傳播方式，主要是街頭文藝的現場傳播、即興書寫的標語和大字報，但也有借助現代印刷媒體的傳播手段。文革爆發後，長期由官方壟斷的印刷傳媒突然開放，官方行政機構的癱瘓，對印刷傳播的控制力喪失，紅衛兵開始掌握部分出版發行權力。各種紅衛兵組織自行編輯、印刷自己的報刊雜誌，如「紅衛兵小報」。1966 年 8 月 22 日，毛澤東題寫刊頭的《新北大》創刊，這是最早的紅衛兵小報。1966 年 11 月北京大學主辦的《文化革命通訊》出版，這是最早的紅衛兵造反派刊物之一。〔註1〕紅衛兵造反派報刊如同紅衛兵造反派組織一樣，多如牛毛，不計其數，一般估計在數千種至上萬種。發行時間長短不一，有的長達數年，有的可能就幾天，甚至是一次性的存在。紅衛兵報刊一般由紅衛兵組織自行發行，自行組織人手四處派發或售賣。1967 年 12 月，上海的紅衛兵要求把自己的《紅衛戰報》夾在《解放日報》中一起發行，遭到拒絕。造反派一怒之下，造了《解放日報》的反，逼迫《解放日報》發行《紅衛戰報》。此後，郵局開始發行紅衛兵造反派的報紙和刊物。

當時比較著名的「小報」有刊載《出身論》的北京《中學文革報》，老紅衛兵派則辦有《萊茵報》、《新湘江評論》等。北京著名的「五大高校」學生組織都有自己的刊物，如北京大學「新北大公社」的《文藝批判》、清華大學「井岡山兵團」的《井岡山》、北京地質學院「東方紅公社」的《東方紅》、北京航空學院「紅旗戰鬥隊」的《北航紅旗》、北京師範大學「井岡山戰鬥團」的《教育革命》等。其它各地學校紅衛兵組織和各行業的造反派組織也紛紛創辦自己的報刊，如《烈火》《準備》《點火》《上天》《大喊大叫》《鋼二司》《指點江山》《激揚文字》《萬山紅遍》《鬥私批修》《八·二五》《紅色電影》《外語紅旗》《美術風雷》《戲劇戰報》《批翦戰報》《批彭戰報》等。「中央文革」所利用的幾個組織：清華井岡山、地質東方紅等小報，經常透露出一些「中央精神」，作為一種輿論攻勢左右著運動的發展。直至 1968 年前後各地「革命委員會」成立，造反派自辦報刊逐漸落潮，或停刊或被接管，至中共九大之後，基本消失。

在眾多的紅衛兵報刊中，1967 年 6 月創刊的由「新北大公社文藝批判戰鬥團」編輯的《文藝批判》最具代表性。其「發刊詞」寫道：「《文藝批判》

〔註 1〕 參閱胡松濤：《話說紅衛兵刊物》，載《書屋》（長沙），2007 年第 11 期。

誕生的崇高的歷史使命就是宣傳、捍衛毛澤東思想。光焰無際的毛澤東思想永遠是她戰鬥的指路明燈。」「《文藝批判》是高舉革命的批判大旗衝鋒陷陣的紅色戰士。它將以戰鬥的姿態，呼嘯著，奔騰著，大喊大叫地投入到洶湧澎湃的無產階級文化大革命的洪流中去。」「反革命修正主義統治我們文藝的現象再也不能繼續下去了！我們再也不能容忍了！今天，是我們殺過去了！我們要刮起十二級革命的大風，把他們攪個『周天寒徹』，殺它個人仰馬翻！什麼帝王將相，才子佳人，什麼『名流學者』，『專家權威』，都要一齊打倒，統統都在掃蕩之列！在文藝界來個大批判，大掃蕩，剷除這些毒草，蕩滌這些污垢，徹底批判劉鄧文藝黑線，這是《文藝批判》的戰鬥任務。」1968 年3月，《文藝批判》改刊為《文化批判》，批判的領域則由「文藝」擴大到整個文化領域。〔註2〕

　　紅衛兵報刊很少專門的文藝性刊物。文藝性的作品一般是出現在報刊的次要板塊或補白部分。1967 年 8 月 20 日中國作協造反派辦的《文學戰報》改版為《文學戰線》。《文學戰報》以發表大批判文章為主，《文學戰線》改為以發表創作為主。之後，這份報紙發表了眾多的詩歌、雜文作品，成為文革時期較為專業化的文學類小報。同年，由首都大專院校紅衛兵代表大會紅衛兵文藝編輯部主辦的《紅衛兵文藝》，則是一份較為專門的文藝性雜誌。《紅衛兵文藝》的前身是《大破大立》，從第三期改名《紅衛兵文藝》。它主要刊登小說、回憶錄、散文、詩歌、曲藝、歌曲及美術作品等。《紅衛兵文藝》是最具紅衛兵特色的雜誌之一。它第一個鮮明地打出「紅衛兵文藝」的旗幟，發起「紅衛兵徵文」，發表了大量的紅衛兵詩歌、報告文學、小演唱等，雜誌中還有許多插圖，讓我們看到了紅衛兵「文藝」的模樣。《紅衛兵文藝》的另一大「貢獻」是發起並編輯出版了《在火紅的戰旗上——中國紅衛兵詩選》，這是「文革」中出版的最著名的紅衛兵詩歌選，是紅衛兵詩歌運動的總結。

　　紅衛兵運動中湧現出了大量了文藝樣式。大字報、對口詞、群口詞、三句半、快板書、鑼鼓詞、道情、語錄歌，紅衛兵戰歌、活報劇、表演唱、大合唱、大聯唱……在文革之前的工農兵文藝運動中，這些文藝形式也曾以不同的方式出現過，但無論是規模還是種類，都未達到過紅衛兵文藝運動中的程度。

〔註 2〕 參閱王堯：《「文革文學」紀事》，載《當代作家評論》（瀋陽），2000 年第 4
　　　　期。

二、紅衛兵文藝的生產方式和藝術形態

紅衛兵文藝較多地吸收了民間說唱藝術的形式，並加以革命化的改造。

對口詞、群口詞

對口詞是詩朗誦與相聲的混合體，由兩人表演，一人一句，高聲朗誦，在一個意義段落的結尾處，由兩人齊聲合頌。起首無非是大好形勢或「毛主席語錄」，諸如「東風吹、戰鼓擂」之類的套路，結尾則是「打倒」、「萬歲」之類的口號。但對口詞改變了一人朗誦在形式上的單調、呆板，加之配以揮手、握拳、跨步等簡單的程序化動作和組合造型，使得原本枯燥無味的政治宣示，變得更具抒情性，而且也更具視覺效果。表演者的動作可以表達慷慨激昂或無限深情等情緒，以身體姿態塑造革命理念。而與相聲不同的是，甲乙兩人只有朗誦句子的分工，沒有角色分工，而且，跟幽默、逗趣等藝術效果無關。

群口詞則為兩人以上，一般為四人，有時也會是兩組或四組人。表演手法和內容，跟對口詞相同。但因人數較多，舞臺效果會更好一些。

鑼鼓詞、三句半

鑼鼓詞與群口詞的表演形式相似，以多人表演朗誦，不同的是，鑼鼓詞的表演者同時還是鑼鼓手。表演者攜帶打擊樂器上場，一般包括同鼓、大鑼、鑔、錫鑼等多種，每說一段，便來一段鑼鼓齊奏，以壯聲勢。內容也大多為政治歌謠和口號。

「三句半」在形式上和表演上相對要複雜一些。三句半是中國民間傳統的說唱藝術之一種，是以說為主的韻文體曲種。據說起源於嘉慶年間山東嶧縣西部陶館附近運河船工的號子，由民間藝人加以改造而成。三句半由四人表演，角色分甲、乙、丙、丁，分持鼓、大鑼、鑔、錫鑼等四種打擊樂器登場。在一陣鑼鼓之後，開始每人一句，每說一句，就敲擊一下自己手中的樂器，並作出相應的動作造型。一般由鼓手起句，然後是大鑼和鑔，最後是錫鑼。〔註3〕

三句半的前三句，一般是七字句的順口溜，最後一句只有一個字或一個詞，一般不超過三個字，也就是那個「半」句。因為是不完整的句子，所

〔註3〕 不同地方的表演，樂曲的順序會有所不同，主要的差別在打鑼和錫鑼的位置可能會置換。但其功能和效果沒有根本性的差別。

以，三句半也稱作「瘸腿詩」。三句半的效果，半句是關鍵。必須押韻、簡捷、詼諧，並出乎意料，類似於相聲中的「抖包袱」。瘸腿的順口溜，破壞了整個詩句的完整性，產生一種戲謔的效果，彷彿在順順當當的坦途中，突然閃了一跤。

另一方面，整個三句半，符合中國詩歌的起承轉合的原則，四件樂器和四位表演者，分別扮演四種不同的角色，同時也分別承擔起承轉合的四種不同的功能。鼓是起句，「冬」的一聲，顯得平穩、沉著；大鑼是承句，「咣」的一聲，高亢響亮；鑔是轉句，以「嚓」的磨擦聲，承接前句而又戛然而止，留下懸念。最後的合句是錫鑼的聲音，短促而又清脆的「當」的一聲，與「半」句的詼諧，以及表演者的一些滑稽動作結合在一起，產生了出人意料的喜劇效果。觀眾大笑，臺上四人敲打樂器轉場，轉上一圈，各自歸位，接著表演第二段。

典型的三句半如下：

　　甲：鑼鼓傢夥敲起來，

　　乙：精神抖擻走上臺。

　　丙：少了一人怎麼辦？

　　丁：（從臺側跑上）——我來！

文革時期的三句半則基本上是革命的內容，如：

　　毛澤東思想放光芒，

　　革命進入新階段，

　　左派同志大聯合，

　　——奪權！

三句半的短小精悍，用四種樂器則塑造四種性格，四個句段表達四種不同的話語風格，充滿了戲劇性。雖然是說唱藝術，但實際效果類似於一個微型的喜劇小品。文革期間，三句半成為各類文藝節目中最受歡迎的一類節目。在政治鬥爭的嚴酷時期，三句半節目，尤其是那個從嚴肅、僵硬的政治話語板塊上洩露和脫落下來滑稽的話語碎片——「半句」，成為民眾難得的快樂之源。

表演唱、忠字舞、語錄操

表演唱是文革文藝中最常見的一種文藝形式。一般是一小組表演者，2人至十餘人不等，手中可持有一些簡單的道具，一邊表演、一邊說唱，有一種

載歌載舞的效果。它不同於獨唱、合唱等以唱為主的藝術，也不同於歌伴舞、舞蹈等以舞蹈表演為主的藝術。

　　表演唱的表演動作，一般是根據歌詞的意義來設計的，如歌中唱到毛主席像太陽人民群眾像葵花一類的內容時，表演者或可以手中的葵花道具，作出葵花向陽的動作。表演動作的藝術性，取決於編導的藝術能力，有時動作設計得過於貼近歌詞意義，表演起來如同配了聲的聾啞人「手語」，效果近乎滑稽。表演唱演唱內容有流行的革命歌曲、語錄歌，也有自行編排的歌曲。後者一般用來歌頌當地的好人好事和新生事物，並且，常常以北方民間曲藝中的一種叫做「道情」表演形式來演唱。由於是一邊表演一邊歌唱，故表演唱的動作設計也盡量避免幅度過大或過快的動作。最有代表性的表演唱節目，如節奏稍慢的《敬祝毛主席萬壽無疆》、《洗衣歌》、《喜曬戰備糧》、《井岡山下種南瓜》等。而如《草原上的紅衛兵見到了毛主席》這樣的歌曲，除了歌舞的節奏較快之外，還有較為劇烈的騎馬動作，就不適合作為表演唱，只能用作舞蹈表演的伴唱。

　　忠字舞則是文革特有的舞蹈形式。在一定程度上可視作表演唱的極端形式。舞蹈動作粗放、簡單、稚拙，其機械式的身體移動，近乎健身體操。大多採取象形表意、圖解化的表現手法。基本動作有：挺胸架拳提筋式、托塔頂天立地式、揚臂揮手前進式、握拳曲肘緊跟式、雙手高舉頌揚式、雙手捧心陶醉式、弓步前跨衝鋒式、跺腳踢腿登踹式。這八個基本動作，後來被稱之為「八大件」。每一個動作都有特定的含義，如「雙手高舉頌揚式」表示對紅太陽的信仰；「弓步前跨衝鋒式」表示跟隨偉大導師毛主席奮勇向前；「雙手捧心陶醉式」表示向偉大領袖獻忠心；「跺腳踢腿登踹式」表示徹底砸爛資產階級；「揚臂揮手前進式」表示要將革命進行到底……。跳舞時手裏通常以《毛主席語錄》（紅寶書）或紅綢巾作為道具。舞蹈者全身心充溢著朝聖的莊嚴感，情緒激蕩。遊行時的忠字舞方陣動輒成百上千人，前後相連可達上萬人、隊伍逶迤數里，同時載歌載舞前進，有時竟持續十多里路、好幾個小時。其場面之龐大，氣勢之磅礴，史無前例。主要曲目有《大海航行靠舵手》、《造反有理》、《革命造反歌》、《敬愛的毛主席，我們心中的紅太陽》、《貧下中農熱愛毛主席》等。忠字舞動作簡單、規範、整齊劃一，無需特別舞蹈基本功和專門訓練，易學易會，男女老少都可以完成，而且必須參加（牛鬼蛇神、黑五類除外）。後又詩人作打油詩諷刺曰：「忠字舞，手應鑼，腳應鼓；一聲

號令爲軍伍。忠字舞，心應鼓，口應鑼；舞時史唱語錄歌。忠字舞，狂且野，飆輪火被金光射；忠字舞，野且狂，舞興濃處晝夜忘。左旋右轉無已時，男女老少俱難辭。爹娘仆地兒孫贊，忠於領袖有何礙。曲終舞罷祝無疆，更有林總永健康！」〔註4〕

語錄操，是文革的另一大發明。雛形最早發源於北京的中國人民解放軍「二炮」文工團。用毛主席語錄配上樂曲，再添加上徒手體操動作，之後開始風靡。北京體育學院進行教育改革，「大破中國赫魯曉夫的修正主義教育路線，大立毛主席的無產階級教育路線」，對廣播操、武術、體操三個項目，進行了初步改革，並將改革成果運用到教學中去。經過三次大規模修改，初步創編成了北京體育學院的「毛主席語錄操」。然後由電視臺和廣播電臺向全國播出、推廣。

北京體育學院創編的這套「語錄操」操共有六節，每節除體操動作外，還有一些簡單的舞蹈動作造型。第一節：「領導我們事業的核心力量是中國共產黨，指導我們思想的理論基礎是馬克思列寧主義。」動作其實就是上肢運動，雙臂上舉、挺胸、抬頭，表現對中共和馬列主義無限信仰和崇敬。第二節：「我們應當相信群眾，我們應當相信黨……」動作就是擴胸運動。第三節：「抓革命、促生產，備戰備荒爲人民」，動作就是全身運動，其中有打錘、割麥等勞動作。第四節：「凡是敵人反對的，我們就要擁護。凡是敵人擁護的，我們就要反對。」動作就是體轉運動。第五節：「造反有理歌」，動作就是踢腿運動。第六節：「軍民團結如一人，試看天下誰能敵。」動作是整理運動。另有語錄如，「貪污和浪費是極大的犯罪」，雙手先向外翻掌推出，然後向胸前收攏作撈扒狀，這是「貪污」；將收攏的手向後平伸，依波浪式弧線上下抖動作撒東西狀，這是「浪費」；最後彎腰 90 度並將——雙手向後撅起呈「噴氣式」，表示該人在挨鬥，這是「極大的犯罪」。〔註5〕另有一份關於「世界上一切革命鬥爭都是爲著奪取政權，鞏固政權」的語錄操的分解動作解說稱：「預備姿勢直立。『世界上』兩臂經前舉向兩側直臂擴胸後振一次，兩手握拳，拳眼向上。『一切革命』兩臂向上向內繞環四百五十度至上舉，兩手握拳、拳眼向後。『鬥爭』，『鬥』時兩臂迅速有力的做臂肩側屈的動作，『爭』時兩臂再迅速的上舉。『都是爲著』兩臂向下成握槍動作。『奪取』向左斜前方做『突

〔註4〕 胡遐之：《文革雜詠》（四十五首），載《荒唐居集》，嶽麓書社，2002年。
〔註5〕 參閱程世剛：《文革時的語錄操》，載《文史博覽》（北京），2008年第3期。

刺』動作。『政權』收回左腳成直立的握槍動作。『鞏固』向右斜前方模仿做筆桿子下戳的動作，眼睛怒視右前下方。『政權』收回右腳成直立的握槍動作。按以上語錄再重複做一次。方向相同，共兩個八拍。」據說，該校的武術教研室還創編了「毛主席語錄拳」和「毛主席詩詞拳」。

大合唱、大聯唱

大合唱也是紅衛兵所喜愛的文藝形式之一。數人至 20 人左右的合唱，稱之為小合唱。數十人乃至上百人的合唱，稱之為大合唱。有時在大型群眾聚會上，會出現多達數百人，乃至上千人的大合唱。大合唱內部形式有多種變化，可以有領唱、獨唱、二重唱、齊唱、多聲部合唱等，一般有指揮和交響樂隊伴奏。如貝多芬《第九交響曲》第四樂章中的大合唱《歡樂頌》，冼星海的《黃河大合唱》等。尤其是多聲部合唱，分男高音、男低音、女高音、女中音等四個聲部，形成人聲交響。文革的大合唱一般比較簡單，主要目標是唱得整齊，形成強大的聲響效果，故大多為齊聲合唱，有時也有多聲部合唱，但也不會嚴格按音區來區分，只是將合唱隊劃分為幾個組，形成錯落、變化的效果。這樣，指揮也很難說是專業指揮，基本上就是在「打拍子」，只要把調子唱齊了。演唱的曲目無非是「語錄歌」、革命歌曲。

大聯唱由大合唱演變而來。一般意義上的大聯唱，實際上就是將多首歌曲分組連續演唱。但文革期間的大聯唱，則發展為一種特殊的文藝形式。這種形式脫胎於大型歌舞《東方紅》和《長征組歌》。這種組歌按主題分組，各組之間有邏輯關聯，形成一個完整的敘事。每一組開頭配以男女聲朗誦作為引子，點出本組歌曲的主題。可以是連續的合唱，也可以使合唱、獨唱、二重唱交互出現，還可以是連續的表演唱或插入表演唱。一首結束，另一首接著上場，連續演唱。如由「老紅衛兵」策劃、北京 101 中學郭從軍執筆填詞的大聯唱《紅衛兵組歌》，已接近於音樂史詩。《紅衛兵組歌》套用《長征組歌》曲譜，在紅衛兵誕生一週年之際公開演出，並引起轟動。節目立即被全國各地毛澤東思想宣傳隊所仿傚，在北京及全國各地城市上演，其它城市的紅衛兵紛紛仿傚。

紅衛兵戲劇

紅衛兵運動高潮時期的文藝演出，大多以小型的、即興的、街頭的、綜藝的形式為主。1967 年秋，中央文革派出軍隊接管了文革的主導權，並對紅

衛兵組織實行管理，隨著軍宣隊、工宣隊進駐學校，以破四舊、大串聯爲代表的大規模的紅衛兵運動宣告退潮，各中學和大專院校開始實施「復課鬧革命」。而實際上已不可能眞正「復課」，正常的體制已經崩潰，教學秩序已經被破壞。紅衛兵回到學校，卻無所事事。在這樣一個空隙中，紅衛兵文藝活動達到了一個高潮。

返回校園的紅衛兵開始以文藝的形式回顧和總結，歌頌屬於他們自己的運動，模仿文革前歌頌中國共產黨革命歷史的作品，對剛剛發生的紅衛兵運動加以「歷史化」。他們也有時間和精力，經營較大規模的文藝作品。如中央戲劇學院的「長征」戰鬥隊、「紅旗」戰鬥隊兩派先後排演了三部多幕話劇：《敢把皇帝拉下馬》、《海港》和《五洲風雷》等。清華大學「井岡山」戰鬥隊歌頌自己組織的戰鬥歷史的大型音樂舞蹈史詩《井岡山之路》。

北京中學生紅衛兵「四‧三派」聯合排演和公演大型歌舞史詩劇《毛主席革命路線勝利萬歲》。此劇是爲了紀念聶元梓等人的「第一張馬列主義大字報」公開發表一週年而創作的表現文化大革命的史詩。主要劇情爲：一位北京工學院附中的女學生，被「老紅衛兵」欺負，「老紅衛兵」不准她參加紅衛兵，還逼她上吊，該女生奮起反抗，表示不會自殺，自己還要「跟毛主席幹革命」。該女生成爲紅衛兵後，參加了破四舊、「鬥批改」、毛主席接見紅衛兵、革命大串聯、復課鬧革命等文革各階段的革命行動。在這部戲劇中，紅衛兵還發明了一個創造性的舞臺表現形式──「追光」。在「八一八接見」一場，如何表現偉大領袖毛主席的形象成了一個問題。主創人員經討論，最後決定用一道紅色追光，由舞臺後搖至臺前，再從臺右側搖至臺左側。紅光象徵毛主席，所有紅衛兵追隨光線歡呼跳躍，高呼：「毛主席萬歲！」這一象徵手法的使用，豐富了文革的舞臺語彙，在後來的革命文藝中被廣泛沿用。該劇在北京各演出場所輪演，10 月，又赴鄭州、武漢、天津等地巡迴演出，效果轟動，影響巨大，並被中央電視臺現場直播和中央人民廣播電臺轉播。次年，該劇組又組創了大型歌舞劇《抗大之歌》。

紅衛兵文藝中還有一些話劇作品。如郭路生（食指）創作話劇《歷史的一頁》，講述紅衛兵的成長歷史。該劇由李平分導演，姜昆等主演。話劇《列寧的故鄉》，表現莫斯科中國留學生與蘇聯工人階級聯合反抗蘇聯修正主義當局，支持中國的文化大革命的故事。

多幕話劇《希望寄託在你們身上》，是一部較爲完整地表現紅衛兵歷史的

作品。主創人員爲徐雅雅（北京戲劇專科學校，話劇表演系）、申小珂（北京外語學校附中）、胡濱（北京外語學校附中）等。全劇共分 8 場，其旁誦詞把紅衛兵運動與中共革命史聯繫在一起，將紅衛兵的誕生看作是對中國共產黨革命的繼承，並推進到了一個新階段，而紅衛兵歷史的每一個階段，都與中共的歷史階段相呼應。劇本的開頭有「荒郊」一場，描述 1966 年某中學高三年級的幾名學生舉行罷考，在圓明園廢墟創建紅衛兵。圓明園廢墟之上，怒雲蔽空，古柏聳立，二十餘人列隊宣誓：「保衛黨中央，保衛毛主席！」以悲劇的氛圍來烘托紅衛兵誕生的歷史神聖性。劇情以彭路生等人領導罷考，撕碎考卷開始；以校長、工作組組織中間派學生揭發、圍攻「紅衛兵」。最後揭發出工作組長劉加君是叛徒的事實，廣大同學紛紛覺醒。各中學紅衛兵紛紛來支持，並帶來毛主席將要接見他們的好消息。

　　紅衛兵戲劇以北京紅衛兵爲主導，其它各地紅衛兵組織也紛紛仿傚，以文藝演出的形式，歌頌造反運動。上海紅衛兵造反派組織紛紛編排文藝節目，歌頌造反運動。上海歌舞劇院的造反派編排了歌舞劇《一月風暴》，上海音樂學院紅衛兵編排了大歌舞《紅衛兵萬歲》，上海戲劇學院和上海人民藝術劇院的造反派聯合編排了大型歷史劇歌舞劇《紅燈照》，上海雜技團、上海人民藝術劇院、上海音樂學院的紅衛兵聯合編排了融雜技、歌舞爲一體的《文化大革命萬歲》，上海人民藝術劇院造反派演出的《海港風暴》等。其它還有如天津人民藝術劇院造反派的話劇《新時代的狂人》，成都「紅衛兵成都部隊」的大歌舞《毛澤思想勝利萬歲！》，重慶「八一五」派的大歌舞《山城風暴》，太原保守派紅色造反聯絡站的大歌舞《晉陽紅旗頌》等。〔註6〕

紅衛兵詩歌

詩歌是紅衛兵最重要的文學表達形式。

　　早期的紅衛兵詩歌大多見諸大字報、傳單、油印小報，主要形式爲歌謠、打油詩、順口溜。隨著紅衛兵報刊的出現，紅衛兵詩歌的表達方式和寫作水準也有了很大的改觀。1967 年前後，紅衛兵組織開始結集出版紅衛兵詩歌選集多種。據專家考察，較早出版的紅衛兵詩集有 1967 年 11 月武漢造反派編輯的《火炬頌——新華工抗暴文藝專輯》，由武漢「鋼二司」武漢水利電力學院、「鋼工總」東方紅兵團編印的《江城壯歌》。作者皆爲武漢各造反組織

〔註 6〕 參閱楊健：《中國知青文學史》。

的紅衛兵，主要內容是關於轟動全國的武漢大規模的流血武鬥事件的。1968年南京中學紅衛兵《戰地黃花》編輯部編輯出版了詩歌選集《戰地黃花》。1968年8月18日吉林師範大學「八‧一八紅衛兵」《革命造反軍報》編輯部編印的《戰地黃花──一八一八詩選》等。〔註7〕1968年12月首都大專院校紅衛兵代表大會《紅衛兵文藝》編輯部，編輯出版了一本紅衛兵詩集：《寫在火紅的戰旗上──紅衛兵詩選》。內收從文革1966年至1968年間全國範圍內產生出的紅衛兵詩98首。分爲8編：「紅太陽頌」、「紅衛兵歌謠」、「在那戰火紛飛的日子裏」、「奪權風暴」、「長城頌歌」、「獻給工人同志的詩」等，共發行3萬冊。這是一本經過精心遴選的紅衛兵造反派的詩歌選集，從覆蓋的地域範圍到內容和藝術性方面，均頗具代表性。詩選的扉頁上寫有：「獻給人類歷史上第一代紅衛兵的最高統帥──毛主席。」詩選的扉頁上寫有：「獻給人類歷史上第一代紅衛兵的最高統帥──毛主席」。在詩選的「序」中，編輯者說明：「收集在這裡的詩章，幾乎都寫自年輕的中國紅衛兵戰士之手。」編輯者熱烈地歡呼：「燃起埋葬資本主義世界的熊熊烈火，迎著共產主義的勝利曙光，前進──解放全人類，希望寄託在我們身上。中國紅衛兵萬歲！」

從內容上看，紅衛兵詩歌大致可分爲三類：一類是歌頌的（歌頌毛主席和革命事業），一類是批判的，一類是記述造反行動的。從體裁上看，主要有兩類：一類是歌謠式和擬古體詩詞的，一類是自由體抒情詩。也有少數篇幅較長的敘事體詩和政治抒情詩。歌謠類的在藝術上大多較爲粗陋，但卻體現紅衛兵文藝的基本表達方式和美學傾向，如：

> 毒打圍攻領教過
> 最多不過砍腦殼
> 要想老子不革命
> 石頭開花馬生角
>
> ──佚名
>
> 麵包饅頭算老幾
> 老子餓死不要你

〔註7〕 參閱楊漢云：《紅衛兵詩歌概說：以〈火炬頌〉、〈戰地黃花〉、〈寫在火紅的戰旗上〉三部詩選爲中心》，載《衡陽師專學報（社科版）》，1998年第1期。另可參閱王家平：《文化大革命詩歌研究》，河南大學出版社，2004年。

雄文四卷快拿來

革命小將要真理

————佚名

拿起筆作刀槍，

集中火力打黑幫，

革命師生齊造反，

文化革命當闖將。

忠於革命忠於黨，

刀山火海我敢闖，

革命後代舉紅旗，

毛澤東思想放光芒。

歌唱毛主席歌唱黨，

黨是我的親爹娘，

誰敢向黨來進攻，

堅決把他消滅光！

殺！殺！殺——嘿！

————北京大學附屬中學紅衛兵

「紅旗宣傳隊」：《革命造反歌》

　　這一類詩歌大多直抒胸臆，聲音高亢，基本接近標語口號，內容極端，形式也較單一。多數歌謠、順口溜之類的韻文，語句無非是毛主席語錄、《人民日報》社論、文革流行的標語口號和一些罵的言辭片段連綴而成。它與「大躍進」時期的民謠（如《紅旗歌謠》）從質和量上，都極為接近，而更多了一些粗魯和狂暴。

　　自由體抒情詩語言則相對雅馴，文體上也比較講究，如：

啊，戰旗！我們是如此深切地懷念你——

懷著烈火般真摯的感情，藍天般崇高的敬意！

戰旗啊，有誰能比我們更熟悉你的容顏——

血液般純潔，火焰般鮮豔，彩虹般明麗！

————河南紅爛漫：《火紅的戰旗》

大旗，你在我們心中飄揚了多久多久！

苦澀的汗把旗上每一根纖維浸透，

鮮紅的血染紅你每一寸紋路！

走資派的黑手曾撕毀這鮮豔的紅旗，

挑燈含淚，我們一針一針把你補就。

忘不了那紅旗大樓前的日日夜夜，

大旗和革命小將的紅旗並肩戰鬥；

大旗，你是我們紅彤彤的革命宣言書……

——武漢丁烯：《大旗頌歌》

莫斯科一飯館的女工，在街頭看見中國留學生紅衛兵胸前佩戴著金光閃閃的毛主席像章，她跑步上前輕聲說……

您胸前像章閃著紅太陽的光輝，

中國紅衛兵，請給我一枚！

災難深重的俄羅斯啊，

盼望第二次十月革命已望穿秋水。

……

——佚名：《您胸前閃著紅太陽的光輝》

自由體的紅衛兵詩歌承接1930年代左翼詩歌和戰爭年代的鼓動宣傳的傳統，更與「十七年文學」中的政治抒情詩——如賀敬之的詩——一脈相承。與那些順口溜相比，這一類的詩較多使用意象，注重修辭，比喻、排比和象徵手法也甚常見。並且，逐步形成了一整套文革式的意象系統：紅太陽、葵花、北斗、紅旗、槍桿子、鮮血、雄鷹、海燕、青松……這些意象本是革命文藝中的基本意象，但在文革期間，被高度強化和系統化，形成了一套內涵固定、意義單一的象徵體系。如：紅太陽象徵革命領袖毛主席；葵花象徵忠誠的革命群眾；青松象徵革命烈士永垂不朽，等等。這些象徵性的符號，不僅是文學作品中的基本意象，而且滲透到所有藝術形式和日常生活當中，並在日後的「樣板文藝」中得到進一步的完善和強化形成了一個龐大的革命神話符號體系。

在這些紅衛兵詩歌中，在藝術上較有代表性的一首是武漢紅衛兵吳克強的《放開我，媽媽！》——

面對著兩條路線生死決戰，媽媽拉住我，不讓我到學校去，怕我被走資派暗害。我對她說：

放開我，媽媽！

別為孩子擔驚受怕。
到處都是我們的戰友，
暴徒的長矛算得了啥！
我絕不做繞梁呢喃的乳燕，
終是徘徊在屋簷下；
我要作搏擊長空的雄鷹，
去迎接疾風暴雨的沖刷！

放開我，媽媽！
難道你忘了英雄的爸爸，
為了祖國的解放和勝利，
二十年前，他犧牲在反動派的屠刀下。
人民政權的奠基石啊，
灑滿了革命先烈的血花。
而今天，
在兩個階級生死決戰的關鍵時刻，
哥哥又高舉「造反有理」的大旗，
在殷紅的血泊中衝殺……
為了捍衛毛主席的革命路線，
他年輕的生命，迸發出萬丈光華！
想一想吧，媽媽！
活著的人應該幹些啥？
難道烈士的鮮血應該白流，
難道眼看革命戰友遭屠殺？
難道毛主席的革命路線我們不去捍衛，
難道能讓資產階級重新統治我們的國家？
造反派從來不會向階級敵人低頭，
頂天立地的英雄從來不怕鎮壓和屠殺！

我走了，媽媽！
請你再一次告訴隔壁受蒙蔽的那一家，
叫他們別再為階級敵人賣命，
跳出罪惡的泥坑，我們還是歡迎他！

挑動武鬥的一小撮壞頭頭，

一定逃不脫歷史的懲罰！

敵人的瘋狂，不過是滅亡前的垂死掙扎。

最後的勝利一定屬於我們，

無產階級革命派永遠殺不絕，壓不垮！

再見了，媽媽！

我們的最高統帥毛主席，

命令我立即出發！

階級鬥爭的疆場任我馳騁，

庭院怎能橫槍躍馬？

等著我們勝利的捷報吧，媽媽！

總有一天，我們會歡聚在紅旗下。

爲奪取文化大革命的徹底勝利，

兒誓作千秋雄鬼死不還家！

《放開我，媽媽！》一詩有一種鮮明的畫面感，母親的焦灼和兒子的激憤與狂熱，躍然紙上。該詩高度概括造反派武鬥期間的殘酷場景，並營造了一種悲劇性的氛圍，賦予感染力。整首詩風格悲愴，聲調激昂，字裏行間隱約可以嗅出武鬥場面的硝煙味和血腥氣，從中也可間接窺見普通民眾在這場動亂當中的處境。在藝術上，這首詩繼承了現代文學中的左翼文學的傳統，它看上去像是殷夫的《別了，哥哥》的翻版。熱血青年與家庭日常的人倫溫情的決絕，乃是革命的應有之義，也是革命文學的重要主題之一。這一主題，在日後的知青文學中，依然隱約可見，即使在文革後，我們依然可以看到它的影響，如 1979 年中越戰爭期間風行一時的歌曲《再見吧，媽媽》。

另一首詩歌傳誦更廣，影響更大，那就是政治抒情長詩《獻給第三次世界大戰的勇士》。〔註8〕這首政治幻想詩，集中體現了當時「老紅衛兵」的狂熱，是文革中流行比較廣的「手抄詩歌」。至少在 1969 年秋，就已經從北京傳出，開始在全國各地流傳。全詩共 200 餘行，共分 5 段。在詩的開頭，詩人——一位參加了第三次世界大戰的毛澤東的戰士、老紅衛兵，在戰後向自

〔註8〕該詩作者一般認爲是北京紅衛兵臧平分，但尚不能確定。

己的戰友墓前獻花：

> 摘下發白的軍帽，
> 獻上潔白的花圈輕輕地
> 輕輕地走到你的墓前，
> 用最誠摯的語言，
> 傾吐我深深的懷念。
>
> 北美的百合盛開了
> 又凋殘，
> 你在這裡躺了一年
> 又一年。

第二段，戰士回憶戰前與這位犧牲了的戰友之間的友誼，以及他們一起投身世界革命，征服世界的戰鬥經歷。

> ——在那令人難忘的夜晚，
> 戰鬥的渴望，
> 傳遍了每一根神經；
> 階級的仇恨，
> 燃燒著每一支血管。
> 在這最後消滅剝削制度的
> 第三次世界大戰中，
> 我們倆編在同一個班。
>
> ……
>
> 在戰壕裏，
> 我們同吃一個麵包，
> 合蘸一把鹽，
> 低哼同一支旋律，
> 共蓋同一條軍毯。
>
> ……
>
> 還記得嗎？
> 我們曾經飲馬頓河畔，
> 跨過烏克蘭草原，

翻過烏拉爾的峰巔，

將克里姆林宮的紅星

再次點燃。

我們沿著公社的足跡，

穿過巴黎的街巷，

踏著國際歌的鼓點，

馳騁在歐羅巴的

每一個城鎮、鄉村、港灣。

瑞士的湖光

比薩的塔尖

也門的晚霞

金邊的佛殿

富士山的櫻花

哈瓦那的烤煙

西班牙的紅酒

黑非洲的清泉

這一切啊

都不曾使我們留戀！

因為我們有

鋼槍在手，

重任在肩。

第三段，毛澤東的戰士攻克帝國主義最後的堡壘——美國白宮。在這最後的戰鬥中，戰友中彈，犧牲在最後勝利到來之際。

一手是綠葉，

一手是毒箭，

這橫行了整整兩個世紀的黃銅鷹徽，

被投進了熊熊火焰。

金元帝國的統治者

一座座大理石總統的雕像

那僵硬的笑臉

緊舔著拼花的地板。

衝啊

攻上最後一層樓板，

佔領最後一個制高點！

就在這個時候，

突然你撲在我身上，

用友誼和生命，

擋住了從角落射來的

罪惡的子彈！

你身體沉重地倒下去了，

白宮華麗的地板上，

留下你殷紅的血跡斑斑。

你的眼睛微笑著

是那樣的坦然；

你的嘴角無聲地蠕動著

似乎在命令我向前！

看那摩天樓頂上

一面奪目的紅旗

在呼拉拉地飄揚！

火一般的軍旗

照亮了你的目光燦爛！

旗一般紅的鮮血，

潤濕了你的笑臉。

第四段，戰後的抒情。勝利中夾雜著對戰友犧牲的哀傷。

戰火已經熄滅，

硝煙已經驅散。

太陽啊，

從來沒有這樣和暖；

天空啊，

從來沒有這樣的藍；

孩子們臉上的笑容，

從來沒有這樣甜。

　　　　毛澤東的教導，

　　　　伊里奇的遺言，

　　　　馬克思的預見，

　　　　就在我們這一代實現，

　　　　安息吧

　　　　親愛的朋友，

　　　　我明白你的未完成的心願，

　　　　輝煌的戰後建設的重任，

　　　　有我們承擔；

　　　　共產主義大廈，

　　　　有我們修建。

　　第五段，回到墓園。明日，這位戰鬥英雄就要回到祖國，他向安葬在新征服的異國土地上的烈士戰友告別。

　　這首詩寄託了紅衛兵進行「世界革命」的理想。「世界革命」是文革的革命理想的一部分。文革的發動者設想向世界各地，尤其是要向第三世界國家輸出革命。文革時代的中國人認爲，世界上還有三分之二的人民生活在水深火熱之中，等著社會主義中國去解放。毛澤東號召青年人要「胸懷祖國，放眼世界」，把消滅帝國主義、修正主義和各國反動派，解放全人類，並最終實現共產主義，當作自己的革命使命。爲此，而不惜犧牲自己的青春和生命。第三次世界大戰的幻想，就在這樣一種背景下產生。紅衛兵希望不斷革命，永遠革命，以永葆革命青春。這樣一種青春不逝的生命狀態，只有通過自我犧牲，方能真正實現。而戰爭，正義的革命戰爭，將爲自我犧牲並成爲英雄，提供了最好場所。紅衛兵作爲毛主席的好戰士，不僅是在國內的鬥爭中爲革命獻身，同時更應該爲解放全人類的世界革命而獻身。而在差不多與此同時，一些紅衛兵越過邊境，跑到印度支那和緬甸，投身於那里正在進行的戰爭當中。南美的游擊英雄格瓦拉，也是紅衛兵一代的精神偶像。《獻給第三次世界大戰的勇士》集中表現了這一階段紅衛兵革命精神的極端狀態，並以藝術的手法，把紅衛兵的狂熱情緒和英雄幻象，推到了一個悲劇性的高度。而這種悲劇性的英雄主義情結，也反映了當時的紅衛兵的青春狂躁型的精神症狀：極度的自大，神經質般的自戀，面對革命狂潮即將消失而一切將歸於平淡的焦灼不安的心情。

整首詩氣勢宏大，語言華麗，意象豐富，並富於變化，充滿了理想主義激情和未來主義狂想風格，是紅衛兵詩歌中的經典之作。這種宏大抒情詩風，上接賀敬之式的政治抒情詩，下開知青抒情長詩的先河。數年之後，在知青詩歌的代表作之一的《理想之歌》中，依然可以聽到它的回響。

其它紅衛兵文藝

小說不是紅衛兵文藝的重要形式，相關作品也很少。小說敘事那種相對緩慢的話語節奏和相對較強的娛樂性，似乎並不適合表達紅衛兵革命造反運動。在紅衛兵小報上，偶而也會出現一些小說，但大多為對章回體傳奇故事的模仿，如《劉修外傳》、《王妖醜史演義》、《智擒王光美》等。這些小說實際上是大字報的一個變種，藝術性和影響力均不大。直到紅衛兵運動結束後的「知青」時期，生活節奏相對緩慢下來，小說這一形式方得以復蘇。

三、造反美學：神話‧狂歡‧暴力

文化大革命，實際上是針對文化的破壞性的革命。與歷史上的文化生產傳統不同，文革的文化是建立在暴力化的行動上。諸如文革的發動者所說：「革命不是請客吃飯，不是做文章，不是繪畫繡花，不是那樣雅致，那樣從容不迫，文質彬彬，那樣溫良恭儉讓。革命是暴動，是一個階級推翻一個階級的暴烈的行動。」

紅衛兵的造反哲學奉行「否定一切」的原則，其空前的顛覆性和破壞性，讓一切文化形態在它的面前變得虛弱，不堪一擊。紅衛兵相信，造反者「在這個革命中失去的只是鎖鏈。他們獲得的將是整個世界。」因此，紅衛兵要通過砸爛舊世界來創造新世界。然而，紅衛兵的造反哲學實際上陷入了這樣一個悖論：一方面，紅衛兵是一切傳統的破壞者，是形形色色的神話的破壞者，是一切偶像的破壞者，而與此同時，紅衛兵又在舊文化的廢墟上，建構了人類歷史上最龐大的神話體系、最堅固的偶像和最巍峨的神殿。陷於這一悖論而不能自拔，讓紅衛兵自食其果。最嚴重後果之一是在文革造反運動高潮過去之後，他們很快自己的「紅司令」驅逐到了農村，在那裡，他們不得不為自己的生存而艱難奮鬥。整整十年，革命熱情和青春生命都消耗殆盡。

紅衛兵的造反行動打碎了文化史上的美學傳統，並對現代中國的話語體系和美學原則進行了全面的、顛覆性的改造。語詞的革命化是紅衛兵的文化

革命的重要部分。紅衛兵以革命的名義，對外部世界的事物進行重新命名。人名、路名、店名、商標名，都被更改。一切被認爲帶有「封資修」痕跡的名稱，都被抹除。如北京「長安街」被改名「東方紅大路」，「同仁醫院」改爲「工農兵醫院」，「清華附中」改爲「紅衛兵戰校」。一些前身有教會背景的醫院改爲「反帝醫院」，等等。一些科技術語，如醫學中的「革蘭氏染色」，也被改成「固紫染色」。差不多每一座城市都有「東風飯店」、「團結旅社」、「解放大道」。帶有「仁」、「孝」、「德」、「富」、「貴」、「祿」等字眼的名稱，全被改掉。人名多半改成「衛東」、「向陽」、「衛革」等。造反派還表現出了無比強大的造詞能力，製造出了大量的革命化的單詞、詞組、短語、成語，革命語彙的數量空前膨脹，如「三忠於」、「四無限」、「活學活用」、「文攻武衛」、「鬥私批修」、「興無滅資」、「忠不忠，看行動」，等等。

　　文革開始了聲勢浩大的造神運動，建立了一套完整的宗教性的神話體系。有「聖像」（毛主席畫像、毛主席像章），「聖詠」（《東方紅》、《大海航行靠舵手》、「毛主席語錄歌」），「頌聖儀式」（「早請示」、「晚彙報」、「忠字舞」、「語錄操」等）。一切與革命相關的事物，都被神聖化，如井岡山、寶塔山、天安門、紅寶書、工農兵，等等。全新的話語體系覆蓋了外部世界，革命化的語詞形成了內涵穩定的象徵性代碼，如紅太陽、向日葵、東方紅、忠等語符。這些語碼甚至被賦予抽象的圖象形式，成爲革命的「符籙」。另一方面，文革語言帶有強烈的巫術色彩。通過高聲和不斷重複地說出祝贊詞（「萬歲」、「萬壽無疆」等）或咒語（「打倒」、「消滅」等），強化了「神聖」與「妖魔」的勢不兩立。

　　造反運動還表現爲廣場化的身體狂歡。火在這場狂歡儀式中，起到特殊的象徵作用。通過公開焚燒舊的文化遺跡（書籍、字畫等），帶來革命性的「淨化」和「昇華」，彷彿中世紀焚燒女巫的場景再現。廣場大規模的聚會和遊行，大規模的批判大會，吶喊和舞蹈，參與者沉浸在無限的精神迷狂和喜樂之中。而千篇一律的服裝和表情，則是人格「面具化」的一種替代形式。另一方面，通過對敵人的身體妖魔化（戴高帽遊行、剃陰陽頭、畫鬼臉等）來宣洩仇恨，如同狂歡節上的「加冕－脫冕」儀式。

　　表演藝術則表現爲身體的儀式化。身體動作的整齊劃一和固定的造型，是文革舞蹈的重要特徵。符號化的身體動作和造型，傳達著特定的政治含義。表忠、敬祝與打倒、砸爛，都有特定的儀式化的動作來表達，類似於宗教儀

式中的迎神和驅魔。

　　在話語方式上，文革語言表現出強烈的暴力化的傾向。打倒、炮打、火燒、砸爛，甚至是刀砍、油炸等暴力性的語彙，被認爲是革命的語言；辱罵性的下流話，被視作是「無產階級」和「勞動人民」的語言，得到紅衛兵這些青年知識分子的認同。他們不僅在行動上要表現得粗魯和肆無忌憚，而且在語言上也盡量顯得粗鄙。溫和、理性、優美和雅致的語言，則被視作資產階級的作風而遭排斥。在一首紅衛兵歌謠中，這樣寫道：「劉少奇，算老幾，老子今天要揪你！抽你的筋，扒你的皮，把你的腦殼當球踢！誓死捍衛黨中央！誓死捍衛毛主席！」如今聽來，這似乎只是一首遊戲化的兒歌的變種，但聯繫到當時的現實情形，這種「狂暴」的兒歌，隨時可能轉化爲現實，甚至在某種程度上說，它幾乎是寫實的，是社會現實的眞實描繪。有一段群口詞這樣寫道：

眾：殺！（從喊聲中衝出）殺！

甲：向黨內走資本主義道路的當權派，

合：殺！

乙：向反動學術權威，

合：殺！

丙：向一切牛鬼蛇神，

合：殺！

丁：向一切反毛澤東思想的混蛋，

合：殺！

甲：我們無限熱愛毛主席；

乙：我們無限崇拜毛主席；

丙：我們無限信仰毛主席；

丁：我們永遠跟著毛主席；

合：我們誓死保衛毛主席。

甲：向彭陸羅楊反革命修正主義集團，

乙：一小撮混賬王八蛋們，

丙：你們反對毛主席，

丁：罷他的官。

合：造他的反，

乙、丁：把他打翻在地，

甲、丙：再踏上一隻腳，

合：叫他永世不得翻身！

合：我們準備好了，

甲：刺刀，

乙：爆破筒，

丙：衝鋒槍，

丁：手榴彈，

甲：把舊中宣部，

乙：把舊文化部，

丙：把舊北京市委，

合：徹底砸爛！砸爛！砸爛！

……

合：殺、殺、殺、殺、殺……（在喊殺聲中衝下場）

　　這是典型的「造反文體」。但這並非象徵性的表達，也不是一個比喻，它直截了當地就是一種寫實。文革造反美學的不同一般之處，就在於符號層面的暴力與現實層面的暴力是對等的。暴力化語詞的能指，就是其所指，二者之間並無分離，而且可以迅速相互轉換。紅衛兵曾經用在他們的暴力下的犧牲者的真實的而非象徵性的血，再牆壁上書寫「紅色恐怖萬歲！」〔註9〕這是暴力美學的極致。從「批判的武器」轉向「武器的批判」，對於造反派來說，是一種輕而易舉的事情。在造反行動中，這二者事實上是合二為一的。

第二節　大字報：革命的書寫與書寫的革命

　　大字報並不產生於文革，卻是在文革期間達到了巔峰狀態。提起大字報，總會令人聯想到文革；同樣，提起文革，也會想到大字報。大字報是文革的第一表達手段。但凡見過文革大字報的人，無不為其特殊的形式所震驚。在文革高潮期間，大字報鋪天蓋地，無所不在，其涉及面之廣、內容之豐富、形式之多樣、表達之奇特、發布之自由，可謂空前絕後。或許，只有互聯網時代的 BBS 和 BLOG，才可以與之相提並論。由是而引發的表達自由

〔註9〕　參閱高皋、嚴家其：《「文化大革命」十年史》，天津人民出版社，1986 年。

與話語暴力等相關問題的思考，也再一次被公眾所關注。

　　大字報所創造的特殊的話語形態，對文革期間乃至文革後的中國社會，產生了極為廣泛和深遠的影響。這種影響，不僅表現在政治生活方面，而且還表現在話語方式和美學經驗方面。今天，當人們說某一文體是「大字報式」的，也就意味著這一文體的作者以文革式的方式在表達，或者說，其語言帶有惡意的攻擊性。一位出生於 1960 年代作家余華在談到自己最初的文學經驗時，說：

> 　　每天放學回家的路上，我都要在那些大字報前消磨一個來小時。到了 70 年代中期，所有的大字報說穿了都是人身攻擊，我看著這些我都認識都知道的人，怎樣用惡毒的語言互相謾罵，互相造謠中傷對方。有追根尋源挖祖墳的，也有編造色情故事，同時還會配上漫畫，漫畫的內容就更加廣泛了，什麼都有，甚至連交媾的動作都會畫出來。
>
> 　　在大字報的時代，人的想像力被最大限度的發掘了出來，文學的一切手段都得到了發揮，什麼虛構、誇張、比喻、諷刺……應有盡有。這是我最早接觸到的文學，在大街上，在越貼越厚的大字報前，我開始喜歡文學了。〔註 10〕

毫無疑問，大字報首先是政治鬥爭的工具，其次才是文學的載體。

一、文革大字報的史前史

　　一般認為，大字報的前身是古代中國的民間揭帖。據說，毛澤東曾稱：「中國自子產時就產生了大字報。」〔註 11〕似乎從歷史文化傳統的角度，為大字報存在的合法性提供了一個方面的證據。子產（？～前 522）春秋後期政治家，鄭穆公之孫，名僑，亦稱公孫僑。但沒有足夠的證據表明子產時期出現過大字報一類的事物。子產與大字報有所關聯的行為有兩件，一是「鑄刑鼎」，也就是公佈成文法，將刑法條文鑄在鐵鼎上予以公佈。這一行為更接近於頒佈政府公告，而不像大字報。另一件事是《左傳·襄公三十一年》中記載的「子產不毀鄉校」。鄉校，既是學校，也是鄉間公共場所，鄉人可在那裡聚會，臧否時政，類似於古希臘羅馬時期的公共廣場。該文記載了子產不主

〔註10〕　余華：《自傳》。
〔註11〕　參閱李銳：《「大躍進」親歷記》，第 195 頁，上海遠東出版社，1996 年。

張廢除民眾聚集議論公共事務的場所的故事。子產楠：「然猶防川：大決所犯，傷人必多，吾不克救也；不如小決使道，不如吾聞而藥之也。」可見，毛澤東的這一說法，乃是基於他對大字報的社會功能的理解。他將大字報視作民眾政治表達的一種手段，或者說是一種公共輿論的載體，如同子產時代的鄉校一樣。

古代的揭帖在形式上與大字報相似。揭帖，曾經是官方公文的一種，後一般指公開張貼的告示，並特指私人告示，如尋人啓事、尋物啓事等，也包括一些屬於私人之間互相攻訐的文告，這種就比較接近於現代的大字報。一些民間團體也常常以揭帖的形式宣傳自己的主張或者號召民眾，如義和團時期拳民經常在公共場所發布揭帖，以打油詩、雜文等形式，披露洋人的罪行，號召民眾起事。廣義地看，所有張貼在公眾場合的大字海報、告示、通令、傳單、標語口號、表揚稿（或批評、檢討）、商品廣告，都可以稱作大字報。但作為具有特殊政治功能的大字報，則起源於 1957 年的反右運動。

據學者羅平漢的考證，第一張現代意義上的大字報出現於 1957 年 5 月 19 日。「5 月 19 日清晨，第一張大字報出現在北大大飯廳灰色的牆壁上，內容是質問北大團委出席共青團三大的北大代表是如何產生的。」〔註 12〕這是文革大字報的直接起源。之後，在整個反右運動過程中，大字報扮演了十分重要的角色。最初的群眾大鳴大放，並通過大字報表達自己的意見，隨後，持反對意見的人也通過大字報來進行辯論。隨著運動的進一步深化，官方介入大字報對「右派」的批判，有組織的大字報開始出現，輿論傾向發生了逆轉。「右派」鳴放的工具轉而傷及自身，通過大字報提意見和進行批判的人，自己稱了大字報的批判對象和犧牲品。此後，大字報在歷次政治運動中，都表現活躍，或成為表達異議的手段，或成為整人的工具。

二、「炮打司令部」：大字報的政治威力

1966 年 5 月 25 日，中共北京大學哲學系黨總支書記聶元梓與哲學系另 6 位教師一起，在北大食堂張貼了一張聯署的大字報：《宋碩、陸平、彭佩雲在文化革命中究竟幹些什麼？》，其中指控北大黨委和北京市委領導破壞文革，

〔註12〕 羅平漢：《牆上春秋——大字報的興衰》，第 10 頁，福建人民出版社，2003年。

搞修正主義。

　　現在全國人民正以對黨對毛主席無限熱愛、對反黨反社會主義黑幫無限憤怒的高昂革命精神掀起轟轟烈烈的文化大革命，爲徹底打垮反動黑幫的進攻，保衛黨中央，保衛毛主席而鬥爭，可是北大按兵不動，冷冷清清，死氣沉沉，廣大師生的強烈革命要求被壓制下來，這究竟是怎麼回事？原因在那裡？這裡有鬼。請看最近的事實吧！

　　……

　　你們大喊，要「加強領導，堅守崗位」，這就暴露了你們的馬腳。在革命群眾轟轟烈烈起來響應黨中央和毛主席的號召，堅決反擊反黨反社會主義黑幫的時候，你們大喊：「加強領導，堅守崗位」。你們堅守的是什麼「崗位」，爲誰堅守「崗位」，你們是些什麼人，搞的什麼鬼，不是很清楚嗎？直到今天你們還要負隅頑抗，你們還想「堅守崗位」來破壞文化革命。告訴你們，螳臂擋不住車輪，蚍蜉撼不了大樹。這是白日作夢！

　　一切革命的知識分子，是戰鬥的時候了！讓我們團結起來，高舉毛澤東思想的偉大紅旗，團結在黨中央和毛主席的周圍，打破修正主義的種種控制和一切陰謀鬼計，堅決、徹底、乾淨、全部地消滅一切牛鬼蛇神、一切赫魯曉夫式的反革命的修正主義分子，把社會主義革命進行到底。

　　保衛黨中央！

　　保衛毛澤東思想！

　　保衛無產階級專政！

　　　　　　　　哲學系：聶元梓 宋一秀 夏劍豸 楊克明

　　　　　　　　　　　趙正義 高雲鵬 李醒塵

　　　　　　　　　　　一九六六年五月二十五日

　　這張大字報出現在中共中央的《五一六通知》發布不久，全中國人對此次運動的真實意圖尚不清楚。故該大字報出現後，在學校內部遭到來自領導層的抵制和其它學生的圍攻。但在聶元梓等人的背後，有更高層的政治力量在支撐，他們的意見直接來自的中央文革小組。聶元梓以及北京大學的造反派，實際上不過是中央文革政治意圖的一枚棋子而已。1966 年 6 月 1 日晚中

央人民廣播電臺在毛澤東批准下播發了聶元梓大字報，次日《人民日報》全文刊載並配發了評論員文章《歡呼北大的一張大字報》，稱「聶元梓等同志的大字報，揭穿了『三家村』黑幫分子的一個大陰謀！『三家村』黑店的掌櫃鄧拓被揭露出來了，但是這個反黨集團並不甘心自己的失敗。他們仍然負隅頑抗……凡是反對毛主席，反對毛澤東思想，反對毛主席和黨中央的指示的，不論他們打著什麼旗號，不管他們有多高的職位、多老的資格，他們實際上是代表被打倒了的剝削階級的利益，全國人民都會起來反對他們，把他們打倒，把他們的黑幫、黑組織、黑紀律徹底摧毀……」而毛澤東則稱這張大字報爲「全國第一張馬列主義大字報」，並譽爲「60 年代的巴黎公社宣言」。這張大字報點燃了文革的烈火，其直接後果是導致中共北京大學黨委的垮臺，進而導致了中共北京市委的垮臺。聶元梓也因此成爲新北大領導機構的主要成員，同時也是北京高校紅衛兵造反派學生「五大領袖」之一。

1966 年 6 月 20 日，《人民日報》編輯部發表社論《革命的大字報是暴露一切牛鬼蛇神的照妖鏡》，表達了文革官方對大字報的充分肯定。社論稱：

> 毛主席說：「大字報是一種極其有用的新式武器」。
>
> 革命的大字報好得很！
>
> 革命的大字報，是暴露一切牛鬼蛇神的照妖鏡。你一張，我一張，從各個方面，一下子就讓那些反黨反社會主義的黑幫露出了眞面貌。
>
> 革命的大字報，提出各種各樣的意見，揭露各種各樣的矛盾。我們就是要從各種不同的意見中，從各種矛盾中，去瞭解情況，發現問題，解決問題。
>
> 革命的大字報，把大是大非的問題擺出來，讓大家來議論，大家來鑒別，大家來批判。這對於教育群眾，特別是提高青年一代的無產階級覺悟，眞是一天等於二十年。
>
> 革命的大字報，大長無產階級的志氣，大長工農兵群眾的志氣；大減反黨反社會主義的一切反動派的威風，大減資產階級「權威」老爺們的威風。
>
> 對待革命的大字報採取什麼態度，是在這場文化大革命中區分眞革命和假革命，區分無產階級革命派和資產階級保皇派的一個重要標誌。

　　　　你是革命派麼？你就必然歡迎大字報，擁護大字報，帶頭寫大
字報，放手讓群眾寫大字報，放手讓群眾揭露問題。

　　　　你是保皇派麼？你就必然對大字報怕得要死。見了大字報，臉
色發黃，渾身出汗，千方百計地壓制群眾的大字報。

　　　　害怕大字報，就是害怕群眾，害怕革命，害怕人民民主，害怕
無產階級專政。

　　　　……

　　同年 8 月 5 日在中共八屆十一中全會期間，毛澤東親自寫下《炮打司令
部──我的一張大字報》的評論文章。文章不點名地批判劉少奇，也就是針
對劉少奇的大字報。這是劉少奇垮臺並歸於身敗名裂的開始。最高領袖親自
寫大字報，乃是對大字報這一表達手段的最高肯定。隨即，全國各地掀起了
大字報狂潮。8 月 9 日公佈的八屆十一中全會公告《中國共產黨中央委員會關
於無產階級文化大革命的決定》（簡稱「十六條」）規定：「要充分運用大字
報、大辯論這些形式，進行大鳴大放。」於是，大字報得到了可靠的政治保
障，成為當代中國最具殺傷力的政治文體。1975 年第四屆全國人民代表大會
第一次會議及 1978 年 3 月第五屆全國人民代表大會第一次會議通過的《中華
人民共和國憲法》，都分別將「四大」列為「社會主義大民主」和「人民的民
主權利」。大字報得到最高的法律形式的保障。

　　任何一場政治運動中的大字報，表面上看似乎是完全自發的，無需任何
審批程序，但從根本上說，仍然服務於毛澤東動員輿論以整肅異己的戰略需
要，是一種自上而下的權力運作。大字報作為政治運動的形式，大體上總與
中共中央或中央文革的精神相一致。一張大字報，即具有強大的政治殺傷
力，鋪天蓋地的大字報更是威力無窮。一個人若被造反派和革命群眾貼了大
字報，被指控者根本沒有自我辯解的權利，差不多等於是面臨政治上的宣
判，其結局輕則名譽掃地，重則死於非命。

三、大字報的書寫形態、傳播方式和文體特徵

　　大字報是一種新生事物。它是當代中國特有的傳播工具和表達手段。它
既是一種媒介，又是一種文體。在印刷媒體高度發達的 20 世紀，大字報的出
現，是一種奇跡。但從根本上說，大字報產生的根源，乃是信息傳播和輿論
載體高度壟斷和嚴格控制的結果。民眾只能選擇一種能夠自我支配的便捷的

方式——手寫——發布信息和表達意見。

大字報以手寫的方式，書寫於大幅的紙張（一般是整張未裁的白紙）上，張貼於牆壁。這一點與牆報相似。但牆報一般爲固定的組織機構所主辦，是經過組織、編輯過的信息，它有固定的張貼地點，較爲穩定的創辦人員，定期發布，而且，往往區分爲多個不同功能的版塊，基本上接近於報紙的形態。而大字報一般爲單篇文章，可分多張紙連續書寫，由個人自主發布，沒有任何預定的時間和地點限制，隨時隨地出現，也可能隨時隨地被其它人的大字報所覆蓋。此外，大字報的張貼地點較少受限，可以是牆壁上，也可以是公告欄、大門、窗戶，乃至人身上，或者成排懸掛在一根繩子上。

大字報最明顯的特徵，即使其生產上的便捷性。白紙黑字的手寫形式，是一種較爲原始的傳播手段，但它所需要的外部條件低，而且幾乎沒有什麼成本。手寫方式，可以繞開主流的印刷媒體所需要的審查、編輯、校對、印刷、發行等中間環節。大字報的生產工具相當簡陋、易得。只需一枝普通的毛筆，一些墨汁（最多加一些紅墨水），幾張普通的紙（主要是白紙，也有一些是紅紙等彩色紙，甚至可以用舊報紙代替），一罐漿糊，大字報的生產便可即時發生。因此，大字報的作者群極爲龐大，粗通文墨者即可。其主要作者群是中小學生。

這是一種特殊的中國式的書寫：柔軟的毛筆，飽蘸著黑色的墨汁，以各種各樣的字體，在白紙上留下神奇的方塊字——這是幾千年來中國人的書寫方式。中國人發明了造紙，發明了方塊字，並以毛筆書寫。他們曾經以這樣的方式，寫下了唐詩、宋詞，也寫下了八股文試卷和各種各樣的簿記賬目，還寫下了令人迷醉的水墨畫。而現在，在這些白紙上，大字報的書寫將掀起空前猛烈的話語風暴。那些歷史上曾經以同樣的方式書寫出來的美好的東西，在這場風暴中也將被無情蕩滌。

大字報也有其致命的缺陷：速朽性。首先是大字報載體的脆弱性，決定了它難以長時間存在。脆弱的紙張隨時會損毀，一陣風、一場雨，就會給它以致命的破壞。日曬之下，墨汁褪色，字跡消淡模糊；漿糊乾枯，紙張便會碎裂。新出現的大字報又會迅速覆蓋掉舊的大字報，使之彷彿不曾存在過一般。還有那些因種種不同的理由出手撕毀大字報的人（如敵對政治派別的對手、拾荒者或懵懂無知的孩童），也是可怕的潛在敵人。大字報的書寫基本上是一次性的，一旦損毀，就不可復原。這種短暫的存在形式，也會影響到大

字報的表達方式。它必須盡可能地吸引人們的注意力，在最短的時間裏達到最高效的傳播效果。

大字報是這樣一種特殊的書寫：它集語言、書法和視像於一身的「三位一體」的綜合性藝術。大字報不僅是閱讀性的，也是觀看性的，甚至首先是訴諸視覺的。書寫形式本身，如字體的大小、書法的好壞、標題的醒目與否，都將影響到大字報的閱讀。其次才是大字報所提供的信息內容。因此，大字報的作者往往製造以一個觸目驚心的標題來吸引人，如「揭開＊＊的蓋子」、「＊＊究竟說明了什麼？」、「揪出＊＊事件背後的最大黑手！」……他們是最早的「標題黨」。書法的好壞也很重要。擅長書法的人，在造反派群體當中，總是最忙碌的，他們的任務最重。寫大字報，甚至培養了一代書法家。在字體上，大字報的書寫也花樣百出，如將被批判的對象的名字，加上大紅叉叉，或將姓名倒寫，或畫成某種侮辱性的圖象。標點符號，尤其是感歎號、疑問號，往往又多又大，也增強了視覺效果。一些大字報還會在文字中夾雜漫畫，圖文並茂，效果尤為顯著。由於大字報的這種特殊的形式感，大字報的閱讀功能就顯得更為複雜多樣。文革期間，看大字報成為當時人們日常生活的一部分。在大字報集中的地方，每天都會有密集的人群，或欣賞，或抄錄。人們懷著不同的目的觀看大字報，被大字報不同方面的因素所吸引。有的人是為了獲取政治運動的最新信息，有的人可能是對批判對象被揭露出來的個人隱私感興趣，有的人會欣賞大字報的文采，還有的人甚至只是對漂亮的書法著迷。當然，更多的是看熱鬧的。

與存在方式上的特殊性相一致，大字報在文體上也形成了其特有的形態。雖然大字報千變萬化、花樣百出，但仍有其大致固定的格式。首先以《毛主席語錄》為題記，開篇描述國內外大好形勢，然後轉折，矛頭指向被批判的對象，對其言行加以披露，並一一駁斥，然後上綱上線，對其進行政治定性，最後以「砸爛」、「橫掃」、「打倒」、「萬歲」等口號結尾。

清華大學附屬中學紅衛兵是最早的紅衛兵組織，也是最早一批文革大字報的作者。1967 年 7 月，清華附中的紅衛兵卜大華、駱小海等人寫出了《無產階級的革命造反精神萬歲》的大字報，並推出「再論」、「三論」、「四論」，形成一個系列。其中，《再論無產階級的革命造反精神萬歲》最有代表性，是文革大字報的典型文體。

　　馬克思主義的道理千條萬緒，歸根結底，就是一句話：「造反有

理。」……根據這個道理，於是就反抗，就鬥爭，就幹社會主義。

——毛澤東

過去，工人打倒資本家，農民打倒地主，剝削階級誣之爲造反。無產階級造反的帽子眞是光榮得很！

今天，舊思想、舊文化、舊風俗、舊習慣等等產生修正主義的東西，都完全消滅了嗎？

沒有！

各地各單位的黑線黑幫現在都完全消滅了嗎？

沒有！

現在消滅了黑線黑幫，將來就不會產生新的黑線黑幫嗎？

不是！

帝國主義，現代修正主義和一切反動派都消滅了嗎？

沒有！沒有！！沒有！！！

在這種情況下，我們無產階級能不造反嗎？無產階級的革命造反精神怎麼能不萬歲呢？

資產階級的右派先生們，我們這群造反之眾，有領導，有武器，有組織，有「野心」，來頭不小，切不可等閒視之。

我們的領導是黨中央和毛主席！

我們的武器是戰無不勝的偉大的毛澤東思想！

我們的組織是徹底革命的紅衛兵！

我們的「野心」是橫掃一切牛鬼蛇神！

撼山易，撼紅衛兵難！

資產階級的右派先生們，我們很理解你們的特殊心情：你們被我們專政了，你們痛苦了，你們也想喊一聲「造反」了。無怪乎，最近出現了左派、右派齊喊造反的怪現象。老實告訴你們，珍珠不容魚目來混雜。我們只許左派造反，不許右派造反！你們膽敢造反，我們就立即鎮壓！這就是我們的邏輯。反正國家機器在我們手裏。

無產階級的革命造反精神萬歲！

大字報在體裁上豐富多樣，短論、雜文、口號、對聯，無所不包。有時也會直接使用詩歌體裁。總體上是追求短小精悍，直白犀利。大字報的基本

邏輯，就是抓住被指控者的隻言片語，利用斷章取義、牽強附會、張冠李戴、指鹿爲馬、無中生有的辦法，不講事實根據和基本邏輯，不加論證地直接上綱上線，即使是私人性的交談、議論，個人日常生活中的私密細節、生活習慣、好惡、情感和隱私，都可以隨意被曝光、示眾，成爲公開的政治評判的證據。在大字報中，謠言與事實，威脅與謾罵，質疑與駁詰，誹謗與挑釁……統統混雜在一起，風格怪誕，富於殺傷力。

大字報文體論辯性強，雖然更多的時候是強詞奪理。基本上是毛澤東語錄、魯迅式的雜感，與革命口號、流行語、格言、警句和宣判式的短語等雜糅起來的一種奇特的文體。大字報多用排比句，顯得氣勢洶湧，或以設問、反問等句子進行質問和指控。在毛澤東的《論人民民主專政》、《別了，司徒雷登》、《〈關於胡風反革命集團的材料〉的序言和按語》等文章和「九評」中，可以看到大字報文風的原型。而這些文章，也正是文革大字報作者所仿傚的範本。

毛澤東本人也寫過一張大字報——《炮打司令部——我的一張大字報》。毛澤東寫道：

> 全國第一張馬列主義大字報和人民日報評論員的評論，寫得何等好啊！請同志們重讀這一篇大字報和這篇評論。可是在五十多天裏，從中央到地方的某些領導同志，卻反其道而行之，站在反動的資產階級立場，實行資產階級專政，將無產階級轟轟烈烈的文化大革命運動打下去，顛倒是非，混淆黑白，圍剿革命派，壓制不同意見，實行白色恐怖，自以爲得意，長資產階級的威風，滅無產階級的志氣，又何其毒也！聯繫一九六二年的右傾和一九六四年的形「左」而實右的錯誤傾向，豈不是可以發人深醒的嗎？
>
> 毛澤東　八月五日

這張大字報，實際上是毛澤東寫在 1966 年 6 月 2 日《北京日報》第 1 版的空白處的，因此，它不是嚴格意義上的大字報，而是「小字報」。但毛澤東自己將它稱之爲「一張大字報」，同時，它又無可爭辯地成爲文革大字報的最高典範。應該說，這張大字報的示範意義並不在於其形式，而是在文體上。這張大字報，延續了毛澤東一貫的文風：邏輯強硬、結論武斷、語言犀利、節奏鏗鏘有力、結尾鋒芒所向、引而不發，戛然而止而又意味深長，其戰鬥的藝術性令人歎爲觀止。實爲大字報中的上乘之作。

四、大字報的終結與回聲

大字報提供了一種無限制的表達自由，這在某種程度上是對文革前民眾表達權缺乏的一種強有力的反彈。由於缺乏有效的法律保障，大字報的表達權力實際上形成了一種「強者爲王」的原則。大字報的作者都試圖以聲調的高亢、聲勢的浩大、言辭的惡毒，以越左越革命的政治高調，來壓倒對手，甚至不惜訴諸現實的暴力。這種無限制的自由，是以一個群體剝奪另一個群體的表達自由爲代價。正如清華附中紅衛兵在一張大字報中所表達的：「只許左派造反，不許右派翻天。」

然而，大字報的武器化的寫作，本身包含的極大的危險性。大字報就像一把雙刃劍，它可以殺傷敵人，也可以自傷。大字報是發動文革的導火索，它同時也是毀滅和葬送文革的炸彈。

無論如何，大字報提供了一種自由表達的機會。一旦脫離了激烈的政治派性鬥爭和具體的人身攻擊，大字報也有可能爲獨立思考的寫作者提供平臺。文革反對派也利用大字報公開表明自己的觀點。其中最著名的是遇羅克的大字報。北京青年工人遇羅克在文革高潮期間，與北京第四中學學生牟志京、張育海、遇羅文等一起創辦《中學文革報》，並在第 1 期上發表《出身論》，文章駁斥了北京工業大學三系的學生劉京、譚力夫等人的「血統論」。「血統論」鼓吹「老子英雄兒好漢，老子反動兒混蛋」，成爲當時紅衛兵造反派的理論基礎。而遇羅克的「出身論」則聲稱人生而平等，不由家庭出身所決定。文章包含了平等和人權思想的萌芽，在文革文獻中較爲罕見。但這種獨立的思想，最終被壓制，遇羅克也因「思想反動透頂」等罪名，被處以極刑。此外，文革期間異端意見的大字報還有伊林・滌西的《給林彪同志的一封公開信》、白志清的《評張春橋〈破除資產階級的法權思想〉》等，文章直接針對文革中的當權人物。

文革後期，大字報的內容變得更加複雜，大多數依然延續文革高潮時期造反派的作風，但獨立思考的意見表達也越來越多。大字報誘導出更多的民主和自由表達訴求。如湖南「省無聯」造反派楊曦光的《中國向何處去？》，表達了一種激進主義的革命主張，呼籲徹底的革命，實行巴黎公社式的無產階級政權。廣州署名「李一哲」的《關於社會主義民主與法制》的大字報，則表達了對文革的反思和批判，呼籲重建社會主義民主與法制。這些大字報，理論性強、論證嚴密、有完整的邏輯和深厚的理論基礎，顯然是作者長期思

考，深思熟慮的結果。無論在在文風上還是在觀念上，都與文革主流思潮格格不入。通過這些大字報，可以看見當時的中國社會正在醞釀一場重大的思想變革。這一點，在幾年之後就得到了證實。1976年春，「四五」天安門事件爆發，大字報依然是最重要和最普遍的表達手段，但指向的目標則與十年前完全不同，所表達的訴求也判然有別。那些曾經以大字報發動文革的政治當權者們，這一次自己卻置身於大字報的汪洋大海之中。「四五」運動中，人們提出了更多的政治民主要求，並呼籲結束文革極左政治路線。這場運動成爲「文革」結束的先聲。

　　1976年10月，隨著「四人幫」的垮臺，文革開始走向落幕。作爲文革特殊的表達手段的大字報，卻延續了更長一段時間。北京西單大街一段長達200餘米的長牆，一直是大字報的主要分佈地。1978年前後，那裡出現了大量的否定文革、批判「四人幫」的大字報，尤其是出現了大量的反對「兩個凡是」，要求擴大政治民主的大字報。這段長牆因此被稱之爲「西單民主牆」。「西單民主牆」成爲大字報在中國的最後的領地。之後不久，它就被拆除，而大字報也在政治上遭遇了覆滅性的打擊。

　　1980年2月，中共中央十一屆五中全會認爲，根據長期實踐，根據大多數幹部和群眾的意見，「四大」（大鳴、大放、大字報、大辯論）沒有起到保障人民民主權利的積極作用，相反妨礙了人民正常地行使民主權力。同年9月，第五屆全國人民代表大會第三次會議召開，會議討論了中共中央關於取消「四大」的建議。在這些人大常委中，談起當年那些「炮轟」、「勒令」的大字報，依舊心有餘悸，不寒而慄。在發言中，人大常委會法制委員會副主任楊秀峰，從法律的角度闡述了取消「四大」的四條理由：一、憲法中已經明確寫明「公民有言論、通信、出版、集會、結社、遊行、示威、罷工的自由」，這些規定保障了公民應該享有的民主權利；而「四大」卻相反，妨礙了公民應當得到的正當的民主權利。二、把「四大」寫進憲法中，使少數壞人在法律上有了可乘之機，一些別有用心的人打著「四大」的旗號，製造事端，向無產階級進攻，妄圖推翻共產黨的領導。三、把「四大」寫上憲法，會使一些人利用來大搞派性，製造混亂，破壞正常的工作、生產、教學和生活秩序，不利於四化建設。四、搞「四大」容易洩露黨和國家的重要機密。會議作出決定，修改《中華人民共和國憲法》第四十五條，取消該條中公民「有運用『大鳴、大放、大辯論、大字報』的權利」的規定。1982年11月下旬至

12 月上旬的五屆全國人大五次會議上通過了修改後的《中華人民共和國憲法》，正式取消了「四大」條文。從此，風行中國數十年的大字報，終於走向了黃昏。大字報成了歷史的陳跡。

　　毛澤東在 1957 年的一次講話中，曾經這樣談到大字報：

> 　　大字報是個好東西，我看要傳下去。孔夫子的《論語》傳下來了，「五經」、「十三經」傳下來了。這個大字報傳不傳下去呀？我看一定要傳下去。〔註13〕

　　毛澤東如此高度肯定大字報，以致將其「經典化」，與文化史上的經典相提並論。毛澤東的預言似乎並沒有真正實現。大字報只存在了二十餘年的時間。從文化史上看，它是短命的、速朽的。

　　作為法律意義上的表達權力，大字報的生命終結了。但是，作為一種基本的表達方式，大字報並沒有徹底消失。在民眾的表達要求得不到滿足，民意的傳達管道受到阻塞的情況下，人們還會選擇大字報及其類似的形式來表達。大字報的產生，就是因為這樣的理由。大字報當初自發地產生，以後也會如此。只要有自由表達的要求，它就很難以法律的手段來解決。當初的產生就是自發的，並不是因為法律規定的權利。那麼，它也不一定會因為法律的禁止而消失。1990 年代中期以來，一些因個人權利受到損害無處申訴、利益衝突中處於劣勢的民眾，依然選擇大字報形式來表達意見。

　　隨著互聯網時代的到來，大字報的形式一定程度上在互聯網平臺上得以復蘇。互聯網 BBS、BLOG 等載體，有著與當年的大字報相似的形態、功能和效應。它們都是非主流的民間媒體，是自發性的和開放性的言論平臺，真正貫徹人人平等原則，任何人都有同等的發表權利。在表達形式上，它們都追求關注度和視覺衝擊力，在眾聲喧嘩的言論空間裏，力求發出最強的聲音。互聯網也常常會使個人隱私公開化，真相和流言交織在一起。毫無疑問，在民意表達缺乏可靠的憲政保障和公正的媒介的情況下，互聯網給民意提供了一個相對有效的表達空間。匿名狀態更為公眾自由言說提供了最充分的保障。匿名狀態容易產生不負責任的言論，成為烏合之眾的情緒發泄。匿名狀態使得互聯網言論帶有普遍的暴力化傾向。在這個巨大的話語廣場上，眾聲喧嘩掩蓋了任何個人的聲音，沒有人在傾聽，只有「贊成與反對」的表態。

〔註13〕毛澤東：《打退資產階級右派的進攻》，《毛澤東選集》第五卷，人民出版社，1977 年。

網民開始了一場瘋狂的音量競賽。普通民眾的聲音長期被壓抑，在獲得一定的話語權利（儘管是一種虛擬的權利）之後，對話語權威的鄙夷和攻擊，是網民贏得話語自尊的基本手段。判斷性短語、口號和歎詞，大量的感歎號構成了泄憤的網絡文本。似是而非的信息和被誘導的意見，構成了「虛假民意」的主體，抵消了沉默的大多數的真實訴求。而被「虛假民意」煽動起來的話語暴力，則摧毀了任何可能抗衡「集體歇斯底里」的理性堤壩。由此看來，互聯網言論也正面臨大字報同樣的處境。它是為了保證言論自由的，但卻沒有可靠的規則來保證。自由民意的憲政前提是：每一個人都有自由表達的權利；任何人都不會因為表達自己的思想而受到不公正的對待；同樣，任何人都必須為自己的言論負責。有效民意首先必須是公開的和透明的，然後才有可能是公正的。否則，將會陷入非理性的話語暴力的循環當中。無論是大字報還是互聯網，都是如此。

第三章　紅色樣板：文革文藝新法則

　　文化大革命首先是針對文化的破壞性的革命。它以否定一切、橫掃一切的態度，對待文化傳統。在達到這一目標的同時，文化大革命也開始了自己的文化創造活動。無論是破壞還是創造，文學藝術都是文化革命的首要對象和第一突破口。經過了紅衛兵運動的大破壞，文革前的文化秩序被徹底打破，文革的主要領導者之一的江青，開始打造符合文革造反理念的新的文藝觀念體系，通過苦心經營革命的文藝樣板，並進一步通過這些樣板，建構和推行其文藝新秩序。在眾多的文藝門類中，首先成為樣板的是「革命現代京劇」。江青首先選中了她自己最熟悉的藝術形式——京劇。通過對京劇這一古老的藝術形式的革命化和現代化的改造，經過十來年的精心打造、反覆推敲，「京劇樣板戲」成為文革文藝的「精品」。江青將其視作文化大革命的巨大成就和史無前例的無產階級文藝經典。「樣板戲」確立了文革主流文藝的基本美學原則，成為其它文藝樣式都必須遵循的典範。

　　簡單的否定「樣板戲」（和文革）是容易的。對「樣板戲」採取某種堅決的拒絕和厭惡的態度，也許可以證明批判者的鮮明的道德立場，但這畢竟只是一種簡單的和粗糙的道德。這一切並不能幫助我們抵消「樣板戲」和文革給整個民族的社會生活和文化心理所帶來的巨大影響。文革並不是想發動就能發動的，同樣，「樣板戲」也不是想製造就能製造的，還有更為重要的一點——「樣板戲」的影響也不是想消除就能消除的。如果我們不能發現和破譯這些「樣板戲」的話語運作機制和生產秘密的話，那麼，我們也就不能說是真正瞭解了「樣板戲」。而對於一種尚不充分瞭解的事物，我們又如何能夠說可以從根本上克服它呢？如果我們不能夠深入研究和理解「樣板戲」（和文革）

的發生和運行的機制，我們也許能夠對已有的「樣板戲」作出明確地判斷，但卻未必能夠眞正有效地識別其它種種「樣板」文藝現象。在今天，徹底否定了曾經發生過的文革，也不一定就意味著文革從此永遠地一去不復返。因此，重新理解「樣板戲」，解析其生產和傳播的機制，依然是當代文學研究的一個重要課題。

第一節　京劇革命與「樣板戲」的誕生

一、京劇變革的源流

　　京劇又稱京戲，是中國戲曲曲種之一。公元十八世紀末，清朝乾隆年間，來自中國南方的徽劇班陸續來到北京，是京劇形成的開端。京劇在形成過程中，融合了徽劇和漢劇，並吸收了秦腔、崑曲、梆子、弋陽腔等藝術的優點，得到了滿清宮廷的熱烈推崇和支持，藝術上趨於成熟，形成了一套完整的藝術程序，並逐步形成了眾多的表演藝術流派。

　　京劇角色的行當劃分比較嚴格，早期分爲生、旦、淨、末、丑、武行、流行（龍套）七行，以後歸爲生、旦、淨、丑四大行。「生」是除了大花臉以及丑角以外的男性角色的統稱，又分老生（鬚生）、小生、武生、娃娃生。「旦」是女性角色的統稱，內部又分爲正旦、花旦、閨門旦、武旦、老旦、彩旦（搖旦）、刀馬旦。「淨」，俗稱花臉，大多是扮演性格、品質或相貌上有些特異的男性人物，化妝用臉譜，音色洪亮，風格粗獷。「丑」，扮演喜劇角色，因在鼻樑上抹一小塊白粉，俗稱小花臉。京劇還有一套形式豐富的臉譜，分有：整臉、英雄臉、六分臉、歪臉、神仙臉、丑角臉等。京劇表演分爲「念做唱打」四種基本方式。念就是具有音樂性的念白，京劇中的念白分京白、韻白和蘇白，京白是用北京音，韻白則用湖廣音、中州韻，蘇白使用蘇南地區的方言。做就是做表和身段。唱就是行腔。打是結合民間武術將其舞蹈化的武打動作。京劇的唱腔以二黃腔和西皮腔爲主，故京劇也稱「皮黃」。常用唱腔還有南梆子、四平調、高拔子和吹腔等。伴奏樂器主要用胡琴和鑼鼓等伴奏。有京胡、京二胡、月琴、弦子、笛、笙、嗩吶等管絃樂器和檀板、單皮鼓（班鼓）、大鑼、鐃鈸、京鑼等打擊樂器等。傳統得京劇伴奏樂隊由5～8人組成。有鼓師、琴師。鼓師，又稱司鼓，演奏檀板和單皮鼓，掌握音樂節奏，相當於樂隊的指揮。京胡、京二胡、京劇月琴、京劇三弦被稱爲樂隊的四大件。

京劇的傳統劇目約在一千個，常演的約有三四百個，較擅長於表現歷史題材的政治和軍事鬥爭，故事大多取自歷史演義和小說話本。〔註1〕

清朝末年，在現代西方文化的衝擊和城市文化的興起的影響下，文化革新思潮風起雲湧，戲曲界也受到影響。南社等力倡革新的文化團體，鼓吹戲曲改良，抨擊舊戲觀念陳腐、傷風敗俗，主張戲曲應該擔當提高國民審美趣味和文明程度的社會使命，成爲「新民」文化的一部分。汪笑儂等在上海發動戲曲改良運動，排演新戲，產生了一批針砭時弊的新編歷史劇，如《哭祖廟》、《黨人碑》、《將相和》、《瓜種蘭因》等。「時裝京劇」、「洋裝京劇」風行一時。在戲曲形式上，也有許多革新，如加強了劇本的情節性，語言上力求雅俗共賞，吸收西洋戲劇的分幕形式，等等。辛亥革命前後，上海的潘月樵和夏月珊、夏月潤兄弟創辦了「新舞臺」，爲京劇提供適合現代演藝文化的新制度和新空間。「新舞臺」力倡反專制、反封建的新文化，在舞臺藝術形式上，大量吸收西洋戲劇形式，將「茶園」式的傳統劇場改造成現代劇場，引進幕布、燈光、布景、舞美等舞臺形式，改革劇場制度，實行售票制。「新舞臺」運動是古典戲曲的近代化轉型的一次意義重大的革命性的嘗試，影響深遠。但它過於急切地追求革新，在一定程度上損害了京劇藝術本身的美特色，故這場革新風潮不久就走向低谷。

新文化運動至1930年代，京劇藝術達到了鼎盛時期。演藝人員和觀眾都增加到了空前的程度，成爲中國全民性的戲劇，京劇也就被人們稱之爲「國劇」。1930年代，京劇全面改良，主要表現在以下幾個方面：

一是形成了一個成熟的現代戲劇制度和體系。首先是導演制度的初步形成，這是現代戲劇團體與傳統的戲班子之間的根本性的不同。其次是專業的編劇人員的開始出現，一方面對傳統劇目的整理和改編，同時也爲戲劇團體編撰新的劇目和曲目。其它還有劇場制度的改革和演員培養制度的建立。1930年中華戲曲專科學校成立，改變了傳統科班師徒傳授的模式，以現代藝術教育理念，京劇人才培養出現了規範化和規模化的模式。

二是京劇舞臺藝術方面的革新。生角、且角的角色定位更爲清晰，地位也更重要。戲裝的設計也進行了更新，如梅蘭芳爲其所扮演的角色設計了一系列不同的戲裝。音樂伴奏上也進行了較大規模的革新。舞臺美術吸收了西

〔註1〕　參閱北京市藝術研究所、上海藝術研究所組織編著：《中國京劇史》（上卷），中國戲劇出版社，1999年。

洋戲劇舞美設計，出現了寫實的或象徵的舞臺布置和布景，機關布景的採用也更爲普遍。

三是更爲系統的京劇理論的形成。一些專門的京劇雜誌和報紙的出現，加速了京劇藝術的傳播和普及。另一方面，在這些報刊上，開始出現專業藝術理論家和批評家，強化了京劇理論體系的形成。其中，齊如山是最早系統研究京劇藝術的理論家之一。他自己1920年代中期開始，獨立編著「齊如山劇學叢書」，包括《中國劇之組織》、《國劇身段譜》、《臉譜》等。

四是京劇表演藝術流派的形成。流派的形成，是一門藝術高度成熟的重要標誌。1930年代前後，京劇表演流派大量湧現。且角有「梅（蘭芳）派」、「程（硯秋）派」、「荀（慧生）派」、「尚（小雲）派」、「張（君秋）派」等多種，老生有「譚（鑫培）派」、「馬（連良）派」、「麒（周信芳）派」、「楊（寶森）派」、「余（叔言）派」、「言（菊朋）派」、「奚（嘯伯）派」等多種，其它如武生的「楊（小樓）派」、「蓋（叫天）派」、「李（萬春）派」，小生的「葉（盛蘭）派」、「俞（振飛）派」，花臉的「裘（盛戎）派」等，流派紛呈，爭奇鬥豔，各有千秋。

這一時期，理論上和表演藝術上均高度成熟的京劇藝術開始走向世界。梅蘭芳、程硯秋等人在日本、美國、蘇聯、西歐各國的訪問演出大獲成功，轟動一時。西方藝術界對於來自東方的古老戲劇藝術驚訝不已，爲它的精緻和完美而傾倒，紛紛將京劇與意大利歌劇、莎士比亞戲劇，乃至古希臘戲劇相提並論。還有一些評論者將梅蘭芳的表演視作有別於當時流行的「斯坦尼斯拉夫斯基體系」和「布萊希特體系」的第三種表演體系——「梅蘭芳體系」。

在與國際藝術界交流的過程中，中國的京劇藝術家也獲得了許多新的啓示和發現。在戲劇結構、現代舞臺藝術、音樂形式、導演制度和編劇制度等方面，中國京劇依然存在著許多的缺陷。但無論如何，1930年代的京劇革新運動，已經將京劇向現代戲劇藝術的轉變，邁出了決定性的一步。

二、從《逼上梁山》到「革命現代京劇」

黃金時代的京劇，其影響輻射到中國社會的每一個角落，即使是在中共管治的地處偏遠的陝甘寧邊區，京劇也是司空見慣的藝術和娛樂形式。抗戰期間，延安興起了大規模的文藝運動，其中，京劇佔有相當重要的地位。延

安地區以及八路軍根據地成立了多個京劇團體，演出頻繁。1942 年「延安文藝座談會」之後，文藝界提倡藝術大眾化，利用京劇形式進行政治宣傳。在形式上以「舊瓶裝新酒」的方式，借京劇形式表達革命內容。其中，最有代表性的劇目，就是 1943 年 12 月中共中央黨校的大眾藝術研究社排演的新編歷史劇《逼上梁山》。

《逼上梁山》由楊紹萱、齊燕銘改編自傳統小說《水滸傳》。原故事是講八十萬禁軍教頭林沖被官府所逼，雪夜上梁山造反。新編歷史劇《逼上梁山》結合抗戰時期的政治形勢，把林沖塑造成主張抗敵禦侮的愛國將領，而太尉高俅則主張妥協投降，將林高衝突改造為外敵侵略條件下的政治衝突，而將高衙內試圖霸佔林沖妻子的衝突淡化，把個人困難和家庭仇恨上升為民族矛盾。劇本著重描寫主人公林沖在具體的歷史條件下思想轉變的過程，也即特定歷史典型環境下典型人物的形象塑造。編劇之一的齊燕銘在後來總結說：「這齣戲是用階級觀點觀察和分析歷史、用京劇形式寫新歷史劇的試驗，同時又是對京劇形式的一次初步的改革。」〔註2〕《逼上梁山》還在表演形式上進行了一些探索性的改革，如吸收了秦腔《打漁殺家》的一些唱腔。唱、白，著重於人物內心的表現。如在塑造林沖形象方面，以武生的功架和念白，同時兼用了鬚生和武生的唱法，來表現思想覺悟的過程和態度的轉變。

1944 年 1 月 9 日，毛澤東在觀看了這齣戲之後，大為讚賞，當夜致信楊紹萱和齊燕銘表示肯定。信中說：

> 紹萱、燕銘同志：
>
> 看了你們的戲，你們做了很好的工作，我向你們致謝，並請代向演員同志們致謝！歷史是人民創造的，但在舊戲舞臺上（在一切離開人民的舊文學舊藝術上），人民卻成了渣滓，由老爺太太少爺小姐們統治著舞臺，這種歷史的顛倒，現在由你們再顛倒過來，恢復了歷史的面目，從此舊劇開了新生面，所以值得慶賀。郭沫若在歷史話劇方面做了很好的工作，你們則在舊劇方面做了此種工作，你們這個開端將是舊劇革命的劃時期的開端，我想到這一點就十分高興，希望你們多編多演，蔚成風氣，推向全國去！

從毛澤東的信中可以看出，毛澤東之所以肯定《逼上梁山》這齣戲，是

〔註 2〕 參閱散木：《齊燕銘與「京劇革命」》，載《黨史博覽》（北京），2006 年第 12 期。

因爲他認爲這齣戲表現出了前所未有的「人民性」，而這種「人民性」，即是革命的政治性的體現。這一點，符合毛澤東《在延安文藝座談會上的講話》中所表達的文藝觀，即文藝爲人民大眾服務，文藝爲（無產階級）政治服務。根據現實的政治鬥爭的需要，對京劇傳統劇目加以改造，或新編歷史題材和現代題材的新劇目，達到政治宣傳的目的，成爲延安京劇改革的基本原則。這一原則延續到 1950 年代新一輪的京劇變革。從這個意義上說，《逼上梁山》是京劇革命的「劃時期的開端」。

1949 年後，京劇界發生了翻天覆地的變化，由政府主導，根據「古爲今用」、「推陳出新」的原則，對傳統劇目進行了全面的整理和改造，禁演了一批不符合社會主義文藝傾向的劇目，創造了大量的新劇目。1958 年，《人民日報》發表社論《戲曲工作者應該爲表現現代生活而努力》，指出「表現現代生活是今後戲曲工作的發展方向」，由是開始了第二次戲曲改革。各地戲劇機構紛紛排演表現現代生活的新戲。1964 年 6 月，在北京舉行了全國京劇現代劇觀摩演出大會，各地經遴選提交參演的現代京劇共 35 部。這一期間，各地排演的現代京劇中，有表現中共革命歷史的《紅燈記》、《蘆蕩火種》、《杜鵑山》、《八一風暴》、《紅岩》、《紅色娘子軍》、《林海雪原》、《智取威虎山》、《節振國》等；有反映社會主義建設時期工農業生活的《六號門》、《審椅子》、《箭杆河邊》、《朝陽溝》、《草原英雄小姐妹》、《櫃檯》等。這些「革命現代京劇」，在藝術上尚較爲粗糙，現代生活的內容，尚不能夠完全融入古典京劇內在整體結構當中。其內容與京劇的藝術表現形式相去甚遠，甚至格格不入，因此，在當時引起一些爭議。有人認爲，京劇的韻白、小嗓和小生行當等，不適宜表現現代生活。有人直接批評現代京劇是「話劇加唱」，根本就不是京劇。

但負責京劇現代戲倡導工作的江青，卻對這場「京劇革命」興致甚濃，評價也甚高。江青在與京劇現代戲觀摩演出人員的座談會上發表講話，點評了一些參演劇目藝術上的得失，然後將這場題材現代化的京劇改革上升到革命的高度，稱之爲「京劇革命」。江青指出：

> 對京劇演革命的現代戲這件事的信心要堅定。在共產黨領導的社會主義祖國舞臺上占主要地位的不是工農兵，不是這些歷史眞正的創造者，不是這些國家眞正的主人翁，那是不能設想的事。我們要創造保護自己社會主義經濟基礎的文藝。在方向不清楚的時候，

要好好辨清方向。我在這裡提兩個數字供大家參考。這兩個數字對我來說是驚心動魄的。

第一個數字是：全國的劇團，根據不精確的統計，是三千個（不包括業餘劇團，更不算黑劇團），其中有九十個左右是職業話劇團，八十多個是文工團，其餘兩千八百多個是戲曲劇團。在戲曲舞臺上，都是帝王將相，才子佳人，還有牛鬼蛇神。那九十幾個話劇團，也不一定都是表現工農兵的，也是「一大、二洋、三古」，可以說話劇舞臺也被中外古人佔據了。劇場本是教育人民的場所，如今舞臺上都是帝王將相、才子佳人，是封建主義的一套，是資產階級的一套。這種情況，不能保護我們的經濟基礎，而會對我們的經濟基礎起破壞作用。

改編的京劇，要注意兩方面的問題：一方面要合乎京劇的特點，有歌唱，有武打，唱詞要合乎京劇歌唱的韻律，要用京劇的語言。否則，演員就無法唱。另一方面，對演員也不要過分遷就，劇本還是要主題明確，結構嚴謹，人物突出，不要為了幾個主要演員每人來一段戲而把整個戲搞得稀稀拉拉的。

京劇藝術是誇張的，同時，一向又是表現舊時代舊人物的，因此，表現反面人物比較容易，也有人對此很欣賞。要樹立正面人物卻是很不容易，但是，我們還是一定要樹立起先進的革命英雄人物來。……好人總是大多數，不僅在我們社會主義國家是如此，即使在帝國主義國家裏，大多數的還是勞動人民。在修正主義國家裏，修正主義者也還是少數。我們要著重塑造先進革命者的藝術形象，給大家以教育鼓舞，帶動大家前進。我們搞革命現代戲，主要是歌頌正面人物。〔註3〕

江青的這一番講話，是其後來進行革命現代京劇「樣板戲」創造的理論基礎。其主導思想與毛澤東關於《逼上梁山》的評論相一致，但表達得更加徹底。江青首先批判了舊舞臺上帝王將相、才子佳人、牛鬼蛇神一統天下的狀況，希望通過表現中共領導下的現代生活，讓工農兵形象佔領戲曲舞臺。江青講話的另一個重點，是要塑造好人物形象，主要是正面人物形象，歌頌

〔註3〕　江青：《談京劇革命——一九六四年七月在京劇現代戲觀摩演出人員的座談會上的講話》，載《紅旗》（北京），1967 年第 6 期。

革命英雄人物。這些理論主張，已經有了「樣板戲」創作原則的雛形。

　　如果說，1930 年代的京劇改革，是使京劇邁向現代化的第一步的話，那麼，1950 年代末至文革前夕的這場京劇改革，則是京劇現代化進程中的進一步發展，即「京劇革命化」。並且，首先是題材和表現內容上的「革命化」。但是，這些相對粗糙的「革命現代京劇」要真正成其為京劇，還需在表現形式上加以更為根本性的改造。京劇藝術形式的「革命化」，這一點，也是江青的興趣所在。事實上，江青已經看出了問題。她希望找到革命的主題與京劇藝術相結合的最佳途徑。她要從這些參演劇目中挑選一些基礎較好的作品，加工成她理想中的現代京劇的「樣板」。與此同時，其它藝術樣式中的「革命化」改造也在舉行中，如芭蕾舞、交響音樂、電影故事片和其它戲曲劇種等。

三、京劇「樣板戲」的誕生

　　1967 年 5 月 1 日至 3 日，北京舉行文藝匯演，上演了革命現代京劇五部：上海京劇院的《智取威虎山》、《海港》，中國京劇院一團的《紅燈記》、北京京劇一團的《沙家浜》、中國京劇院三團的《奇襲白虎團》；革命現代芭蕾舞劇兩部：上海舞蹈學校的《白毛女》，中央芭蕾舞團的《紅色娘子軍》；革命音樂作品一部：中央樂團的交響音樂《沙家浜》。5 月 10 日至 15 日，為紀念《在延安文藝座談會上的講話》發表二十五年，北京舞臺再次上演了這些劇目。

　　5 月 8 日發行的《紅旗》雜誌第 6 期公開發表了江青的《談京劇革命——1964 年 7 月在京劇現代戲觀摩演出人員座談會上的講話》一文，《紅旗》雜誌編輯部同時發布社論《歡呼京劇革命的偉大勝利》，社論稱：

> 京劇革命，吹響了我國無產階級文化大革命的進軍號，這是我國無產階級文化大革命的偉大開端。這是毛澤東思想的偉大勝利，是毛主席《在延安文藝座談會上的講話》的偉大勝利！
>
> ……
>
> 江青同志一九六四年七月在京劇現代戲觀摩演出人員座談會上的講話，用毛澤東思想闡述了京劇革命的偉大意義，發揮了毛主席的京劇革命的指導方針。這篇講話，是運用馬克思列寧主義、毛澤東思想解決京劇革命問題的一個重要文件。

　　長期以來，在以周揚、齊燕銘、夏衍、林默涵爲代表的文藝界反革命修正主義路線的統治之下，毛主席的革命路線在京劇藝術中得不到貫徹。在京劇舞臺上，大量充斥著歌頌帝王將相、才子佳人的壞戲，這些壞戲起著瓦解社會主義經濟基礎，爲資本主義復辟鳴鑼開道的反動作用。

　　……

　　新生的力量終究是要戰勝腐朽的東西的。在偉大的毛澤東思想的光輝照耀下，在江青同志的指導下，在京劇界廣大革命同志的努力下，革命的新京劇終於衝破了重重阻力，從帝王將相、才子佳人的舊營壘中殺出來了。

　　京劇革命已經出現了一批豐盛的果實。《智取威虎山》、《海港》、《紅燈記》、《沙家浜》、《奇襲白虎團》等京劇樣板戲的出現，就是最可寶貴的收穫。它們不僅是京劇的優秀樣板，而且是無產階級文藝的優秀樣板，也是無產階級文化大革命各個陣地上的「鬥批改」的優秀樣板。京劇革命的這些輝煌成就像春雷一樣地震動著整個藝術舞臺，它意味著無產階級的百花已經到了盛開的時節了！這對整個無產階級文藝的發展，將起著不可估量的影響和作用。

　　……

　　京劇革命的勝利，宣判了反革命修正主義文藝路線的破產，給無產階級新文藝的發展開拓了一個嶄新的紀元。

　　京劇革命是我國無產階級文化大革命的一個重要組成部分，我們必須高度估價京劇革命的巨大成就，高度重視京劇革命的重大歷史意義。看清京劇革命的成就和意義，將大大增強我們對無產階級文化大革命的信心。我們深信，經過無產階級文化大革命，在我國文化藝術領域中，將出現一個歷史上從來沒有過的嶄新的局面，將出現一片百花盛開的欣欣向榮的動人景象。〔註4〕

　文章將江青的文藝觀與毛澤東《在延安文藝座談會上的講話》的文藝思想聯繫在一起，並將其視作無產階級文藝思想的發展的一個新階段。「革命現代京劇」也被視作京劇革命的又一個里程碑式的作品。

〔註4〕　《紅旗》雜誌編輯部：《歡呼京劇革命的偉大勝利》，載《紅旗》（北京），1967年第6期。

接著，《人民日報》編輯部也發表評論員文章《革命文藝的優秀樣板》，高度評價這些劇目。

　　爲了紀念毛主席《在延安文藝座談會上的講話》發表二十五週年，首都舞臺上正在上演八個革命樣板戲：京劇《智取威虎山》、《海港》、《紅燈記》、《沙家浜》、《奇襲白虎團》，芭蕾舞劇《紅色娘子軍》、《白毛女》，交響音樂《沙家浜》。

　　這八個革命樣板戲，突出地宣傳了光焰無際的毛澤東思想，突出地歌頌了歷史主人翁工農兵。它貫串著毛主席的爲工農兵服務、爲無產階級政治服務的革命文藝路線，體現了「百花齊放」「推陳出新」「古爲今用」「洋爲中用」的正確方針，做到了「革命的政治內容和盡可能完美的藝術形式的統一」，成爲「團結人民、教育人民、打擊敵人、消滅敵人的有力的武器。」

　　這八個革命樣板戲受到廣大工農兵群眾高度的讚揚，熱烈的歡呼！讚揚它爲無產階級革命文藝的發展樹立了光輝的典範。歡呼它是無產階級文化大革命的輝煌成果，是毛澤東思想的偉大勝利！

　　各個階級都力圖立本階級的戲劇樣板，爲本階級的政治服務。因此，在戲劇舞臺上，大破封建主義、資本主義、修正主義的戲劇樣板，大立無產階級的革命戲劇樣板，是一場尖銳的階級鬥爭，是一場保衛無產階級專政，粉碎資本主義復辟的鬥爭。

　　……

　　高舉毛澤東思想偉大紅旗的江青同志，奮勇當先，參加了戲劇革命的鬥爭實踐，帶領了一批文藝界的革命闖將，一批不出名的「小人物」，衝破黨內一小撮走資本主義道路當權派的層層阻力，攻克了戲劇藝術中稱爲最頑固的京劇「堡壘」、不可逾越的芭蕾「高峰」和神聖的交響「純音樂」，在歷史上第一次爲京劇、芭蕾舞劇和交響音樂，樹起了八個閃耀著毛澤東思想燦爛光輝的革命樣板戲，爲無產階級新文藝的發展，吹響了嘹亮的進軍號！〔註5〕

由此，「樣板戲」的名稱正式確立。由於最初一批「樣板戲」共八部，故通稱「八個樣板戲」。這些作品基本上都是從 1964 年革命現代京劇全國匯演

〔註5〕　《人民日報》編輯部：《革命文藝的優秀樣板》，載《人民日報》，1967 年 5月 31 日。

中挑選出來的，再經數年的改造和磨礪。其間，江青親自過問，通過「中央文革」和國務院文藝組，以行政命令的方式，在「全國一盤棋」的思想指導下，重新調配人馬，不惜人力物力，調動最優質的藝術資源，精心打造而成。最後由江青認可決定。確定爲「樣板戲」並正式上演之後，還經歷了一番調整和修改，直到 1971、1972 年，這第一批「樣板戲」方最終定稿。然後，由電影導演執導，拍攝成彩色影片。劇本也由《紅旗》雜誌、《人民日報》等主流媒體全文刊出。

至 1974 年前後，又推出一批約十部「樣板」作品，包括革命現代京劇《龍江頌》、《平原作戰》、《杜鵑山》、《紅色娘子軍》、《磐石灣》、《紅雲崗》，革命現代芭蕾舞劇《沂蒙頌》、《草原兒女》，鋼琴伴唱《紅燈記》，鋼琴協奏曲《黃河》等。此外，還有一批「準樣板」作品等待江青的認可，如革命現代京劇《節振國》、《山城旭日》、《敵後武工隊》、《草原兄妹》、《金雁嶺》，鋼琴弦樂五重奏《海港》，交響音樂《智取威虎山》等。

與此同時，全國各地掀起了學演、學唱「革命樣板戲」的熱潮，收音機裏、舞臺上充滿了「樣板戲」，「樣板戲」劇照、「樣板戲」英雄人物畫像鋪天蓋地。其它戲曲門類也紛紛移植「樣板戲」。「樣板戲」徹底壟斷了京劇及整個文藝演出舞臺，形成了所謂「八億人民八個戲」的荒誕局面。

主流媒體高度肯定「樣板戲」的思想、藝術價值，將其描述爲無產階級文化大革命的偉大成果和光輝典範，江青也就理所當然地成爲「無產階級文化大革命的英勇旗手」。

第二節　「革命神話」：樣板文藝的藝術體系

一、「樣板戲」內容概要

京劇《紅燈記》

《紅燈記》取材自 1962 年長春電影製片廠拍攝的故事影片《自有後來人》（黃泳江原著、沉默君編劇）。後由哈爾濱京劇團改編爲京劇《革命自有後來人》和上海愛華滬劇團淩大可、夏劍青改編爲滬劇《紅燈記》。1963 年，中國京劇院將其改編爲京劇《紅燈記》。主創人員有翁偶虹、阿甲、劉吉典等。故事講述在抗日戰爭時期的東北敵佔區，中共地下黨工作者、鐵路工人李玉和奉命將一份密電碼送往柏山抗日游擊隊。後由於叛徒王連舉的出賣，被日本

憲兵隊逮捕。李玉和的母親面對李玉和留下來的鐵路號志燈（紅燈），對孫女李鐵梅講述了家庭的遭遇和革命的歷史傳統，鐵梅立志繼承父輩革命傳統，保護密電碼。李玉和被捕後，與憲兵隊長鳩山斗智鬥勇，終與母親一起遭日軍殺害。李鐵梅逃脫日本憲兵追捕，將密電碼送上柏山。作品歌頌了工人李玉和一家三代前赴後繼的革命精神。

京劇《智取威虎山》

《智取威虎山》取材自曲波的小說《林海雪原》。這是一部富於傳奇色彩的戰爭題材的小說，其中的一些段落經常被改編成各種藝術形式的作品。1958 年，上海京劇院一團開始改編《智取威虎山》，主創人員先後有陶雄、李桐森、申陽生、李仲林、章力揮、於會泳等。故事講述 1946 年冬東北戰場，解放軍某團參謀長一支小分隊進入威虎山地區追剿土匪武裝。威虎山地勢險要，易守難攻，偵察排長楊子榮喬裝成土匪胡彪，以獻「聯絡圖」為名，打入威虎山，取得了匪首座山雕的信任。楊子榮向小分隊送出情報，並趁除夕夜匪徒舉行「百雞宴」之機，裏應外合，一舉消滅了敵人。作品塑造了偵察英雄楊子榮的機智勇敢的光輝形象。

京劇《沙家浜》

《沙家浜》的前身是 1958 年上海市人民滬劇團演出的滬劇《蘆蕩火種》。1963 年，由北京京劇團改編，更名為《地下聯絡員》，最後定名為《沙家浜》。主創人員有汪曾祺、楊毓珉、蕭甲、薛恩厚、李慕良等。故事講述 1939 年秋，新四軍某排政治指導員郭建光與 18 名傷病員留在沙家浜鎮養傷期間，遭遇日偽軍「掃蕩」行動。中共地下黨員阿慶嫂以春來茶館老闆娘的身份，在沙家浜群眾的幫助下，與暗投日軍的「忠義救國軍」司令胡傳魁、參謀長刁德一等巧妙周旋，掩護新四軍傷病員安全轉移。最後，傷癒歸隊的新四軍戰士重返沙家浜，消滅了盤踞在那裡的「忠義救國軍」。作品歌頌了「軍民魚水情」，著力塑造了阿慶嫂、郭建光等革命英雄形象，對胡傳魁、刁德一等反面角色也刻畫得栩栩如生。

京劇《奇襲白虎團》

《奇襲白虎團》是根據朝鮮戰爭期間志願軍偵察兵副排長楊育才的真實故事改編而成。最初由中國人民志願軍京劇團於 1957 年排演。該劇團併入山東省京劇團後，又重新排演該劇，並於 1964 年參加全國現代京劇匯演。主創

人員爲李師斌、李貴華、方榮翔、尙之四等。1966 年，爲該劇和《智取威虎山》劇專門成立領導小組，江青親任組長，張春橋爲副組長，魏文伯、曹荻秋、夏徵農、嚴永潔等爲組員，章力揮、於會泳等參與修改。故事講述朝鮮戰爭期間，志願軍某部偵察排長嚴偉才率偵察班戰士深入敵後，直接搗毀南朝鮮王牌軍——首都師白虎團指揮部，粉碎了美韓軍隊的北進計劃，並爲志願軍反攻掃清了障礙。作品塑造了志願軍偵察英雄形象，並歌頌了中朝友誼。

京劇《海港》

《海港》上海京劇院是根據 1963 年上海人民淮劇團創作的淮劇《海港的早晨》（編劇李曉民）改編而成，主創人員有何慢、郭炎生、李曉民、章琴、聞捷、鄭拾風、於會泳等。故事講述上海港碼頭青年裝卸工人韓小強，不安心工作。暗藏的階級敵人錢守維利用韓小強的工作疏忽，趁機將玻璃纖維混進將運往亞非拉國家的援助小麥中。碼頭裝卸工黨支部書記方海珍得知後，立即組織碼頭工人連夜加班翻倉查找，阻止了並通過老碼頭工人對韓小強進行憶苦思甜的階級教育。最後，韓小強翻然醒悟，階級敵人的破壞陰謀也被粉碎。作品歌頌了工人階級的階級覺悟、主人翁精神和國際主義精神。這也是「樣板戲」中唯一一部工業題材的作品。

京劇《龍江頌》

《龍江頌》最初是由福建省話劇團根據眞實故事編創的一部五幕話劇。後由上海市新華京劇團移植改編。1967 年，第一批「樣板戲」出臺之後，上海市重組劇組改編，主創人員有王樹元、俞雍德、劉夢德、李仲林、於會泳、胡登跳等。故事講述 1963 年春東南沿海某農村遇到特大乾旱。縣委決定在龍江大隊堤外堵江抗旱，這樣將淹沒龍江大隊的稻田。龍江大隊黨支部書記江水英堅決執行縣委指示，主動承擔起最重任務，犧牲本大隊的利益。而大隊長李志田具有本位主義思想，不肯犧牲大隊利益。暗藏的階級敵人黃國忠利用李志田的弱點，借機煽動破壞堵江抗旱。江水英用舍己爲人的共產主義思想和實際行動，耐心地幫助李志田轉變了思想，又依靠群眾揪出了黃國忠。龍江水終於送到了旱區。第二年，後山各個生產隊都獲得了大豐收，龍江大隊也補回了損失的糧食。作品歌頌了農村基層幹部群眾的階級鬥爭覺悟和共產主義風格。

京劇《杜鵑山》

《杜鵑山》原是 1963 年由上海歌劇院王樹元編劇、上海青年藝術劇院演出的一部話劇。後在於會泳的主持下，交由北京京劇團移植改編。主創人員有薛恩厚、張艾丁、汪曾祺、蕭甲、楊毓瑉等。一度更名爲《杜泉山》，後又改回原名。故事講述的是 1928 年春，湘贛邊界杜鵑山的一支農民自衛軍揭竿而起，三起三落，瀕於覆滅。井岡山紅軍黨組織派來黨代表柯湘與他們聯繫。柯湘途中被捕，農民自衛軍在刑場上營救了她。柯湘用無產階級建軍思想對部隊進行改造，使部隊得以蓬勃發展。地主武裝頭子毒蛇膽勾結自衛軍叛徒溫其久，企圖誘殲自衛軍。隊長雷剛中計被捕，柯湘識破敵人的陰謀詭計，力挽狂瀾，救出雷剛，安全轉移了部隊，並清除了叛徒。最後，自衛軍會合紅軍主力，消滅了毒蛇膽，正式改編爲工農革命軍，開赴井岡山。作品塑造了黨代表柯湘的英雄形象，並歌頌了「黨指揮槍」的革命軍事路線。

京劇《平原作戰》

《平原作戰》是根據文革前的《平原游擊隊》和《鐵道游擊隊》，以及《地道戰》、《地雷戰》等表現八路軍游擊隊和民兵抗日的故事影片，拼湊改編而成。主創人員有張永枚、張君秋、錢浩梁等。故事講述《平原作戰》在抗日戰爭期間，八路軍某部爲了反「掃蕩」，派排長趙勇剛率領武工隊插到敵後平原地區，在鐵路沿線開展游擊戰。武工隊在敵後，依靠抗日群眾，利用青紗帳，開展地道戰、地雷戰和破鐵路、拔炮樓、燒糧庫的破襲戰。並潛入縣城，多次與敵周旋，終於擊斃漢奸，炸掉敵軍火藥庫，粉碎了敵人增援進山「清剿」的詭計。作品歌頌了八路軍游擊隊的神勇，體現了毛澤東「兵民是勝利之本」的軍事思想。

芭蕾舞劇《紅色娘子軍》、京劇《紅色娘子軍》

芭蕾舞劇《紅色娘子軍》由文革前的同名彩色故事影片改編而成，中央芭蕾舞團演出。主創人員有吳祖強、杜鳴心、李承祥、蔣祖慧、王錫賢等。故事講述的是 1920 年代，海南島椰林寨地主南霸天家的女僕吳清華因逃走，被南霸天的打手毆打昏死在林中，遇紅軍娘子軍連黨代表洪常青而獲救。在洪的指引下吳清華投奔五指山區的紅色娘子軍，成爲一名女戰士。參軍後的吳清華始終不忘復仇，屢屢違反紀律。通過一次次血的教訓，在黨代表洪常青和大家的幫助下，吳清華終於明白了參加革命的道理，由一個普通的農家

少女成長爲一名紅軍指揮員。後南霸天引兵圍剿娘子軍根據地，洪常青爲了掩護戰士轉移而被俘，被南霸天處死。吳清華接替洪常青，擔任娘子軍的黨代表，並帶領娘子軍打回椰林寨，消滅了敵人。作品塑造了年輕女戰士吳清華的形象，通過她的成長故事，講述了無產階級革命的道理。

京劇《紅色娘子軍》同樣改編自同名彩色故事影片，主創人員有閻肅、李紫貴、張春華、張君秋、李少春、葉盛蘭、關肅霜、錢浩梁等，陣容豪華。

芭蕾舞劇《白毛女》

芭蕾舞劇《白毛女》是根據賀敬之、丁毅等人編劇，馬可、張魯等人作曲的歌劇《白毛女》改編而成。歌劇產生於 1940 年代的延安，1950 年代被改編成電影，影響巨大。1964 年，上海芭蕾舞學校決定將《白毛女》改編成芭蕾舞劇，黃佐臨擔任藝術指導，主創人員有胡蓉蓉、傅艾棣、程代輝、林泱泱、嚴金萱、張鴻翔、陳燮陽等。故事講述抗戰期間中國北方農村楊各莊的貧苦農民楊白勞，因反抗地主黃世仁的逼債，而被打死。楊白勞的女兒喜兒，被黃家搶去做丫環抵債。喜兒不堪凌辱，逃入深山，對待機會報仇雪恨。長年風餐露宿，頭髮變成了白色。喜兒的夥伴、青年農民大春投奔八路軍後，打回楊各莊，在山上救出了成爲白毛女的喜兒。八路軍槍斃了黃世仁，爲喜兒了報仇。作品塑造了苦大仇深的農民女兒喜兒的形象，證明了勞動人民只有通過武裝鬥爭推翻剝削階級，才能翻身得解放的道理。

芭蕾舞劇《沂蒙頌》

芭蕾舞劇《沂蒙頌》取材自知俠的小說《紅嫂》。1964 年，山東省淄博市京劇團將《紅嫂》改編成京劇上演。1970 年，江青指示將京劇《紅嫂》又分別被改編成京劇《紅雲崗》和芭蕾舞劇《沂蒙頌》。中央芭蕾舞團成立舞劇改編劇組，主創人員有李承祥、徐傑、郭冰玲、劉延禹、杜心鳴等。故事講述1947 年秋山東沂蒙山區農村大嫂英嫂上山採野菜時，發現了受重傷昏迷不醒的解放軍排長方鐵軍。方鐵軍生命垂危，急需喝水可是山上沒有水，英嫂急中生智，用自己的乳汁救活了鐵軍。英嫂將方排長藏在山洞裏，自己每天冒著危險送水送飯送雞湯。還鄉團抓住英嫂的孩子，逼她交出方排長，英嫂不爲所動，甘願犧牲孩子。此時，解放軍游擊隊趕到，全殲還鄉團，營救了傷員和英嫂一家。作品通過軍民魚水一家親的情節，歌頌了人民舍生忘死的擁

軍精神。

交響音樂《沙家浜》、鋼琴伴唱《紅燈記》、鋼琴協奏曲《黃河》

交響音樂《沙家浜》是中央樂團根據京劇《沙家浜》中的主要唱段改編而成的大型聲樂套曲。作品嘗試用西洋交響樂隊來演繹中國京劇的音樂。作品選取了《沙家浜》中的幾個唱段，用西洋美聲唱法，以獨唱、重唱、合唱的形式，配以交響樂隊伴奏，形成了一個多樂章的、中西合璧式的「清唱劇」。主創人員有李德倫、楊牧雲、鄧中安、羅忠鎔等。

鋼琴伴唱《紅燈記》嘗試用西洋鋼琴來伴奏京劇唱段。鋼琴一度被視作西方資產階級樂器，現在則用來爲無產階級的「樣板戲」服務。主創人員爲鋼琴家殷承宗。

鋼琴協奏曲《黃河》是殷承宗、儲望華、劉莊等根據冼星海的《黃河大合唱》改編創作的鋼琴協奏作品。作品並未嚴格按協奏曲的「奏鳴－交響套曲」模式來進行，而更接近於組曲形式。作品由四個樂章組成。首樂章《序曲——黃河船夫曲》，第二樂章《黃河頌》，第三樂章《黃河憤》，第四樂章《保衛黃河》。最後，樂曲巧妙地把《保衛黃河》與《東方紅》、《國際歌》的主題音調結合在一起，以迎合文革時期的政治氛圍。

二、革命的神話體系

「樣板戲」雖然大多出自文革前的京劇現代戲匯演，但江青在挑選劇目過程中，並非隨意而爲。「樣板戲」效應不只是單部「樣板戲」在單獨起作用。「樣板戲」是一個整體性的計劃，整個「樣板戲」構成了一個龐大的革命文藝體系。文革期間代表極左政治派別立場的寫作班子「初瀾」在《中國革命歷史的壯麗畫卷——談革命樣板戲的成就和意義》一文中，點明了「樣板戲」的整體構想。文章寫道：

> 革命樣板戲以黨的基本路線爲指導思想，深刻地反映了半個世紀以來，中國的無產階級和廣大人民群眾在中國共產黨領導下進行的艱苦卓絕的武裝奪取政權的鬥爭生活，和無產階級專政下繼續革命的鬥爭生活，爲我們展現了一幅雄偉壯麗的中國革命的歷史畫卷
> 〔註6〕

〔註6〕 初瀾：《中國革命歷史的壯麗畫卷——談革命樣板戲的成就和意義》，載《紅旗》，1974 年第 1 期。

「樣板戲」在選材上，基本上按照中共黨史各階段來進行。有反映 1920 年代中共領導的武裝鬥爭題材的《杜鵑山》、《紅色娘子軍》；有反映 1930 年代抗戰時期八路軍、新四軍和其它抗日工作者的活動的《紅燈記》、《沙家浜》、《平原作戰》、《白毛女》；有反映 1940 年代內戰時期，解放軍的戰鬥生活的《智取威虎山》、《沂蒙頌》；有反映 1950 年代朝鮮戰場志願軍作戰活動的《奇襲白虎團》；有反映 1960 年代工業領域的《海港》和農業領域的《龍江頌》，等等。形成了一幅巨大的「中國革命的歷史畫卷」。

出於意識形態宣傳的目的，「樣板戲」刻意經營一個革命化的史詩體系。初瀾寫道：「革命樣板戲是我們學習黨史、軍史、革命史的形象化教材，是我們進行路線教育的形象化教材。」事實上，這一動機在「十七年文學」中已初露端倪，以「三紅一創」爲代表的史詩化長篇小說，已經在構造無產階級革命史詩方面，作出了很大的努力，初步形成了一個龐大的史詩體系。從這個意義上說，「樣板戲」與「十七年文學」一脈相承，這也就是爲什麼「樣板戲」基本上是從文革前的文藝作品中選取改編對象的原因。所不同的是，「樣板戲」首先選擇了京劇這一古老的、成熟的傳統中國藝術形式作爲載體，企圖在創造「中國特色」、「中國氣派」的文藝形式上有所突破。另一方面，「樣板戲」在革命歷史敘事方面，極大地強化了路線鬥爭和階級鬥爭這一邏輯。而經過精心的選擇和構建，「樣板戲」的體系性也大爲加強，考慮到了革命歷史和現實生活中的每一階段和每一領域的題材，彼此之間相輔相成，共同建構起一個總體結構完整的革命史詩體系。

然而，「樣板戲」的主導者的目標並不僅限於此。「樣板戲」不僅要創作一個革命的史詩體系，而且還要使其自身歷史化，以藝術革命和文化革命的方式，成爲革命史詩中不可分割的、甚至是最爲華采的一部分。選擇京劇爲主要的表現形式，即暗藏著一種更大的藝術雄心。

京劇經過數百年的磨礪，在藝術上高度成熟。尤其是經過 1930 年代梅蘭芳、程硯秋等藝術家的改造，京劇已經基本上完成了現代化的藝術轉型，成爲一種能夠適應現代舞臺藝術要求的全新的藝術形式，並使之走向了世界。這種高度中國化而又能適應現代潮流的、在藝術上趨於完美的戲劇形式，在世界藝術舞臺上，佔有不可替代的位置。西方文藝界對中國京劇的高度評價，也集中在這一方面。瞭解京劇的江青，顯然很清楚這一點。初瀾在《京劇革命十年》中也承認：「地主資產階級在京劇舞臺上慘淡經營了一二百年，使舊

京劇成爲我國戲曲中技藝性最強的劇種，無產階級要在盡可能短的時間內改造它，超過它，壓倒它，這決不是輕而易舉的。」〔註7〕

　　與小說、詩歌等這種經典的文藝形態相比，戲劇從來就是一種更加大眾化的藝術。戲劇的大眾性、現場感和感染力，在文化和意識形態傳播過程中，效果更爲顯著。而京劇即是中國本土受眾面最普泛的、影響力最大的藝術。超越了社會階層的限制，幾乎婦孺皆知。在西方歷史上，一個偉大的時代，往往與一種偉大的戲劇形式相伴隨。古希臘時期的悲劇家的悲劇，文藝復興時代的莎士比亞的話劇和19世紀的瓦格納的歌劇，既是它們所屬時代的時代精神之體現，也是那個時代所創造的藝術巔峰。對於文革的主導者來說，創造一種適合文化革命時代精神，眞正體現這場「史無前例」的革命的歷史價值的藝術形式，是刻不容緩的歷史使命。這也是「文化大革命的英勇旗手」江青最迫切的事情。

　　與當時的政治造神運動相呼應，文藝造神運動則在「樣板戲」舞臺上進行。造神，首先就要驅鬼。正如政治運動中驅除現實中的「牛鬼蛇神」一樣，藝術造神運動需要驅除的是文藝作品和藝術舞臺上的「牛鬼蛇神」。正如初瀾所指出的：「革命樣板戲的創作，就不是單單搞一兩出戲的問題，而是一場激烈的階級鬥爭。我們的革命樣板戲要把帝王將相牛鬼蛇神趕下舞臺，讓工農兵成爲舞臺的主人，爲鞏固社會主義經濟基礎，鞏固無產階級專政服務。」在「牛鬼蛇神」被清除一空的藝術神殿裏，「工農兵形象」取而代之。在《林彪同志委託江青同志召開的部隊文藝工作座談會紀要》中，這樣寫道：

　　　　文化革命要有破有立，領導人要親自抓，搞出好的樣板。資產
　　階級有所謂「創新獨白」，我們也要標新立異，要標社會主義之新，
　　立無產階級之異。要努力塑造工農兵的英雄人物，這是社會主義文
　　藝的根本任務。〔註8〕

　　這就是所謂「根本任務論」。即將塑造無產階級英雄人物的典型形象，視作社會主義文藝的「根本任務」。這一觀點最早在江青的《談京劇革命》中，就已經提出來了，《紀要》將其進一步明確化。

　　「樣板戲」體系塑造了以工農兵形象爲主體的革命英雄形象譜系，構成

〔註7〕　初瀾：《京劇革命十年》，載《紅旗》，1974年第4期。
〔註8〕　《林彪同志委託江青同志召開的部隊文藝工作座談會紀要》，載《人民日報》，
　　　　1967年5月29日。

了文革意識形態神話的重要內容。初瀾寫道：

> 革命樣板戲是中國革命雄偉壯麗的歷史畫卷，同時又是無產階級英雄形象的燦爛奪目的藝術畫廊。
>
> 用革命現實主義和革命浪漫主義相結合的創作方法，成功地塑造了一系列無產階級英雄典型，再現了在中國共產黨和毛主席領導下的人民革命運動。柯湘、洪常青、李玉和、郭建光、楊子榮、嚴偉才、方海珍等等都是在黨的正確路線指引下湧現的工農兵英雄人物，又是自覺執行毛主席路線的傑出代表。在以往的一切舊文藝中，剝削階級爲了維護他們的統治地位，總是歪曲歷史，把他們的代表人物描繪成「救世主」，而把創造歷史的勞動人民視爲渣滓。現在，一個個無產階級英雄典型，威武雄壯地樹立在社會主義文藝舞臺上，放射出絢麗的光彩。這些英雄形象是文藝史上一切剝削階級文藝作品中的所謂「英雄豪傑」所不能比擬的。無產階級是人類歷史上最偉大的階級，「最有遠見，大公無私，最富於革命的徹底性。」他們正是創造歷史的人民群眾的眞正代表。〔註9〕

「樣板戲」中的英雄，根據生旦淨末諸行當，形成了一個英雄譜系。有小生形象出現的年輕男子，如楊子榮、郭建光、嚴偉才、趙勇剛、李石堅等；有以老生形象出現的成年男子，如李玉和、洪常青、參謀長、高志揚、李志田等；有以花旦形象出現的年輕婦女，如阿慶嫂、柯湘、方海珍、江水英、英嫂等；有以青衣形象出現的少女如李鐵梅、吳清華、常寶、喜兒、阿蓮等；有以老旦形象出現的老年婦女，如李奶奶、沙奶奶、張大媽等，還有以花臉形象出現的老年男子，如雷剛、馬洪亮、阿堅伯、李勝等。其它還有青年小夥子的形象代表，如沙四龍、韓小強等。從政治身份上看，這些形象是普通的工人、農民、士兵、基層幹部、下級軍官等，在舞臺形象上，卻是對傳統戲曲中的英雄角色的延續。

神聖化的革命歷史敘事，造就了這些神話般的英雄人物。在政治上，他們是革命的代表，是正確的化身。他們掌握了克敵制勝的法寶，如同史詩、悲劇和民間傳奇中的英雄一般，能夠一路披荊斬棘，戰勝各種妖魔鬼怪，最終成爲英雄史詩中的主角。階級鬥爭的矛盾衝突，磨礪了英雄們不同一般的

〔註 9〕 初瀾：《中國革命歷史的壯麗畫卷——談革命樣板戲的成就和意義》，《紅旗》（北京），1974 年第 1 期。

輝煌品格，他們光彩照人，表現出高人一籌的領袖氣質，把人高貴的品質和革命的精神集於一身，濾去了一般意義上的人性雜質，成爲高度純粹的「意識形態符號」。這種被提純了的「人」的形象，已接近於神，高踞於革命的奧林匹斯山上。

「樣板戲」英雄群像也成爲「符號再生產」的對象，是其它藝術門類如詩歌、散文、曲藝，以及繪畫藝術的普遍汲取的素材。文革期間，這些「樣板戲」諸神的形象，替代了門神、年畫、裝飾畫，出現在各種各樣的公眾場合和民眾的家裏。他們成爲普通人日常生活中學習的榜樣，民眾被要求「學『樣板戲』，做革命人」。「樣板」英雄的輝光，照亮了日常生活的平淡和晦暗，指明了通往神聖革命的金光大道。每一個不同性別、不同年齡段、不同身份的人，都可以找到自己的榜樣。「樣板」英雄如同現實生活中不同人群的「守護神」，盤桓於人群的上空，他們向芸芸眾生投下關切的和監視的目光，讓民眾時刻警醒自己的弱點和缺陷，淨化自我。

史詩化題材和神話英雄式的人物形象，構成了「樣板戲」神話體系的核心部分。在「樣板戲」的主導者看來，這是無產階級文藝的一次偉大的革命。在人類文藝史上，這樣的無產階級英雄形象譜系，還從來沒有出現過。「舊京劇、舊芭蕾舞劇是表現中國或外國的帝王將相、才子佳人的藝術形式」。歷史上，無產階級革命在徹底改造資本主義世界的經濟基礎、打爛資產階級的國家機器的鬥爭中，進行了艱苦的鬥爭，但在無產階級上層建築和意識形態建設中，尚無更多的成功經驗和範例。在無產階級這個新興階級掌握了意識形態和文藝生產的主導權之後，也還沒有真正成功地利用舊的統治階級的文藝形式，創造無產階級的文藝和塑造無產階級的英雄形象。即使是蘇聯的社會主義文藝，也未能成功塑造這樣的革命形象，而且，當代修正主義分子完全歪曲了馬克思主義文藝思想，使文藝成爲資產階級復辟的工具。而在中國，「十七年文藝」則有貫徹了一條「封資修」占統治地位的文藝「黑線」。從歷史的觀點看，只有「樣板戲」才真正完成了無產階級統治文藝舞臺的任務，填補了無產階級文藝的空白。正是基於這樣的邏輯，張春橋才會這樣說：「從《國際歌》到樣板戲，這中間一百多年是空白。江青同志搞的樣板戲，開創了無產階級文藝的新紀元！」〔註10〕

〔註10〕轉引自謝鐵驪、錢江、謝逢松：《「四人幫」是摧殘文藝革命的劊子手》，《人民日報》，1976 年 11 月 10 日。

三、「三突出」：「樣板文藝」的美學公式

「樣板戲」是文革政治意識形態的藝術表徵。與文革的極左政治相適應，「樣板戲」體現出一種極端主義傾向的美學原則——「三突出」原則。這一原則，最初由於會泳提出，由「樣板文藝」加以實踐，並逐步推廣，成為文革文藝的基本方針。

既然塑造無產階級英雄形象是社會主義文藝的根本任務，那麼，如何塑造英雄形象，就成為文藝創作的主要課題。1968 年，主持上海「樣板戲」編創工作的於會泳，在總結「樣板戲」創作經驗時，寫道：

> 江青同志十分敏銳地識破了階級敵人的各種陰謀詭計，為了擊退階級敵人的進攻，為了使毛澤東思想永遠佔領文藝陣地，她十分重視工農兵英雄人物的塑造，特別重視突出主要英雄人物的塑造。我們根據江青同志的指示精神，歸納為「三個突出」，作為塑造人物的重要原則，即：在所有人物中突出正面人物來；在正面人物中突出主要英雄人物來；在主要人物中突出最主要的即中心人物來。江青同志的上述指示精神，是創作社會主義文藝的極其重要的經驗，也是以毛澤東思想為武器，對文學藝術創作規律的科學總結。〔註11〕

「三突出」這一概念是於會泳提出的，但很顯然，發明權不是他，而是江青，他只不過是對江青在指導「樣板戲」編創時提出的種種創作思想，加以理論總結。這一理論後又經由文革理論班子進一步加工完善。在一篇《努力塑造無產階級英雄人物的光輝形象》的文章中，將「三突出」原則確定為：在所有人物中突出正面人物；在正面人物中突出英雄人物；在英雄人物中突出主要英雄人物。文章還將這一原則上升到無產階級政治的高度，稱：「怎樣把無產階級英雄人物塑造得高大豐滿、光彩奪目，是擺在我們目前的一個首要的政治人物，是無產階級文藝革命中的一個新課題。這是無產階級文藝同一切剝削階級文藝，包括資產階級的『文藝復興』、『啓蒙運動』及十九世紀批判現實主義文藝的根本區別所在。」〔註12〕

〔註11〕　於會泳：《讓文藝舞臺永遠成為宣傳毛澤東思想的陣地》，《文匯報》，1968 年
　　　　　5 月 23 日。
〔註12〕　上海京劇團《智取威虎山》劇組：《努力塑造無產階級英雄人物的光輝形象》，
　　　　　《紅旗》（北京），1969 年第 11 期。

根據「三突出」原則，「樣板戲」對劇本進行了大規模的改造、加工、提煉和完善。江青能夠隨意調度和支配全國各地最優質的藝術資源，但由於在革命敘事和塑造人物等方面的種種意識形態約束，藝術家個人的藝術傾向、美學個性，受到嚴格的限制。他們如同在一架龐大的意識形態操控下的美學機器上，小心翼翼從事加工勞動的工人，不敢稍有閃失。

「高大全」、「紅光亮」的英雄形象

「樣板戲」首先是突出主要英雄人物，塑造高大豐滿的英雄形象。如《智取威虎山》中的楊子榮，在原作《林海雪原》中，並非一個最重要的角色，「樣板戲」則重點突出楊子榮的英雄形象。原來劇本中設計的一大串「牛鬼蛇神」：定河老道、蝴蝶迷、一撮毛、欒平老婆……等等，全部砍掉，而又調動各種藝術手段加強了楊子榮等正面英雄人物的形象。原作中，楊子榮之所以能夠打入匪巢，是因爲其扮演的土匪形象惟妙惟肖。而「樣板戲」則一改楊子榮身上的匪氣，以英武雄壯、浩氣凜然的形象出現在舞臺上。編創者還特地設計了「打虎上山」一場，來強化楊子榮的英雄氣概。打虎，從來就是一種英雄行爲，「打虎上山」，則預示著這位英雄將征服「威虎山」。

在《紅燈記》原作中，李玉和曾經嗜酒，故鳩山要以請喝酒爲名捉拿李玉和，李奶奶才會在其被捕之前，給他喝一碗送行的酒。而在「樣板戲」中，嗜酒這種有損英雄形象的內容消失了，李玉和「臨行喝媽一碗酒」的情節突如其來，只能以某種象徵性的方式來理解。李玉和以端酒、轉身、亮相、一飲而盡的表演，顯示出一種大義凜然、視死如歸的英雄氣概。

「樣板戲」破除了「寫眞實論」的原則，把主要英雄人物無限拔高，其它正面人物成爲其陪襯，反面人物則與其構成強烈的對比。也破除了「中間人物論」，把正面人物與反面人物絕然分開，一目了然。英雄人物威武雄壯，高大挺拔，濃眉大眼，意志堅定，目光炯炯。他們把人性中最高貴的品質：無私、忠誠、勇敢、智慧、冷靜、堅忍不拔……集於一身。他們的出場，光彩照人，熠熠生輝，彷彿天神降臨。相反，作爲他們的敵人，那些反面角色扮以「醜陋」是其共同的體貌特徵，或肥頭大耳，體態臃腫；或身材乾瘦，賊眉鼠目；或腰彎背駝，委瑣不堪；或衣冠不整，浪蕩逍遙。其個人身體形象的缺陷直接對應著其道德缺陷和否定性的政治身份。品格上則集中了人性中最卑劣的一面：陰險、愚昧、怯懦、兇殘、狡詐、貪婪、貪生怕死、歇斯底里……他們的出場，暗淡無光，如蛇形鼠竄。

《蘆蕩火種》中，本有阿慶嫂在胡傳魁、刁德一等人之間調笑周旋、打情罵俏的情節，這本符合阿慶嫂公開場合裏的江湖身份，也使得戲本身充滿了生活情趣，人物形象更具活力。到了「樣板戲」《沙家浜》中，則被認為有損革命者的光輝形象而被刪削。不過，在《沙家浜》一劇中，誰是主要英雄人物，仍是一個難題。究竟是新四軍指導員郭建光還是地下黨員、春來茶館的老闆娘阿慶嫂？原作《地下聯絡員》的主角是阿慶嫂，並且，阿慶嫂的特殊身份，也富於戲劇性。但在改編過程中，編創人員不得不增加郭建光的戲份，而且不惜生硬地增加出一個缺乏戲劇性的，基本上沒有情節的「堅持」一場。而這一改動的背後，卻是中共黨內政治權力鬥爭的曲折反映。郭建光還是阿慶嫂，實際上是突出武裝鬥爭還是突出地下工作的衝突，進而言之，則是毛澤東所代表的井岡山武裝鬥爭道路還是劉少奇所代表的白區地下鬥爭道路的兩條路線鬥爭的體現。

「三突出」成為一種必須嚴格遵守的美學公式，並進一步衍生出「三陪襯」、「三對頭」、「三打破」等公式。故事情節、人物塑造和人物對話，幾乎完全是對意識形態語碼的直接轉譯。在這種「公式化」的創作模式中，生產出來的作品，有著統一的形制和風格。民間有歌謠諷刺這種「公式化」的產品，稱：「隊長犯錯誤，書記來指路。揪出大壞蛋，全劇就結束。」「一個大姑娘，身穿紅衣裳，站在高坡上，揮手指方向。」

突出階級意識，強化仇恨哲學

以階級鬥爭為綱，突出無產階級政治意識，也是「樣板戲」所要強調的原則。《海港》原作主要是一個關於青年工人不安心碼頭工作，造成質量事故，經教育後思想轉變的故事。在「樣板戲」《海港》中，女黨支部書記方海珍成為主要英雄人物，階級立場不堅定的韓小強則變成了次要人物，原先的有落後思想的「中間人物」錢守維則變成了暗藏的階級敵人。質量事故變成了一場階級鬥爭，進而是事關無產階級國際主義形象的階級鬥爭。日常生活中也充滿了階級鬥爭，思想衝突變成了敵我矛盾衝突。這樣的階級鬥爭模式，在某種程度上說，也正是對文革期間階級鬥爭擴大化的現實的一種曲折反映。

《紅燈記》中的李玉和一家是一個奇特的家庭結構，它是一個純粹以階級情感為紐帶建立起來的。祖孫三代本不是一家人，卻組成了一個革命家庭，並且，革命傳統代代相傳。李玉和唱道：「人說道，世間只有骨肉的情誼

重；依我看，階級的情誼重於泰山。」強烈的階級意識替代了以血緣紐帶聯繫起來的家庭倫理觀念。「赴宴鬥鳩山」一場則是階級鬥爭在日常生活中得到強化的體現。鳩山在酒宴上，以世俗的生活哲學勸誘李玉和，李玉和則對以革命的鬥爭哲學。鳩山以老朋友的身份套交情，李玉和對答道：「你是日本的闊大夫，我是中國的窮工人。你我是兩股道上跑的車，走的不是一條路啊。」突出了李玉和鮮明的階級立場。

以「訴苦」的方式，講述革命者受苦的歷史，成為「樣板戲」喚醒階級仇恨和進行階級鬥爭傳統教育的必不可少的手段。《杜鵑山》「情深如海」一場，礦工出身的黨代表柯湘向農民軍訴說飽受階級壓迫的家史，與農民之間建立了一種基本的階級認同，抵禦了來自溫其久的鄉親鄉情觀念的侵蝕，並解救了被農民軍虜來的為土豪推車的田大江，教育了階級意識淡薄的雷隊長。「親不親，階級分」與「甜不甜，家鄉水；親不親，故鄉人」的觀念差異，最後演變成一場你死我活的階級鬥爭。《紅燈記》中也增加了「痛說革命家史」一場，將李玉和的革命精神與「二七大罷工」聯繫起來，強調了工人階級革命鬥爭的歷史傳統。其它如《智取威虎山》中的「深山問苦」一場，《沙家浜》中沙奶奶說家史一場，《海港》方海珍、馬洪亮向韓小強講述碼頭工人苦難史一場，等。

《白毛女》中的楊白勞，在歌劇中是一個性格懦弱的貧苦農民，因地主逼債而被迫賣掉自己的女兒後，絕望中喝鹵水自殺而死，在「樣板戲」舞劇版本中，則被改成楊白勞拒絕簽押女兒的賣身契，奮起反抗，在搏鬥中被地主打死。

在激烈的階級鬥爭中，英雄得以成長，英雄的性格得以鮮明化。這是樣板美學對「無衝突論」的抵制和拒絕。另一方面，在劇烈的衝突中，人物的中間狀態亦不復存在，「中間人物」要麼轉變為革命者，要麼成為敵人。

不斷被強化的階級意識，在人物情感上也表現為鮮明的對立。情感的一端是深厚的，超越故鄉、血緣、人倫等觀念的「階級情」，另一端則是強烈到無以復加的「階級恨」。這種建立在強烈仇恨基礎上的階級立場，也正是文革極端化的造反行動的動力。李鐵梅的一段唱，把這種仇恨表達得淋漓盡致：

　　　　提起敵寇心肺炸！
　　　　強忍仇恨咬碎牙。
　　　　……

咬住仇，咬住恨，

嚼碎仇恨強咽下，

仇恨入心要發芽！

欲望「清潔化」和身體「革命化」

「樣板戲」創編過程中，還有一些的改編，微妙地傳達了「樣板戲」主導者江青個人的美學趣味，給「樣板戲」打上了鮮明的江青個人的性格烙印。

首先是家庭形態的畸形。熟悉「樣板戲」的人都會注意到，「樣板戲」中幾乎沒有一個完整的家庭形態。「單親家庭」是「樣板戲」中家庭的基本形態，如《紅燈記》中李奶奶、李玉和和李鐵梅祖孫三代，隔壁慧蓮婆媳；《智取威虎山》中常獵戶、常寶父女，李勇奇家母子；《沙家浜》中沙奶奶、沙四龍母子；《白毛女》中楊白勞、喜兒父女；《杜鵑山》中的杜媽媽和杜小山母子，等等。不僅家庭結構特殊，而且主要人物基本上都是單身。階級敵人黃國忠、錢守維，都是形單影隻、獨往獨來的單身漢。更爲引人注目的是，那些女主角，也都是單身一人，如《海港》中的方海珍，《龍江頌》中的江水英。《沙家浜》中的阿慶嫂顯然是已婚婦女，夫妻倆一起開茶館，但在劇中，阿慶卻一直不在場，被打發去跑單幫去了。《杜鵑山》中的黨代表柯湘，是夫妻兩人一同前往杜鵑山，但丈夫未及出場就先犧牲，連姓名也沒披露。

歌劇《白毛女》中，喜兒和大春本是一對戀人，甚至喜兒和黃世仁之間，亦有甚爲複雜的情感糾葛和兩性關係。而在芭蕾舞《白毛女》中，喜兒與大春的關係，只存在革命化的階級情誼，與兩性之間的情感無關。而與黃世仁之間，則只有階級仇恨。一切可能指向兩性間的關係的暗示性的內容，均被小心翼翼地抹去。

《智取威虎山》原作《林海雪原》中，有一段關於參謀長少劍波與衛生員白茹的隱隱約約、似是而非的愛情情節，曾經讓許多讀者浮想聯翩。而在《智取威虎山》中，不僅這些愛情內容被抹除得一乾二淨，這兩個人連名字都改掉了，少劍波改爲「參謀長」，白茹改爲「衛生員」，以免那些熟悉的名字喚醒讀者心中殘存的「二零三首長與小白鴿」的記憶。

江青對「樣板戲」中家庭、愛情等內容的這種怪異的「清潔化」處理方式究竟出於何種動機，我們姑且不去猜度，但「樣板戲」的禁欲主義傾向確是相當明顯的事實。革命文藝中的「欲望」禁忌，是一個較爲普遍的現象，

但從來沒有達到過「樣板戲」中的嚴酷程度。從革命的意識形態邏輯看，禁欲主義是試圖用革命理性克制感官本能的力量，來實現革命的精神清潔化和神聖化的理想。這種超越性的精神能力，是英雄的本質體現。另一方面，禁欲同時也是對欲望的一種恐懼和焦慮的表徵。任何訴諸感官的本能力量，都有可能導致身體欲望的解放，而身體欲望的解放，則是個人權力解放和精神解放的先聲。對於無產階級革命來說，這種解放是危險的，是身體的「無政府狀態」。作為嚴格禁欲的代償，則是人的本能的情感衝動，轉化為對革命的狂熱忠誠和對敵人的強烈仇恨。

身體的革命化，要求革命者嚴格約束自己的身體和本能，即使是階級仇恨，也必須納入到革命的紀律約束中。《紅色娘子軍》是身體和欲望的革命化規訓的一個範本。源自本能的復仇衝動，只能導致革命紀律的混亂，並帶來不良後果。吳清華的身體掙脫了反革命的鎖鏈，但她瘋狂的復仇本能，則必須接受革命紀律的約束和規訓。無產階級革命的目標是：只有解放全人類，才能最後解放自己。

經過革命紀律的嚴酷考驗，吳清華在政治上充分成熟了。在那位「女兒國」裏的男性領袖獻祭革命（黨代表）之後，她代替了他成為娘子軍的新領袖。值得注意的是，在《海港》一劇中，女黨支部書記方海珍成為了主角，而《龍江頌》的主角——龍江大隊黨支部書記則由原作中的男性，被改換成女性。這些角色性別轉換，意味深長。對於「樣板戲」的主導者江青來說，可以說是一種象徵性的滿足。最後，在江青最鍾愛的《杜鵑山》一劇中，甚至徹底改變了權力關係中的性別布局——它為一群梁山好漢式的男性英雄們，安排了一位女性領袖。然而，這一權威向女性方面的轉移，並不意味著男性權威的退位，相反，它通過對新的女性領袖的精神支配，而獲得了真正徹底的完成。女性政治上的成熟，使自身達到了與男性平等的地位，或者說，她們努力使自己從意識到身體都更加男性化的方式來實現這種平等。對於女性來說，這種政治權利上的象徵性的勝利，毋寧說是一場悲劇。

第三節　「樣板戲」與形式

初瀾是江青等人在文藝方面的理論代言人，在談到「樣板戲」在形式變革問題時，初瀾這樣寫道：

　　京劇思想內容的革命，必然要求對京劇藝術形式實行根本性的改造。這個問題解決得好，工農兵英雄人物形象就能牢固地佔領京劇舞臺；解決不好，帝王將相、才子佳人就會東山再起。對舊京劇的藝術形式採用「舊瓶裝新酒」的改良主義的辦法，顯然是與革命背道而馳的。讓我們的時代的工農兵英雄人物去吟唱表現古人的老腔老調，模擬死人的舉止動作，勢必歪曲新生活、醜化新人物。相反，完全拋開京劇藝術特色，採取虛無主義的態度，另起爐竈，搞白手起家，也是走不通的。要讓京劇的唱、做、念、打各種藝術手段都爲塑造無產階級英雄形象服務，就必須從生活出發，打破老腔老調，批判地吸收和改造其有用的東西，標社會主義之新，立無產階級之異。十年來，京劇革命堅持了「古爲今用，洋爲中用」、「推陳出新」的方針，正確地解決了京劇藝術形式的批判繼承和創新的問題。古與今、洋與中、推陳與出新是對立的統一，也就是破字當頭、立在其中的道理。「不破不立。破，就是批判，就是革命。」革命樣板戲中英雄人物的音樂形象和舞蹈形象的產生，都是批判繼承和改造了舊京劇藝術中有用成分而進行創新的結果。每個英雄形象的成套唱段設計，對傳統的唱腔和唱法都進行了革命，既具有強烈的時代精神，又發揮了京劇唱腔的藝術特色。今天，在人民群眾中，不論男女老少，不論是京劇的內行還是外行，都樂於學唱革命樣板戲的唱段，祖國大地到處飛揚著我們的英雄人物氣貫長虹、激越優美的曲調。舊京劇中那些所謂「最精彩」的唱段能有我們革命樣板戲的唱段這樣廣爲流傳嗎？事實已經有力證明：我們的革命樣板戲已在藝術上戰勝了舊京劇，壓倒了舊京劇，爲無產階級開闢了批判繼承和改造古典藝術形式的革命道路。

　　撇開漂浮於表面的意識形態話語泡沫，這段話實際上講的就是京劇「樣板戲」在「唱做念打」等方面，繼承了舊京劇的傳統，並融進了革命性的時代精神。

一、「樣板戲」的舞臺藝術與美學風格

戲劇結構

京劇在戲劇結構方面，有一定的局限性，不適宜表現特別複雜的性格、

多變的情節、眾多的人物和錯綜的人物關係。它更重故事中固定角色的分配，而不重故事結構的安排。因此，京劇在表達現代題材的時候，在情節分佈和整體結構上，受到較多的限制。

「樣板戲」試圖克服這一難題，它廣泛借用西洋歌劇和話劇藝術的結構模式，來處理相對複雜的現代題材。如果處理得不怎麼成功的話，它就容易陷於「話劇加唱」的尷尬局面。然而，「樣板戲」還是較為成功地處理了一批結構較為複雜的劇目，如《紅燈記》、《智取威虎山》、《沙家浜》、《杜鵑山》等。如《紅燈記》，以「密電碼」為核心動機，敵我雙方圍繞著它展開了激烈的追逐和爭奪，而人們並沒有看到這個神秘道具的真面目，其間暗含了傳統驚險故事的結構。另一方面，則又有一條家族史和工人階級革命史的線索。階級仇和民族恨，構成了《紅燈記》交織在一起的兩條主線。

「樣板戲」蘊含了多重語碼體系，既有意識形態語碼，又有傳統民間傳奇性的語碼。《沙家浜》以茶館這一特殊場所，來展開地下工作者在複雜處境中與敵人鬥智鬥勇的情節，於是便有了「智鬥」一場中精彩的戲劇衝突。十八個新四軍傷病員，暗合民間傳說中的「十八羅漢」、「十八好漢」。舞劇《紅色娘子軍》中的「常青指路」一幕，則可視作是對民間傳說中的「仙人指路」的化用。《杜鵑山》農民軍搶黨代表一場，則沿用了傳統民間故事中的「劫法場」的情節。《紅燈記》的「赴宴鬥鳩山」類似於民間故事中「魔道鬥法」的情節，《沙家浜》中的「智鬥」則如同民間「二人轉」式的機智和打趣，等等。

在「樣板戲」中，在其革命的主題和形式的遮蔽之下，深藏著某種「民間性」成分。有學者指出：「民間文化在各種文學文本中滲入的『隱形結構』的生命力就是如此的頑強，它不僅僅能夠以破碎形態與主流意識形態結合以顯形，施展自身魅力，還能夠在主流意識形態排斥它，否定它的時候，它以自我否定的形態出現在文藝作品中，同樣施展了自身的魅力。」〔註13〕然而，從「樣板文藝」中發現某種「民間性」因素，並不能據此得出結論說這是「民間性」對於官方的政治意識形態的勝利，相反，它只能證明「民間性」的失敗。「樣板戲」對於「民間性」藝術形式的援引過程，並非是對於「民間性」的獲得，相反，它是一個「民間性」的不斷損耗和流失的過程。

〔註13〕陳思和：《民間的浮沉——對抗戰到文革文學史一個嘗試性解析》，《今天》（紐約），1993 年第 4 期。

音樂與唱腔

音樂方面的改革，是「樣板戲」最具革命性的和爭議最多的方面。首先是用西洋樂器乃至交響樂隊伴奏。反對者認爲，西洋交響樂隊的伴奏，是對京劇的藝術完整性和原有的藝術韻味的破壞。「樣板戲」在音樂方面是不中不西、不倫不類的怪胎。而支持者則認爲，「樣板戲」豐富了京劇音樂。但無論如何，「樣板戲」音樂有其不同一般之處。

主題音樂的設計：每一劇目根據其不同的主題，設計了主題音樂，這是西洋歌劇和交響樂的基本藝術方式。如《紅燈記》把《大刀進行曲》的旋律，爲故事營造時代背景，而在表達李玉和家庭內部情節的時候，則以一段較爲抒情的。《智取威虎山》則在主題音樂中糅合了《中國人民解放軍進行曲》和《三大紀律八項注意》的旋律，以不同的變奏方式，貫穿全劇。《龍江頌》和《杜鵑山》則專門爲主人公江水英和柯湘設計了主題音樂，成爲主人公性格形象不可分割的一部分。

以音樂塑造人物性格：除了上述爲主人公的設計主題音樂之外，在唱腔設計上，「樣板戲」也作出了一些嘗試，吸收了西洋歌劇和藝術音樂對曲式和調性，對京劇唱腔的板式加以改造，克服了傳統京劇唱腔「類型化」的缺陷。如柯湘的《亂雲飛》中，引奏先以人物主調呈現主題，然後接以主調跌宕起伏的變奏，以呈示主人公此時此刻在嚴峻的形勢下翻騰不已的心潮和萬千思緒。其它如楊子榮的《胸有朝陽》、李玉和的《雄心壯志衝雲天》、郭建光的《毛主席黨中央指引方向》等「詠歎調」式的唱段，音樂形象十分鮮明，個性突出。芭蕾舞劇《紅色娘子軍》第三幕中，以淒婉的小提琴來引導吳清華出場，而洪常青表演「大刀舞」時，則以雄渾的圓號來表達動機。

反面人物出場時，則常以低音提琴、巴松管等奏出節奏緩慢、聲音陰森低沉的音樂，塑造陰險狡詐的人物性格或預示著一種不祥的後果。

音樂的系統性：傳統京劇中的樂器，在種類上和表現力方面，都很有限，音樂樣式也較爲單一和類型化。在現代劇場表演時，鑼鼓等打擊樂聲音過高，容易顯得嘈雜、吵鬧，樂隊諸樂器的律制、節奏要求，均不統一。西洋樂器音色穩定，音強也容易控制。更爲重要的是，西洋交響音樂有一種內在的整一性，可以更加鮮明地凸顯全劇的總體化的主題。交響樂隊有統一的指揮，可以將樂隊諸樂器整合爲協調、統一、和諧的音樂整體。音樂的整體性，包括多部主題的呈現，交替出現和變奏，可以塑造豐富的音樂形象，前

奏曲、間奏曲等，也能夠給音樂帶來奇妙的變化。也正因爲如此，「樣板戲」的音樂和唱腔，能夠被改編成管絃樂組曲或交響套曲。而《杜鵑山》在全劇的音樂布局和唱腔設計上，基本上按歌劇的模式，顯露出「京劇歌劇化」的萌芽。

表演方式

人物形象「臉譜化」和表演的「程序化」，成爲「樣板戲」飽受詬病的藝術缺陷之一。但這並非完全是「樣板戲」的過失，而是傳統京劇本身固有的藝術特點。京劇「樣板戲」繼承了這一特點，只不過，它將這種「程序化」的表演模式，用來對應意識形態刻板、僵硬的邏輯。「樣板戲」以大量的亮相和造型，來塑造人物。以高度政治符號化的身體形象，來製造革命神話的身體表徵。如郭建光的「亮相」動作：左手緊握駁殼槍紅綢帶，右掌呈 45 度角斜向上舉，左腳前探與右腳成丁字狀，正視前方，目光灼灼。行進時，他身先士卒，位於隊列之首，踞馬步，右手握槍瞭望，左掌向後指示戰士嚴陣以待。立定時，則身處正中，昂首挺立，右手平握手槍，左掌斜開，眾戰士蹲伏呈拱月勢。

事實上，「樣板戲」仍有許多超越傳統京劇「臉譜化」的形象塑造模式，尋找人物個性化的性格塑造的努力。如《沙家浜》中，刁德一的形象和表演，就甚爲複雜。刁德一出場時，像幽靈一般斜著身子，鼠竄似的直奔臺口。他身著軍裝，身體僵直，又戴著眼鏡和白手套，手中還捏著一隻煙嘴，把書生式的溫文爾雅與軍人式的刻板僵硬混雜於一身，刻畫出了這個人的身份。他時而緩步思索，時而貓腰疾行，表情半陰不陽，似笑非笑，這一組寫實化的動作和傳統的生丑表演身段相結合，塑造了刁德一特有的形體特徵，形神兼備地刻畫了刁德一個性。

柯湘手戴鐐銬的表演，擯棄了花旦戴鐐銬時（如《蘇三起解》中）的那種無奈、哀怨的動作，而是採用了刀馬旦、武生甚至是花臉表演時的那種大幅度的、有力的轉身、甩鐐的動作，與李玉和在刑場的表演甚爲相似。從中可以表明，革命者的英勇無畏的品質是超性別。

在芭蕾舞劇《紅色娘子軍》中，舞蹈表演內容豐富，大量吸收了中國古典舞蹈、少數民族舞蹈、京劇表演、軍事操練、體操、技巧，乃至傳統武術、雜技的身體語言，極大地豐富了芭蕾舞的舞蹈語彙。如吳清華的「倒踢紫金冠」。貌似雜技的「踢碗」動作，洪常青的大刀舞、娘子軍集體射擊舞、赤衛

隊員的匕首舞、小戰士的投彈舞、老四的鷹爪拳舞、眾團丁的砍刀舞，都是富於原創性的舞蹈段落。而吳清華在地上翻滾、掙扎等表演，則又吸收了現代芭蕾的動作，亦極富創意。

舞臺形式與舞美

「樣板戲」打破傳統京劇舞臺砌末的限制，採用了更為豐富的舞臺設置和舞美形式。「樣板戲」的舞臺基本上，接近於西洋話劇舞臺的寫實形態，改變了傳統京劇重寫意、象徵的假定性特徵。如《紅燈記》中的家庭內部陳設。而《沙家浜》的採取傳統水墨山水畫風格的布景，營造了風景如畫的江南水鄉風情。但也廣泛使用隱喻、象徵等手法，如《智取威虎山》「打虎上山」一場，通過陽光透過茂密的松林，來表達楊子榮「胸有朝陽」的大無畏精神，而威虎山匪巢則充滿了幽暗、陰沉、令人窒息氣氛。「樣板戲」還廣泛使用燈光、音樂和環境的變化，來表達人物的內心情感，接近於表現主義的手法。如《杜鵑山》柯湘演唱「亂雲飛」一段，背景陰雲密佈，音樂急促低沉，表達情勢險惡，主人公內心焦灼不安的狀態。反面人物出場時，舞臺上燈光晦暗，色調慘淡。

服裝與道具

現代劇最直觀的舞臺形象，就是服裝的現代樣式。此前也有不少現代題材的京劇，如「時裝京劇」、「洋裝京劇」，在戲服上採用現代服裝樣式，但「樣板戲」的現代服裝經過精心設計，與「樣板戲」中的英雄譜系一起，形成了一套完整的革命現代京劇服裝體系。

男性主人公以郭建光為例，頭戴軍帽，身穿新四軍灰色制服，衣袖上翻，露出白色襯邊，左臂有「新四」字樣的紅色臂章，右肩斜束槍帶，皮帶在腰，下有綁腿，腳著草鞋，上繫紅色絨球，顯得英武幹練，嚴整緊湊，革命的組織性和紀律性昭然若揭。女性主人公以柯湘為例，短髮，小花格中式大襟褂，袖口卷起，腰束布帶，顯得英姿颯爽、樸素大方。身上的紅色袖箍、鞋上的紅絨繡球、槍上的紅色綢帶連同肩膀上所搭毛巾上兩顆醒目的紅星，提示著主人公的政治身份。也有一些個性化的服裝，如李玉和鐵路工人制服打扮，脖子上繫長圍巾，圍巾上有補丁，突出其勞苦階層的身份。李鐵梅著大襟小花襖，凸顯少女的活潑、熱烈的性格，紮單長辮，甩動或揪扯長辮，可以表達情感。

　　反面人物的符號化痕跡同樣明顯。他們衣著奢華，常穿皮袍皮襖，緞紗衣褲，藏色馬褂，胸有懷錶銀鏈，頭戴禮帽，手拄拐杖，這種傳統的中式打扮，暗示其沒落階級陳舊、墮落的生活作風和美學趣味。

　　寬大的軍裝，不適合於芭蕾舞，舞劇《紅色娘子軍》巧妙地將娘子軍的服裝改造爲緊身的短褂短褲，腿部則打上綁腿。這一裝扮乍一看甚爲可笑，但它卻符合芭蕾舞這種需要凸顯身體體型、線條和騰躍、翻滾等大幅度動作的表演需要。

　　傳統京劇旦角的「水袖」，是其重要的表演道具。「樣板戲」給作爲旦角的柯湘、江水英、方海珍等革命者，設計了手中一條毛巾，既表示角色的勞動者的身份，又可以一定程度上替代旦角甩水袖的動作的完成。茶館老闆娘阿慶嫂則始終揮舞著一條手絹，以眼花繚亂的揮舞，周旋於複雜的人物關係之中。

語言

　　「樣板戲」的語言總體上說，是一種高度意識形態化的語言，大多數唱詞和對白是領袖語錄、中央文件、報刊社論、意識形態說辭和革命者豪言壯語的生硬的混合體，空洞僵硬、了無生趣、面目可憎，是政治觀念的傳聲筒。但「樣板戲」十年磨一戲，在語言上也下過不少工夫，每一段唱腔，每一段臺詞，甚至是個別詞句、字眼，都經反覆推敲，雖常過於雕琢，但也不乏精妙之處。

　　由汪曾祺等人參與編創的《沙家浜》的臺詞，語言的藝術性令人驚歎。郭建光的唱段《祖國的好山河寸土不讓》的開頭一句，原先是：「朝霞映在陽澄湖上，蘆花白稻穀黃綠柳成行。」巧用色彩對比，形成詩情畫意，已是絕妙好句。後覺得這種句子過於文人氣，便改成「朝霞映在陽澄湖上，蘆花放稻穀香岸柳成行。」雖犧牲了色彩感，但「放」、「香」、「行」三個字均用開口呼，而且押寬韻，在韻律上更加舒展、響亮，在意義上用動的狀態替代了靜的色彩，或可稱更勝一籌。而「智鬥」一場中，阿慶嫂與刁德一、胡傳魁等人的旁敲側擊、語帶雙關的言辭較量，也是精彩紛呈，阿慶嫂的機智和周密、刁德一的狡詐和陰險。最後，阿慶嫂以行雲流水的江湖腔調，贏得了舌戰的勝利。她唱道：

　　　　壘起七星竈，銅壺煮三江。

　　　　擺開八仙桌，招待十六方。

　　來的都是客，全憑嘴一張。

　　相逢開口笑，過後不思量。

　　人一走，茶就涼——

　　有什麼周詳不周詳？！

　　這些不僅是「樣板戲」中的精彩片段，也可以說是當代文學史上的經典段落。

　　《智取威虎山》中，楊子榮在匪窟中的言詞，也是戲中最吸引人之處。他要冒充土匪說話，有必須保持一個革命者的本色不變，形成了一種怪異的話語方式。如他與土匪對「黑話」的一段——

　　座山雕：（突然地）天王蓋地虎！

　　楊子榮：寶塔鎮河妖！

　　眾金剛：麼哈？麼哈？

　　楊子榮：正晌午時說話，誰也沒有家！

　　座山雕：臉紅什麼？

　　楊子榮：精神煥發！

　　座山雕：怎麼又黃啦？

　　（眾匪持刀槍逼近楊子榮。

　　楊子榮：（鎮靜地）哈哈哈哈！防冷塗的蠟！

　　在「樣板戲」普遍的「紅色話語」中，突然插入一段土匪的「黑色話語」，而且，觀眾並不知道這段「黑話」是什麼意思。這道黑色的話語裂隙，給人們帶來一種未知事物的神秘感，刺激了人們的想像。紅與黑兩種話語之間，形成了一種強烈的對立和緊張，給言辭帶來了出乎意料的光彩。接下來的一段也有一種特別的美學效果——

　　座山雕：聽說許旅長有幾件心愛的東西？

　　楊子榮：兩件珍寶。

　　座山雕：哪兩件珍寶？

　　楊子榮：好馬快刀。

　　座山雕：馬是什麼馬？

　　楊子榮：卷毛青鬃馬。

　　座山雕：刀是什麼刀？

　　楊子榮：日本指揮刀。

> 座山雕：何人所贈？
>
> 楊子榮：皇軍所贈。
>
> 座山雕：在什麼地方？
>
> 楊子榮：牡丹江五合樓。

在舞臺上，這段對白由慢到快，由弱到強，然後越來越快、越來越強，最後戛然而止，讓人緊張得喘不過氣來。它駢散結合，文字洗練、明快，抑揚頓挫，鏗鏘有力，也是劇中的華采段落。

《杜鵑山》一劇在語言上是「樣板戲」中最爲考究的一部。全劇通篇韻白，如以下兩段：

> 鄭老萬：山鄉春來早，
>
> 李石堅：荒地吐新苗。
>
> 雷　　剛：（緊握柯湘手）你就是我們日盼夜想的黨代表！
>
> 鄭老萬：（欽佩地）想不到，看不透，打仗幹活兒，行家裏手！
>
> 柯　　湘：（謙虛地）風裏來，雨裏走，
>
> 　　　　　　終年勞累何所有，
>
> 　　　　　　只剩得，鐵打的肩膀粗壯的手……

這種通篇韻白的效果，使得念白能夠整體性地融入作品中，成爲由音樂和唱腔爲主體的全局性「歌劇化」架構當中不可或缺的一部分，從而有效地避免了現代京劇「話劇加唱」的弊端。

「樣板戲」還熱衷於製造革命化的格言、警句。通過對民間諺語、熟語、成語的化用，輸入革命教諭的內核，成爲一句革命化的格言。如「栽什麼樹苗結什麼果，撒什麼種子開什麼花。」（《紅燈記》）「明知征途有艱險，越是艱險越向前。」（《智取威虎山》）「上海港不是避風港，太平洋上不太平。」（《海港》）等等。

隱喻與象徵

「樣板戲」繼承文學史上的革命文學中的意象和隱喻系統，並將其系統化。「樣板戲」本身即努力追求意識形態的高度符號化，因此，「樣板戲」就成了龐大的革命的象徵符號的倉庫。幾乎所有的革命意識形態符號，紅旗、松柏、陽光、紅纓槍、刀槍、鐐銬……都能在「樣板戲」中找到。

戲劇藝術與其它藝術不同之處在於，它還是一種通過表演性的身體形象

來表意的藝術。身體符碼在舞臺上，如同語詞在文字文本中和圖象、色彩在視覺文本中的功能等同。「樣板戲」通過角色的亮相、造型等模式化的表演手段，塑造一系列了固定的表情和身體符號，這些符號指向某個特定的精神狀況和心理狀態，並可直接對應一些固定的詞組和成語，如頂天立地、堅忍不拔、壯志淩雲、英勇奮鬥、奮勇向前、大無畏、胸有朝陽、信心百倍、語重心長、親如一家、情深意長、苦大仇深、怒斥頑敵，等等。反面人物的身體符號也有其特定的模式，如詭計多端、厚顏無恥、負隅頑抗、貪生怕死、黔驢技窮、魂飛魄散，等等。這種直接通過身體符號來演繹意識形態概念的表演手段，在「忠字舞」和「語錄操」中，已初露端倪，「樣板戲」則將其體系化了。

「樣板戲」中也有較爲複雜的隱喻結構，如《紅燈記》中的「紅燈」。紅燈，本是鐵路工人李玉和的勞動工具，也就是一盞扳道夫用來打信號的號誌燈，但在《紅燈記》中，它卻扮演了十分重要的角色。它既是工人階級的勞動工具，又是一種信號系統。作爲一盞燈，它是光明和溫暖的象徵，而作爲一盞紅色的燈，它又象徵著革命的熱情和先烈的血。而在故事情節發展的關鍵時刻，它還起到識別敵我的重要作用，因爲它是作爲地下交通員識別的暗號之一。這樣一個號誌燈，發出的就不是一般的信號，而是區分敵我這個「革命的首要問題」的信號。對於紅燈的認同與否，是進行階級甄別的至關重要的對象。普通的家用油燈，雖然也可以照明，但卻不具備這種如同照妖鏡一般神聖的功能。因此，紅燈成爲這個特殊的革命家庭的神聖器物。一家之主隨身攜帶著它，家庭中的長輩時時擦拭它、虔敬地供奉它，並向晚輩講述紅燈的象徵意義。它是革命家庭的「傳家寶」。通過對這件革命「聖器」的傳承，而不是普通日常器物和家產的傳承，這個建立在階級關係基礎上的家庭，方得以克服血緣人倫的局限性，成爲一個無產階級的革命家庭。也正是在神聖紅燈的照耀下，李鐵梅得以超越生物學遺傳規律，而繼承李玉和的革命基因，他的品德、智慧和膽量。

與《紅燈記》相比，《沂蒙頌》則是一個隱喻失敗的例子。《沂蒙頌》試圖演繹「軍民魚水一家親」的傳奇，但它過分直露的象徵意圖，反而弄巧成拙。按照革命的意識形態邏輯，人民子弟兵與人民群眾是母子關係，人民是軍隊的母親，人民的軍隊是人民母親的乳汁養育的。這一比喻在《沂蒙頌》中，被以寫實的手法演繹出來，讓一位年輕的農村大嫂用眞實的乳汁去餵養

一位解放軍傷員。這種過分直露的手法，讓「乳汁」的隱喻性蕩然無存，隱喻所留下的藝術想像空間被一場索然寡味的眞人秀表演所塡滿。而觀眾也被這種拙劣的寫實手法弄得無所適從。

「社會主義現代主義」？

如果我們將「十七年」的文藝看作是「社會主義現實主義」的話，那麼，「樣板文藝」則很難與「十七年文藝」歸爲一類。我們可以依據現實主義理論來檢驗「十七年」的文藝，並可以批評它在相當大的程度上違背了現實主義的基本原則。但是，「樣板文藝」卻不是現實主義的。無論從那個方面來講，它與我們通常所認爲的現實主義都有著根本性的不同。正因爲如此，人們才往往會指責「樣板文藝」的反現實主義性質。

不能說凡是帶有反現實主義傾向的就一定是現代主義的，但「樣板文藝」與現代主義的距離顯然比與現實主義的距離要近得多。「樣板文藝」所體現出來的美學的確符合現代主義美學的某些基本精神。現代主義是對資產階級美學（特別是 19 世紀的批判現實主義美學）的一種反叛和否定，而這也正是社會主義文學的理想，是「社會主義現代主義」的美學原則。社會主義文學與現代主義文學在其根本之處有著某種精神上的相通。因此，如果社會主義這一概念成立的話，那麼，「社會主義現代主義」就有可能是作爲對社會主義現實主義的補充，而成爲對資產階級的藝術和美學的「超越」。或者說，社會主義的「現代性」與現代主義的「現代性」之間存在著某種程度上的親緣性。

作爲現代主義文學之一的未來主義，其美學原則也很容易爲社會主義文學所接受。未來主義要求表現代表文明進步的事物，表現超越歷史和現實的事物，這一點與社會主義之美學原則完全相吻合。正因爲如此，作爲未來主義者的馬雅柯夫斯基很快就與無產階級的美學理想一拍即合。他的「紅色鼓動詩」也就很自然地成爲無產階級文藝的一部分。

現代主義並不要求忠實、客觀地再現現實，而總是對現實加以變形處理和賦予作品內容以某種「寓言性」。這種「寓言性」在「樣板戲」中表現得也很充分。並且，根據社會主義的原則，它剔除了寓言中的個人性，而轉化成爲一個公共「寓言」，一個富於教育意義的現代「寓言」。「教諭」功能自然是藝術的一個十分古老的功能，但社會主義文藝的「教諭」功能則往往借助於現代化的藝術手段和藝術形式，來達到這一目的。這一點也正是布萊希特對

於社會主義文藝的偉大貢獻之一。

「樣板戲」選取中國古代民間戲曲形式並對其加以現代化的改造，來作為自己的基本藝術形式。從表面上看，這似乎僅僅是為了實現「古為今用」的美學承諾，但我們卻不能忽略中國傳統戲曲在其形式本身所具有的意義和功能。中國傳統戲曲在藝術形式上更將近於現代主義藝術中的象徵主義和表現主義。布萊希特就從這種藝術形式中吸取靈感來創造他自己的「史詩劇」。「樣板戲」在其內容上至少在當時被認為是代表了一種全新的歷史意識。在形式上則改造和「復活」了傳統的藝術形式，並賦予這種形式以現代意味。從它的結構安排、臺詞和唱腔設計、舞臺藝術（燈光、舞美、音樂等）設計以及舞臺表演等方面，都經過了精心的安排。它大量地運用誇張、變形、隱喻、象徵、諷喻等現代主義的手法，具有濃鬱的現代主義色彩。「無產階級」的政治意識形態真正獲得了一種形式上的表達，或者說是對意識形態的「本文化」。高度抽象的意識形態符號拼貼技術與程序化的情節構築方式，與現實主義相去甚遠。

人們往往過分強調現代主義與社會主義之文藝之間的對抗性，將現代主義看作是對社會主義美學原則的反叛，卻忽略了現代主義文藝在經過社會主義的改造之後，也能成為社會主義文藝之一部分，也能為社會主義文藝路線服務。與一般現代主義不同的是，「社會主義現代主義」是國家文藝之一部分，是在國家權力的支配下的一種文藝運動。因此，它必然與國家權力之間產生密切的聯繫。

二、「樣板戲」的歷史影響及其評價

對於當下的人們來說，「樣板戲」似乎是一個十分遙遠的記憶。但有時它又恍若昨天的事。在今天，它那熟悉的旋律仍然間或迴響在我們的耳邊：或者是在官方的節日慶典的舞臺上，或者是在民眾休閒娛樂時的 KTV 包廂裏，有時甚至是在無意之間的順口哼唱中。事實上，我們這個時代的藝術生活與「樣板戲」之間，依然存在著千絲萬縷的聯繫。這種聯繫的性質和意義錯綜複雜，一時難以澄清。在學術界的知識分子看來，「樣板戲」往往就代表產生它的那個年代，對「樣板戲」的否定也就意味著對那個年代的否定。從當下知識界的理智和情感出發來否定「樣板戲」，這一點並不難理解，而問題在於，那些否定性的意見卻充滿了邏輯上的混亂。人們往往能夠找到比較充分的理

由和根據去徹底否定文化大革命，而在對「樣板戲」的否定方面卻只有一些模糊、混亂、似是而非和自相矛盾的說法。從目前通行的當代文學史著作（主要是大學文科教科書）來看，比較確定的觀點是將「樣板戲」看作是以江青為代表的「極左派」文藝思想的產品，其無論從思想上還是從藝術上均無可取之處。這種說法符合「政治正確」原則。毫無疑問，在「樣板戲」中，「極左」文藝思想的一些基本理論（如「三突出」、「階級鬥爭」等）都得到了最充分的體現。但另一方面，一些有關「文革」和「四人幫」的批判文章中，批判者則又聲稱，「樣板戲」是江青等人對「十七年」無產階級文藝成果的竊取和加以符合其幫派利益的改造的結果。這一說法證據確鑿，而且同樣符合「政治正確」的原則。「樣板戲」的原本確實是「十七年」文藝的產物，「文革」期間經過了以江青為主導的創作班子的改編、加工，並最終確定為文藝「樣板」。然而，以上的兩種說法之間的矛盾之處是顯而易見的。根據前一種說法的邏輯，對「樣板戲」的否定是沒有疑義的，因為這與對「四人幫」的文藝體系的否定聯繫在一起的。但倘若認可這一說法，同時也就意味著必須首先承認「樣板戲」是江青的作品，並且，如果我們找不到充分的證據證明「樣板戲」在藝術上的失敗的話，那麼，這也就意味著我們在否定江青的政治思想的同時，卻又不得不肯定她的藝術成就。而後一種說法事實上就是在一定程度上肯定了「樣板戲」的藝術成就，在此前提下來否定江青個人的人品，即否定其利用個人權力進行藝術剽竊的不道德的行徑。否則，如果我們全盤否定「樣板戲」的話，那就不僅僅是「樣板戲」的問題，而是涉及整個「十七年」的文藝的理論基礎。從表面上看，這些僅僅是表述上的矛盾之處，但它也暴露了當代知識分子的藝術觀念上的混亂及其在藝術批判方面的立場的喪失，進而也是其在社會政治批判和文化批判方面的立場的喪失。在對於「樣板戲」（還有整個「文革」）充滿義憤的批判的背後，卻可以看出一種價值立場上的空缺和批判理論的匱乏。

另一方面，大眾文化市場則將「樣板戲」視作可以進行再生產的藝術生產資料。近年來，文藝界以重塑「紅色經典」的名義，不斷重排「樣板戲」，或者重新改編「樣板戲」，幾乎所有的「樣板戲」，都有電視劇版本。毫無疑問，任何文藝作品，都是對歷史上的相關類型的作品的改編或重寫。「樣板戲」曾經改編過「十七年文藝」作品。「樣板戲」所遵循的原則，是對原作加以「清潔化」和「革命化」的處理。而今天的「紅色經典」改編，所遵循的是一條

相反的邏輯，是對「樣板文藝」的「去清潔化」處理和對其「革命化」的弱化處理，「紅色經典」在一定程度上「粉色化」。對於當初企圖創造歷史奇跡的「樣板戲」主導者來說，這種歷史的逆向運動，實在是一個絕妙的、令人哭笑不得的反諷。

今天，如果我們撇開政治權力消長和意識形態轉型所帶來的種種偏見，可以看出江青等人主導創造「樣板戲」的真正意圖：他們試圖創造一個歷史奇跡，創造一個按照他們所理解的真正的「無產階級文藝」，成為人類藝術殿堂裏最輝煌的藝術神話之一。當然，由此他們自身也可以名垂青史。這一努力的結果，客觀上造成了「樣板戲」在政治權力和意識形態訴求的催生下，奇跡般地出現在動盪混亂的文革時期，並放射出華美的藝術光芒。然而問題在於，文藝的生產並不完全等同於政治意識形態生產。無論是古希臘還是文藝復興，無論是漢唐還是宋明，無論是 19 世紀的瓦格納還是 20 世紀的梅蘭芳、程硯秋，偉大文藝的出現，都是時代精神召喚和藝術家個人創造的結果。在政治權力指令下的自上而下的文藝生產，製造出來的必然是一種畸形的藝術怪胎。「樣板戲」實際上是一種政治意識形態的藝術編程。按照意識形態程序和江青等人的意志，編創班子集體製作。它抹除了藝術家個人化的痕跡，具體個人生存經驗和藝術經驗的完整性不復存在，個體生命感受被分割成碎片，傳統文藝作品中的藝術結構和美學經驗，也被碎片化，成為在意識形態程序上進行拼接的構件。「樣板戲」是這樣一種「公式化」的工藝流程的產物，如同大工業機械生產流水線的作業方式，只不過，這尚且是一架雖高速運轉，但卻做工粗糙、工藝陳舊的文化機器。其產品雖幾經打磨，依然難掩生硬、僵死、蒼白空洞的面目。另一方面，江青等人壟斷了藝術資源，並由「樣板戲」形成對藝術市場的壟斷，造成了其它藝術門類、藝術流派和藝術風格的文藝的凋零，也就是所謂「八億人民八個戲」的荒蕪局面。這種「一枝獨秀」、「一花獨放」的藝術，它或許會有古希臘悲劇式的悲壯和崇高，或許會有莎士比亞戲劇式的豐富的人物形象、戲劇情節和華美的語言，或許會有瓦格納歌劇式的恢弘和神聖，或許會有梅蘭芳的清麗、程硯秋的婉轉、裘盛戎的雄渾、周信芳的蒼涼，但這些附著在表面的華美藝術油彩，終將隨著時間的推移而褪色、剝脫，露出內部人性的空洞、蒼白和政治意識形態的僵硬本質。在龐大的意識形態神話破產之後，「樣板戲」的神聖光芒也隨著之黯淡，它的

宏大華美的外表，成爲公眾的笑料。而那些個從意識形態軀殼上脫落下來的若干藝術殘片，卻仍然時時散發出幾絲迷人的美學光芒，作爲對那個時代的藝術家的艱辛勞作的微薄慰藉。

第四章　在「樣板」的光輝照耀下

1969 年，中共「九大」召開前後，文革進入了一個新的階段。文革初期的那種全國動蕩的局面宣告結束，大規模的群眾運動暫告停歇，各派之間的武鬥也已平息，文革造反運動的先鋒隊——紅衛兵——也基本上響應「號召」，上山下鄉去了。對於各級政治權力階層來說，「九大」前後，曾經一度混亂不堪的政治格局也漸趨明朗。各地「革命委員會」相繼成立，權力架構為一種至少外觀上較為穩定的「三結合」結構，即結合了軍管首腦、造反派和舊黨委系統這三種政治勢力。雖然這是一個並不特別革命的政權，也很難確保長期穩定，但卻是一個相對平衡的結構。事實上，在這樣一個時期，各種不同的政治力量都希望有一個相對穩定的政治新秩序。「九大」的召開，為這種政治格局定下了基調。

毫無疑問，最大的得益者是文革期間崛起的政治新貴——造反派，他們中間的人多數人，在幾年前，還是籍籍無名的平頭百姓。而現在，他們在政治權力架構中，佔有重要的地位。他們希望保住這個地位。這也就是說，要保住無產階級文化大革命的勝利成果，並按照他們的意志，重建社會新秩序，是文革造反派的當務之急。這一派人在黨內高層的代言人，即是「中央文革」，而「中央文革」的核心人物，則是江青。

1971 年的「九一三事件」，對於江青等人來說，是一個好消息。另一股文革勢力——林彪集團突然垮臺，使得可能會與他們爭奪文革勝利果實的人，一下子少了一半，況且，那還是一股相當強大的勢力。政治的天平迅速向江青集團傾斜。

對於江青來說，無產階級文化大革命最偉大的成果，就是「樣板戲」。也

就在這個時期，江青主持的「樣板戲」體系初成規模。第一批「樣板戲」已獲得巨大成功，第二批「樣板戲」也正陸續出籠。現在是到了由她來重整文化新秩序時候了。作爲文革「旗手」，她必須高舉「樣板戲」的旗幟，徹底佔領社會主義文藝陣地。她要讓「樣板戲」的光輝普照中國大地。

第一節　文藝新秩序

一、文藝生產機制的恢復

　　1970 年 12 月，中國作協成立支部，李季任書記。這是被砸爛的作協系統開始恢復運轉的信號。但文藝主管的權力依然掌握在「中央文革」、國務院文藝組和各級革命委員會的手裏，作協並不能起太多作用。1971 年 12 月 16 日，《人民日報》在一版頭條位置刊發《發展社會主義的文藝創作》的短評，並重新刊登毛澤東 1949 年爲《人民文學》創刊號的題詞「希望有更多好作品問世」。這已經十分明確地表達發展文藝創作的強烈要求。

　　1971 年 5 月，《廣西文藝》改名爲《革命文藝》試復刊，不定期出版。這是文革期間第一份復刊的文學刊物。隨後，各地的文學刊物也陸續復刊，如《北京新文藝》、《廣東文藝》、《天津文藝》等。到 1973 年夏季爲止，全國多數省市文聯（或作協）的機關刊物都已復（創）刊。上海主辦的《朝霞》月刊創刊較晚，到 1974 年問世，但影響最大。而《人民文學》、《詩刊》等中國作協主辦的機關刊物，則遲至 1976 年 1 月方得以復刊。文藝刊物是文藝作品的基本載體，也是文藝生產的重要的外部條件。

　　文藝出版方面在文革高潮期間，基本上處於停頓狀態。1970 年前後，文藝出版物主要是「樣板戲」劇本、總譜及其評論文集，還有一些大批判文集和報告文學作品集。1970 年 9 月，上海市出版革命組編輯的詩集《頌歌獻給毛主席》和《我們是毛主席的紅小兵》，是文藝出版恢復的前奏。但這一階段的文藝作品，基本上是革命群眾的歌謠、兒歌。1971 年，浩然的長篇小說《豔陽天》（第三部）由人民文學出版社再版（初版爲 1966 年），這是文革期間第一次出版長篇小說。

　　1972 年 2 月，上海人民出版社出版了兩部原創的長篇小說，它們分別是上海縣《虹南作戰史》寫作組集體創作的《虹南作戰史》和廣州軍區《牛田洋》寫作組的《牛田洋》（署名南哨）。這兩部小說的出版，是文革期間文藝

出版恢復的真正開端，同時也是文藝創作恢復的開端。

1972 年 5 月，上海新聞出版系統「五七」幹校翻譯組翻譯的蘇聯作家謝苗・巴巴耶夫斯基的長篇小說《人世間》，由上海人民出版社出版，內部發行。這是文革開始後第一次正式出版外國文學作品。隨後又陸續出版了一批外國文學作品，基本上為「內部發行」圖書。

二、新的寫作群體和寫作模式

1971 年，文藝雜誌的復刊和創刊，等於是向全社會發出了召喚文藝創作的信號。新的文藝創作秩序開始出現。首先是文藝作品的生產者──作家──陣容的重組。經歷了文化大革命高潮時期的動盪，舊的文藝秩序被徹底打碎，作家隊伍七零八落。文革期間，文革前的作家基本上停止的寫作。除了一部分被迫害至死之外，剩下的或被打成「牛鬼蛇神」關進「牛棚」，挨批挨鬥，或被送進「幹校」從事體力勞動。沒有受到迫害的，也早已如驚弓之鳥，不可能從事真正意義上文學寫作活動。還有一些成為造反派，但也忙於造反和大批判，也不可能去進行文學寫作。

重整後的寫作者新陣容，務必體現無產階級文藝的主體──工農兵──對社會主義文藝舞臺的佔領。部隊作家、工人作家和農民作家，成為主要階段最主要的三個寫作群體。

部隊詩人、作家是一個相對較為穩定的寫作群體，在文革期間受到的衝擊最小。這個群體高度組織化，在政治上最可靠，在政治忠誠和組織紀律方面，是全國人民學習的榜樣。他們是文革期間文藝創作的最龐大的群體。他們的寫作也最能夠與政治意識形態標準相契合。文革文藝的綱領性文件《部隊文藝工作座談會紀要》，即是首先在部隊貫徹落實。或者可以說，部隊文藝是文革文藝路線最忠實的執行者。這一階段比較重要的部隊詩人、作家有：李瑛、張永枚、瞿琮、紀宇、紀鵬、張澄寰、錢鋼、葉文福、時永福、葉曉山、雷抒雁、李小雨、韓作榮、李存葆、劉兆林等。

另一個寫作群體是工人。這個群體與部隊寫作者相似，具有可靠的政治覺悟和主人翁意識，而且高度組織化，文藝活動的條件也較好。工人階級作為領導階級，他們的文藝活動，能夠充分體現革命文藝的精神。這一階段比較重要的工人詩人、作家有：胡萬春、徐剛、蔣子龍、仇學寶、李學鰲、蕭木（清明、立夏、穀雨）、俞天白、姚眞、段瑞夏、姚克明、王恩宇、陳建功、

楊牧、葉延濱、黃聲孝、計紅緒、朱敏愼等。

　　至於農民寫作群體，並不那麼容易建立。中國農民雖然數量龐大，但分散在廣袤的土地上，信息蔽塞。農村教育普及率低，文化水準和寫作能力均受到限制，鄉村知識分子數量有限，也普遍缺乏文學寫作熱情。只有在某種特殊的政治動員狀態下，農民才會大規模介入文學寫作活動當中，如1950年代末期的「大躍進」詩歌運動和1970年代中期江青在小靳莊大隊發動的詩歌運動。但這種狂熱的寫作與其說是文學性的，不如說是政治性的，它更接近於一種政治運動，生產出來的也基本上是一堆政治口號和順口溜式的歌謠。但在1970年代，農村出現了新的人群，農民的成分發生了重大的改變。大量「知識青年」到農村插隊落戶，他們以農民的身份出現，成爲農民寫作群體中的主要構成。這些人在日後成爲「新時期文學」的一支重要力量──知青作家。這一時期比較重要的農村詩人、作家有：古華、陳忠實、路遙、陸天明、莫應豐、賈平凹、鄭萬隆、張抗抗、王潤滋、周克芹、熊召政、曹雨煤、李發模、劉章、喬典運、韓少功、梁曉聲、梅紹靜、陸星兒、趙麗宏、王小鷹、趙長天、曹征路等。

　　這些以「工農兵」身份出現的寫作者，是工農兵佔領社會主義文藝舞臺的象徵，他們在當時被視作文化大革命的「新生事物」。然而事實上，他們是誰，是什麼身份，是男是女是老是少，都無關緊要，其寫作都只能是對「樣板戲」生產工藝的複製。將文學寫作視爲個體化的精神活動的想法，早已不合時宜，而且，這在政治上是危險的，它通向的是資產階級個人主義思想深淵。社會主義文藝新人首先要拋棄這種政治上有害的想法。

　　「集體創作」，是這一時期最主要的寫作制度之一。這種模式產生於「大躍進」時期，從「樣板戲」的生產中，看到這一模式成功的範例。戲劇藝術本身需要團隊合作，採取「集體創作」的模式可以理解。但接下來這種模式形成爲一種創作制度，尤其是在大型作品的創作時。各級政治和文化機構爲了顯示文化大革命的成就，紛紛傚仿「樣板戲」，尋找合適的文藝題材。一旦題材確立，組織人馬，以「《某某》創作組集體創作」的名義，推出文藝革命的成果。一般沒有具體寫作者，只是有些作品會在署名時加上「某某執筆」。

　　「集體創作」的典型形式是所謂「三結合」模式。即以專業創作人員、業餘作者和黨的領導幹部等三類成員建立起來的寫作班子集體創作。在「文

革」期間，一般是從工農兵中抽調一些文化水準較高的人員，由部門的文化宣傳幹部組織起來，再加上一些作家組成寫作組。寫作組通過學習毛澤東著作和有關政治文件，以確定寫作的「主題」，然後根據所要表達的「主題」，來設計人物，及他們之間的關係（矛盾衝突）。如《牛田洋》（署名南哨）、《桐柏英雄》（集體創作，前涉執筆）、《虹南作戰史》（上海縣《虹南作戰史》寫作組）、《理想之歌》（北京大學中文系 72 級創作班工農兵學員）等。「三結合」創作，在當時被認為是「新生事物」。認為這種創作制度「有利於黨對文藝工作的領導」、「是造就大批無產階級文藝戰士的好方式」，以及「爲破除創作私有等資產階級思想提供了有利條件」。因爲工農兵作者懂得「他們所從事的工作，無論從哪一方面來說都不屬於個人，就像他們在生產某一個機件時一樣，決沒有想到這是我個人的產品，因而要求在產品上刻上自己的名字。」〔註 1〕這一模式往往被推向極端，最後形成一種「領導出思想、群眾出生活、作家出技巧」的怪誕的創作模式。

三、「寫作組」：專業的大批判機構

　　既然制度化的「集體創作」模式可以用於創造性和個性要求較強的文藝創作，那麼，在理論和批評寫作方面，更容易推行「集體創作」。在理論和批評方面，名目繁多的「寫作組」紛紛出現，形成了 1970 年代文化上的一大奇觀。

　　一般而言，文學性「寫作組」是臨時性的，在作品完成之後，「寫作組」便不復存在。寫作組人馬或解散，或轉而成爲另一部作品的「寫作組」。理論性的「寫作組」則形成了一個更爲穩定的傳統——長期的、有專門任務和固定名稱的寫作班子。這一傳統源自政治高層政治理論文件起草班子，如《人民日報》編輯部和《紅旗》雜誌編輯部聯名發表的「九評」。文革時期的「寫作組」則進一步地制度化。不僅種類繁多，涉及領域廣泛，而且更爲專門，有固定的筆名。各地方的意識形態機構紛紛設立自己的「寫作組」，成爲機構的輿論代言人。以下是幾個著名的寫作組的情況。

　　上海市委寫作組（上海市革命委員會大批判組）：較早出現的「寫作組」。1968 年 9 月，張春橋、姚文元等擬爲《紅旗》雜誌組織專門的理論寫

〔註 1〕 周天：《文藝戰線上的一個新生事物——三結合創作》，《朝霞》（上海），1975年第 12 期。

作班子，交由上海市革命委員會負責組建。1971 年 7 月，上海市革委會寫作組正式成立。徐景賢總負責，朱永嘉、王知常、蕭木、王紹璽、陳冀德等擔任主要領導。下設歷史、哲學、文藝、經濟、自然辯證法和秘書六個組，核心成員約 45 人。第二層次爲寫作組下屬單位，包括電影組、魯迅研究組、文藝《摘譯》編輯部、《自然辯證法》雜誌編輯部等 11 個單位，合共 237 人。第三層次爲寫作組業務聯繫單位，包括《朝霞》編輯部，蘇修文學組、近代史組、《教育實踐》編輯部等 10 個單位，共 202 人。寫作組本部及外圍組織人員近 500 人，是文革期間最龐大的寫作組。常用筆名有翟青、羅思鼎、丁學雷、石一歌、方澤生、任犢、石侖、康立、史鋒、戚承樓、方岩梁、方耘等八十多個。創辦有理論刊物《學習與批判》雜誌，文藝刊物《朝霞》文藝叢刊和文藝月刊。這兩份刊物也是文革期間最重要的刊物。上海市委寫作組從 1971 年 7 月正式建立，到 1976 年 10 月停止活動，共發表文章八百篇左右。〔註 2〕

羅思鼎：中共上海市委寫作班子歷史組筆名。取「螺絲釘」之諧音而得名。最初爲復旦大學歷史系幾位年輕教師討論歷史問題的共同筆名，1964 年中共華東局黨委要處理反修寫作組，乃吸收了「羅思鼎」成員。主要成員有朱永嘉、王知常、胡錫濤、王守稼、朱維錚、姜義華、陳旭麓、周原冰等。代表作有《秦王朝建立過程中復辟與反復辟的鬥爭》《從「洋務運動」看崇洋媚外路線的破產》《評〈水滸〉的投降主義》《使人民都知道投降派》《〈彙報提綱〉出籠的前前後後》《按毛主席的既定方針辦！——上海一千萬人民的戰鬥誓言》等。

丁學雷：中共上海市委寫作班子文藝組筆名。辦公地點設在丁香花園，寓「丁香花園學習雷鋒」之意。主要成員有徐景賢、陳冀德、郭紹虞、章培恒、吳立昌等。主要文章有《〈海瑞上疏〉爲誰效勞？》《爲劉少奇復辟資本主義鳴鑼開道的大毒草——評〈上海的早晨〉》《階級鬥爭在繼續——再評毒草小說〈上海的早晨〉，並駁爲其翻案的毒草文章》等。

任犢：中共上海市委寫作班子文藝組另一筆名。取「嫩犢」諧音，寓「初生牛犢不怕虎」之意。主要文章有《走出「彼得堡」》《讀〈朝霞〉一年》《讓革命詩歌佔領陣地——重讀魯迅對新詩形式問題的論述》《賈府裏的孔「聖人」——賈政》《評晴雯的反抗性格——〈紅樓夢〉人物批判之一》等。

〔註 2〕 參閱魏承思：《中國知識分子的浮沉》，牛津大學出版社（香港），2004 年。

　　石一歌：中共上海市委寫作班子魯迅研究小組筆名。1972 年 2 月，上海「《魯迅傳》寫作小組」成立，成員有高義龍、陳孝全、吳歡章、江巨榮、周獻明、夏志明、林琴書、鄧琴芳、孫光萱、余秋雨、王一綱等十一人，取諧音「石一歌」為集體筆名，小組直接歸上海市委寫作組領導，專門負責編寫《魯迅傳》和撰寫有關魯迅及現代文學方面問題的大批判文章。主要著作有《魯迅傳》《魯迅的故事》《魯迅艱苦奮鬥生活片段》等。

　　梁效：即「北京大學、清華大學大批判組」，取「兩校」之諧音而得名。1973 年 10 月成立，主要發表批孔和批儒評法方面的文章。寫作組主要由駐兩校的軍宣隊負責人遲群、謝靜宜主持，8341 部隊文書科副科長、北京大學黨委常委、軍宣隊代表李家寬任黨支部書記，北京大學政工組宣傳組副組長宋伯年和清華大學的王世敏任副書記。梁效分為寫作組、研究組，主要成員有如范達人、何芳川、湯一介、楊克明、葉朗、胡經之、鍾哲民、馮天瑜等。馮友蘭、周一良、林庚、魏建功等老教授在研究組（後改名注釋組）任顧問。有時也使用柏青、高路、史軍、聞軍、哲軍等筆名。在三四年時間裏，共發表文章 181 篇。〔註 3〕主要作品有《孔丘其人》《研究儒法鬥爭的歷史經驗》《有作為的女政治家武則天》《教育革命的方向不容篡改》、《回擊右傾翻案風》《黨內確實有資產階級——天安門事件剖析》《評鄧小平的買辦資產階級經濟思想》《永遠按毛主席的既定方針辦》等。梁效直接受命於中央最高層，其文章等於是代言最高層的思想和政策，故影響巨大。當時民間流傳「小報抄大報，大報抄梁效」之說，足見其地位之高。

　　池恒：《紅旗》雜誌寫作組的筆名，寓「持之以恆」意。成立於 1974 年 1 月。另有程越、方剛、呂眞、田春、嚴章、黎章等筆名。由姚文元總負責，主要成員有蕭木、胡錫濤等。該寫作組的文章僅限於在《紅旗》雜誌上首次發表，寫有 50 多篇文章。代表作有《堅持無產階級的世界觀》《掌握一分為二的辯證法》《結合評論水滸，深入學習理論》《從資產階級民主派到走資派》《堅持以階級鬥爭為綱》《毛澤東思想永遠指引我們前進》等。

　　初瀾：文化部寫作組的筆名。取「出藍」之諧音，寓「青出於藍」之意。據稱，「青」即江青，「藍」乃藍蘋（江青之藝名）。文化部文藝組為江青所控制，故初瀾基本上代言江青。主要負責人有於會泳、張伯凡等。另有筆名江天。主要文章有《中國革命歷史的壯麗畫卷——談革命樣板戲的成就和意

〔註 3〕 參閱范達人：《梁效往事》，明報出版社有限公司（香港），1999 年。

義》、《評晉劇〈三上桃峰〉》《京劇革命十年》《深入批判資產階級人性論——
從標題與無標題音樂問題的討論談起》《爲哪條教育路線唱讚歌——評湘劇
〈園丁之歌〉》《堅持文藝革命，反擊右傾翻案風》等。

　　唐曉文：中共中央黨校寫作組的筆名。取「黨校文」的諧音。成立於 1973
年 9 月，由康生控制，主要成員有趙紀彬、武葆華等。主要撰有批孔批儒方
面的文章，代表作有《孔子是「全民教育家」嗎？》《孔子殺少正卯說明了什
麼？》《柳下跖痛罵孔老二》《孔丘的教育思想與「克己復禮」》等。

　　洪廣思：中共北京市委大批判組的筆名。成立於 1971 年，主要成員有徐
惟誠（餘心言）、馮其庸等，受命於北京市革委會負責人吳德。代表作有《批
判唯心論的銳利武器》《〈紅樓夢〉，是一部寫階級鬥爭的書》《抓好意識形
態的階級鬥爭》《階級鬥爭的形象歷史——評〈紅樓夢〉》《孔子的反動一生》
《加強對教育革命大辯論的領導》《鄧小平是天安門廣場事件的罪魁禍首》
等。

　　辛文彤：北京市文化局寫作組的筆名。成立於 1969 年 7 月。《社會主義
歷史潮流不可阻擋——評長篇小說〈金光大道〉第一、二部》《階級鬥爭教育
的生動教材——〈金光大道〉從小說到銀幕》《要重視反映無產階級同走資派
的鬥爭——談近年來工人作者創作的幾個短篇小說》等。

　　「寫作組」在文革期間的意識形態架構中，扮演了十分重要的角色。從
表面上看，他們只是變換各種筆名撰寫一些文史哲方面的理論文章和文藝評
論，但在學術和文藝評論的面具下，潛藏著兇險的政治殺機。他們的言論背
後，有著複雜的政治背景。寫作組在其背後的政治勢力的授命下，發動有計
劃、有組織、有預謀的政治輿論攻勢。他們壟斷輿論工具，主宰輿論導向，
呼風喚雨，巧舌如簧。或策劃於密室，深文周納，煽風點火；或明火執仗，
爲其主人打擊異己而不遺餘力。他們不容辯駁的強硬邏輯和犀利的言辭，常
常就等同於政治宣判。從某種程度上說，寫作組的大批判文章，就是一種高
級形態的「大字報」。與此同時，民眾也學會了從「梁效」等人的眼花繚亂的
字裏行間，讀解文革政治風波詭譎的密碼。其它報刊也會通過看「梁效」的
言論來判斷政治輿情走向。

　　一代文化精英深深捲入「寫作組」的文化狂潮之中，扮演了棍子和打手
的角色，在傷害他人的同時，他們自己的人格和學術良知也受到了傷害。「寫
作組」經歷，成爲他們意識深處的一道至今難以癒合的傷疤。

第二節 各種類型的「樣板文藝」

一、樣板小說

　　文革高潮期間，雖也有文藝作品產生，但大多是發表在報紙副刊上的較為短小的作品，主要是抒情性的作品、大批判文章、雜文隨筆和紀實性的作品，一類作品生產方式比較簡單，只需要革命、政治正確和基本的修辭，所佔篇幅也較少。小說作品，尤其是長篇小說的出現，需要相對複雜的條件。首先需要一套完整的文藝生產機制，機制的各個環節——相對較為專業的寫作者、專門的雜誌、文藝出版發行機構——之間的配合。更為重要的是，大型虛構性的敘事作品，需要一種比較明確的主題模式、敘事模式和創作手法的確立。如何選取題材、如何展開敘事、如何塑造人物、如何體現主題，以及怎樣的敘事手段和話語風格，等等，這些都是必須事先解決的問題，否則，敘事邏輯將陷於混亂甚至錯誤。

　　「樣板戲」的出現，解決了這些問題。「三突出」原則的提出，確保了文革式的「無產階級文學」寫作能夠以正確的政治立場、創作手法和藝術風格來生產。「樣板戲」的大力普及，也讓許多寫作者在困惑和遲疑中，找到了目標、方向和途徑，借用文革式的表達：「樣板戲」照亮了社會主義文藝創作的道路。因此，大型敘事性作品的出現，是「樣板文藝」全面成熟的結果。或者說，在文革的語境下，也只有在「樣板戲」的創作原則確定之後，長篇小說（以及其它類型的大型虛構性文藝作品，如電影、話劇、敘事長詩等）的寫作才成為可能。

　　1972 年 3 月，上海縣《虹南作戰史》寫作組集體創作的長篇小說《虹南作戰史》由上海人民出版社出版。這是文化大革命爆發之後，中國大陸出版的第一部長篇小說。《虹南作戰史》等原創小說作品的出現，是文革文藝新階段的重要標誌。

《虹南作戰史》

　　上海在文革中的角色舉足輕重。它是文革的重要策源地之一，又是最早成立新的政權形式——「革命委員會」——的地區。上海在政治上和文化上的走向，影響到全國。在文革高潮過去之後，上海方面需要採取行動，以顯示其在政治穩定和文化繁榮方面所取得的成就。

　　1970 年 5 月 6 日，上海市革命委員會主要負責人徐景賢、朱永嘉主持召

開出版工作座談會，貫徹張春橋、姚文元對出版工作指示，要求迅速改變「文化大革命」興起後出現的出版物空白狀況。經討論，他們決定編寫出版一部反映上海農村社會主義運動輝煌成就的作品。

文革期間，上海縣七一公社號上大隊曾被張春橋等人宣傳爲堅持「農村兩條路線鬥爭」的一面旗幟。上海市革命委員會組織「三結合」寫作組，編寫一部反映號上大隊路線鬥爭的報告文學作品。四易其稿之後，完成 30 萬字的長篇報告文學《號上作戰史》。後又決定把報告文學改寫爲描寫整個上海郊區貧下中農堅持路線鬥爭的長篇小說，書名也改爲《虹南作戰史》，並要求把作品寫成反映農業合作化中兩條路線鬥爭「文學教科書」。經過一段時間的反覆修改，《虹南作戰史》（第一部）由上海人民出版社出版。全書除「引子」外，4 章 28 節，近 40 萬字。1976 年 5 月，《虹南作戰史》第二部初稿完成，約 50 萬餘字，送市委寫作組審查，被認爲沒有突出「同走資派的鬥爭」，要求重新改寫。未及修改完成，文革結束，《虹南作戰史》第二部胎死腹中。〔註 4〕

《虹南作戰史》是一部由「三結合」的創作隊伍根據「三突出」的創作原則製作出來的長篇小說。小說以「農村兩條路線鬥爭」爲主題，人物形象則按照路線鬥爭的要求，根據「樣板戲」人物塑造模式來設計。有正面人物有合作社帶頭人洪雷生，以及大量的貧下中農；反面人物有右傾機會主義路線代表鄉黨委書記浦青華和混進黨內的潛伏特務金坤餘，以及幾位富農分子；還有若干中間人物：富裕中農，貧下中農中落後群眾等。小說的情節結構從縱、橫兩方面展開。縱線爲貧下中農與各種對立勢力之間的鬥爭。一條是同黨內右傾機會主義路線的鬥爭，這是主線；一條同階級敵人的鬥爭；一條是同富裕中農的鬥爭；還有一條是同貧下中農中的資本主義自發傾向的鬥爭。橫的方面，是黨內「兩條路線」的鬥爭。

從書名上看，小說試圖以史詩化的方式再現社會主義農村的變化，這一點，與「十七年文學」中的農村史詩作品（如《創業史》《山鄉巨變》等）是一致的。但《虹南作戰史》的敘事邏輯不是事件發展的邏輯，也不是人物性格發展的邏輯，而是政治的邏輯。在小說中，人物不是任何具體的個人，而是階級身份的代碼。幾乎每一個人物都可以階級分析的系譜中找到自己的角色定位，高度符號化的人物，如同傀儡一般，在文本中演示農村階級分佈的

〔註 4〕 參閱王孝儉（主編）：《上海縣志》，上海人民出版社，1993 年。

圖式。故事情節則按階級鬥爭和路線鬥爭的格局來展開。幾乎任何一個事件，都可以看作是對文革政治鬥爭格局的解說。它確實是一部「教科書」式的作品，並且，是文革的「政治教科書」。《虹南作戰史》提供了一種特殊的文本範例，這個文本是文革「意識形態症候群」。

　　《虹南作戰史》（以及同時期出現的《牛田洋》）提供的是文革政治觀念和形態的詳盡的說明書，但在小說敘事藝術上方面的成就卻甚為可疑。至少可以說，它們違背了一般性的小說藝術原則。如果按照「造反有理」的邏輯，這種藝術背叛或許有其合理性，但對於小說讀者來說，卻不得不經受一場閱讀「酷刑」。

《金光大道》

　　與《虹南作戰史》等小說的不忍卒讀的情況相比，浩然的長篇小說《金光大道》則顯示出較為良好的藝術性。《金光大道》是文革時期主導性的文藝原則的代表作，是這一時期小說領域唯一可以與「樣板戲」相提並論的作品，可以稱之為「樣板小說」。

　　1970 年 12 月，浩然開始寫作《金光大道》第一部，於次年 11 月 2 日完成。1972 年 5 月由人民文學出版社出版。《金光大道》第二部於 1974 年 5 月出版。第三部寫於 1974 年至 1975 年，第四部寫於 1977 年，此二部因文革結束而未能及時問世。直至 1994 年《金光大道》全部四卷由京華出版社出齊。小說講述的是 1949 年後，華北農村農業社會主義改造過程中兩個階級、兩條道路、兩條路線的鬥爭的故事。芳草地的農民在中共支部書記高大泉的領導下，堅持毛主席的革命路線，堅持走集體化的道路。同黨內的錯誤路線、社會上的資本主義勢力，以及暗藏的階級敵人展開一個又一個回合的反覆搏鬥，取得了一個又一個的勝利，終於鞏固、發展了農業互助組，建立起天門區第一個農業生產合作社。

　　作者當時在談到創作過程時，說：「我寫《金光大道》的時候，因為受到王國福這位無產階級優秀戰士的感動，第一稿曾經是按照真人真事寫的。在寫作過程中，覺得十分受局限，甚至到了寫不下去的地步。當時的立意是表現一個戰鬥在農村的走社會主義道路帶頭人的一生。可是王國福本身的事蹟，解放前的苦難遭遇有典型意義，大躍進以後很有光彩，但在農業合作化過程中因為他當時不是風口浪尖上的主要人物，事蹟就不那麼強烈感人的。如果這樣按真人真事寫下去，必然是兩頭有光，中間平淡，兩頭生動一些，

中間概念化。我們在文學作品中寫一個英雄人物的一生並不是作爲歷史資料存檔，而是爲了讓讀者看，通過這個英雄人物一生的道路來看我們時代的鬥爭發展，從而得到經驗，受到教育。於是，改第二稿的時候，我就擺脫了眞人眞事的局限，重新構思，把我過去在農業合作化鬥爭中的生活積累都啓用了，概括成『高大泉』，再寫下去才覺得順手了，比起第一稿有了顯著的提高。這是我更進一步體會到：文藝創作決不能局限於眞人眞事，必須對原始的生活素材進行藝術概括，才能眞正反映我們這個英雄的時代，才能眞正塑造出我們英雄時代的無產階級英雄人物。」〔註5〕

事實上，《金光大道》第一部是「十七年文學」中農村題材的現實主義小說的傳統的延續，其整體構思、結構布局和人物配置方面，明顯摹仿柳青的《創業史》，而在人物形象塑造方面，又有趙樹理等作家的痕跡。但文革期間，這一創作流派的主要作家趙樹理、柳青被迫害致死，其餘作家也遭到殘酷打壓，只剩下享有創作特權的浩然一枝獨秀。

在整體的敘事藝術方面，《金光大道》並沒有超過《創業史》等作品，甚至也沒有超過作者本人在文革前夕完成的《豔陽天》。而《金光大道》之所以成爲文革「樣板小說」，主要是在兩個方面表現出其文革特徵：一是以階級鬥爭觀念演繹中國農村的現實。文革前夕毛澤東強調「階級鬥爭要年年講，月月講，天天講」，在小說《豔陽天》中，尤其是在 1965 年出版《豔陽天》第三部中，階級鬥爭的氣息已經相當濃烈。出現在文革期間的《金光大道》則是文革期間階級鬥爭觀念進一步尖銳化和極端化傾向在文學上的冗長投影。小說雖然沒有直接表現文革的現實題材，而是取材於合作化時期，但卻用文革的主流思想來闡釋 1950 年代農村的「路線鬥爭」。以寫合作化運動時期的「奪權鬥爭」來映像文革時期的「奪權鬥爭」。評論家陳思和署名「艾春」發表評論稱：「浩然把《豔陽天》裏的兩軍對壘模式擴大化，編出了高大泉——張金髮、田雨——王友清、梁海山——谷新民的三級鬥爭模式，正是圖解了黨內『兩條道路、兩條路線』的鬥爭的長久性，圖解了『文革』時期反『黨內走資派』的理論」。〔註6〕

《金光大道》的另一個文革特徵，是以「三突出」的原則塑造正面人物。

〔註5〕 浩然：《漫談塑造無產階級英雄人物的幾個問題》，天津人民出版社《出版通訊》，1973 年第 3 期。

〔註6〕 艾春：《關於〈金光大道〉也說幾句話》，《文匯讀書周報》，1994 年 10 月 29日。

在階級鬥爭的氛圍中塑造了主人公高大泉的英雄形象。高大泉像中央文件一樣地行動和言說，是政治正確的代表，是革命者的人格典範，是忠誠而又勇敢的戰士。高大泉諧音「高大全」，有政治覺悟高、鬥爭氣概大、革命品質完美的含義，「高大全」也就成了「樣板文藝」英雄人物形象的代名詞。

浩然是 1949 年後開始進識字班掃盲的農民子弟，1956 年開始發表小說，至 1962 年長篇小說《豔陽天》第一部發表，已經成為知名作家。文革期間是北京市文聯革委會成立之後，他作為造反派的代表擔任副主任。浩然集領導幹部、工農兵群眾（農民出身）和專業作家於一身的寫作者，他一個人就是一個完整的「三結合」創作組。因此，浩然成為文革時期最著名的作家，文革文學的在小說方面的最高代表。

1994 年，浩然借《金光大道》全四部出版之機，辯稱自己當時的寫作動機是「想給中華人民共和國的農村寫一部『史』，給農民立一部『傳』；想通過它告訴後人，幾千年來如同散沙一般個體單幹的中國農民，是怎樣在短短的幾年間就『組織起來』，變成集體勞動者的。我要如實記述這場天翻地覆的變化，我要歌頌這個奇跡的創造者！」並稱「以自己的所見所聞所感，如實地記錄下了那個時期農村的面貌、農民的心態和我自己當時對生活現實的認識，這就決定了這部小說的真實性和它的存在價值。」「在執筆時，我盡力忠於生活實際，忠於感受，忠於自己的藝術良心」。﹝註 7﹞看得出，浩然極力將自己打扮成有獨立藝術品格的作家，將《金光大道》描述成《創業史》式的史詩作品，但他掩蓋了這樣一個事實：在文革期間，一個有獨立藝術品格和藝術良心，能夠真正忠於生活感受的寫作者（如柳青、趙樹理），是很難存活下去的，至少不可能以作家的身份存活，更不可能成為光彩奪目的文學明星。

其它小說

《虹南作戰史》與《金光大道》雖然在藝術性高低上判然有別，但在創作傾向上卻是一致的，即圖解政治意識形態，以階級鬥爭來解釋現實，塑造「高大全」的英雄人物。由此形成了文革小說的基本模式：正面人物在階級鬥爭和路線鬥爭中成長為「高大全」式的英雄人物。英雄人物的對立面，則鬥爭對象根據時期的不同，會有所變化（地主、富農、反動資本家、暗藏特

﹝註 7﹞　浩然：《有關〈金光大道〉的幾句話》，《文藝報》（北京），1994 年 8 月 27 日。

務、黨內走資本主義道路當權派等）。正反兩方之間，則有一些「問題人物」
（階級立場不堅定，「路線鬥爭」覺悟不高，受階級敵人蒙蔽，或道德品質上
有缺陷的人），成為雙方力量爭取的對象。最後，總是英雄人物在革命群眾的
支持下，教育了「問題人物」，孤立、打擊和最終戰勝了敵人。

郭先紅的長篇小說《征途》，是第一部表現知青生活題材的作品，1973 年
6 月由上海人民出版社出版。小說講的是上海知青鍾衛華等人在黑龍江的「插
隊落戶」、「屯墾戍邊」、「反修防修」的故事。故事的人物原型是上海知青金
訓華。1969 年，在黑龍江插隊金訓華為搶撈被洪水沖走的電線杆而遇難。金
訓華很快成為知青英雄。然而，在塑造知青英雄形象時，作家陷入了一個困
境。既然知青到農村去接受的是「貧下中農再教育」，那麼，他們就很難成為
「高大全」式的英雄人物。小說《征途》構造了老革命幹部領導、貧下中農
幫助和支持、知青主要人物帶領進行革命事業的故事模式。這一模式在後來
的知青小說中被廣泛採用。

李心田的長篇小說《閃閃的紅星》於 1972 年 5 月由人民文學出版社出
版。故事描寫 1930 年代江西蘇區的一位名叫潘冬子的男孩的經歷。冬子的父
親隨紅軍長征後，母親被國民黨部隊殺害。10 歲的冬子帶著父親臨別時留給
他的一枚軍帽上的紅星，到處流浪，躲避地主胡漢三的報復。歷經諸多艱險，
後來游過長江尋找父親和紅軍。小說襲用了具有傳奇性的「流浪漢體小說」
的手法，講述了一位少年的歷險記，讓人想起《湯姆‧索亞》或《哈克貝利‧
費恩》。雖然依然屬於革命宣傳性的作品，但其中的主人公潘冬子尚且較為真
切可愛，與樣板文藝的人物有所不同，故受到當時的少兒讀者的歡迎。小說
後被改編成電影，則被高度樣板化，也影響甚巨。

其它值得一提的長篇小說有革命戰爭題材的《桐柏英雄》（集體創作，前
涉執筆）、《萬山紅遍》（黎汝清）、《大刀記》（郭澄清）、《激戰無名川》（鄭直）、
《漁島怒潮》（姜樹茂）、《連心鎖》（克揚、戈基）等；工業題材的《沸騰的
群山》（李雲德）、《飛雪迎春》（周良思）等；農村題材的《春潮急》（李克非）、
《江畔朝陽》（鄭加真）等；知青題材的《劍河浪》（汪雷）、《分界線》（張抗
抗）、《鐵旋風》（王士美）等。

文革時期的中短篇小說數量龐大，但藝術上更為薄弱。作者往往是工農
兵創作員或「三結合」創作組集體創作。只有少數作家得以出版個人小說作
品集，如浩然的短篇小說集《楊柳風》、《七月槐花香》等。多數短篇小說是

以集體作品集的方式出版。較有代表性的作品集有上海人民出版社出版的
《序曲》、《上海短篇小說選》、知青短篇小說集《農場的春天》、黑龍江生產
建設部隊政治部編短篇小說集《邊疆的主人》等，廣東人民出版社出版的《崢
嶸歲月——上山下鄉知識青年短篇小說選》，江蘇人民出版社出版的知識青年
小說選《山裏紅梅》，北京人民出版社出版的短篇小說集《迎著朝陽》《新的
戰鬥》等，天津人民出版社出版的天津動機廠工人寫作組的短篇小說集《朝
霞萬里》，陝西人民出版社出版的解放軍工程兵政治部宣傳部編輯的短篇小說
集《青松嶺》等。還有以文藝叢刊的方式結集出版文藝作品集。如上海人民
出版社出版的「上海文藝叢刊」，後改稱「朝霞叢刊」（共十二輯分別為《朝
霞》《金鐘長鳴》《珍泉》《鋼鐵洪流》《青春頌》《碧空萬里》《戰地春秋》《序
曲》《不滅的篝火》《閃光的工號》《千秋業》《火，通紅的火》，多為中短篇小
說集及話劇、電影劇本集）。許多年輕的小說作者從這裡開始起步。

　　文學期刊的復刊和創刊，為短篇小說在數量上的增長提供了條件。其
中，上海主辦的文藝刊物《朝霞》最有代表性。1974 年 1 月《朝霞》月刊創
刊，「上海文藝叢刊」也同時更名為「朝霞叢刊」。《朝霞》主要負責人為陳冀
德、歐陽文彬、施燕平、任大霖等。上海市委寫作組及其它文革期間活躍的
寫作者，為其主要作者。1976 年 10 月停刊。《朝霞》是文革文學的風向標和
制高點。

　　文革期間的短篇小說更容易成為現實政治事件的記錄，有的如同一篇短
篇幅的政論。在文藝創作「要及時表現文化大革命」，要「充分揭示無產階級
文化大革命的本質」的要求下，大多直接寫「文革」運動本身，涉及各個階
級的重要事件，如紅衛兵運動，「奪權鬥爭」、「工人宣傳隊」佔領「上層建築」
進駐學校，歌頌「革命樣板戲」，工廠農村的「兩條路線鬥爭」，「知識青年」
上山下鄉，「工農兵學員」進大學，反「走資派」的鬥爭，以及 1976 年的天
安門「反革命事件」等等。代表性的作品有蕭木署名「清明」、「立夏」、「穀
雨」的《初春的早晨》《金鐘長鳴》《第一課》，《三進校門》（盧朝暉）、《特別
觀眾》（段瑞夏）、《朝霞》（史漢富）、《戰地春秋》（胡萬春）、《一篇揭矛盾的
報告》（崔洪瑞）、《典型發言——續〈一篇揭矛盾的報告〉》（段瑞夏）、《廣場
附近的供應點》（朱敏慎）、《女採購員》（劉緒源）、《初試鋒芒》（夏興）、《紅
衛兵戰旗》（姚眞）、《嚴峻的日子》（伍兵）、《踏著晨光》（姚克明）、《機電局
長的一天》（蔣子龍）等。

總體而言，文革敘事性作品有著相當一致的敘事話語模式，以政治邏輯替代文學敘事，將藝術虛構本文與高度抽象的意識形態符號強制性地拼貼在一起，構成了一個風格怪異的文本。在單薄的情節架構上，充填以大量的政治化的議論，而事件反倒像是一篇冗長的社論中的舉例。一個全知全能的敘事聲音統攝全局，強有力地干預敘事、情節發展、人物性格的形成，人物對白，乃至人物的內心活動。人物聲音也是其階級身份的觀念傳聲筒，人物如同患上了「意識形態強迫症」，只能採取一種「超個性」的語言說話，以大段大段的政論式的言說來表達。甚至敘述中，用黑體字插入政治領袖的「語錄」，構成了主人公的「內心獨白」部分，而且，從表面上看如同人物的「意識流」，如《虹南作戰史》。字裏行間，讓人隱約感到那個全知全能無所不在的敘事主體幽靈般的聲音和壓倒性的威嚴意志。

二、樣板詩歌與散文

詩歌等抒情性作品，是文革期間最常見的，或者說是最泛濫的文學體裁。據統計，從 1972 年到 1975 年，僅是各出版社出版的詩集即達 390 種。其中，大多數是「工農兵作者」為配合當時的政治運動的作品集，如《文化革命頌》《批林批孔戰歌》《我們是毛主席的紅衛兵》等。[註8] 單篇詩歌作品則難以計數。詩風直白、生硬，任何婉轉、曲折、隱晦的表達方式，都會被看作缺乏「戰鬥的風格」。

隨著紅衛兵運動的退潮和中共「九大」的召開，當初被造反狂熱所激發起來的激情也隨之消退，這一階段的詩歌，在總體上呈現為一種「虛熱」。內容上無非是歌頌領袖，歌頌文化大革命的偉大勝利，歌頌工農兵在各條戰線上的成就，以及以一種誇張的仇恨，怒斥林彪、孔子及其它敵人。形式上也陳陳相因，乏善可陳。雖然李學鰲、李瑛、臧克家、嚴陣、顧工、劉章、紀宇、王恩宇、仇學寶、寧宇等詩人也常有詩作和詩集問世，但這些詩歌也只比業餘作者在修辭和抒情技巧方面略勝一籌而已。

直至 1974 年 1 月，在南海海域西沙群島爆發中越西沙之戰，突然催生出文革詩歌的新局面。

「詩報告」：《西沙之戰》

1974 年 2 月 19 日，中國海軍南海艦隊一部與南越海軍艦隊在南海西沙附

〔註 8〕 參見紀戈《詩歌來自鬥爭，鬥爭需要詩歌》，《人民文學》，1976 年第 2 期。

近海域遭遇並發生交火，「西沙之戰」爆發。經短暫而激烈的海戰，雙方各有損失，至次日（20 日），以中國海軍攻克三座被南越軍隊佔據的海島而告結束。這場小規模的海戰，卻在當時的中國，激起了強烈的政治波瀾和文藝狂潮。曾經參加過「樣板戲」臺詞撰寫工作的廣州軍區政治部文藝創作組創作員張永枚，接受創作任務，同作家浩然一起被安排乘軍用直升飛機奔赴西沙一線探訪。張永枚不辱使命，很快寫出了一部被稱之為「詩報告」的《西沙之戰》。

1974 年 3 月 15 日，《光明日報》花數個版面的篇幅，刊登了《西沙之戰》。次日，《人民日報》轉載。隨後，各省市報紙和文學刊物紛紛轉載，人民文學出版社及多家地方出版社發行單行本，中央人民廣播電臺朗誦播發。在接下來的一段時間裏，全國各地報刊發表了大量的讚揚文章，可謂盛況空前。只有「樣板戲」才享有類似的推行強度。

《西沙之戰》看上去是一首紀實性的敘事長詩，但被稱之為「詩報告」。這是一個空前絕後的體裁形式，可見作者及其背後的勢力之用心良苦。作品近 500 行，由「序詩」1 首和《美麗富饒的西沙》《漁民與敵周旋》《海戰奇觀》《國旗飄揚在西沙群島》等 4 章組成，敘述了西沙之戰的全過程，塑造了艦長和眾戰士的英雄形象。「序詩」寫道：

> 炮聲隆，戰雲飛，
> 南海在咆哮，
> 全世界，齊注目，
> 英雄的西沙群島。
> 湧浪裏，風雲中，
> 海燕排空上九霄。
> 壯志鼓雙翅，豪情振羽毛。
> 飛翔吧，海燕！
> 歌唱吧，海燕！
> 快告訴我們，
> 西沙軍民是怎樣把入侵者橫掃……

詩一開篇出現了「海燕」的形象，然而，在文革語境中，「海燕」是有特殊含義的。如 1968 年一首名為《獻給披荊斬棘的人》（佚名）的詩，首次用「紅色暴風雨中矯健的海燕」來歌頌江青。而在《海戰奇觀》一章，寫到海

軍年輕的艦長鍾海在出征時，在想到偉大領袖的精神教導之後——

> 艦長的視線投向掛曆，
>
> 掛曆上一幅壯麗的畫卷：
>
> 飛渡的亂雲，從容的勁松，
>
> 無限的風光，巍峨的廬山。

當時的中國人都很清楚，這幅掛曆上的圖片，就是江青所攝風景照「廬山仙人洞」。這幅圖片所出現的場所，總是被打上鮮明的江青的印記。故詩中的這些段落在日後被指在向江青效忠。

在當時鋪天蓋地的讚揚聲中，最值得關注的是這首詩與「樣板戲」之間的聯繫。在這個方面，任犢的觀點是很有代表性的。任犢評論道：「《西沙之戰》是一首壯麗的詩篇，是新詩創作中學習革命樣板戲創作經驗的成功範例。作者運用革命的現實主義和革命的浪漫主義相結合的創作方法，源於生活又高於生活，塑造了阿沙、鍾海、李阿春等無產階級英雄形象，字裏行間都洋溢著昂揚的戰鬥激情。……在今天，對我們無產階級革命者來說，它必須表現無產階級政治內容，密切配合當前的政治鬥爭，抒發革命人民的戰鬥心聲。要做到這一點，它的形式必須根據內容的需要而改革，隨著內容的發展而發展。《西沙之戰》在這方面作了很大的努力。它為了迅速地反映西沙之戰這一重大題材，創造性地運用了『詩報告』這種體裁，採取敘事和抒情相結合的形式，從結構到語言都根據內容有不少創新，在詩歌為今天的無產階級政治服務這個重大課題中，取得了可喜的成績。」〔註9〕

《西沙之戰》從創作動機到傳播過程、從題材到主題，都帶有明顯的政治權力運作的痕跡。全詩把政論體的議論、政治事件紀實性敘事與誇張的抒情性結合在一起，以「三突出」的原則塑造英雄人物，成為當時最有影響的「樣板詩歌」作品。張永枚也成了唯一能與小說家浩然相提並論的樣板詩人。

體裁嫁接的新品種：《西沙兒女》

同張永枚一道前往西沙的小說家浩然，同樣也負有重大使命。在短短十天的時間裏，浩然就完成了一部中篇小說的初稿，最終形成《西沙兒女——正氣篇》《西沙兒女——奇志篇》兩部相互連貫的中篇小說，分別於 1974 年 6

〔註9〕 任犢：《來自南海前線的戰歌——讀張永枚同志的詩報告〈西沙之戰〉》，《人民日報》，1974 年 4 月 17 日。

月和 12 月由人民文學出版社出版。其中，「正氣篇」講述了抗日戰爭期間南海漁村漁民與反侵略鬥爭和反抗漁霸剝削的故事，描述了女主人公阿寶少年時代的成長經歷。「奇志篇」則講述成年阿寶在「西沙之戰」中成長為女英雄的故事。整體構思與《西沙之戰》同出一轍。

這兩部作品被稱之為「中篇小說」，但卻採取了一種敘事詩式的手法和風格。在初版的「內容提要」中，這樣介紹道：「……都是通過優美曲折的故事和散文詩式的語言表現出來的，熱情洋溢，生動感人，是作者在藝術形式上新的嘗試。」可見，浩然的《西沙兒女》與張永枚的《西沙之戰》一樣，也在刻意尋找一種全新的文體。小說以大量的排比句和對偶句組成的抒情性的段落為主體部分，敘事只是在其中起串聯作用。「正氣篇」的開頭這樣寫道：

> 大海茫茫，黑夜沉沉。
>
> 這個大海呀，是海南島南邊的南海。
>
> 海上滾著狂風。
>
> 狂風掀著巨浪。
>
> 巨浪攜卷著「天涯海角」的小港灣。
>
> 港灣里漂泊者幾條破破爛爛的小漁船。

這種以敘事詩、小說和抒情散文等多重文體拼接起來的奇特文本，如同一塊色彩斑斕的「馬賽克」，映照出寫作者和那個時代刻意追求的怪誕的美學趣味。它把現實主義與浪漫主義相結合的原則，推到了一個荒謬的境地。

奇妙的是，小說中也出現了那張著名的「廬山仙人洞」照片。照片是父親在阿寶結婚日送給她的紀念品。這個特殊的物品如同聖像一般，一直掛在阿寶的新屋裏，陪伴著阿寶的個人生活和戰鬥歷程，成為她的精神啟示錄和力量源泉——

> 她抬起頭，兩眼立刻被懸在艙壁上的那幅「廬山勁松」的照片
>
> 吸引住了。
>
> 蒼茫的暮色。
>
> 飛渡的亂雲。
>
> 巍然挺立的強勁的青松。
>
> 她的渾身立刻增添了無窮的力量。

浩然、張永枚，他們在政治身份、創作思路、文體、修辭風格，乃至對

文學細節的選擇上，竟是那樣的相似。這一對文革時期的文學寵兒，是「樣板文學」的雙胞胎。

抒情長詩：《理想之歌》

與張永枚、浩然等這些已經一定程度上捲入政治權力陰謀的知名作家不同，知青一代的寫作者在政治上相對要單純得多。他們的抒情性的雖然也基本上是政治性的，但更多地訴諸空洞的理想主義，尚不至於構成對具體的政治權力的依附關係。

抒情長詩《理想之歌》是知青一代寫作者的抒情性作品的代表作。《理想之歌》載於人民文學出版社 1974 年 9 月出版的詩集《理想之歌》，作者署名為「北京大學中文系七二級創作班工農兵學員集體創作」，主要作者為陶正（男，清華大學附中 67 屆高中畢業，陝西延川插隊）、高紅十（女，北京師範大學附屬女中 67 屆高中畢業，陝北插隊）、張祥茂（北京某中學 67 屆初中畢業，內蒙古豐鎮插隊）、於卓（北京某中學 69 屆高中畢業，黑龍江生產建設兵團支邊）。

這首 600 餘行的長詩以一位在延安「插隊」的老知青的口吻，同新來的知青探討「理想」問題。全詩分五個部分，詩的序詩部分一開頭這樣寫道：

> 紅日、
>
> 白雪、
>
> 藍天……
>
> 乘東風
>
> 飛來報春的群雁。
>
> 從大陽升起的北京
>
> 啓程，
>
> 飛翔到
>
> 寶塔山頭，
>
> 落腳在
>
> 延河兩岸。
>
> 歡迎你們呵！
>
> 突擊隊的新戰友，
>
> 歡迎你們呵！
>
> 我們公社的新社員。

　　接下來引出問題──「什麼是革命青年的理想？」。主體三個部分講述了
知青一代人成長經歷：從少年時期的紅色教育到轟轟烈烈的文革紅衛兵運
動，再到知青時期的勞動生活，以及對現實中的種種「錯誤思潮」的抵制和
批判。詩的尾聲部分則是抒發理想主義的激情。

　　從其主題、詩體形式和語言風格等方面看，《理想之歌》深受「十七年文
學」中賀敬之、郭小川等的政治抒情詩的影響。文學史家洪子誠指出：「從郭
小川 50 年代的《投入火熱的鬥爭》，到賀敬之 60 年代的《雷鋒之歌》、《西去
列車的視窗》，到 70 年代的《理想之歌》，是當代真誠地講述青年的『人生道
路』和『理想』的系列。這些具有主題連貫性的『政治抒情詩』，顯示了在當
代的各個時期，個體的『理想』是怎樣被組織進國家意識形態中的。它們提
供的，是詩歌表達一體化的『理想主義』的寫作經驗和具體的詩體形態。」
〔註10〕但又與賀敬之、郭小川詩歌中的前輩教誨式的口吻不同，《理想之歌》
的抒情主體更願意與交談對象分享歷史和現實的經驗和榮光。其間所顯露出
來的知青生活經驗的或多或少的真實痕跡，能夠激起同時代讀者的同感。而
整首詩激情飽滿，辭藻華美，也很容易吸引年輕一代的讀者。

　　《理想之歌》畢竟是知青一代人自己的抒情詩，從中可以能看到「紅衛
兵文藝」的痕跡。高調的理想主義熱情，強烈的「自我歷史化」的欲望和對
未來的輕狂幻想，這些曾經在話劇《希望寄託在你們身上》、音樂舞蹈史詩
《井岡山之路》、大型歌舞史詩劇《毛主席革命路線勝利萬歲》、紅衛兵詩選
《寫在火紅的戰旗上》，乃至政治幻想詩《獻給第三次世界大戰的勇士》等
「紅衛兵文藝」作品中，有過不同程度上的表現。《理想之歌》是對這些精神
傾向的作出了一個折中的和相對溫和的集成。

　　然而，在理想主義宏大抒情的縫隙間，《理想之歌》卻無意中洩露了知青
一代的生存處境和精神困惑──

> 理想的航道
> 並不那麼寧靜、坦蕩，
> 山區也不都是
> 核桃、海棠。
> 騙子會裝出
> 「同情」的腔調，

〔註10〕　參閱洪子誠：《中國當代文學史》，北京大學出版社，1999 年。

富農會端來

「關心」的米湯。

不敢揚帆的航船，

會在泥沙中擱淺；

躲在屋簷下的燕雀，

當心煙薰染黑了翅膀。

有人躲在陰暗角落

射出「變相勞改」的毒箭，

有人站在邪路上

販賣「勞心者治人」的砒霜。

什麼「人生」、「青春「哪，

「前途」、「理想」

醜惡的個人主義

也常借這誘人的字眼，

打扮梳妝。

西伯利亞的冷風，

也吹來了

新沙皇的叫嚷，

在理想問題上，

修正主義

也在大做文章：

什麼「中國青年離開了爹娘」，

什麼「中國青年沒有理想」，

——好一副悲天憫人的偽裝，

將禍心包藏。

　　雖然詩歌作者最後以慷慨激昂的革命高調，駁斥了種種錯誤論調，但那些被打上引號的詞和句段，依然是宏大抒情中的令人不安的瘢痕和裂隙。事實上，就在《理想之歌》發表四年之後，中國知青中掀起了「返城」狂潮，結束了「上山下鄉」運動。人們這時才發現，知青詩歌在紙上構建起來的「理想主義」大廈，實際上早已分崩離析。今天，《理想之歌》只是在懷舊的場合下的一段「背景音樂」，如此而已。

瘋狂的「小靳莊詩歌」

小靳莊位於天津市寶坻縣林亭口鎮東南部、箭杆河畔。當地農民有說唱傳統。1971 年小靳莊建立了政治夜校，學文化，學農業科學技術，學毛主席著作和時事政治。課前或課間休息時，經常有人唱樣板戲和革命歌曲，或由「鄉土詩人」朗誦個人的詩作，場面活躍，氣氛歡快，受到村民的歡迎，成為第四個學大寨的先進典型。1974 年 6 月 1 日，縣委下達文件，決定在全縣推廣他們的經驗。這種以文藝形式宣傳時事政策、教育農民的做法，引起了江青等人的關注和鼓勵。江青本人數次前往視察，指導工作，將之樹立為「批林批孔」典型。江青發動當地農民人人上陣，以打油詩、順口溜為武器，參與政治鬥爭。

1974 年 12 月，《小靳莊詩歌選》由天津人民出版社編輯出版。「小靳莊詩歌」風靡一時。代表作品如：「新天新地新時代，公社社員多豪邁。滿手老繭拿起筆，大步登臺賽詩來！」「榆木扁擔五尺三，一對水桶兩頭拴，飲滿了水，挑在肩，大步流星走得歡。澆一擔，綠一片，澆上萬擔綠無邊，毛澤東思想威力大，永挑重擔不換肩。」「孔孟之道橫行幾千年，勞動婦女掙扎在無底深淵。／孔老二胡說『唯女子與小人難養也』！／唯恐婦女和奴隸鬧翻天。／林彪也跟著孔老二，誣衊咱們只知道柴米和油鹽。／共產黨領導人民鬧革命，勞動婦女有了發言權。／毛主席信任咱，把勞動婦女比作半邊天，時代不同了，男女都一樣。／男同志能辦到的，女同志也能辦到。／階級敵人恨入骨，千方百計阻擋婦女往前幹。／胡說什麼『驢駕轅，馬拉套，婦女們當家瞎胡鬧』，誣衊婦女隊長頭髮長，見識短。／我們針鋒相對作鬥爭，一定要把社會主義事業扛在肩。／世上絕無天生智，知識才幹靠實踐。／依靠群眾威力大，鬥天鬥地鬥敵頑。／時代不同今勝昔，婦女能頂半邊天。」

「小靳莊詩歌」從運動方式、表達內容和文風上，都可看作「大躍進」時代「紅旗歌謠」的一個更加拙劣的翻版，而且，它更加明確地成為具體的政治權力鬥爭的一根「棍子」。

三、樣板電影

在文學方面，江青的興趣並不十分濃厚。作為曾經的京劇演員，她更感興趣的還是「樣板戲」。客觀地說，她在京劇方面，還算得上是行家。江青的另一個重要身份是電影演員，這一點更廣為人知。她對電影的興趣和熟悉程

度，不在京劇之下。從某種程度上說，電影在現代社會中的地位和影響力，如戲曲在傳統社會中一樣。在「樣板戲」獲得成功之後，江青轉向對電影的關注，應是順理成章的事情。另一方面，文革期間查禁了幾乎所有的中外電影，公眾無電影可看。1970 年開始新拍攝的電影，則只是幾部「樣板戲」電影。

1972 年 10 月，國務院文化組召集各電影製片廠總結拍攝「樣板戲」影片的經驗。此後，各廠開始按所謂「樣板戲經驗」拍攝故事片。之後不久，周恩來總理在接見部分電影、戲劇、音樂界人士時也指出：「七年來電影太少，這是我們的一大缺陷。」在此之前，「樣板戲」已全部拍成彩色電影影片。通過拍「樣板戲」電影，電影製片廠和電影導演已經積累了一些拍攝「樣板電影」的經驗。

1974 年 1 月 22 日，第一批文革期間新拍攝的彩色故事片開始在全國上映。長春電影製片廠拍攝《豔陽天》、《青松嶺》、《戰洪圖》和上海電影製片廠拍攝《火紅的年代》。之後，全國各電影製片廠陸續推出新拍和重拍的故事影片，至 1976 年底，共完成故事影片（除「樣板戲」影片和古典戲曲影片外）約 80 部。代表性的影片除上述四部之外，還有戰爭題材的《偵察兵》、《南征北戰》（重拍）、《渡江偵察記》（重拍）、《平原游擊隊》（重拍）、《閃閃的紅星》、《激戰無名川》、《海霞》、《難忘的戰鬥》、《車輪滾滾》、《南海風雲》、《南海長城》等，工業題材的《第二個春天》、《創業》、《鋼鐵巨人》、《戰船臺》、《沸騰的群山》等，農村生活題材的《小店春早》（黃梅戲）、《阿夏河的秘密》、《春潮急》、《金光大道》（上、中）、《半籃花生》（越劇）、《歡騰的小涼河》、《雁鳴湖畔》等，城市生活題材的《年輕的一代》（重拍）、《向陽院的故事》等，反映教育、醫療等領域裏的「社會主義新生事物」和知青生活的《園丁之歌》、《春苗》、《紅雨》、《決裂》、《山裏紅梅》、《征途》等。

文革後期，出現了一批電影較為直接地服務於「四人幫」的政治意圖的影片。這些影片直接鼓吹「四人幫」的文革功績，高調宣揚「同走資派作鬥爭」和「反擊右傾翻案風」，並以影射或直截了當的手段，攻擊鄧小平、周恩來等人。這批電影在文革結束後，被認為是「四人幫」苦心經營的「陰謀電影」。其中有幾部未及完成，即因文革結束而夭折。這批電影包括《春苗》、《決裂》、《歡騰的小涼河》、《反擊》（未公映）、《盛大的節日》（未公映）、《佔領頌》（未完成）、《千秋業》（未完成）、《井岡山》（未完成）、《西沙兒女》（未

完成）等。

按「樣板戲」的經驗拍攝，是文革電影的基本原則。比起其它藝術形式來，電影藝術的視覺形象鮮明，在表現戲劇性衝突時，手段豐富，效果明顯。電影藝術的表現力豐富，可以高效地組織文學、美術、音樂等多種藝術形式，以及隱喻、象徵、抒情和敘事等手段。電影語言的符號化程度高，可以通過俯拍、仰拍、定格、特寫、疊化、幻化等鏡頭語言展開情節和塑造人物。因此，電影藝術在貫徹「三突出」的藝術原則的方面，更有優勢。正因爲如此，根據文學作品和其它藝術作品改編的「樣板電影」，如根據小說改編的《豔陽天》、《金光大道》、《閃閃的紅星》、《難忘的戰鬥》等，根據話劇改編的《火紅的年代》、《第二個春天》等，往往比原作更能體現「樣板文藝」的政治意圖和藝術理想。以《閃閃的紅星》爲例，電影中的潘冬子的形象，就是一個按照「三突出」原則塑造出來的「高大全」、「紅光亮」的形象，原作中不利於凸顯主要正面人物形象的許多細節都被刪改，衝突（階級鬥爭）也更集中、更具戲劇性，相對平淡的結局也被改爲更具象徵性和浪漫主義風格的勝利進軍的場面。

幾部「樣板電影」：

《春苗》

故事取材於 1965 年的一篇反映上海川沙縣江鎮人民公社衛生院貧下中農代表、赤腳醫生王桂珍事蹟的報告。1965 年 6 月 26 日，毛澤東在這份報告上批示：「把醫療衛生工作的重點放到農村去。」此即著名的「六·二六」指示。1972 年，上海電影製片廠編劇趙志強、楊時文和青年演員曹蕾根據王桂珍的事蹟寫成話劇《赤腳醫生》，並搬上舞臺。後上海市委徐景賢等親自負責指導修改爲電影文學劇本，拍成電影時改名爲《春苗》，突出了同「走資派」的鬥爭。1975 年 9 月上映。上海電影製片廠拍攝。謝晉、顏碧麗、梁廷鐸導演。

影片講述 1965 年江南某農村朝陽公社湖濱大隊婦女隊長田春苗，在「六二六指示」的號召下，辦起了農村赤腳醫生衛生室，背著藥箱，爲群眾服務。但公社衛生院院長杜文傑和醫生錢濟仁則卡住田春苗的處方權，並以不符合醫療規範爲由，沒收了春苗的藥箱。文革開始後，春苗與醫生方明一起杜院長鬥爭，堅持農村「合作醫療」制度。她更加大膽地實驗土醫土藥治病，並冒著生命危險，親嘗含有毒性的草藥。這時錢濟仁妄圖暗中下毒謀害水昌伯，

嫁禍於田春苗；杜文傑以搶救爲名，調來救護車要把水昌伯劫走。春苗識破他們的詭計，和他們進行鬥爭。最後，杜、錢受到批判，春苗等赤腳醫生掌握了農村醫療大權。

影片彌散著極其濃鬱的階級鬥爭和英雄主義的混合氣息。一個未受過正規專業訓練的年輕女「赤腳醫生」，被描述成「救世主」，僅通過學習毛主席指示和簡單地向老農請教，就可以手到病除，起死回生。而杜院長和錢醫生則被妖魔化，成爲反動的「學術權威」的代表。

另一部影片《紅雨》，表現的是相同的題材和主題。

《決裂》

故事取材於江西共產主義勞動大學的歷史。1958 年 6 月，中共江西省委根據毛澤東「半工半讀」的教育思想，創辦共產主義勞動大學，簡稱「共大」。共大以抗戰期間的「抗大」的模式，教育與生產勞動相結合，招生模式也優先考慮青年農民，學員半工半讀，並實行所謂「社來社去」的分配方針，即從農村公社來又回到農村公社去。這一實用主義的辦學思路，被認爲是「工農兵」佔領教育戰線，打破了資產階級辦學模式，是共產主義思想在教育領域裏的偉大實驗。

影片由北京電影製片廠拍攝，春潮、周傑編劇，李文化、黃健中導演。故事講述抗大出身的墾殖場場長龍國正，被安排到共產主義勞動大學任黨委書記兼校長，他推行招生改革和開門辦學，卻受到校內知識分子出身的幹部和教授的阻撓。龍國正同這些「舊教育制度」的代理人進行了堅決的鬥爭，不但招收了識字不多但根正苗紅的工農青年入大學，並支持農村學員李金鳳等人的「反潮流」行動，把課堂搬到田頭、地邊，邊勞動邊學習，取得了社會主義新型大學的成功。

影片以路線鬥爭模式闡釋「教育改革」，把傳統的大學辦學模式妖魔化。在「招生」一場中，談到入學資格時，龍國正拉起一位鐵匠的手說：「資產階級有它資產階級資格，無產階級有我們無產階級資格。進共產主義勞動大學，第一條資格就是勞動人民。這手上的硬繭，就是資格！」一位半文盲的年輕媽媽，因爲會寫「毛主席萬歲」幾個字，也得到了入大學的資格。這顯然是當時轟動一時的「白卷英雄」張鐵生的故事的翻版。影片還刻意醜化知識分子，讓一位老教授在窗外的牛哞聲中講授「馬尾巴的功能」。這句「馬尾巴的功能」，很快成爲當時嘲笑知識分子迂腐、保守、僵化的流行語。不過，這也

從一個側面，反映出文革期間教育秩序的混亂和對知識分子「臭老九」的無情打壓。

《盛大的節日》

根據同名話劇改編，由上海電影製片廠拍攝，謝晉導演。影片以上海造反派向走資派奪權的「一月風暴」為背景，集中表現了在「安亭事件」、「經濟主義妖風」和「康平路事件」中造反派的「戰鬥風采」。影片演員陣容豪華，場面恢弘，不同凡響。據稱，在表現王洪文製造的「安亭事件」的一場中，有一組宏大的「史詩化」的鏡頭：主人公（造反派領袖）率領成千上萬的戴著柳條帽、紅袖標，手持梭鏢工人造反派，正面迎向呼嘯而至的列車。這種畫面有著強烈的視覺震撼力，與《戰艦波將金號》的「敖德薩臺階」效果相似。影片結尾是以俯拍全景的場面表現文化大革命爆發的時刻：外灘海關大樓的鐘聲敲響，紅衛兵在鐘樓上撒下傳單，如漫天大雪飛舞，黃浦江上的汽笛長鳴，成千上萬的工人造反派和紅衛兵小將湧上街頭，彙成一片紅色的海洋。雄壯的《國際歌》旋律的音樂響起，宣示著無產階級造反派的「盛大的節日」的到來。

《盛大的節日》標誌著「樣板電影」藝術的臻於成熟。影片集中了文革文藝的革命語彙，並將其融合成一整套完整的鏡頭敘事語言。導演嫻熟地使用音樂、色彩、浪漫派油畫式的宏觀畫面，構成氣勢恢宏的場面，刻意打造一部表現文革造反派輝煌歷史的宏大的神話史詩劇。這種敘事語言，接近於瓦格納的神話歌劇和好萊塢戰爭大片的風格。

然而，弔詭的是，這場「盛大的節日」的狂歡慶典尚未真正開始，即宣告結束。「樣板文藝」也在其接近巔峰的時刻，墜落到歷史的深淵。這一切，彷彿是歷史的宿命。

四、其它「樣板文藝」（美術、歌曲等）

樣板美術

文革美術的形式發達，種類繁多。其中最多的是政治宣傳畫。

文革的政治宣傳畫，延續中國現代美術運動中的左翼傳統，以大眾化和普及性的美術作品為目標。廣泛吸收民間美術，如剪紙、年畫、木刻、裝飾畫等的技法，加上革命化的內容和主題，形成了文革工農兵美術和革命大批判美術的特殊風格。其中，以大批判牆報、黑板報上的題圖、插圖等最為

典型。題材內容較爲抽象，主要有領袖畫像、革命圖象圖案（鐵錘鐮刀、筆桿、槍桿、井岡山、寶塔山、天安門等）、革命紋飾（如紅旗、向日葵、忠字等）。這一類文革工農兵美術，以其大眾性、前衛性、革命性和政治批判性，成爲「後文革時代」前衛藝術（如政治波普）的藝術靈感和藝術技法的源泉。

但工農兵美術並不能成爲藝術樣板。1967 年 10 月 1 日，由北京市工代會、紅代會及北京市總工會、中國革命博物館聯合主辦的「毛澤東思想照亮了安源工人運動展覽」上展出的油畫《毛主席去安源》，標誌著「樣板美術」開始出現。

油畫《毛主席去安源》，劉春華作。該畫塑造了青年毛澤東身著藍色長袍、臂夾紅雨傘的形象。1968 年由《人民日報》公開發表，之後，《人民日報》隨報贈送彩色油畫《毛主席去安源》，各省、市報紙也紛紛傚仿。截至 1970 年 12 月，《毛主席去安源》全國共印刷 19417 萬張。據稱，《毛主席去安源》總髮行量達到 9 億張以上。

《毛主席去安源》是文革美術貫徹「三突出」原則的典範。美術評論家王明賢在後來評價道：「『紅光亮、高大全』這些『紅色現代主義』美學原則，在這幅油畫上得到充分表現。構圖上，作者把毛澤東的形象安排在最突出的地位，突出了毛澤東的高大形象，『像一輪光彩奪目的朝陽從我們面前升起，給我們帶來了光明和希望』。動態處理上，毛澤東稍稍揚起的頭，緊握的左手，都含著深意；半舊的藍布衫和舊雨傘，天上的風雲，近景草木，遠景群山，也無不具有象徵意義。劉春華沒學過油畫，『不受舊框框、洋教條的束縛』，採用了油畫造型的手法，又吸收了中國重彩畫細緻的長處，形成了新的藝術特色。」〔註11〕

油畫《我是「海燕」》，潘嘉駿作。1972 年入選全國美展。畫面上一個女兵在暴風雨中攀在電杆上搶修線路，「海燕」既是話務兵的聯絡暗號，又有女戰士是暴風雨中的海燕的寓意。背景是陰暗的天空、狂瀉的暴雨和雷電的閃光，烘托出人物英勇無畏和革命樂觀主義精神。斜雨勾勒出的女兵矯健的身軀，嚴謹的軍裝被暴雨淋濕，凸顯出女兵的身體線條，紅撲撲的面部在冷色調的天空襯托下，顯得格外突出。這一切都符合「樣板文藝」的原則。然而，

〔註11〕 王明賢：《紅光亮：文革藝術的新美學》，見「雅昌藝術網」http://topic.artron. net/show_news.php？newid=55110。

一位青年女性在暴雨之夜的激情及其淩空的身體形象，或多或少也給文革這個昏暗濕冷的情感雨夜，帶來了一絲微薄的暖意。

其它值得一提的「樣板美術」還有油畫《在大風大浪中前進》（唐小禾、程犁，1972 年）、《毛主席視察廣東農村》（陳衍寧，1972 年）、《要把無產階級文化大革命進行到底》（侯一民、鄧澍、靳尚誼、詹建俊、羅工柳、袁浩、楊林桂，1972 年）、《提高警惕、保衛祖國》（關琦銘，1969 年）、《永不休戰》（湯小銘，1972 年）、《虎口奪銅》（吳雲華，1972 年）、《爲我們偉大祖國站崗》（沈嘉蔚，1974 年）、《黃河頌》（陳逸飛，1972 年）。水粉畫《生命不息，衝鋒不止》（何孔德、嚴堅，1971 年）、《毛主席的紅衛兵——向革命青年的榜樣金訓華同志學習》（陳逸飛、楊純中，1972 年）、《做人要做這樣的人》（單聯孝，1973 年）、《千秋功罪，我們評說》（陽泉市手管局農機廠工人美術組，1975 年）等。彩墨畫《礦山新兵》（楊之光，1972 年）、《毛澤東主辦廣東農民運動講習所》（楊之光，1974 年）等。此外還有王式廓的未完成的巨型油畫《血衣》及其素描稿，根據 1965 年原作修改加工的大型泥塑《收租院》，以戶縣農民畫爲代表的農民畫，以及大量的宣傳畫、年畫、連環畫等。

樣板歌曲

文革歌曲最重要的特點就是數量龐大而風格單一。文革高潮期間，除了劫夫等人作曲的「毛主席語錄歌」、造反派的革命頌歌和「樣板戲」唱段之外，幾乎沒有其它歌曲可唱。1970 年代，「樣板戲」唱段依然是最重要的歌曲，電臺每天都有固定的「學唱樣板戲」節目，一句一句地教唱。1974 年前後，於會泳等人突然發動對「無標題音樂」的批判，更是給文革期間的原本瀕於枯竭的音樂創作雪上加霜。

1971 年 12 月 26 日，《人民日報》發表新編革命傳統歌曲《山丹丹開花紅豔豔》、《翻身道情》、《咱們的領袖毛澤東》、《軍民大生產》和《工農齊武裝》等五首延安時期的歌曲。之後，又發表了數批新編革命傳統歌曲，如 1930 年代至 1940 年代的《畢業歌》、《大路歌》等。這些歌曲保留了原歌的曲調，重新填上「文革式」的歌詞。

1972 年，爲了紀念毛澤東《在延安文藝座談會上的講話》發表 30 週年，國務院文化組成立「革命歌曲徵集小組」，並陸續出版五集《戰地新歌》。《戰地新歌》是文革時期創作的革命歌曲的大匯總，題材上，有歌頌中國共產黨、歌頌毛主席、歌頌社會主義祖國的內容；有反映工農兵在社會主義革命和建

設各條戰線上的鬥爭生活的內容；有反映青年、少年兒童在毛澤東思想陽光照耀下茁壯成長的內容；還有反映中國人民和各國人民的革命友誼和戰鬥團結的內容的原創歌曲、文革期間的電影插曲、外國電影（主要是朝鮮、阿爾巴尼亞電影）插曲等。《戰地新歌》「前言」中稱，選編標準「是遵照毛主席關於以政治標準放在第一位，以藝術標準放在第二位，和革命的政治內容和盡可能完美的藝術形式的統一的教導進行選編的。」

《戰地新歌》中數量最多的是革命頌歌，如《北京頌歌》、《雄偉的天安門》、《毛主席走遍中國大地》等。抒發革命豪情壯志的宏大抒情作品也較常見，如《我愛五指山，我愛萬泉河》、《我為偉大的祖國站崗》、《我為祖國守大橋》、《我愛這藍色的海洋》、《遠航》等。還有一些篇幅較長的、帶有一定敘事性的抒情歌曲，如《回延安》、《戰士想念毛主席》、《老房東查鋪》等，與「樣板戲」中主人公的主題「詠歎調」的風格類似。也有一些兒歌和民歌體的小型作品，如《我愛北京天安門》、《井岡山下種南瓜》、《瀏陽河》、《延邊人民熱愛毛主席》、《薩麗哈最聽毛主席的話》等。

在注釋「文革音樂」的表情術語中，最常見的是「豪邁地」、「自豪地」、「充滿信心地」、「充滿朝氣地」、「無限深情地」，等等，以抒發無產階級的磅礴氣勢和凌雲壯志。柔情、委婉、緩慢、憂鬱的風格，被絕對禁止。其在聽覺形象方面是「高、響、快」，與其它「樣板文藝」在格調上的「高、大、全」和視覺上的「紅、光、亮」相呼應，總體風格是激情飽滿，鏗鏘有力，雄偉闊大。齊唱《無產階級文化大革命就是好》則創造了文革歌曲的一個驚世駭俗的奇觀。它的曲調簡單，旋律平直，卻在一段歌曲中重複 8 次齊聲高叫「就是好」，形成一種粗獷得令人震驚的風格。以重複的吼叫聲來代替歌唱，以粗暴來充當力量，這也可以看作是文革的造反美學的邏輯再走向極端之後的必然結果。

在帶有官方頌歌色彩的宏大抒情的「樣板歌曲」中，《北京頌歌》最為典型。

《北京頌歌》：瞿琮詞，田光、傅晶曲，D 大調，4／4 拍，演唱要求「莊嚴地、中速」。歌詞以豪華的頌詞歌頌了首都北京的壯麗景色和神聖的空間地位。曲調採用了三段體結構，第一段表現北京黎明景象，舒緩的旋律漸漸揉進入了《東方紅》的曲調；第二樂段逐漸高亢激昂，表達了歌頌者一種心潮逐浪高的心境，隨後在七度大跳引出「心中一顆明亮的星」達到高潮。接

下來第三樂段的節奏加速，轉爲 2 / 4 拍的進行速度，表達穩健有力的前進
狀態。而在結尾處唱到「奔向美好的前程」，則轉回 4 / 4 拍，節奏變慢，拉
長，達到全曲的最高音，並以帶有民間音樂甩腔的方式，加以後倚音的裝飾
音，構成樂曲的華采樂段。這種宏大、壯美風格的抒情頌歌，經過有「中國
的高音 C 之王」之稱的男高音歌唱家李雙江聲情並茂的演繹，成爲文革抒情
歌曲的「樣板」模式。它也是文革式的抒情音樂語言成熟的標誌。

　　文革時期其它音樂作品值得一提的，還有鋼琴曲《瀏陽河》（王建中），
小提琴獨奏曲《陽光照耀在塔什庫爾幹》（陳鋼）、《金色的爐臺》（陳鋼）、《新
疆之春》（耀中），小提琴齊奏曲《井岡山上太陽紅》（江西省歌舞團）、《咱們
的領袖毛澤東》（梁壽祺），笛子獨奏曲《揚鞭催馬運糧忙》（魏顯忠）、《牧民
新歌》（簡廣易）等。

第三節　「非樣板文藝」的零星抵抗

　　毫無疑問，「樣板文藝」自有其藝術上的成功之處，但它的普及卻並非是
美學的力量，而是政治的力量。學「樣板戲」不走樣，這並非只是藝術要
求，而是嚴厲的政治任務。儘管在民眾方面，對於「樣板戲」已經從最初的
新奇感走向了厭倦，但在但是的政治環境中，「四人幫」對「樣板文藝」的推
行，並未遇到太大的阻力，更未有遭遇成規模的抵抗。文藝家和創作人員也
只有努力順從「樣板戲」的道路，才能夠獲得文藝生產的權利。但並非所
有文藝家都能像於會泳、劉慶棠、浩亮、浩然、張永枚、殷承宗、劉春華、
陳逸飛、謝晉、「石一歌」等「樣板文藝」的紅人那樣充分領會「四人幫」的
文藝意圖。由於種種原因，一些文藝作品出現了偏離「樣板」航線的傾向。
當然，大多數這一類的作品根本就沒有問世的機會，但還是有一些漏網之魚
出現。

短篇小說《生命》

　　1972 年，遼寧省文學期刊《工農兵文藝》（後更名爲《遼寧文藝》）在第
1 期發表敬信的短篇小說《生命》。小說描寫了上海「一月風暴」影響下的一
場奪權鬥爭。而其中的「造反派」頭目崔德利是一爲在文革前「四清」運動
中下臺的壞幹部，他趁文革造反之機，起來重新奪權，大隊的貧協主席「老
鐵頭」田青山則識破了崔德利的陰謀，帶領革命群眾與之作鬥爭，並取得了

勝利。小說依然沿用了文革文學的「階級鬥爭」、「路線鬥爭」的模式，但卻把「造反派」寫成了不得人心的反面人物，並在無意中流露出對文革前政治秩序的懷念。小說以寫實的手法描述了文革奪權運動的眞實狀況，在一定程度上表達了普通民眾對文革基本理解。這顯然不符合文革的政治立場。小說發表後不久，開始遭到持續兩年的批判。批判認爲，小說「不僅歪曲了一月革命風暴後農村中的奪權鬥爭，而且也從根本上歪曲了無產階級文化大革命的性質」，〔註12〕是「當前那股妄圖否定無產階級文化大革命的反動思潮的反映，是反革命修正主義文藝黑線的回潮的表現」。〔註13〕遭遇《生命》類似命運的還有被認爲宣揚小資情調的顏慧雲的短篇小說《牧笛》等。

湘劇《園丁之歌》

《園丁之歌》原爲長沙市碧湘街完全小學創作的湖南花鼓戲《好教師》。1972 年長沙市文藝工作團（柳仲甫執筆）改編爲湘劇。劇本發表在《湘江文藝》1973 年第 1 期，後被拍攝成彩色影片。《園丁之歌》講述文革期間出身於勞動人民家庭的女教師俞英與男教師方覺，在如何搞好教育，尤其是對學生陶利這樣出身於工人家庭、調皮貪玩的孩子如何教育的問題上，產生了分歧。俞英一改方覺的粗暴懲罰的做法，她用階級教育和婉轉的批評的方法，啓發說服學生，促成了「壞學生」陶利的轉變。方覺在工作中感到俞英的教育思想和方法是正確的，他決心改掉自己簡單粗暴的缺點。《園丁之歌》歌頌了教師，這與當時鼓吹學生成爲「反潮流」的革命小將的主流意識形態相悖。女教師俞英在劇中唱道：「沒有文化怎能把革命的重擔來承當。」這一觀點，也與當時教育戰線大革命的精神背道而馳。

1974 年 7 月 19 日，國務院文化組向京、津、滬和湖南省革命委員會發出《關於批判〈園丁之歌〉的通知》。《通知》中說：「中央新聞紀錄電影製片廠攝製的湘劇高腔《園丁之歌》，是一個內容有嚴重錯誤的壞戲。它的要害是否定無產階級文化大革命，爲反革命修正主義教育路線招魂，向無產階級反攻倒算……經中央批准，決定在北京、天津、上海、湖南四省、市，組織工農兵和各階層革命群眾開展對《園丁之歌》的革命大批判。」8 月，《人民日報》

〔註12〕 邱雄華等：《〈生命〉是對無產階級文化大革命的否定》，《朝霞》（上海），1974年第 4 期。
〔註13〕 《工農兵業餘作者批判〈生命〉發言記錄（編者按)》，《遼寧文藝》（瀋陽），1974 年第 2 期。

發表湘暉的文章《評湘劇〈園丁之歌〉》。文章稱《園丁之歌》「歪曲黨的教育方針，兜售『智育第一』和『文化至上』的黑貨；它反對『教育必須為無產階級政治服務，必須同生產勞動相結合』，鼓吹培養資產階級接班人。它的要害是否定無產階級文化大革命，向無產階級反攻倒算。」而初瀾的文章《為哪條教育路線唱讚歌？──評湘劇〈園丁之歌〉》則進一步上綱上線，將之與兩個階級對教育領導權的爭奪聯繫在一起，並與正在掀起的「批師道尊嚴」、「反潮流」的浪潮相配合，文章寫道：「兩個階級爭奪教育陣地的鬥爭，必然要在領導權問題上進行長期的、激烈的反覆較量。我們的教育事業，是黨和人民的事業。堅持黨的基本路線，加強黨對教育事業的領導，推動教育革命深入發展，這是鞏固無產階級專政的一項重要措施。但是，資產階級對於失去這塊『世襲領地』，是怎麼也不會甘心的，他們總是要用孔孟之道的『師道尊嚴』和資產階級的『教師治校』等謬論，來排斥和對抗工人階級的領導。」批判文章還針對教師形象，認為「俞英和方覺這樣的教師，他們都是堅持修正主義教育路線、世界觀並未得到改造的資產階級知識分子。《園丁之歌》把這樣的資產階級知識分子當作『園丁』來歌頌，其目的就是要否定黨對教育事業的領導，維護修正主義的教育路線，復辟資產階級教育制度。」「其實質就是否定黨對教育事業的領導，而讓資產階級知識分子重新統治我們的學校！」

類似的大批判也降臨到山西省文化局《三上桃峰》創作組編劇的晉劇《三上桃峰》身上。這部劇純粹是因為該劇原名《三下桃園》而被與王光美的「桃園經驗」聯繫在一起，認為是為劉少奇修正主義路線翻案。全國性的大批判運動不僅扼殺了這兩部戲劇，而且，劇組人員也受到了不同程度的迫害。

電影《創業》

影片由大慶《創業》創作組集體創作，張天民執筆，長春電影製片廠攝製，於彥夫導演。故事講述裕明油礦鑽探隊隊長周挺杉帶領鑽井隊和華程政委一起北方草原石油大會戰第一線，決心開發大油田。但他們遭到走資派會戰前線副總指揮馮超以及總地質師章易之的反對。周挺杉頂住了馮超等崇洋媚外、蓄意製造停電和噴井事故的破壞。經過艱苦創業，終於開採出大面積高質量的油田，實現了中國的原油自給，打破了所謂「中國貧油論」。

1975 年 2 月 10 日，《人民日報》報導稱：「影片《創業》的攝製，是把革命樣板戲創作原則和創作經驗運用於電影藝術創作的新成果。《創業》攝製組

深入學習、領會革命樣板戲的經驗，成功地塑造了主人公周挺杉在階級鬥爭、路線鬥爭中的英雄形象，爲我國工人階級高唱讚歌。這部影片又是專業作者、業餘作者和工人群眾進行三結合創作的產物。」這部「準樣板電影」並未得到江青的認可，相反，她指令國務院文化組根據江青等人的意圖，寫了一篇關於電影《創業》的審查報告，報告中給《創業》定了十條意見。十條意見包括：1.不如報告文學感人，也不如報告文學脈絡清晰；2.籠統地提到黨中央和中央首長，起到了給劉少奇、薄一波之流塗脂抹粉的作用；3.較明顯地存在著寫活著的眞人眞事問題；4.革命樂觀主義精神表現較差；5.周挺杉表現了一個魯莽漢子的形象，是單薄的，有缺陷的，因而是不典型的；6.有意用貶低周挺杉的方式來提高華程；7.工程師章易之的轉變有人爲情感化的傾向；8.有很多地方表達不清，讓人看不懂；9.回述了鐵人的過去，造成結構上的拖沓；10.主要人物的言語概念化。文化組作出決定：不許繼續印製拷貝、不許發表評介文章，停止播放、不許向國外發行。隨後，影片編劇張天民因對國務院文化組的指責不服，致信鄧小平。張天民在信中申述說：我和文藝界不少同志對「十條意見」有不同看法，我覺得這不僅是一部影片的問題，而是關係到今後創作怎樣搞的問題。從實踐、從效果來看，《創業》是部好影片，它不是毒草，「我建議應該重新上演」。信送給鄧小平後，鄧小平將信送呈毛澤東。〔註14〕最後，由毛澤東作出批示：「此片無大錯，建議通過發行。不要求全責備。而且罪名有十條之多，太過分了，不利調整黨的文藝政策。」「《創業》風波」方告平息。

遭遇類似命運的還有根據黎汝清的長篇小說《海島女民兵》改編的電影《海霞》。圍繞著《創業》和《海霞》的上映與禁映，釀成了文革後期不同政治力量的一場大規模較量。

短篇小說《機電局長的一天》

蔣子龍的短篇小說《機電局長的一天》發表在 1976 年 1 月復刊的《人民文學》第 1 期上。小說描寫了機電局長霍大道一天的工作和生活，展示了這位人稱「工作狂」的實幹家的工作熱情和魄力。小說中表述的對現代工業生產方式的讚賞。這使人聯想到 1973～1975 年復職後的鄧小平。鄧小平在這段時間推行的整頓和發展生產的政策，並力倡實現「四個現代化」的目標。這

〔註14〕 參閱宋連生：《工業學大慶始末》，湖北人民出版社，2005 年；另參閱《「政治大雪」下〈創業〉蒙難記》，《新京報》，2005 年 1 月 20 日。

些變革措施，即是「四人幫」所認爲的「右傾翻案風」。因此，這部小說被判定是「宣揚唯生產力論」、「爲右傾翻案風製造輿論」的又一株「毒草」，「是替走資派翻案的『四上桃峰』」。

在一場疾風驟雨式的大批判的壓力下，蔣子龍被迫寫下檢討文章《努力反映無產階級同走資派的鬥爭》，承認「不管我的主觀意願如何，小說的客觀實際，是在一定程度上掩蓋了工業戰線上無產階級同以鄧小平爲代表的走資派的鬥爭。」蔣子龍還著手將短篇小說《機電局長的一天》修改爲中篇小說《機電局長》，在《天津文藝》上連載。《機電局長》「針對《機電局長的一天》裏存在的缺點和錯誤，加強了霍大道以階級鬥爭爲綱，堅持黨的基本路線，英勇無畏地反妖風，反對資本主義復辟和修正主義路線的描寫，也對徐進亭做了進一步的剖析，加強了這個走資派還在走的一面」。兩部小說基本內容和主要情節大致相同，但立意和內在邏輯卻有了大的不同，霍大道成了與「走資派」作鬥爭的典型，而徐進亭則成了典型的「還在走」的「走資派」。〔註15〕

幾次「非樣板文藝」的零星對抗，均以「四人幫」的勝利而告結束，但在此時，文革極左派力量的絕對優勢已被打破。政權內部的反文革力量和民間的政治反抗力量，通過「四五天安門運動」開始集結，代表文革極左政治勢力的「四人幫」已成強弩之末，垮臺時間指日可待。與此同時，「樣板」好戲落幕的鑼鼓也已經敲響。地下文藝的暗流早已洶湧澎湃，「無產階級文化大革命的英勇旗手」苦心經營的「樣板文藝」的燦爛天空，已是陰霾密佈，亂雲飛渡，正在醞釀一場巨大的文化風暴。然而，隨著紅太陽的光輝歸於暗淡，「旗手」已經沒有機會從容迎接勝利的「無限風光」。

〔註15〕 參閱王堯：《矛盾重重的「過渡狀態」》，《當代作家評論》（瀋陽），2000年第5期。

第五章 「豔陽天」下的陰影

第一節 「灰皮書」、「黃皮書」與地下閱讀

一、1968 年

在 20 世紀的歷史上，1968 年是一個特殊的年份。世界上發生了一系列重大的事件，成為著現代國際政治和文化發生重大轉型的分水嶺。

在東歐，杜布切克當選捷克斯洛伐克共產黨第一書記，推行一系列民主改革措施，「布拉格之春」拉開帷幕。但很快遭到蘇聯夥同其它東歐社會主義國家的聯合入侵鎮壓。「布拉格之春」，是蘇聯為首的社會主義陣營發生動搖和裂變的開始。它雖然很快夭折，但卻在「冷戰」鐵幕上劃下了第一道裂隙。

在東南亞，越南民族解放陣線開始春季攻勢，並攻入南越首府西貢。隨後美國深度介入越南戰爭。

在日本，日本全學聯組織 4.7 萬示威者抗議美國「企業號」航空母艦前往越南。隨後，日本極左派學生組織紛紛成立，造成極大的國際震蕩。

在美國，民權運動如火如荼，政治局勢動蕩不安。黑人民權運動領袖馬丁‧路德‧金，參議員羅伯特‧甘迺迪先後遭暗殺。11 月，共和黨尼克森當選總統。

在歐洲，法國巴黎爆發大規模示威遊行，激進的左派大學生組織築街壘與員警對抗，最終導致法國戴高樂政府的垮臺。這場運動史稱「五月風暴」。

　　中國的文革造反文化和毛澤東思想，通過紅衛兵運動，傳入西方世界，刺激了西方年輕一代知識分子的革命精神。從觀念上、思維方式上、哲學上、政治上，乃至語言上，來一場「文化大革命」，革資產階級文化的命，成爲歐洲左翼知識分子的共識。而巴黎「五月風暴」的學生運動與中國的文化大革命遙相呼應，動搖了歐洲傳統的思想文化基礎，催生歐洲思想文化界的根本轉型。「六八一代」思想家成爲後現代主義文化的先驅。

　　而在「文化大革命」的策源地——中國，造反運動卻朝著相反的方向發展。文革造反運動的高潮已經過去，紅衛兵運動已經退潮。「復課鬧革命」期間的紅衛兵，起先是忙於爲自己的革命運動舉行紀念和慶祝的慶典。但在慶典的狂歡過去之後，紅衛兵的精神狀態跌入一個低谷。外面的世界喧囂依舊，但卻與紅衛兵關係不大。造反的主體人群已換成各機構的造反派組織，他們爲奪權而大打出手。1968 年前後，各地新權力機構——革命委員會陸續建立。至 9 月，隨著新疆、西藏兩個自治區革命委員會成立，全國（除港澳臺地區外）29 個省、自治區、直轄市革命委員會均已成立，形成所謂「全國山河一片紅」。而各派力量妥協拼湊出來的「三結合」式的新政權，並不如紅衛兵們所想像的那樣純粹、那樣革命。在這樣一個背景下，紅衛兵群體已被各種政治勢力所冷落。除希望以「繼續革命」的精神將「無產階級文化大革命舉行到底」的少數極左派之外，大多數紅衛兵對革命前景的一片茫然。

　　更早一些時候，最先舉起造反大旗的「老紅衛兵」們早已偃旗息鼓。他們除了沉浸於不久前的歷史輝煌中之外，所能做的就是對運動袖手旁觀。他們成爲置身造反派和保皇派你死我活的奪權鬥爭之外的「逍遙派」。一些人學會了抽煙、喝酒、聚餐、聽搖滾樂、遊山玩水、談戀愛，一副看破紅塵、玩世不恭的「嬉皮士」式的做派。現在，這種情緒也感染到這個紅衛兵群體。更多的人緬懷起昔日的讀書生活。然而，當他們開始找書看的時候，卻發現已經無書可讀。除了馬列毛的著作和「樣板戲」之外，其它書籍統統在不久前被他們親自打成毒草，甚至燒毀。歷史諷刺性地讓紅衛兵自食其果。

　　現在輪到他們自己去扮演敵人的角色了。曾經因爲一本《聖經》或一張《天鵝湖》的唱片，紅衛兵可以置人於死地。現在，他們自己開始爲尋找這些精神食糧而絞盡腦汁。秘密閱讀的風氣在紅衛兵群體中迅速蔓延。文革期間未被查抄的私人藏書重新浮現，從私人家裏和公共圖書館抄查出來的「毒草」書籍中沒有燒掉的那些部分，也可能因無人管理而流傳到社會上。紅衛

兵運動劫後餘生的各種各樣「毒草」書籍，都成爲炙手可熱的「寶貝」。尤其是一批被稱之爲「灰皮書」、「黃皮書」的讀物，成爲當時最神秘、最珍貴，也最具影響的思想和文化資源。這批出版於文革前的「內部發行」的讀物，大多是「毒草」，只有少數得到特別許可的人群，方能讀到。文革的混亂，使得這批讀物流散到社會上。誰擁有這樣一類「寶貝」，比如一本普希金的詩集，一本羅曼‧羅蘭的小說、一本「灰皮書」、「黃皮書」，或一張貝多芬（哪怕是小提琴曲《梁祝》）的唱片，其可炫耀的資本，不亞於幾年前穿一身洗得發白的將校呢舊軍裝出現在造反隊伍中。他在朋友圈子裏的地位如同明星一般，成爲眾人追捧的對象。

在城市，各種各樣的閱讀小圈子：讀書小組、文藝沙龍開始出現，聚集著一群群思想青年、文學青年和藝術青年。如北京大學的「共產主義青年學社」，北京各中學的「《四三戰報》編輯部」，上海的「上海市中學運動串聯會」、「反復辟學會」和「東方學會」，廣東的「八五公社」，武漢的「北斗星學會」，寧夏的「共產主義自修大學」，等等。他們在一起交換圖書，交流文化信息、思想動向。久而久之，難免技癢，寫作的風氣也開始彌漫。這些年輕人，曾經都或多或少地以大字報形式寫過大批判文章或造反風格的詩歌，而這一類文體和話語方式，顯然不能夠表達如今這些年輕人的感受和情緒。相反，這是他們首先需要規避的。紅衛兵文藝模式在他們眼裏，開始變得可笑了。平靜下來的思考，讓他們有更多的個人化的情感，秘密閱讀也讓他們看到更多的表達方式。此時，造反的政治青年開始蛻變爲思想青年和文藝青年。尋找新的自我表達，成爲這一時期一代人——或可稱之爲「六八一代」——的最爲迫切的精神要求。郭路生（食指）的出現，在一些人面前展示了新精神和新話語的文本範例。郭路生作於 1968 年的詩歌《相信未來》和《這是四點零八分的北京》，以一種不同於紅衛兵文藝的表達方式，吸引了一批讀者。作品迅速在北京等地傳開。

然而好景不長。正如《這是八點零四分的北京》中所寫的那樣，自 1968 年底開始，大批的紅衛兵開始離開城市，奔赴各地農村或生產建設兵團，成爲新型農民或「兵團戰士」。這是紅衛兵開始變成「知識青年」的一年。他們將在那里革地球的命，造大自然的反，用他們寫大字報的手，去譜寫改天換地的新篇章。對於這些曾經的革命小將來說，這是一場新的而且是曠日持久的戰鬥，但勝利並不屬於他們。

二、「灰皮書」、「黃皮書」

1957 年，中蘇兩黨關係已經開始出現裂隙，此前的意識形態「一邊倒」的局面也就出現危機。一些即將翻譯出版的蘇聯文學作品可能存在與中共在意識形態上相悖的內容。於是，中共中央宣傳部指令出版方面不公開發行這一類圖書。於是，出現了封底印上「內部發行」或「內部參考」字樣的圖書。從 1959 年底開始，人民文學出版社編輯出版《世界文學參考資料專輯》不定期刊物，也是供內部參考的。上海人民出版社也承擔一部分內部出版任務，並於 1958 年 9 月，創辦了內部刊物《現代外國哲學社會科學文摘》。這些出版物，是「黃皮書」和「灰皮書」的前身。

1960 年前後，中蘇兩黨意識形態論戰開始爆發，中共中央成立「反修領導小組」，由康生擔任組長。「反修領導小組」指示中共中央編譯局負責翻譯、整理、出版「修正主義者」和西方資產階級思想家、理論家的政治學方面的資料和著作，供黨內高層內部參考。為了區別公開發行的圖書，這些內部發行的出版物統一用灰色封皮。據稱，康生說，這些「壞書」用灰皮做封面，讓讀者一看就知道不是馬克思主義的。〔註 1〕「灰皮書」如是誕生。

與此同時，中宣部也專門成立了一個文藝「反修小組」，主要負責撰寫反修文章和為文藝界領導提供參考的蘇修文藝圖書的出版。1962 年前後，這些文藝書刊，統一使用黃色書皮。「黃皮書」如是誕生。〔註 2〕

這些「毒草」根據「毒性」的大小，區分為甲、乙、丙三類。甲類「毒性」最大，屬於最反動的修正主義頭子如伯恩斯坦、考茨基、托洛茨基等人的著作，購買和閱讀的對象被嚴格控制。一般印刷 500～1000 本，一般只提供給中央和各部領導以及某些指定的專家閱讀。採取編號發行，如出現遺失，則由拿到此書的人負責。第一本「灰皮書」是 1961 年人民出版社用三聯書店名義出版的《伯恩施坦、考茨基著作選錄》。文藝作品大多屬於乙類。通常印 900 本。購買者主要是各地宣傳部門和文藝部門的領導，以及個別名作家。出版社掌握一份有購買資格者的名單，按名單通知出版信息。之後，「灰皮書」、「黃皮書」的範圍繼續擴大，除了蘇修的政治和文藝作品之外，還包括西方

〔註 1〕 參閱王巧玲：《艱難誕生灰皮書》，《新世紀周刊》（海口），2008 年第 19 期。
〔註 2〕 參閱王巧玲：《那些黃色的精神之糧》，《新世紀周刊》（海口），2008 年第 19 期。

思想家的政治、歷史、哲學著作，西方國家政要回憶錄，西方現代派文學作品，日本軍國主義傾向的文藝作品等。「文革」開始後，內部書的出版工作停止。1972 年後又逐步恢復。

「灰皮書」以政治、哲學著作爲主，其中有伯恩斯坦的《社會主義的前提和社會民主黨的任務》《今天社會民主黨的理論與實踐》等，考茨基的《無產階級專政》《社會民主主義對抗共產主義》《恐怖主義和共產主義》《陷於絕境中的布爾什維克主義》等，托洛茨基的《被背叛了的革命》《「不斷革命」論》《斯大林評傳》等，夏伊勒的《第三帝國的興亡》、哈耶克的《通向奴役之路》，德熱拉斯（吉拉斯）的《新階級》，加羅蒂的《人的遠景：存在主義，天主教思想，馬克思主義》，古納瓦達納《赫魯曉夫主義》，馬迪厄《法國大革命史》，湯因比《歷史研究》，杜威《人的問題》，羅素《自由之路》，華爾《存在主義簡史》，拉斯基的《論當代革命》等 200 多種。

「黃皮書」以文藝作品爲主，包括西方現代派文藝作品如薩特的《厭惡及其它》，加繆的《局外人》，貝克特的《等待戈多》，塞林格的《麥田裏的守望者》，克茹亞克（凱魯亞克）的《在路上》，《托・史・艾略特論文選》等，蘇聯文藝作品如阿克肖諾夫的《帶星星的火車票》，愛倫堡的回憶錄《人・歲月・生活》、長篇小說《解凍》，艾特瑪托夫的中篇小說《白輪船》，葉甫圖申科的詩集《〈娘子谷〉及其它》，特羅耶波爾斯基的長篇小說《白比姆黑耳朵》，索爾仁尼琴的《伊凡・傑尼索維奇的一天》，西蒙諾夫的《生者與死者》和《最後一個夏天》，特里豐諾夫的《濱河街公寓》，沙米亞金的長篇小說《多雪的冬天》，拉斯普京的長篇小說《活著，可要記住》，邦達列夫的中篇小說《熱的雪》和《岸》，柯切托夫的長篇小說《落角》，李巴托夫的長篇小說《普隆恰托夫經理的故事》等。日本作家三島由紀夫的長篇小說《憂國》、《豐饒的海》四部曲（《春雪》《奔馬》《曉寺》《天人五衰》）等數百種。

這些「有毒的」精神物品，只有極少數享有政治和文化上的特權階層，方能接觸得到。一些高幹家庭擁有這些書，但也禁止子女閱讀。文革期間，大多數高幹被打倒，如果能幸免於難的話，也被送入「牛棚」、「幹校」。在那裡，他們尚且自身難保，也就不能顧及那些「禁書」了。這些子女一下子有了突破父輩「禁忌」的自主權。最早得到這批「禁書」的，是一群高幹子女。當然，不可能有人得到所有這些書，但其中任何一本，都有可能改變一個人

的精神，而且，閱讀「禁書」這一行為本身，就是思想解放的開始。「禁忌」一旦突破，任何情況都是可能的。

在思想上，影響最大的是美國學者威廉・夏伊勒的《第三帝國的興亡》和南斯拉夫政治理論家德熱拉斯（吉拉斯）的《新階級》。夏伊勒的《第三帝國的興亡》描述了納粹德國的歷史。納粹主義在一些「崇高」理想的蠱惑下所表現出來的對領袖的狂熱崇拜，對異己分子的殘酷迫害和對文化的毀滅，很容易讓人聯想起文革期間的中國現實，尤其是希特勒利用年輕的衝鋒隊作為政治工具，達到目的之後，又無情地將衝鋒隊打入深淵，這又讓這些紅衛兵們聯想到「聯動分子」、「五一六分子」被無情打擊的命運以及整個紅衛兵群體當下的遭遇。這種驚人的相似性，給年輕的讀者們帶來了強烈的震撼，並促使他們開始反思。作家胡發雲在回憶當初的閱讀感受時，用「石破天驚」來形容，他認為「這本書在意識形態上撕開了一個大口子」。〔註3〕德熱拉斯（吉拉斯）的《新階級》旨在批判蘇聯式的社會主義制度。德熱拉斯認為，「斯大林主義」的蘇聯共產黨在消滅了資產階級剝削制度之後，自身內部已經形成了一個具有壓迫性的黨內官僚特權階級，背離了馬克思主義消滅階級壓迫的理想。這一論斷為紅衛兵讀者反思文革和重新理解馬克思主義，提供了有力的理論武器。

在文藝作品中，影響較大的是塞林格的《麥田裏的守望者》，克茹亞克（凱魯亞克）的《在路上》等所謂「垮掉的一代」的作品。「垮掉的一代」產生於1950 年代的美國，其成員們大多是篤信自由理念的詩人、作家、藝術家。他們舉止落拓，放蕩不羈，逍遙自在，厭倦穩定不變的中產階級生活方式，把個體生命看作紅塵過客。這一生活傾向，得到了苦悶中的紅衛兵群體，尤其是頹廢的「逍遙派」的認同。他們開始標榜「垮掉」的姿態，甚至模仿《在路上》中的人物，外出流浪。此外，存在主義哲學和文學對人性和個人自由的闡釋，荒誕派戲劇對現實世界的無奈感和空虛化的理解，乃至其現代主義的藝術手法，也都深得年輕一代人的推崇。

「灰皮書」、「黃皮書」，是文革一代青年珍貴的精神食糧。出於「反修防修」之初衷的「灰皮書」、「黃皮書」，在無意中走向了它的反面。它們成為一代人政治覺醒和思想啟蒙的重要催化劑。

〔註3〕 參閱羅雪輝：《「內部書」：紅花香，白花亦香》，《中國新聞周刊》（北京），2008年第 29 期。

三、民間「讀書沙龍」

　　長期以來，民間結社實際上是被禁止的。尤其是文化人自發性的社團，一度成為在政治上可疑的「小集團」。在 1957 年的「反右」鬥爭中，許多這樣的小團體被打成「裴多菲俱樂部」，成為政治運動犧牲品。但文革期間是一個例外。文革造反運動的興起，幾乎任何人都可以隨意成立一個組織，只要他是出於擁護文化大革命的目的。文革中大大小小的團體，是文革政治鬥爭的重要組成部分，而在造反奪權行動結束之後，這些團體亦不復存在。而這些團體解體之後，其成員依然有不同程度上的友情維繫。這就促成了他們在悄然興起的「民間閱讀」的熱潮中，聚集到一起，形成規模不等的「讀書沙龍」。但稱之為「沙龍」並不特別準確。這些小團體實際上是一些相當鬆散的聚落。幾個喜歡讀書的年輕人，或經朋友經介紹而相識，不定期地在一處聚集。大多沒有固定的地點，也沒有固定的成員，也沒有明確的主題，更沒有嚴密的組織和目標。有一些在較長時間段裏逐步形成了相對穩定的成員構成和固定地點，具備了最低限度的「沙龍」形態。1967 年夏秋之交至1968 年底，大城市青年群體中「讀書沙龍」蔚然成風。這些「沙龍」大多在「上山下鄉」運動之後，即告解散，但也有一些在知青時期依然維持。直至1974 年「四人幫」大規模查抄民間小團體期間，各種類型的「沙龍」紛紛宣告解體。

　　不過，最早的小團體卻並不是借文革的機會出現的。文革之前，北京、上海的一些學校，就產生過自發性的小型學生「俱樂部」社團。如郭世英等人的「X 小組」等。

「X 小組」（北京）

　　「X 小組」成立於 1963 年 2 月 12 日，其靈魂人物是郭世英。郭世英（1941～1968）是文化名流郭沫若之子，畢業於北京 101 中學，後入北京大學哲學系學習。中學時代的郭世英，酷愛哲學，崇尚獨立思想，並與同學張鶴慈（哲學家張東蓀之孫），孫經武（衛生部長孫儀之之子）志同道合。1963年 2 月 12 日，郭世英等三人與北京第二醫學院學生葉蓉青結成「X 小組」，並創辦了一份自發性手抄刊物《X》。X 是數學中代表「未知數」的符號，取名「X」，表明該小組成員對未知真理的興趣。郭世英認為，真理必須經過獨立的哲學思考來檢驗，而沒有對未知世界不懈探索的勇氣和獨立思考的能力，

就不可能接近眞理。他在詩歌《獻給 X》中表達了該刊物的傾向——「你在等待什麼？X，X，還有 X……得到 X，我就充實；失去 X，我就空虛……」《X》共出過三期，以活頁紙的形式在朋友間流傳。主要發表的是四人的詩歌、小說、劇本、哲學隨筆、思想札記等。據稱，他們曾討論過「階級鬥爭」理論、「大躍進」的成敗、毛澤東思想能否「一分爲二」，以及特權階層等問題……這些問題在當時都屬于禁區。郭世英「個人與社會是必然會發生衝突的，這使得每個人不可避免地都是二重人格；應該傾聽自己的內在聲音，讓個性得到自由的表達。」〔註4〕

　　1963 年 5 月 17 日，「X 小組」作爲被公安機關偵破。郭世英、張鶴慈、孫經武被控組織反革命集團和出版非法手抄本刊物而被捕。後被判勞教二年。文革開始後，郭世英因「X 小組」事件被造反派打成「現行反革命」，遭非法拘押和殘酷批鬥，並於拘押期間墜樓身亡。張鶴慈、孫經武則被非法關押了整整十五年。直至 1980 年，「X 小組」案方得以平反。

　　「X 小組」成員（包括牟敦白、金蝶、周國平等若干邊緣人物）因其特殊身份，有機會獲得較多的思想、文化信息，使他們能夠在精神禁錮時代，以開闊的精神視野和獨立思考的精神，遺世獨立，卓爾不凡。他們對自由、平等的精神價值，人的主體性、權利和尊嚴的思考，閃爍出耀眼的思想光芒。他們與林昭、遇羅克等青年思想家一起，成爲點綴在文革前後黯淡的精神天空上的幾顆寥落的「寒星」。他們的文藝創作也顯示出超越時代的美學價值。然而爲了自由思想的權利，這些前驅者付出了血的代價。

「太陽縱隊」（北京）

　　以中央美術學院美術史系的學生張郎郎爲中心的文藝沙龍。大約形成於1962 年。主要成員有張久興、甘露林、張新華、於植信、張振洲、楊孝敏、董沙貝、蔣定粵、張寥寥等大學生和中學生。之後，陸續還有巫鴻、吳爾鹿、牟敦白、甘恢理、王東白、郭路生等間或參與。他們在一起玩遊戲、唱歌、繪畫、交流書籍，也寫詩、寫小說、寫劇本。「太陽縱隊」還

　　「太陽縱隊」貌似一個較爲嚴密的組織：有正式成立的儀式，計劃每月搞一次沙龍活動。有自己的刊物，其出版方式是，大家都用十六開稿紙或圖畫紙，分別寫作和繪畫，留下裝訂線，由主編裝訂成冊供傳閱。張郎郎爲刊

〔註 4〕　參閱牟敦白：《X 詩社與郭世英之死》，見廖亦武（主編）：《沉淪的聖殿——中國 20 世紀 70 年代地下詩歌遺照》，新疆青少年出版社，1999 年。

物設計的「封面是鐵柵，用紅色透出兩個大字：自由」。〔註 5〕有具體的「章程」和「宗旨」：由張郎郎起草的「章程」稱：「這個時代根本沒有可以稱道的文學作品，我們要給文壇注入新的生氣，要振興中華民族文化⋯⋯」。而且還設計有縱隊標誌：一柄劍，頂端分出三支劍頭，分別代表——詩歌、音樂、美術，象徵著中國文藝的全面復興。背後還有「顧問」式的人物：劇作家海默以及他們的父母如張仃、董希文等。〔註 6〕但實際上更像是一場少年人的遊戲。對於一些熱愛文藝，喜歡幻想的年輕人來說，結社不僅是一種精神認同的途徑，同時還會帶有某種神秘感和精神上的凝聚力。尤其是那些被禁止的遊戲，更具刺激性。這種遊戲，往往是他們進入成人社會之前的一種預習。即使是產生於中學生當中的最初的紅衛兵組織，從心理層面看，也有同樣的心理動機。但他們的行動很快被校方得知。他們受到了警告。「文革」爆發後，張郎郎因「非法組織『太陽縱隊』及刊物」、秘密集會、偷走供批判用的「黑畫」等罪名，被公安部通緝。被捕後，被判死刑緩期執行，後改判爲有期徒刑十年。直至 1978 年方獲平反。

「二流社」（北京）

1968 年形成的北京大中學校各派紅衛兵跨校交流的群體，其中許多人屬於各紅衛兵派系的寫作班子成員，屬於紅衛兵中的文化「精英」。主要成員有魏光奇、仲維光、戎雪蘭、孔令姚、史鐵生、孫康（方含）、史保嘉（齊簡）、包國路（柯雲路）、潘婧等。紅衛兵運動的落潮，這些紅衛兵各派系的人普遍有被利用和被出賣的感覺。於是，開始了對文革的反思，並聯合各派共同探討文革及紅衛兵運動的得失。他們每周在公園聚會，交流思想。這些人最初熱衷於去農村建立共產主義「烏托邦」據點，比如「共青城」、「知青公社」等等，並積極響應「上山下鄉」運動。隨後便風流雲散。其中一些人日後成爲詩人、作家。

趙一凡沙龍（北京）

趙一凡（1935～1988）出生於高級知識分子家庭。因自幼殘疾未能上學，靠自修成爲文字編輯和辭書校對。趙一凡是一個天才的文獻學家，有著超凡

〔註 5〕　參閱陳超：《「X 小組」和「太陽縱隊」：三位前驅詩人——郭世英、張鶴慈、
　　　　　張郎郎其人其詩》，《當代作家評論》（瀋陽），2007 年第 6 期。
〔註 6〕　參閱張郎郎：《「太陽縱隊」傳說及其它》，見同上。

的文獻敏感和收藏意識。文革一開始，他就致力於收集各種各樣的小報、傳單，甚至親赴現場抄錄大字報。文革後期，他收藏了大量的文革中青年思想活動的材料和地下文學的原始文獻，如手稿、手抄本等，使的今日的「地下思想」、「地下文學」的研究成爲可能。

趙一凡在文化傳播上的貢獻巨大，他的家中成爲北京思想青年和文藝青年的一個重要的聚散地。許多「內部書籍」和手抄本文學從他這裡流傳出去。這對文革中一代青年人的精神啓蒙，起到了極大的推動作用。在這裡認識了某位知青並獲得信任，就會通過此人結識一幫朋友。通過這種『滾雪球』式的交友，到 1973 年底，這個圈子無形中成爲與諸多青年人圈子溝通的輻射網，並由北京輻射到全國各地。後來，他們之間的通信受到監控。1974 年初，趙一凡的文藝沙龍被公安局查抄。公安人員「拆開一個人的信，根據其內容再檢查另一個人，不斷擴大偵察面，最後到全國範圍：北京、山西、陝西、河北等地，這個圈子被定名爲『第四國際反革命集團』，趙一凡爲首犯，徐曉是聯絡員。……趙一凡被公安局逮捕，此案牽連到幾十個人，他們犯下的罪行是：搞文藝沙龍，創作、收集、流傳反動小說、詩詞；搞反動串聯惡毒攻擊中央首長、攻擊『批林批孔』；組織『第四國際』反革命集團，裏通外國顛覆無產階級專政」。〔註 7〕趙一凡被捕入獄，大量的地下文學資料作爲「反革命文藝」材料被抄走。但趙一凡以事先將部分重要文獻縮拍爲照相膠片而得以保存。文革後，趙一凡參與了《今天》雜誌的創辦，他保存的大量手稿，成爲《今天》雜誌重要的稿件來源。

徐浩淵 / 黃元沙龍（北京）

1968 年底，徐浩淵和王好立、齊雲（依群）、楊曉燕、譚小春、仲維光、甘鐵生等人形成了一個關係密切的小圈子。他們經常在探討思想文化和文學藝術方面的問題。此外，岳重（根子）、姜世偉（芒克）、栗世徵（多多）等人也與之交往頗多。文學史上稱之爲「徐浩淵沙龍」。但徐本人則認爲，不存在這樣一個沙龍。只有黃元在社會科學學部的家中，才稱得上是沙龍。〔註8〕

朱育琳小組（上海）

1966 年，文革爆發前後，上海一批年輕的詩歌愛好者交往密切，形成小

〔註 7〕 徐曉：《我與〈今天〉》，《今天》（紐約），1999 年春季號。
〔註 8〕 參閱徐浩淵：《詩樣年華》，《今天》（紐約），2008 年秋季號。

型「詩歌沙龍」。主要成員有朱育琳、陳建華、錢玉林、王定國、汪聖寶、丁證霖、郭建勇等。其核心人物爲朱育琳（1928～1968），其它多爲上海光明中學等學校的學生，因共同熱愛詩歌而結識。他們經常聚會，交流詩歌寫作經驗，舉行小型朗誦會，也發表對時政的看法。朱育琳原爲北京大學西語系學生，後轉入同濟大學建築系學習，1957 年尚在讀書期間，被打成「右派分子」。翻譯過波德萊爾、愛倫・坡等人的詩。他的文學閱歷和對詩歌的見解，尤其是對是對波德萊爾的推崇，極大地影響了陳建華等年輕詩人。1968 年，他們的詩歌小團體遭造反派衝擊，成員被揪鬥。朱育琳因年齡較大，被視作「教唆犯」，遭嚴刑拷打，死於非命。〔註9〕

「野草詩社」（成都）

文革前夕出現在成都地區的文學群體。主要成員有鄧墾、陳自強（陳墨）、蔡楚、杜九森、吳鴻、馮里、徐坯、白水、苟樂嘉、吳阿寧、野鳴等，巔峰時期達三十人左右。絕大多數是「黑五類」子女。1972 年，自編《空山詩選》，內收有鄧墾、陳自強（陳墨）、杜九森、蔡楚等成員的詩作。

「野鴨塘群體」（貴陽）

1970 年代初出現在貴州貴陽市的文學群體。因常在核心成員伍立憲（啞默）任教的貴陽市郊區野鴨塘小學聚會而得名。主要成員有啞默、黃翔、路茫，以及較晚一些時候的張嘉諺、李家華、方家華、莫建剛等。其活動一直持續到 1980 年代中後期。

其它較爲著名沙龍還有「小東樓」沙龍（上海）：1968 年冬出現在上海的詩歌群體，因聚會地點在上海中學學生孫恒志家住的「小東樓」而得名。主要成員大多爲上海中學學生，有孫恒志、楊東平、孫小蘭、陳朝陽、陳鶴林、沈秋飛、沈小文、屠新樂、高建國等。賀利沙龍（北京）：1969 年冬形成，多爲從插隊農村逃回城裏的知青。成員有畢汝協等。魯燕生沙龍（北京）：1972 年前後形成，主要成員有魯燕生、魯雙芹、彭剛、馬佳、嚴力、李之林、车敦白、張寥寥等，以美術愛好者爲主，也有詩歌、小說寫作者。史康成沙龍（北京）：1973 年前後形成。主要成員有史康成、徐金波、曹一凡、趙振開（北島）、史保嘉、仲維光、甘鐵生等，該沙龍以思想青年和詩歌愛好者爲

〔註 9〕 參閱陳建華：《天鵝，在一條永恆的溪旁——寫在朱育琳先生逝世廿五週年》，《今天》（紐約），1993 年秋季號。

主。「耕耘」群體（福建）：形成於 1975 年前後，主要成員爲下放在閩西的廈門知青謝春池、陳誌銘、林祁，以及龔佩瑜（舒婷）等，並創辦有油印刊物《耕耘》。李堅持沙龍（北京），牟敦白沙龍（北京），「李一哲」小組（廣州），陳本生沙龍（重慶）、馬星臨沙龍（重慶），顧小虎沙龍（南京），「北斗星學會」（武漢），駐馬店研究群體（河南），蘭考思想群體（河南），「共產主義自修大學」（寧夏），許成鋼理論通訊學習小組（寧夏），「馬列主義研究會」（四川萬縣），等等。〔註10〕

四、地下寫作的先驅者

郭世英、張鶴慈、張郎郎

郭世英的詩作現存十餘首，大多寫於 1963 年。主要詩作有《一星期三天一天，兩天，三天》、《金杯》、《浮影》、《侶伴》、《望著他》、《送給香山之行》、《我要海》等。

郭世英的詩歌帶有濃重的現代主義氣息。其詩歌主題，主要是關於個體生命的存在經驗，其中充滿了自我內在撕裂的焦灼和痛楚，以及對荒誕現實的理性批判。《一星期三天：一天，兩天，三天》寫了一個時間悖論，以諷喻的筆調表達了對統一、刻板、標準化的機械時間的質疑，包含著對個性泯滅、自由缺失的異化環境中產生出來的，行尸走肉般的和條件反射式的精神和人格的批判，同時也是對獨斷論、思想控制和改造機制的批判。《浮影》一首則寫到「我」與「影子」之間的關係——「我 / 立著 / 腳下死的灰色 / 影子 / 瘦長 / 死的黑色 / 瘦長的 / 一根木頭 / 有過的 / 沒有了 / 我 / 立著 / 影子伴著我 / 瘦長的一根木頭……」從中可以看到對現代個體的自我形象的形塑的努力。一個孤獨、頹廢、憂鬱、獨立和反叛性的主體形象，與那個時代的精神氛圍格格不入。

郭世英的詩歌，徹底擺脫了「十七年文學」主流話語的痕跡，甚至也偏離了二十世紀上半葉的左翼文學傳統的路線。或許在一定程度上承接了二十世紀二十至四十年代的李金髮、穆木天、馮至、卞之琳、穆旦等人的現代主義傳統，而更爲直接的精神源頭，則是十九世紀末二十世紀初的西方現代主義，如波德萊爾、魏爾倫、T.S.艾略特和未來主義時期的馬雅可夫斯基，而且還帶有尼采、柏格森、佛洛德，以及存在主義哲學，陀思妥耶夫斯基、荒誕

〔註10〕 參閱楊健：《中國知青文學史》，中國工人出版社，2002 年。

派的文學的影響痕跡。其特有的破碎和斷裂的話語，是夾在那個時代主流話語的「大合唱」中的不協和音。在《送給香山之行》一詩中，郭世英寫道：

> 有過的……沒有了
> 永遠……永遠
> 大的　小的
> 斑斑　點點
> 灰黃的牆
> 坐著　坐著
> 屋頂上掛著的蛛網
> 坐著
> 蛛網呆著
> 風中輕蕩
> 坐著……
> 坐著……
> 眼睛
> 兩片秋天的落葉
> 眼裏　燭火在風中搖曳
> 搖曳的燭火
> 我的心嗎？
> ……

　　儘管語言仍有些生澀，但一種與現代人「自我意識」相適應的話語方式已見雛形。這一點，與郭世英良好的獨立思考能力、生命感悟力和現代主義美學素養有關，其它大多數寫作者則花了更長的時間才找到。「蛛網」、「灰牆」、「燭火」……，這些格調灰暗、頹廢的意象，構成了詩人的精神氛圍。數年之後，這些意象將閃爍在食指等人的詩歌中。應該說，郭世英是 1960 年代獨立寫作的最重要的先驅者之一。在當代中國現代主義文學的光譜中，他是第一道光波。

　　張鶴慈的詩歌與郭世英的主題和風格較為接近。現存的幾首詩，作於 1965 年至 1966 年詩人在農場勞改期間，如《我在慢慢地成長》、《生日》、《夜的素描》。這幾首詩都致力於獨立的自我形象的表達，並且帶有更加明顯的象徵派的痕跡。如《夜的素描》一詩——「窄窄寬寬的條條 / 灰色的二分之一

／黑／白／又一條灰白／墨綠的牆／樹幹的柵欄／灰白的路的菱形的影／／黯黑的底上／黑的樓的輪廓／長方的塊光／肉體的誘惑／招貼畫的嚴肅和／茶單／瘦的和肥的白色的背影／／殘茶色的窗簾／豐盈的文竹的枝／椅子的三三兩兩……／／酒的嫩紅與手的玉／含著淚的細細的睫毛／煙斗。煙灰，散亂的牌／／幾條拋物線的／倦的霓虹／灰黃的光的羞怯／虛線的豔藍／／路燈後晃晃的夜／腳步聲中的寂靜／燈光下的漫步的／溫柔」。詩人試圖以鮮明的畫面感和色彩感來表現現代人的生存經驗，並建構主體形象，看上去如同一幅印象畫派的油畫，與早期艾青的詩歌頗爲接近。

「X小組」成員中的孫經武作詩較少。現存有1968年8月爲哀悼好友郭世英之死而作詩三首詩：《死後——哀世英之一》、《生的迷茫——哀世英之二》、《迷途羔羊——哀世英之三》。其中《死後》一首中有這樣的詩句——「把自己從樓頂摔下來／我死了／液態的生命浸蝕著土壤／骨架分崩離析／後腦勺裂開來／天才濺了一地／血的紅腦漿和碎骨的白／像時令的鮮花／裝點著死的美……」這種帶有唯美主義傾向的詩句，把世界的殘酷和友人之死的淒美表達得怵目驚心。

張郎郎的詩歌現存4首，分別是《鴿子》、《早晨》、《恍惚》和《風景》，作於1962年至1963年間。張郎郎的詩歌是艾呂雅式的幻想與洛爾迦式的謠曲風格加上青春期的天眞浪漫氣質的混合物。這種風格在後來（1970年代初期）成爲新詩人群體中最爲流行的一種，這一點，可以從方含、芒克、顧城和早期的北島的詩歌中看出。而張郎郎的《恍惚》一詩，無意中預言了這一詩風傳承關係——

> 我回頭看著腳印
> 小得奇怪
> 望望前面
> 亮得像探照燈
> 我喜歡一個人走要有影子跟在後頭

陳建華、蔡華俊、錢玉林

如果說郭世英等人是當代中國現代主義文學的開端的話，那麼，陳建華的出現，則是現代主義的成熟。不過，沒有證據表明二人之間有任何承繼性關係。這兩個階段幾乎同時發生，只是產生的區域不同。陳建華是上海詩歌群落的代表性的人物。發生於北京，成熟於上海，這似乎是現代中國文化的

一個潛在的規律。二十世紀上半葉的現代主義亦是如此。

陳建華的詩歌寫作始於文革前夕的 1965 年前後。陳建華在詩藝上的習得，有賴於朱育琳的指點。朱育琳曾經翻譯過波德萊爾及愛倫坡的詩作。朱育琳對詩歌的理解，是建立在波德萊爾詩學基礎之上的。因此，陳建華的詩歌充滿了濃鬱的波德萊爾氣息，也就不足爲奇。而在上海這個城市裏，產生波德萊爾式的詩篇，並非沒有可能。這座城市本來就有巴黎文化的影響，而在文革前夕窒悶空氣中，有一種特殊的憂鬱和焦灼情緒四處彌漫，只不過沒有人有勇氣和能力把它表達出來。詩人陳建華敏銳地感受到了這種氛圍，並找到了特殊的表達方式。

> 我睜開眼睛，茫茫的漆黑
> 像一張網，罩住我的恐懼；
> 我四肢麻木，如解體一般，
> 如被人鞭笞，棄之於絕谷。
>
> 黑夜沉浸於死的寂靜中，
> 聽脈膊微弱起伏的聲音，
> 如列車駛近曠野的小站，
> 山谷的回聲也越來越輕。
>
> 無數條蛇盤纏著，含毒的
> 舌尖耳語著可怕的情景；
> 它們齧食我沃腴的心田，
> 我感到鴉食屍肉般的苦痛。
>
> 夢中的美景如曇花一現，
> 隨之於流水倏忽的消逝；
> 萎殘的花瓣散落著餘馨，
> 與腐土發出鬱熱的氣息。
> 我送憎惡謊一般旖旎的
> 描繪，但常常原諒了自家。
> 無力的繮繩羈不住狂馬的
> 奔馳，任前面是不測的深淵。
>
> 恐懼在黑夜之流裏延增，

> 這巨網，我感到收斂時
> 胸口的窒息，我疲憊不堪，
> 再從頭數起：一二三四……

　　這首作於 1967 年 2 月 15 日的《夢後的痛苦》，以一個焦灼的夢境中的世界，對應著現實世界的混亂和恐懼，是一首典型的象徵主義詩歌。其它代表性的作品還有《鐘聲》、《五月風》、《雨夜的悲歌》、《急漩渦中的孤舟》、《流浪人之歌》、《瘦驢人之哀吟》、《窗下的獨語》、《贈儂》、《秋》、《秋怨》、《贈公園裏一少女》、《荒庭》、《空虛》等。

　　陳建華與同時代詩人的不同之處，首先在於他在詩歌中建立了一份有關抒情主體之「自我意識」的完整的「詞彙表」，一個整體性的意象體系。語詞系譜的完整性，乃是詩人內在經驗世界完整性的表徵，因此，代表個人風格的穩定的意象體系的建立，是一個詩人在詩藝上成熟的標誌。而在陳建華所處的時代，只有革命詩歌才具備一個完整的意象體系。但革命化的意象體系並不屬於任何具體的詩人，它是革命抒情詩人通用的「詞彙表」，一個集體性的話語公式。在這個公式下的美學運算，只能得到公約式的表達，個人風格幾乎不存在。而陳建華以一個孤單的個體身份，建立起完整的內在世界，與強大堅固的外部世界的整體性分庭抗禮，這在當時，是一個奇跡。

　　陳建華以一個成熟的現代主義詩人形象出現在文革期間。這個「騎著　羸弱的瘦驢　獨自　紆緩地前行　欷歔　哀吟」的流浪人，如同一道晦暗的黑影、一朵陰沉的浮雲，黯然飄過光線刺目的「豔陽天」。沒有人注意到這個孤單的詩歌幽靈的存在。詩評家楊小濱評價道：「早在四十年前，在紅色口號詩鋪天蓋地的年代裏，陳建華以訴諸內心晦暗的象徵主義寫作開創了當代中國現代主義詩的先河。」〔註11〕

　　類似的「幽靈詩人」還有蔡華俊。蔡華俊與陳建華生活在同一座城市，差不多同一時期開始寫作，詩風也有相近之處。蔡華俊在《我覺得我是一個幽靈》一詩中寫道：「我覺得我是一個幽靈，／在那黑影憧憧的夜晚，／世界的一切銷匿沉睡，／唯有那烏黑、沉思的蝙蝠／在這深邃可怖的天空／任意地來來回回。／……／我覺得我是一個幽靈，／傾聽著天國慈悲的音樂，／走在茂林隱沒的小徑，／剎那間充滿人生最愉悅的眼淚。／於是，謹把自己

〔註11〕　楊小濱：「《陳建華詩選》推薦語」，見《陳建華詩選》封底，花城出版社，2006年。

僅有的詩行／供奉於熱愛眞理者的心上。／我覺得我是一個幽靈，／今後將永遠自在逍遙，／我不再苦惱與悲傷。／就像那響徹在園林上空的鐘聲／悠揚而安詳地／漸漸飄向遠方。」蔡華俊的其它詩作還有《一顆墜入情網的心》、《獻給你，朋友》等。

錢玉林與陳建華同屬一詩歌群體，也得到過朱育琳的引導。主要詩作有《在浮士德博士的故鄉》、《悲劇》、《昔日的普希金像前》、《聽張權歌劇唱片》、《讀〈馬蒂詩選〉》等。其詩風清麗，抒情性強，更接近於古典浪漫派。如爲文革期間被推倒的普希金銅像而作的《昔日的普希金像前》一詩：「遲了，我已經來得太遲／在這路口，你曾經遠望凝思我早就想來獻上一束鮮花如今，只剩下一個空空的基石／在這黃葉飄飛的秋天／在這你所陌生的國土／你到哪兒去了？詩人，我在呼喚／難道你又遭到了新的放逐／是你眞摯、熱情的抒唱／喚醒了我心底的愛情與詩／像是春天第一陣溫馨的微風／爲沉睡的田野吹來生命的種子／那些邪惡的眼睛窺視著你／像潰朽的堤岸想要攔住洶湧的海水／啊，你樸素莊嚴的花崗石座／比亞歷山大王柱要崇高萬倍／讓無聲的詩頁熊熊燃燒吧／不朽的是你韻律磅礴的音響／眞理既不能創造，也不能毀滅／在火光中，我聽見你豪邁的歌唱」。

與陳建華同屬一詩歌群體的還有丁證霖，詩風則介乎陳建華與錢玉林之間，但他的代表作《猴戲》以諷喻的手法抨擊文革鬧劇的荒誕，則別具一格。郭建勇的詩歌則明顯受到 19 世紀俄羅斯文化的影響，比錢玉林更加浪漫主義化。代表作有《天鵝湖》、《飲酒歌》、《自由的吉卜賽姑娘》等。文革期間上海其它的地下寫作的詩人還有王漢梁、許基鶴、張燁、周啓貴等。

黃翔、啞默、鄧墾、陳自強

在偏遠的貴州，一群年輕的詩人奮力發出自己的聲音。黃翔自 1950 年代末開始寫作，散漫的學藝階段，作品存留不多，有《獨唱》一首值得一提。文革期間，黃翔、啞默等人的文學小組開始活躍起來。黃翔作於 1968 年的《野獸》一詩，頗具代表性——

　　　　我是一隻被追捕的野獸

　　　　我是一隻剛捕獲的野獸

　　　　我是被野獸踐踏的野獸

　　　　我是踐踏野獸的野獸

　　　　我的年代撲倒我

　　　　　斜乜著眼睛

　　　　　把腳踏在我的鼻樑架上

　　　　　撕著

　　　　　咬著

　　　　　啃著

　　　　　直啃到僅僅剩下我的骨頭

　　　　　即使我只僅僅剩下一根骨頭

　　　　　我也要哽住我的可憎年代的咽喉

　　詩人在詩中以野獸自比，表達了對人性扭曲的社會的強烈抗議。而隨後所寫的《火炬之歌》等一組詩歌，則試圖以一種更加激烈的情緒抒發政治抗議，呼籲精神啓蒙。黃翔的詩直抒胸臆，激情澎湃，表達了一個詩人在瘋狂時代的政治反叛性和獨立的人格形象。在詩藝上，仍屬於傳統浪漫派，接近於艾青以及早年郭沫若的風格。它基本上屬於另一種價值傾向的政治抒情詩。

　　與黃翔的高亢激昂相比，同屬「野鴨塘群體」的啞默（伍立憲）的詩，則顯示出一種淒婉、低廻和精細的風格。如寫於 1970 年的《啓明星》一詩——「你是桅杆上的一盞孤燈／出沒在灰藍的蒼海∥濃霧沒能把你吞沒始終向著／夜的彼岸航行∥沉重的錨不曾拋下／把自己／交給黎明∥夜色褪去／消逝／大地／看見自己的倒影」。即使同樣是寫到動物，黃翔的《野獸》是野生動物的集合名詞，是被傷害的生命的野性咆哮。而啞默的《海鷗》動物是具體的飛鳥，以其哀婉的聲音，在冷漠的世界上呼喚珍貴的情感。

　　成都文學團體「野草沙龍」中的鄧墾創作於 1964 年至 1967 年間的長篇敘事詩《春波夢》，敘述了一對戀人在文革前後的愛情悲劇。文革前，女生考上大學，男生被成「反動學生」流入社會底層。而文革期間，女生因父親成爲「反動學術權威」而受到紅衛兵批判、毆打，最後跳樓自殺。這首長詩雖無藝術上的革新，但以批判性的眼光描述文革過程，則甚爲珍貴。其傳統的愛情悲劇模式，與文革後的「傷痕文學」相吻合。

　　與鄧墾同屬「野草沙龍」陳自強（陳墨），也寫過類似的愛情悲劇，但體裁是長篇小說。陳自強寫於 1968 年的長篇小說《瘡痍》，主要內容是寫一位出身不好的男生，與出身革命幹部家庭的女同學相戀。文革期間，男生因追求藝術和自由境界，對文革頗有非議，而女生卻追隨造反派，在文革武鬥中

飲彈身亡。從中可以看到日後鄭義的文革反思小說《楓》的雛形。詩歌方面，陳自強則深受徐志摩及「新月派」浪漫主義的影響。如其作於 1970 年前後的《獨白》組詩。其中一首這樣寫道：「我愛我寧靜的傷悲，／在雨中看菊花悄然地憔悴。／縱然南山的秋色已老，／我不知道風是往哪個方向吹。／／我不知道風是往哪個方向吹，／躲在北窗聽明天的子規。／酒冷也不必去見那飄零的紅葉，／我愛我寧靜的傷悲。」

　　1972 年，「野草沙龍」成員自編詩歌選集《空山詩選》。取遁入空山、逃脫現實之意。詩集收錄包括陳自強、鄧墾、吳阿寧、徐坯、白水、吳鴻、蔡楚、野鳴等 14 人的詩歌作品。

　　與北京、上海這樣的大都市相比，外省獨立寫作則要艱難得多。尤其是在偏遠的文化人較少的鄉村，寫作行為引人注目，也就更容易遭到打壓。外省的獨立寫作的另一重艱難，來自文化信息的匱乏。他們基本上無法接觸到「灰皮書」、「黃皮書」這樣一類前衛信息，甚至連經典文學的閱讀也不一定能夠很全面。政治上和美學上的覺醒來得較晚，也不夠徹底。如果不打算與大多數人那樣追逐文革主流文學潮流的話，外省寫作者基本上只能靠一種出自本能的反叛精神，來與主流文學話語拉開距離。

第二節　流放者之歌：「幹校」、「牛棚」等非常場所的文學

一、「五七指示」

　　1968 年 8 月 1 日，《人民日報》發表社論《全國都應該成為毛澤東思想的大學校》，社論中披露了毛澤東 1966 年 5 月 7 日給林彪一封信——《關於進一步搞好部隊農副業生產的報告》——的摘要。這封信又稱「五七指示」。信中寫道：

　　　　工人以工為主，也要兼學軍事、政治、文化。也要搞社會主義教育運動，也要批判資產階級。在有條件的地方，也要從事農副業生產，例如大慶油田那樣。

　　　　公社農民以農為主（包括林、牧、副、漁），也要兼學軍事、政治、文化。在有條件的時候，也要由集體辦些小工廠，也要批判資產階級。

　　　　學生也是這樣，以學爲主，兼學別樣，即不但學文，也要學工、
　　學農、學軍，也要批判資產階級。學制要縮短，教育要革命，資產
　　階級知識分子統治我們學校的現象，再也不能繼續下去了。
　　　　商業、服務行業、黨政機關工作人員，凡有條件的，也要這樣
　　做。

　　關於「五七指示」最初的動機，首先是出於戰備的需要，以軍墾的模式
籌備戰爭物資。然而，《人民日報》社論在發布這封信時，則進一步解釋說：
「五七指示」是「毛澤東同志總結了我國社會主義革命和社會主義建設的各
種經驗，研究了十月革命以來國際無產階級革命和無產階級專政的各種經
驗，特別是吸取了蘇聯赫魯曉夫修正主義集團實行資本主義復辟的嚴重教
訓，創造性地對如何防止資本主義復辟、鞏固無產階級專政、保證逐步向共
產主義過渡這些問題，作出了科學答案」。「毛澤東同志提出的各行各業都
要辦成亦工亦農，亦文亦武的革命化大學校的思想，就是我們的綱領。」社
論還認爲，按照「五七指示」去做，那麼，就「能夠進一步又多又快又好
又省地建設社會主義，能夠更快地剷除資本主義、修正主義的社會基礎和思
想基礎」，「就可以促進逐步縮小工農差別、城鄉差別、體力勞動和腦力勞
動的差別」，「就可以培養出有高度政治覺悟的、全面發展的億萬共產主義新
人」。

　　另一方面的動機是解決大量文革中被打倒的幹部的安置問題。文革批鬥
幹部的熱潮過去之後，有大批幹部被關進了「牛棚」。而造反派的注意力轉向
奪權鬥爭，「牛棚」裏的牛鬼蛇神就無人過問。誰管「牛棚」誰就要花費人力，
還要承擔被關押者自殺或者逃跑的風險。於是，各派造反派組織互相推諉，
最後誰也不管。在這一背景下，「五七幹校」出現了。

二、「五七幹校」

　　「幹校」是「幹部學校」的簡稱。「五七幹校」，是根據（即《五七指示》）
而興辦的農場。這裡是集中收容文革時期的機關幹部、科研文教部門的知識
分子，對他們進行勞動改造、思想教育的地方。

　　1968 年，黑龍江柳河干校命名爲「五七幹校」，成爲中國第一個「五七幹
校」。同年 10 月 5 日，《人民日報》發表了《柳河「五七幹校」爲機關革命化
提供了新經驗》一文，並在「編者按」中引用了毛澤東的對該文的批示：「廣

大幹部下放勞動，這對幹部是一種重新學習的極好機會，除老弱病殘者外都應這樣做。在職幹部也應分批下放勞動。」隨後，黑龍江「柳河五七幹校」的經驗在全國推廣。大批「五七」幹校在各地開辦。包括中共中央、國務院等大批國家機關在豫、鄂、贛等 18 個省區創辦了 105 所「五七」幹校，先後安置了 10 餘萬名下放幹部、3 萬家屬和 5 千名知識青年。而各級「五七」幹校更是數以萬計。被安置的人多爲「走資派」、「三反分子」、「反動學術權威」、「反動文人」，以及各單位的一般幹部、教師、科技人員、編輯記者等。如中國科學院哲學社會科學部包括俞平伯、錢鍾書、何其芳、楊絳等在內的學者到了河南「信陽幹校」。郭小川、吳祖光等被派遣到「團泊窪幹校」。上海文化界人士，如巴金、王西彥、任溶溶，以及演員秦怡、王丹鳳等，則大多在「奉賢幹校」。

在所有干校中，湖北的咸寧「向陽湖干校」最爲著名。它是文化部所屬單位的人員派遣地。向陽湖位於咸寧市郊，原屬咸寧地區咸寧市（縣），現屬咸安區。上世紀 60 年代末 70 年代初，文化部創辦咸寧「五七」幹校，6000 餘名文化部高級領導幹部，著名的作家、翻譯家、出版家、藝術家、文博專家、學者及家屬下放鄂南的向陽湖，經歷了爲期 3 年左右的勞動鍛鍊。在當時特定的歷史條件下，浩浩蕩蕩的文化大軍彙集於咸寧的一隅，人數之多，密度之高，總覽古今中外的文化史都是罕見的。下放向陽湖的知名人士主要有：當時的副部長有李琦、趙辛初、徐光霄，後來擔任副部長的有周巍峙、司徒慧敏、吳雪、仲秋元和顧問馬彥祥等；作家沈從文、馮雪峰、冰心、樓適夷、張天翼、孟超、陳白塵、蕭乾、郭小川、李季、臧克家、張光年、嚴文井、韋君宜、牛漢、綠原等；評論家侯金鏡、馮牧、許覺民、閻綱等；翻譯家金人、孫用、納訓、趙少侯、劉遼逸、文潔若、許磊然、陳羽綸、孫繩武、蔣路等；畫家邵宇、鄒雅、劉繼卣、馮忠蓮、李平凡、秦嶺雲、徐希、范曾等；出版家陳翰伯、王子野、金燦然、陳原、王益、丁樹奇、范用、陳早春等；文博專家吳仲超、唐蘭、單士元、王冶秋、龍潛、劉九庵、土世襄、楊伯達等；學者宋雲彬、楊伯峻、馬非百、陳邇冬、王利器、顧學頡、程代熙、林辰、周汝昌、周紹良、金沖及、王士菁、傅璿琮等。其它還有大批書法家、編輯家、電影工作者、曲藝家，等等。

從根本上說，「幹校」是「牛棚」的延伸。在各地各單位的派性鬥爭中，「幹校」成爲打擊異己、懲治走資派和迫害知識分子的場所。但比起「牛棚」

來，「幹校」相對有史多一些自由和安全感。雖然內部也經常互相檢舉揭發，召開批鬥會，但很少採取暴力手段。遠離了群眾性的暴力，而又在大自然中從事體力勞動，這對於那些被政治運動中的身體暴力和精神折磨搞得痛苦不堪的知識分子來說，無疑是一種半解放的狀態。進入「幹校」的人員，一律稱之為「五七戰士」。「幹校」實行軍事化管理，列隊出工、收工，呼口號，唱語錄歌；要「早請示、晚彙報」（早晨起床後，集體手舉「紅寶書」，高呼「敬祝毛主席萬壽無疆，祝林副主席身體健康」的口號，並向毛主席像請示一天的工作；晚上收工回家後，呼同樣的口號，並向毛主席像彙報一天的工作），有時也要參加野營拉練等內容的軍事訓練。主要活動是體力勞動：種田、挑糞、養豬、做飯、挑水、打井、燒窯、蓋房等，要求自食其力。然而，這裡畢竟是一個介乎於軍營和勞改農場之間的場所，只有表現積極，才能夠更好地活下去。仍有不少人因不堪體力上的重負，被勞累折磨誘發的疾病致死。

　　隨著時間的推移，「幹校」裡的知識分子大多逐漸適應了體力勞動和軍事化的生活，在他們中間，閱讀和思考的欲望，以及寫作的衝動，又開始萌生起來。「幹校」的文化活動大多屬於非公開狀態，但也相當普遍，慢慢形成了一種奇特的「幹校文化」或「幹校文學」現象。

三、流放者之歌

　　與青年一代知識分子的政治反叛和藝術探索精神相比，他們的前輩顯得較為萎靡和保守。「牛棚」、「幹校」裡的詩人、作家、藝術家數量龐大，而且也開始了寫作活動，但他們在精神上的獨立性訴求卻較為低迷。產生於當時的「幹校文學」，大多有對幹校生活的美化傾向。這種美化，可能出於不同的動機，或試圖緊跟形勢，在政治上理解「幹校」文化。如臧克家的詩作（收入詩集《憶向陽》），充滿了感恩的心情，珍惜被恩賜的「重新學習的極好機會」，「在勞動中淨化自己的心靈」。另一種則是寫作者的自我規勸，讓自己適應「幹校」生活，將「幹校」環境田園牧歌化。不過，這一類的作品大多寫於「幹校」生活結束之後的回憶性文字。還有一類則是以一種自嘲的方式來記述「幹校」生活點滴，在自我貶低化的戲謔當中，來獲取在非人環境下的超越性的快感。凡此種種，都體現出中國文化人的傳統習氣。

　　「牛棚文學」、「幹校文學」最顯著的文體是舊體詩詞，而且大多是打油

詩性質的。借一種沒落的文體，寄託情緒，表達「離騷」式的怨言，正與曾經主流的知識分子這一階層的精神狀態相符。但他們並不能挽救舊體詩詞與消亡，相反，只能使他們自身爲舊文體的木乃伊的殉葬品。

但仍有一些人表現出知識分子在惡劣條件下獨立的精神追求。如處於囹圄中的「七月派」詩人，依然以詩歌的形式，表達獨立不羈的精神和對人性泯滅的現實的抗議。而與年輕一代寫作者的群落性，甚至是網絡狀交流的方式不同，這些文學前輩大多身處困境，且有歷次運動對小團體殘酷打壓的教訓，他們的寫作更爲隱秘，即使是密友之間，也彼此相互隔絕，呈一種分散的「孤島」狀態。直至文革結束後，方浮出水面。

綠原、曾卓、牛漢

此三位詩人是活躍於 1940 年代的「七月派」詩群中的重要角色。1955 年因「胡風反革命集團案」的牽連，被長期監禁，寫作權力被剝奪。

1959 年，綠原在監獄裏寫下詩歌《又一名哥倫布》，詩人以 15 世紀發現新人陸的航海家哥倫布自比，表達對理想的堅定信念和追求。1968 年，綠原在「牛棚」中寫下詩歌《但切不要悲傷》，作爲自我勉勵。之後，他又秘密寫下《重讀〈聖經〉——「牛棚」詩抄第 n 篇》、《謝謝你》、《母親爲兒子請罪——爲安慰孩子們而作》等詩稿。其中，《重讀〈聖經〉——「牛棚」詩抄第 n 篇》一詩借古諷今，詩人通過重讀《聖經》，將耶穌時代與當下現實一一對照——「……今天，耶穌不只釘一回十字架，／今天，彼拉多決不會爲耶穌講情，／今天，馬麗婭・馬格達蓮注定永遠蒙羞，／今天，猶大決不會想到自盡。／／這時「牛棚」萬籟俱寂，／四周起伏著難友們的鼾聲。／桌上是寫不完的檢查和交待，／明天是搞不完的批判和鬥爭……／／『到了這裡一切希望都要放棄。』／無論如何，人貴有一點精神。／我始終信奉無神論：／對我開恩的上帝——只能是人民。」充分表達了詩人對理性崩潰、眞理蒙難的時代的批判立場。

曾卓在 1950 年代末開始秘密詩歌寫作。作有《有贈》等詩，以一個蒙難者的口吻，歌頌了人性的溫暖。而作於 1970 年的《無題》一詩則自比被囚禁的拿破崙，稱「去將我的『百日』尋找我倒下了，但動搖了一個封建王朝」，並在詩末注有「1970 年，在單人『牛棚』中」。《懸崖邊上的樹》一詩最有代表性，可以看作詩人自我形象的寫照——

　　不知道是什麼奇異的風

> 將一棵樹吹到了那邊
> ——平原的盡頭
> 臨近深谷的懸崖上
> 它傾聽遠處森林的喧嘩
> 和深谷中小溪的歌唱
> 它孤獨地站在那裡
> 顯得寂寞而又倔強
> 它的彎曲的身體
> 留下了風的形狀
> 它似乎即將傾跌進深谷裏
> 卻又像是要展翅飛翔……

在「懸崖邊」這一危險的境遇下，孤獨的「樹」依然「倔強」，依然堅持著「展翅飛翔」的夢想。

牛漢的《半棵樹》則以相同的主題和相似的風格，表達了與詩友和難友曾卓同樣的感受：在「荒涼的山丘上」，被雷電劈掉一半的「半棵樹」，依然挺立。「春天來到的時候 / 半棵樹仍然直直地挺立著 / 長滿了青青的枝葉 // 半棵樹 / 還是一整棵樹那樣高 / 還是一整棵那樣偉岸」。而牛漢的詩風更加遒勁有力。在《華南虎》一詩中，詩人借動物園被囚禁的老虎，表達了對不屈的靈魂和掙脫禁錮、嚮往自由的頑強鬥爭精神的讚美，以及對殘酷現實的批判。詩中寫道：

> 哦，老虎，籠中的老虎，
> 你是夢見了蒼蒼莽莽的山林嗎？
> 是屈辱的心靈在抽搐嗎？
> 還是想用尾巴鞭擊那些可憐而又可笑的觀眾？
>
> 你的健壯的腿
> 直挺挺地向四方伸開，
> 我看見你的每個趾爪
> 全都是破碎的，
> 凝結著濃濃的鮮血，
> 你的趾爪
> 是被人捆綁著

　　活活地鉸掉的嗎？
　　還是由於悲憤
　　你用同樣破碎的牙齒
　　　（聽說你的牙齒是被鋼鋸鋸掉的
　　把它們和著熱血咬碎……

　　我看見鐵籠裏
　　灰灰的水泥牆壁上
　　有一道一道的血淋淋的溝壑
　　像閃電那般耀眼刺目！

　　……

　　恍惚之中聽見一聲
　　石破天驚的咆哮，
　　有一個不羈的靈魂
　　掠過我的頭頂
　　騰空而去，
　　我看見了火焰似的斑紋
　　火焰似的眼睛，
　　還有巨大而破碎的
　　滴血的趾爪！

　　牛漢的詩歌，充滿關於強悍事物的詠歎。他喜歡通過詠鷹、駿馬、猛獸等，來寄託自己的意志。《鷹的誕生》、《鷹形的風箏》、《鷹的歸宿》、《汗血馬》，在悲劇性的氛圍中，形成了一種特有的壯美風格。其它代表性的作品還有作於「咸寧幹校」期間的《悼念一棵楓樹》、《毛竹的根》、《巨大的根塊》、《根》、《死亡的岩石》、《冬天的青桐》等數十首。

　　「七月派」的精神領袖胡風是「胡風反革命集團案」的首犯。他本人並不以文學創作見長。他在長期的監禁期間，精神瀕於崩潰，而在文革即將結束的 1976 年 9 月，他在獄中作由讀《紅樓夢》而靈感迸發，寫下了長篇抒情組詩《〈石頭記〉交響曲》。作者自創的「連環對詩體」。長詩有「序曲」和「終曲」，正文分「反集」、「正集」、「合集」三大部分，共有五言長詩 28 首。這些詩為五言長詩，包含著胡風對世道的抨擊。但其形制奇特，風格乖戾。

其它一些「七月派」詩人，如彭燕郊，在文革期間以一種特殊的方式寫詩：在腦子裏形成，反覆默誦，文革後筆錄成形。作品有《說謊者》、《音樂癖》、《致犧牲者》等，多有對現實的諷喻和抨擊。如《說謊者》一詩，刻畫了當時社會上普遍存在的說謊者的嘴臉，最後，詩人斥道：「到別處去講你的悄悄話吧 / 饒過我這個懦怯者吧 / 命定做一個謊話的受主 / 滿街的高音喇叭已經夠我受了」。

唐湜、穆旦

唐湜是 1940 年代現代派（「九葉派」）詩人。1958 年被劃爲「右派」，失去了寫作資格。後返回家鄉。詩人後來回憶道：「1970 年左右，我在紅色『風暴』的包圍裏陷於孤立，恍惚有契訶夫的黑衣人向我訪問，只能孤芳自賞地抒寫一些十四行來排除怕人的絕望。」〔註12〕在此期間，秘密寫出了一批「十四行體」詩歌。包括抒情詩《雨後的早晨》（外四首）、《季候鳥》、《拿白色的百合》（外五首）、《春晨》（外九首）等，長篇抒情詩《幻美之旅》、《默想》，歷史敘事詩《海陵王》、《桐琴歌》等。其中，《幻美之旅》由 56 首連續的十四行詩組成，歷史敘事詩《海陵王》則由 95 首十四行詩組成。唐湜在文革期間，卻恢復了其青年時代的詩學理想，接續上了 1940 年代的現代主義傳統。他在流放狀態中，依然堅持一種唯美主義的詩學追求，強化現代漢語的詩學表達力。

穆旦（查良錚）是另一位「九葉派」詩人。他在 1940 年代的詩歌，被認爲代表了現代漢語詩歌在藝術上的巔峰狀態。1949 年之後，他成爲一名翻譯家。1958 年被指爲「歷史反革命」，受到嚴厲的批判和管制勞動。1975 年開始恢複寫作。當時，一位名叫郭保衛的年輕人，向他請教詩藝，穆旦與郭通信，論及奧登、聞一多以及自己的詩歌，表達了自己的詩學觀點。他寫道：「不過你要首先知道，我搞的那種詩，不是現在能通用的。我用一種非實際的標準來議論優缺點，對你未必是有益的。可是我又不會換口徑說話。我喜歡的就是那麼一種，你從聞一多集中也可看到，我和老江老杜幾個人的詩（此外還有一兩個其它人如王佐良等）和其它的一種詩不同。我們這麼寫成一型，好似另一派，也許有人認爲是『象牙之塔』，可是我不認爲如此，因爲我是特別主張要寫出有時代意義的內容。問題是，首先要把自我擴充到時代那麼大，

〔註12〕 參閱劉志榮：《潛在的寫作（1949～1976）》，第 293 頁，復旦大學出版社，2007年。

然後再寫自我，這樣寫出的作品就成了時代的作品。這作品和恩格斯所批評的『時代的傳聲筒』不同，因爲它是具體的，有血有肉的了。」〔註13〕

　　穆旦自己也開始作詩，至文革結束，共近三十首。如《蒼蠅》、《智慧之歌》、《自己》、《秋》、《秋》（斷章）、《沉沒》、《停電之後》、《好夢》、《「我」的形成》、《老年的夢囈》、《神的變形》、《冬》、《城市的街心》、《詩》、《理想》、《聽說我老了》等。其中，《智慧之歌》一詩較有代表性——

> 我已走到了幻想底盡頭，
> 這是一片落葉飄零的樹林，
> 每一片葉子標記著一種歡喜，
> 現在都枯黃地堆積在內心。
>
> 有一種歡喜是青春的愛情，
> 那時遙遠天邊的燦爛的流星，
> 有的不知去向，永遠消逝了，
> 有的落在腳前，冰冷而僵硬。
>
> 另一種歡喜是喧騰的友誼，
> 茂盛的花不知道還有秋季，
> 社會的格局代替了血的沸騰，
> 生活的冷風把熱情鑄爲實際。
>
> 另一種歡喜是迷人的理想，
> 他使我在荊棘之途走得夠遠，
> 爲理想而痛苦並不可怕，
> 可怕的是看它終於成笑談。
>
> 只有痛苦還在，它是日常生活
> 每天在懲罰自己過去的傲慢，
> 那絢爛的天空都受到譴責，
> 還有什麼彩色留在這片荒原？
>
> 但唯有一棵智慧之樹不凋，
> 我知道它以我的苦汁爲營養，

〔註13〕 參閱：《穆旦詩全集》（李方編），中國文學出版社，1996 年。

> 它的碧綠是對我無情的嘲弄，
>
> 我咒詛它每一片葉的滋長。

　　穆旦這一階段的詩，訴諸內心的傾訴和沉思，同時又充滿了現實感和批判性，富於哲理的語言清晰犀利，蒼勁有力，散發出一種理性的光芒。風格接近於奧登和後期拜倫的諷喻詩。這些詩篇，形成了詩人創作生涯中的又一個高峰。

郭小川

　　郭小川在文革前不僅是主流文學的代表人物之一，也是文學機構的主管官員之一。文革期間作爲「文藝黑線」的執行者和實踐者，受到了衝擊。1970年代在「團泊窪幹校」勞動。早在 1950 年代，郭小川就因在《望星空》一詩表達了一個革命者的困惑和苦惱，而遭批判。而這首詩已經預示了詩人身上的「思想者」氣質。郭小川的「幹校」寫作，同樣顯示出一種較爲深刻的反思精神。郭小川這一階段的主要詩作有《團泊窪的秋天》和《秋歌》。《團泊窪的秋天》的開頭這樣寫道：

> 秋風像一把柔韌的梳子，梳理著靜靜的團泊窪；
>
> 秋光如同發亮的汗珠，飄飄揚揚地在平灘上揮灑。
>
> 高粱好似一隊隊的「紅領巾」，悄悄地把周圍的道路觀察；
>
> 向日葵搖頭微笑著，望不盡太陽起處的紅色天涯。
>
> ……
>
> 秋天的團泊窪啊，好像在香閨的夢中睡傻；
>
> 團泊窪的秋天啊，猶如少女一般羞羞答答。

　　依然採用郭小川特有的「新辭賦體」，這種長句段、鋪陳式的對偶復合結構，容量大，節奏舒緩，內部句型複雜而富於變化，適合表達沉思性的內容，並能呈現複雜的矛盾對立關係。接下來詩中描寫了靜靜的團泊窪內部蘊藏著的動蕩和喧囂，暗示著文革高壓政治下平靜表面的假象。詩的結尾部分，則將暗含的矛盾衝突洩露出來——

> 團泊窪，團泊窪，你真是那樣靜靜的嗎？
>
> 是的，團泊窪是靜靜的，但那裡時刻都會轟轟爆炸！
>
> 不，團泊窪是喧騰的，這首詩篇裏就充滿著嘈雜。
>
> 不管怎樣，且把這矛盾重重的詩篇埋在壩下，
>
> 它也許不合你秋天的季節，但到明春準會生根發芽。……

　　郭小川的「幹校」詩歌雖然依舊帶有傳統的政治抒情詩的痕跡，但他對文革現實的反思和批判精神，在主流作家當中，依然顯得不同一般。

蔡其矯

　　如果說，老一輩的詩人文革期間的寫作基本上是一種「孤島」狀態的話，蔡其矯似乎是一個例外。文革後期，蔡其矯熱衷於與年輕一代的詩人交往，甚至成爲年輕詩歌群體中的精神領袖式的人物，對舒婷等廈門知青詩人群體，以及北京的北島、顧城等人，在精神上和詩藝上，均產生過重要影響。蔡其矯本人在文革後期也寫了大量的詩歌，如《希望》、《落日》、《屠夫》、《候鳥》、《冬夜》、《悼念》、《聲音》、《地上的光明》、《時間的腳步》、《思念》、《也許》、《哀痛》、《致——》、《燈塔》、《悲傷》、《夕陽和落葉》、《荒涼的海灘》、《懸崖上的百合花》、《答——》、《淚》、《寄——》等。與同時代其它寫作者相比，蔡其矯的詩相對比較純粹，既無明顯的主流意識形態印記，也缺乏現實批判精神。如《也許》一詩——

> 在生活的艱險道路上
> 我們有如太空中兩顆星
> 沿著各自的軌道運行
> 卻也迎面相逢幾回，無言握別幾回
> 沒有人知道我們今後的命運如何
> 沒有人知道我們是否會相互發現
> 時間的積雪，並不能凍壞
> 新生命的嫩芽，
> 綠色的夢，在每一個生冷的地方
> 都喚起青春。
> 在我們腳下，也許藏著長流的泉水
> 在我們心中，也許點亮不朽的燈
> 眾樹都未曾感到
> 眾鳥也茫無所知
> 在生活中，我永遠和你隔離
> 在靈魂裏，我時時喊著你的名字

　　這樣的詩，在詩藝上較爲圓潤、成熟，既無那個時代常見的生硬、粗暴，但也缺乏創新精神。但從中可以很明顯地看出日後「朦朧詩人」，尤其是舒婷，

在主題和風格上對蔡其矯詩歌的傳承關係。

灰娃

灰娃（理召）是當代詩歌中的一個奇特的個案。她既不是老作家，又不是的新詩人。這位延安時期的老革命，在 1972 年她四十五歲的時候，一個最不合適的年代和最不合適的年齡，突然開始寫詩。灰娃的寫作，既不發生在公共的沙龍裏，也不在密閉的囚牢中，而是始於自己家中的牆壁上。飽經政治運動滄桑的灰娃，患上了精神分裂症，不得不依靠在牆壁上書寫一些怪異的言辭，來排遣內心的焦慮和瘋狂。灰娃的是中，充滿了關於生與死、絕望與希望交織在一起的撕裂般的痛苦。如《墓銘》一詩——

> 從我連哭帶嚷闖進世界未久
> 不潔的唾液就填塞我的時空
>
> 我撒手塵寰那些因我而降生
> 忤犯了的言詞表情都變爲裝飾
>
> 我鬢角額前星星綴滿
> 我爲厚道的心呼號用嘶啞的嗓音
> ……
> 生而不幸我領教過毒箭的份量
> 背對懸崖我獨自苦戰
>
> 與維納斯阿波羅對壘
> 弓開箭鳴飛矢鑽動我心上颼颼交鋒
>
> 我抵抗生命陡峭的風浪，一人
> 流盡人間眼淚，只剩些苦澀回聲
>
> 從峭壁迸濺散發野草泥土氣息
> 帶著魔法力量，我發誓
>
> 走入黃泉定以熱血祭奠如火的亡魂
> 生來我只和鬼怪結緣

詩人以一種瘋狂的倔強，與惡濁的人世誓不兩立。灰娃在絕望之中，寫下了奇特的詩篇，如同一道精神閃電，撕破了那個時代黑暗的天幕。奇妙的是，詩人通過瘋狂的書寫，治癒了自我的瘋狂——這是一個神奇的隱喻。外

部世界的瘋狂，或許也需要詩歌的瘋狂書寫來拯救。

朱英誕

朱英誕（1913～1983），本名朱仁健，1930 年代開始寫詩，受著名詩人林庚、廢名等人的影響。曾用朱石篆、莊損衣、杞人、琯朗、淨子等筆名，並自費出版詩集《無題之秋》。此係詩人生前唯一一部公開面世的著作。在 1940 年代新詩壇頗有影響。1949 年後，一直為中學教師，但仍秘密堅持詩歌寫作，留下數千首詩和大量遺文。近年方為研究界所關注，陸續出版有《多葉多花集》（1994 年）、《仙藻集・小園集》（2011 年）、《風滿樓詩》（2012 年）《朱英誕詩文選》（2013 年）等。

朱英誕是文革時期秘密寫作的少有的代表人物。年輕時受法國現代主義詩歌的影響，這種影響在他的文革時期的秘密寫作中，依然有明顯的體現。因此，他的寫作屬於二十世紀三四十年代新詩現代主義潮流的延續，這一點，使得他的寫作與文革時期其它詩人的寫作有著重大的差別。從這首寫於 1972 年的《燕南園會談——歲暮懷廢名兼寄靜希先生》，可以看出其詩歌的大致面貌。

> 綴星月的面網，
> 花兒沉思，
> 人與自然親密而又疏闊。
> 靜默的時刻像琴
> 有弦而無音。
> 記憶以夢為卷帕，
> 遮蓋著遠方的挽引；
> 穿過田野，
> 白晝帶著民歌味來到
> 窗前，花兒盛開：
> 從沒有知道，思想這麼善於微笑，
> 也從沒有女孩這麼驕傲妖嬈！

朱英誕文革期間的寫作，在題材、主題、意象系統、詞法、句式、風格及美學效果諸方面，不僅與當時主流文學迥然有別，甚至也不同於當時地下寫作的政治反抗性，它完全屬於一種純粹的、與環境相隔絕的藝術，彷彿從三四十年代移植過來的花朵，在文革嚴酷的氣候中，暗自開放，美麗、純粹、

「驕傲妖嬈」。儘管朱英誕的秘密寫作在藝術上上未能超過其三四十年代的作品，但在 1949 年之後的歲月裏，尤其是在文革期間，他依然堅持獨立的寫作，並存有大量的作品，這在當代中國的文學史上，甚爲罕見。

其它寫作者

豐子愷在文革期間繼續其美術創作，同時撰寫《緣緣堂續筆》，計散文三十餘篇。多記述作者童年往事。其風格是對作者早年的《緣緣堂隨筆》的延續，日常親情、市井掌故，頗有妙趣。「『續筆』中描寫的遙遠的往昔，饒有興味的故鄉風物，令人神往的童年時代，彷彿與當時現實生活中一些令人心痛的現象形成了鮮明的對照！」〔註 14〕可見，作者試圖通過對舊事之回憶，營造一處遠離塵囂的精神淨土，切斷與喧囂的外界的聯繫，以維護自我內心的寧靜和純粹，保持《緣緣堂隨筆》時期的那種豁達、超脫的精神狀態。

在舊體詩方面陳寅恪的古雅、遒勁，聶紺弩的剛健、深邃，李銳的含蓄、蒼涼，流沙河的質樸、詼諧，也值得一提。更有意思的是年輕一代的陳明遠，在文革期間曾廣泛傳抄、翻印的《未發表的毛主席詩詞》中，有 19 首爲他所作，其中一些竟頗得毛澤東詩詞之神韻。陳明遠後因「僞造毛主席詩詞」和「反革命修正主義分子」的罪名，而被關押。

第三節　食指的方向

一、事關「未來」

1968 年，不僅是當代國際政治的分水嶺，也是中國當代詩歌的一個轉捩點。郭路生（食指）的出現，使得當時年輕一代的詩歌寫作，發生了根本性的變化。食指的出現，直接影響了北島、芒克、多多等一代新詩人。這一影響的結果，是奠定了文革後新文學的基本格局。

在這一變化中，起決定性作用的，是食指的一首名叫《相信未來》的詩。許多詩人後來回憶起當初閱讀《相信未來》一詩的感受，都記憶猶新。詩人嚴力後來回憶稱：「大約是在 1968 年底的時候，一個朋友給我看一首手抄的詩，那是郭路生的《相信未來》。當時受了很大的震動，覺得這個詩寫得很

〔註14〕 豐一吟：《〈豐子愷隨筆集〉編後記》，見豐子愷：《豐子愷隨筆集》，第 502 頁，
　　　　浙江文藝出版社，1983 年。

棒。那應該說是在當時的環境底下，我所見的最早的帶有個人色彩的、和政治宣傳品不太一樣的詩歌。」〔註 15〕甚至身陷囹圄的張郎郎，在獄中也讀聽到了朗讀《相信未來》的聲音。〔註 16〕

> 當蜘蛛網無情地查封了我的爐臺
> 當灰燼的餘煙歎息著貧困的悲哀
> 我依然固執地鋪平失望的灰燼
> 用美麗的雪花寫下：相信未來
>
> 當我的紫葡萄化為深秋的露水
> 當我的鮮花依偎在別人的情懷
> 我依然固執地用凝霜的枯藤
> 在淒涼的大地上寫下：相信未來
>
> 我要用手指那湧向天邊的排浪
> 我要用手掌那托起太陽的大海
> 搖曳著曙光那枝溫暖漂亮的筆桿
> 用孩子的筆體寫下：相信未來

這種悠長、遲緩、低沉的聲音，曲折和起伏不定的旋律，撥動了苦悶中的年輕人的心弦。北島他在回憶中寫道：「那是 70 年春，我和幾個朋友到頤和園划船，一個朋友站在船頭朗誦食指的詩，對我的震動很大。那個春天我開始寫詩。……我被他詩中的那種迷惘與苦悶深深觸動了，那正是我和我的朋友們以至一代人的心境。毫無疑問，他是自 60 年代以來中國新詩運動的奠基人。」〔註 17〕出於同樣的理由，食指被一些文學史家視作「文革新詩歌的第一人，為現代主義詩歌開拓了道路。」〔註 18〕

如今看來，這一界定並不十分準確。可以肯定，食指不是新詩歌的「第一人」，在現代主義詩歌方面的貢獻，也不是開拓性的。真正說來，《相信未來》在現代主義道路上走得並不遠，它在風格上與其說是現代主義的，不如說是古典式的。從根本上說，食指詩歌所繼承的，依然是賀敬之等人的主流

〔註 15〕 參閱嚴力：《從叛逆者到責任者——詩人嚴力訪談》。
〔註 16〕 參閱張郎郎：《寧靜的地平線》，見北島、李陀（編）：《七十年代》，生活・讀書・新知三聯書店，2009 年。
〔註 17〕 參閱北島：《失敗之書》，汕頭大學出版社，2004 年。
〔註 18〕 楊健：《文化大革命中的地下文學》，第 87 頁。

傳統。且不說同時期的現代主義風格高度成熟的陳建華的詩，即使是在他相當熟悉的北京詩歌圈裏，食指的詩歌傾向也算不上前衛。郭世英等人比他走的更遠。

但食指的詩的出現，恰逢其時。他是一個承前啓後的關鍵性的人物。食指置身於古典和前衛之間的調和姿態，既避開了郭世英等人過於個人化的和晦澀的修辭風格，有與主流的政治抒情詩傳統拉開了距離。「蜘蛛網」、「灰燼」、「餘煙」、「歎息」、「貧困」、「悲哀」、「失望」「深秋的露水」、「凝霜的枯藤」、「淒涼的大地」……這些意象在更早一些時候的郭世英、張鶴慈等人那裡出現過，而此前不久，食指本人的《魚兒三部曲》中也採用過甚至更爲暗冷的意象。這一堆灰暗的事物，建構起代表一代人的「自我形象」：它有一點點頹廢，但不絕望；有一點點灰暗，但黑暗；有一點點空虛，但不虛無。另一方面，相對較爲圓熟而且溫和的抒情技巧，讓更多的人能夠接受。對於那些剛剛起步又急於尋找擺脫紅衛兵詩歌話語方式的新詩人來說，食指確實是開拓了一條切實可行的道路。

然而，對於紅衛兵一代人來說，未來是什麼？他們曾經是未來的寵兒。如果沒有強烈的政治挫折的話，他們的未來就如《獻給第三次世界大戰的勇士》中所描寫的那樣，將在世界革命的英勇衝鋒中，成就偉大榮光，他們「得到的將是整個世界」。然而現在，1968 年，這些「早晨八九點鐘的太陽」，卻已經顯得昏暗。世界革命似乎也已經此路不通。《相信未來》的前三段表達了紅衛兵一代的失望和迷茫。但他們依然需要關於未來的信心和希望。而《相信未來》以不同於《獻給第三次世界大戰的勇士》的方式，闡釋了未來。它試圖擺脫「政治妄想症」式的未來狂想，而將未來視作發自內心的情感、意志和信念。「紅色」的吶喊變爲「灰色」的歎息。據說，此詩曾傳到江青手中。她對作者的思想傾向甚爲不滿，說，相信未來就是否定現在。這一回，江青算是說對了。

在前三段的抒情之後，詩歌轉向了理性的議論。相對私密化的個人情感的抒發和對於現實的理性反思，恰恰構成了 1970 年代以來新詩歌精神的兩個基本維度。食指的詩雖然有些生硬突兀，但卻很明確地出現了這個新維度。

> 我之所以堅定地相信未來
> 是我相信未來人們的眼睛
> 她有撥開歷史風塵的睫毛

　　她有看透歲月篇章的瞳孔

　　不管人們對於我們腐爛的皮肉
　　那些迷途的惆悵、失敗的苦痛
　　是寄予感動的熱淚、深切的同情
　　還是給以輕蔑的微笑、辛辣的嘲諷

　　我堅信人們對於我們的脊骨
　　那無數次的探索、迷途、失敗和成功
　　一定會給予熱情、客觀、公正的評定
　　是的，我焦急地等待著他們的評定

　　朋友，堅定地相信未來吧
　　相信不屈不撓的努力
　　相信戰勝死亡的年輕
　　相信未來、熱愛生命

　　這些貌似「決心書」式的宣告，有些空洞、誇張，並且依然殘存著紅衛兵詩歌中的那種「自我歷史化」的偏執欲望，但卻包含著對歷史理性和價值公正的期盼，預示了紅衛兵一代人回歸理性的開始。這一歷史理想主義的精神傾向，為後來的北島等人所繼承，並被推向理想主義反思和批判的現實主義的深度，成為文革後新啟蒙主義時代的開端。這一點，北島將在他自己的詩歌中，作出響亮的回答。

　　不過，暫時回答他們的是另一個聲音。1968 年底，「上山下鄉」的號角已經吹響。1968 年 12 月 20 日，食指和他的同伴們出現在從北京開往山西太原的列車上。他們將前往山西農村插隊落戶。四點零八分，火車開動——

　　這是四點零八分的北京，
　　一片手的海洋翻動；
　　這是四點零八分的北京，
　　一聲雄偉的汽笛長鳴。

　　北京車站高大的建築，
　　突然一陣劇烈的抖動。
　　我雙眼吃驚地望著窗外，
　　不知發生了什麼事情。

　　我的心驟然一陣疼痛，一定是

　　媽媽綴扣子的針線穿透了心胸。

　　這時，我的心變成了一隻風箏，

　　風箏的線繩就在媽媽手中。

　　線繩繃得太緊了，就要扯斷了，

　　我不得不把頭探出車廂的窗櫺。

　　直到這時，直到這時候，

　　我才明白髮生了什麼事情。

　　——一陣陣告別的聲浪，

　　就要卷走車站；

　　北京在我的腳下，

　　已經緩緩地移動。

　　我再次向北京揮動手臂，

　　想一把抓住他的衣領，

　　然後對她大聲地叫喊：

　　永遠記著我，媽媽啊，北京！

　　終於抓住了什麼東西，

　　管他是誰的手，不能鬆，

　　因為這是我的北京，

　　這是我的最後的北京。

　　這首《這是四點零八分的北京》是食指在離開北京前往山西農村是寫的一首詩，它與《相信未來》一起被廣泛傳誦。

　　詩中以一種視覺化的形象，真實地再現了知青離開故鄉時的混亂情形。紅衛兵們沒有預料到，承諾給他們的「未來」，會以這樣一種局面來呈現。他們將像那些被他們所打倒了牛鬼蛇神們一樣，踏上漫漫的流放者之路。在詩中，詩人用固定焦距的有限制的視角，表達了抒情主體「我」對正在發生的事件的陌異感和迷惘感。一切穩固的事物，一個友善和安全的世界，在列車開動的瞬間發生了動搖，「劇烈地抖動」起來，並漸漸離他們遠去。此刻，除了那個「相信未來」的信念之外，他們還能擁有什麼呢？

　　這大概是最早關於知青題材的私人化的敘事的作品之一，成為日後知青

流行文化（諸如「知青歌曲」）中自我表達的源頭之一，也對文革後的知青題材的文學書寫產生了影響。如對車站送別的情形的描述和感受，在後來阿城的小說《棋王》中被沿用。《這是四點零八分的北京》，句子單純，情感清澈，語言透明。它顯示出食指詩歌的另一面：忠實於內心的誠摯情感。這一現實主義的態度，也是日後知青文學發展的重要路向。

　　無論如何，這枚「食指」所指示的方向，是通往文學新世界的基本途徑。食指的詩成爲新一代寫作者從紅衛兵文學向知青文學和獨立寫作模式轉型的開端。

二、靜悄悄的話語革命

　　食指之後，新一代寫作群體的寫作狀況大爲改觀。1971 年前後，北京新詩人群體中開始出現一股「形式主義」詩風。這些年輕的詩人們，爲尋找新的話語方式而不斷地進行試驗。

　　1971 年，是巴黎公社產生 100 週年。官方主流媒體高調紀念，《人民日報》、《解放軍報》、《紅旗》雜誌發表社論《無產階級專政勝利萬歲──紀念巴黎公社一百週年》。文章把文化大革命看成是巴黎公社原則的繼承者，強調了暴力革命的原則和無產階級專政下的繼續革命的重要性。民間青年知識分子則從巴黎公社中，看到了自己所需要的東西。毫無疑問，巴黎公社首先是一場革命，一場暴力化的革命。長期以來，它對於舊的主流秩序的衝擊，它的街壘戰，它的流血犧牲，它的最後的悲劇之美，以及它所留下來的激昂悲壯的《國際歌》，總會激發起人們的激情和想像。而對於紅衛兵一代來說，它同時還是自己剛剛經歷過的另一場革命的遙遠鏡象。紀念巴黎公社，在某種程度上說，就是紀念自己的正在消失的青春歲月。正因爲如此，新詩人群體會選擇巴黎公社作爲抒情對象。

　　先是方含（孫康）寫了一首《唱下去吧，無產階級的戰歌──紀念巴黎公社 100 週年》。詩中寫道：

> 美麗的夕照浸著奴隸的血滴，
> 驕傲的逝去了，
> 黃昏包圍著拉雪茲
> ──這是最後的巴黎。
> 終於在仁慈的硝煙中
> 升起了梯也爾無恥的旗。

啊！拉雪茲——不朽的巴黎

不錯，槍聲從這裡沈寂

詩篇斷了——

但這僅僅是序曲。

在這偉大的前奏之後，

悲壯的交響樂

將穿越一個世紀。

啊！拉雪茲——革命的巴黎

你是暴風、是閃電

雖然終於消失在黑暗裏。

但是這就夠了！夠了！夠了！

你劃時代的一閃，

開闢了整個一個世紀。

啊！拉雪茲——高貴的巴黎

歌手沉睡在你的深底。

一個世紀過去了，

滿腔熱血化成了五月的鮮花，

開在黃的、黑的、白的國度裏。

今天，傍晚又降臨了，

巴黎揭去了金色的王冠，

塞納河灑滿素色的花環，

在拉雪茲——樹林陰蔽的小徑上

徐徐升起了

那悲壯的歌曲：

「英特那雄耐爾就一定要實現！」

　　方含的詩很快在北京文藝青年圈中流傳。另一位詩人依群（齊雲）看到這首詩，卻對詩中流露出來的主流觀念和革命的陳詞濫調大為不滿，乃作《紀念巴黎公社》回應之。﹝註19﹞依群的《紀念巴黎公社》，目前通行的版本是這樣的——

﹝註19﹞ 參閱楊健：《中國知青文學史》，第 203 頁。

> 奴隸的歌聲彙進了悲壯的音符
> 一個世紀落在棺蓋上
> 像紛紛落下的泥土
> 呵，巴黎，我的聖巴黎
> 你像血滴，像花瓣
> 貼在地球藍色的額頭
>
> 黎明死了
> 在血泊中留下早霞
> 你不是爲了明天的麵包
> 而是爲了常青的無花果樹
> 爲了永存的愛情
> 向戴金冠的騎士
> 舉起孤獨的劍

　　這首詩的第一行，在通行的版本裏作「奴隸的歌聲嵌進了仇恨的子彈」，但在見證人之一的齊簡（史保嘉）記錄的版本裏則爲現在這樣。〔註 20〕另一位見證人的徐浩淵也在回憶文章中說：「『奴隸的槍聲嵌進仇恨的子彈』應作『奴隸的槍聲化作悲壯的音符』，巴黎公社的槍聲對應著《國際歌》的音符。依群的詩中不會出現『仇恨』、『子彈』類的字眼，那不是他。」〔註 21〕

　　齊簡和徐浩淵的更正，透露了一個重要的信息：依群對方含的顛覆性的改寫，與諸如「仇恨」之類的暴力性的語彙有關。或許，這也正是依群對方含詩歌的不滿之處。由此可以看出，通過對巴黎公社的抒情性的表達，依群試圖爲歷史尋找一種新的解釋，至少，他試圖消除歷史敘事中的暴力化的話語傾向，與文革的主流意識形態劃清界線，也與紅衛兵話語劃清界線。在依群的詩歌中，歷史中的血污的痕跡，被「花瓣」所覆蓋，被「早霞」所染飾。巴黎公社的暴力革命被抽空了政治意識形態內核，變成了一場散發著永恆「人性」輝光的愛情「羅曼司」。由此也可以推測，剛剛發生的紅衛兵的革命，也完全可以以同樣的方式來重新塑造。

　　關於巴黎本身，依群關注的是它的另一面。巴黎主流意識形態所建構起來的紅色暴力的故鄉，在依群那裡變成了永恆神聖的浪漫之都。巴黎的街道

〔註20〕 齊簡：《詩的往事》，《今天》，1994 年第 2 期。
〔註21〕 徐浩淵：《詩樣年華》，《今天》，2008 年第 3 期。

上呼嘯而過的，也不是手持長槍和紅旗的公社社員，而是高舉寶劍的「藍騎士」。這種「色彩政治學」的轉換，可以看出一代人的精神轉向。革命的小將正在迅速小布爾喬亞化。

在表達小布爾喬亞化的情感方面，依群的詩歌達到了一種迷人的程度，如他的短詩《你好，哀愁》——

> 窗口睜開金色的瞳仁
>
> 你好，哀愁
>
> 又在那裡把我們守候
>
> 你好，哀愁
>
> 這樣，平淡而長久
>
> 你好，哀愁
>
> 可你多像她
>
> 當他閉上眼睛的時候
>
> 你好，哀愁

淒美的憂鬱、迷離的愁緒，跳躍式的情緒變換和重複傾訴，有一種令人迷醉的效果。郭世英式的痛苦、張鶴慈式的頹廢、食指式的悲哀，以及更晚一些的北島是的憤懣，都不能得到這種效果。

食指之後，依群在進行著一場「靜悄悄的話語革命」。在抒情方式、意象、節奏和結構等方面，對主流的政治抒情詩和紅衛兵詩歌模式作出了根本性的改造，他所代表的詩歌新維度，將迅速成為一種普遍的傾向。正如多多所認為的：「依群最初的作品已與郭路生有其形式上的根本不同，帶有濃厚的象徵主義味道。郭路生的老師是賀敬之，其作品還有其講究詞藻的特點。而依群的詩中更重意象，所受影響主要來自歐洲，語言更為凝練。可以說依群是形式革命的第一人。」〔註22〕

〔註22〕 多多：《被埋葬的中國詩人（1972～1978）》，見廖亦武（編）：《沉淪的神殿——中國 20 世紀 70 年代地下詩歌遺照》，第 19～198 頁。

第六章　「知青之歌」與「手抄本」

第一節　「知青」亞文化

一、「到農村去」

　　1968 年 6 月 15 日，中共中央、國務院、中央軍委、中央文革聯合發布《關於一九六七年大專院校畢業生分配問題的通知》，《通知》稱：「徹底改變知識分子脫離勞動，脫離實際，脫離群眾的狀況，徹底打破大專院校畢業生一出校門只能分配當幹部，不能當工人，農民的舊制度。……一九六六年，一九六七年大專院校畢業生（包括研究生），一般都必須先當普通農民，當普通工人，虛心向工農群眾學習，使『知識分子勞動化』，在改造客觀世界的同時，改造主觀世界，逐漸樹立起完全，徹底地爲人民服務的世界觀，鍛鍊成爲無產階級革命事業的接班人。」並要求他們「堅決服從國家分配，到農村去，到邊疆去，到工礦去，到內地去。」12 月 22 日，《人民日報》刊登「本報訊」《「我們也有兩隻手，不在城市裏吃閒飯！」》。文章引用毛澤東在本月 21 日的一次談話內容，「知識青年到農村去，接受貧下中農的再教育，很有必要。要說服城裏幹部和其它人，把自己初中、高中、大學畢業的子女，送到鄉下去，來一個動員。各地農村的同志應當歡迎他們去。」文章以青年學生的口吻稱：「貧下中農在鄉里勞動，爲社會主義建設出力。我們也生有兩隻手，爲什麼一定要住在城裏吃閒飯，靠別人養活？」由是開始了大規模的知識青年「上山下鄉」運動。而在「五七指示」的號召下，廣大幹部和知識分子也同時前往指定的鄉村、農場和「幹校」參加勞動。文革的兩大對立的知識分子

群體：老一代知識分子和青年學生，卻遭遇了相同的命運。歷史以玩笑般的方式，同時嘲弄了革命對象和革命者。

文革期間，知識青年「上山下鄉」總人數達到 1600 多萬。他們分散在全國各地，一部分在偏僻鄉村「插隊落戶」，成爲人民公社的「新社員」，另一部分在邊疆地區「生產建設兵團」，成爲「兵團戰士」，過著半軍事化的「屯墾」生活。不排除有一部分人對領袖的號召充滿了虔敬和忠誠，相信「上山下鄉」是無產階級文化大革命的必要的延續和深化，在廣闊天地裏可以「大有作爲」，但有這種政治覺悟的人不會很多。同樣，從一開始就能夠預見到「知青」生活將會很艱難和很悲慘的人，也不會很多。在無可挽回的現實狂潮的裹脅下，大多數「知青」對於未來應該是一種懵懵懂懂的狀態。無論是公社還是兵團，他們實際上都一無所知。突然離開父母、離開城市，雖然會不適應，但對未知世界的好奇和冒險衝動，是年輕人的天性，離家遠行也不失爲一段奇妙的體驗，如同一年一度的郊遊，或學校組織的「支農學農」活動一樣。不過，這一次「郊遊」卻是前所未有的漫長。事實上，他們不再是鄉村的遊客，而是那裡的新主人。整整十年，陸續有少部分人以參軍、招工和推薦上大學的方式，改變了命運。還有一小部分人以「生病」等理由返城。大多數人要等到文革結束後，才眞正結束「知青」生活。

在經歷了短暫的「郊遊」式的興奮之後，「知青」們意識到處境的不利。他們不屬於那片土地，土地也不屬於他們。在 1970 年代的中國農村，僅靠兩隻手，並不一定能養活自己，至於在那裡繼續革命，則更是天方夜譚。「知青」們不得不爲生存下去而艱難拼搏。不管動機究竟如何，「上山下鄉」運動的結果，正如當時流行的一種說法，是：知青不滿意、家長不滿意、農民不滿意、國家不滿意。

二、「知青」的生活方式與「知青文化」

「知青」這個特殊群體，贅生在鄉村大地上。這個特殊群體，他們來自城市，年輕，精力充沛，有文化，他們說著城裏話或普通話，穿著軍裝、青年裝，還別上一支乃至幾支鋼筆，男男女女動不動就高聲唱歌。他們每天刷牙，用洋城洗臉、洗衣服，下河洗澡還穿著褲衩……凡此等等，都與當地農民大不相同，甚至格格不入。

這個群體在全中國數以百萬計，分散在天南海北，但這群人有著共同的

快樂和苦惱，共同的經歷和志趣，共同的情感和命運，因為他們有一個共同的身份——「知青」。「紮根」的想法，只是停留在官方報紙上的說辭。久而久之，他們像一群養不馴的野狼，漫山遍野到處亂竄。官方媒體所塑造的「知青」形象，只是「知青」的一個側面，更豐富和更真實的「知青生活」，並不依靠主流媒體傳播。他們游離於城市和鄉村，在各個知青點、兵團之間，始終保持著神秘的信息關聯。信息與「知青」群落之間的關係，如同風和野草之間的關係。任何風吹草動，一首歌曲，一種裝束，一種髮型，乃至一首詩，一句流行語，居然不通過現代傳媒便迅速傳遍大江南北，傳播效率不可思議。

「知青」群體形成了一種共同的生活方式，並漸漸形成了一種特殊的「知青文化」。官方也經常組織「知青」舉行各種各樣的文化活動，而更為日常化的文化生活，則為「知青」們自己所主導。從後來的各種各樣的回憶性文字和文學作品中，可以看到「知青」群體文化生活的概貌。

唱歌等文娛活動

在寂寞無聊的日子裏，文娛活動是「知青」最常見的活動形式。知青聚在一起，不停地歌唱，用歌聲來排遣內心的苦悶，安慰自己和同伴。正如姜昆在回憶中所說的那樣：「那時，不管是有音樂天賦的，還是五音不全的，都愛唱歌。每天晚上，每個宿舍，每個人都在反覆唱那幾首歌。」有時一群「知青」可以不停地唱著，把能想起來的歌曲全部翻出來唱一遍。

當時「知青」群體中流行的歌曲除了語錄歌、革命頌歌、紅衛兵戰歌等「紅色歌曲」之外，更多的是一些當時被認為的「黃色歌曲」。大多載於一本文革前出版的《外國歌曲 200 首》的歌曲集中。有西方古典歌曲如舒伯特的《小夜曲》、《野玫瑰》等；外國民歌，如印尼民歌《星星索》、《梭羅河》，南斯拉夫民歌《深深的海洋》，意大利民歌《桑塔·露琪亞》，美國民歌《紅河谷》等；俄蘇歌曲，如《莫斯科郊外的晚上》、《三套車》、《喀秋莎》、《山楂樹》、《紅莓花兒開》、《小路》等。還有一些本國被禁止的歌曲，如二十世紀三四十年代的歌曲《秋水伊人》、《四季歌》、《美酒加咖啡》等，王洛賓的《可愛的一朵玫瑰花》、《達阪城的姑娘》、《在那遙遠的地方》，以及五十年代的抒情歌曲、電影插曲等。這些歌曲大多曲調優美，歌唱愛情的內容也較多。「知青」們起初是偷偷唱，後來乾脆公開唱，以表達內心的苦悶。主管的幹部們也只能聽而不聞。

　　「知青」們也開始自己創作歌曲。起初是將革命歌曲和傳統歌曲重新填上訴說「知青」遭遇的新歌詞。如根據藏族歌曲《獻給親人金珠瑪》改編的「不撿煙鍋巴呀，不喝加班茶呀，也不去打群架，扇上一個漂亮的盒盒兒（即姑娘），帶到農村去安家，嗦呀啦嗦，帶到農村去安家。」〔註 1〕後來，慢慢出現各種各樣的「知青」原創歌曲，如《南京知青之歌》等。

講故事

　　「講故事」這一古老的文藝形式，在「知青」時代得以復活。「口口相傳」成為一種重要的文化傳播方式。一到晚上，知青點的故事會就開始了。會講故事的人，在「知青」群體中享有崇高的地位，一如古典時代的「說書人」。他們可以以講故事的名義，到各個知青點去混吃混喝。據說，小說家阿城當年就是這麼一位。〔註 2〕這段經歷，在他後來的小說《棋王》中，被改寫成以「知青」王一生下棋到處混飯吃。作家韓少功回憶起他在當年遇到過的一位號稱「故事王」的「知青」——「憑著他過目不忘的奇能，繪聲繪色的鬼才，每次都能讓聽者如醉如癡意猶未盡而且甘受物質剝削。這樣的交換多了，他發現了自己一張嘴的巨大價值，只要拿出故事這種強勢貨幣，他就可以比別人多吃肉，比別人多睡覺，還能隨意享用他人的牙膏、肥皂、醬油、香煙以及套鞋。這樣的日子太爽。一度流行的民間傳說《梅花黨》、《一雙繡花鞋》曾由他添油加醋。更為奇貨可居的是福爾摩斯探案、凡爾納科幻故事、大仲馬《基督山伯爵》、莎士比亞《王子復仇記》，都是他腐敗下去的特權。」〔註 3〕

　　講述的故事當中，有記憶中的小說和電影故事，也有文革後期自香港流傳過來的武俠故事，還有一些經由說書人添油加醋，變成了新故事。再後來就出現了原創故事，如前文提到的《梅花黨》、《一隻繡花鞋》，等等。這些故事也成為風行一時的「手抄本」的重要內容。

　　「講故事」這一古老的文藝形式，在當時的文化語境下，有著不同一般的意義。在一個文化大毀滅的時代，人們本能地尋找最原始的手段，來維繫文化的延續和滿足精神的渴求。「講故事」不僅保持了自發生長的文化生命力，也通過故事維繫了文化中的價值和美學的傳承，甚至，更重要的是，「講

〔註 1〕　藍桂英：《小議知青歌曲》，《福建黨史月刊》（福州），2002 年第 7 期。
〔註 2〕　參閱李陀：《1985》，《今天》，1991 年第 3～4 合期。
〔註 3〕　韓少功：《漫長的假期》，《今天》，2008 年秋季號。

故事」這樣一種特殊的形式，在人心澆薄的時代，重建了人與人之間的正常關係。通過現場親歷的口耳之間的信息交流，形成一個微型的公共場域。在這個公共場域裏，人與人之間沒有猜忌、出賣、暴力和你死我活的鬥爭。黑夜裏，外面的世界一片黑暗，故事會的中心，話語如同燭光一樣，散發著微弱的光明和溫暖。大家都是平等的聽眾，充滿了同樣的好奇，對故事中的人物命運抱有一致的同情，對驚險情節懷有同樣的恐懼，並需要共同幫助來抵禦這種恐懼。建立在這種共同情感基礎上的小型「精神共同體」，彼此之間充滿了理解和溫情，這與文革的社會現實構成了強烈的反差。在那個時代，這種「故事會」成為抵禦外部世界黑暗的精神「烏托邦」。

讀書和抄書

書籍是「知青」生活中最高級和最珍貴的精神食糧。「知青」們中間圍繞著書籍所產生過的故事，比文革時期的書籍還要多。為了一本書，有老友翻臉，大打出手；有千里姻緣一書所寄；有人鋌而走險，入館竊書；也有人因私傳「毒草」而身陷囹圄。大多數被傳閱的圖書的共同面貌，就是書頁發黃，沒有封面和封底，也沒有開頭和結尾，能從第十頁開始看到，就已經算是比較完整的一本了。這些書籍不知經過多少人的傳閱，也不知其真正的主人究竟是誰。那個時代的每一個年輕人，都讀過這種破破爛爛、沒頭沒尾的書籍。它們彷彿就歸全體「知青」所有。一本書傳到手上，就必須盡快將他讀完，因為後面還有許多人掛了號在等著。

買不到書就抄。古典詩詞，拜倫、雪萊、海涅、普希金、裴多菲、萊蒙托夫等人的詩作，因為篇幅短而最受歡迎。也有人整本整本的抄錄長篇小說，比如，有人就抄錄過數十萬字的凱魯亞克的《在路上》。在昏暗的燈光下，秘密抄錄禁書，這是一種既幸福又冒險的遊戲，其間的樂趣，只有這一代人才能體會得到。除了抄錄文學名作之外，後來又出現了更多的「手抄本」，如當時流傳最廣的地下文學作品《九級浪》、《第二次握手》，等等。

三、知青歌曲

1969 年 5 月下旬的一個晚上，來自南京市的下放「知青」聚集在郊區江浦縣農村知青點小茅屋裏，把過去的歌輪番唱了一遍。唱完了所有會唱的歌，仍無法排遣內心的空虛和憂愁。有人就對一位名叫任毅的愛好音樂的「知青」說：工人有工人的歌，農民有農民的歌，你就寫一首我們知青的歌吧。這位

愛好音樂的「知青」受到了啓發，很快就創作了一首名叫《我的家鄉》的歌曲。不久之後，任毅回家探親途中，居然在船上聽到幾位年輕人哼唱自己創作的這首歌曲。那幾位年輕人告訴任毅，這是一首很有名的歌曲，叫做《知青之歌》。事實上，《知青之歌》早已不脛而走，傳遍全國。〔註4〕

《知青之歌》，又叫《南京知青之歌》通行版本如下：

> 藍藍的天上，白雲在飛翔，
> 美麗的揚子江畔是可愛的南京古城
> 我的家鄉。
> 啊，彩虹般的大橋
> 直插雲霄，橫跨長江，
> 威武的鍾山虎踞在我可愛的家鄉。
>
> 告別了媽媽，再見吧家鄉，
> 金色的學生時代已載入了青春史冊
> 一去不復返。
> 啊，未來的道路
> 多麼曲折，多麼漫長，
> 生活的腳印深淺在偏僻的異鄉。
>
> 跟著太陽出，伴著月亮歸，
> 沉重地修理地球是光榮神聖的天職
> 我的命運。
> 啊，用我們的雙手
> 繡紅了地球、赤遍宇宙，
> 幸福的明天，相信吧，一定會到來。

《知青之歌》創造了現代文化傳播史上的奇跡。這首歌並沒有留下歌詞手稿，也沒有曲譜，但卻在全國各地流傳。各地傳唱的曲調和歌詞略有差異，段落數也有所增加，據稱有幾十個版本。有些版本增加至 7 段，其中還有愛情內容，如「告別了你呀，親愛的姑娘／揩乾了你的淚水，洗掉心中憂愁／洗掉悲傷。／啊，心中的人兒告別去遠方／離開了家鄉，愛情的星辰永遠放

〔註 4〕 參閱劉小萌：《中國知青史・大潮》「第二部分・任毅《南京知青之歌》案」，當代中國出版社，2009 年。

射光芒 //寂寞的往情，何處無知音／昔日的友情，而今各奔前程，／各自一方。／啊，別離的情景歷歷在目／怎能不傷心，相逢奔向那自由之路。」

《知青之歌》音調低沉，旋律委婉，節奏緩慢，情緒憂鬱，不同於當時革命歌曲的「高、響、快」。其歌詞內容表達的是思念故鄉和親人之情，充滿了人情味，同時又曲折地流露出對「知青」當下命運的無奈的哀傷和對未來的迷惘，與食指的詩歌《這是四點零八分的北京》有著相同的精神傾向和風格。它是對文革極左政治高調的背離，也是對當下現實的一種含蓄的批判，這是當時民間社會思潮的最直接的反映，具有廣闊的社會心理背景。因此，它在廣大「知青」群體中受到最廣泛的歡迎。沒有任何一位「知青」而不會唱《知青之歌》，它被稱爲「知青的『國際歌』」，憑著這首歌，「知青」可以在任何地方找到朋友。

《知青之歌》出現後的幾個月內，蘇聯莫斯科對華廣播的「和平與進步」廣播電臺播放這首歌曲，蘇聯把它稱爲《中國知識青年之歌》。在中蘇關係極度緊張的背景下，這首歌受到政治高層的高度關注，被定性爲「反動歌曲」。1970 年任毅被指以歌曲形式污蔑和惡毒攻擊上山下鄉政策而遭逮捕，隨即判處死刑。後改爲緩期二年執行，後又以「現行反革命」罪判有期徒刑 10 年。直至 1979 年平反出獄。

歌曲作者被判死刑，但歌曲卻以前所未有的強大生命力，繼續在每一個知青點，每一個「知青」的口頭存活。並且，各地「知青」還紛紛倣仿，創作當地版本的「知青之歌」，如《山西知青離鄉之歌》、《廣東知青歌》、《湖北知青之歌》、《重慶之歌》、《巫山知青歌》、《猛臘知青之歌》等。但《南京知青之歌》依然是是眾多知青歌曲中流傳最早、最廣，影響最大的一首，成爲知青自發創作的文藝作品中的代表作。

除有各種版本的「知青之歌」傳唱外，還有其它一些知青歌曲流傳，如《年輕的朋友你來自何方》、《火車慢些走》、《這就是美麗的西雙版納》、《四季歌》、《75 天》、《地角天邊》、《雨聲傳情》、《南京之歌》、《精神病患者之歌》、《流浪的人》、《松花江上》、《瘋狂的世界》、《我的眼淚》、《傷心的淚》、《小小油燈》、《鈔票》、《地角天邊》、《姑娘八唱》、《請你忘記我》、《雨中傳情》等。內容多爲歌頌青春，詠歎知青生活，表達愛情，思念故鄉等，格調或清純，或憂傷，或頹廢。值得一提的是佚名的《精神病患者》。歌中唱道：

失去伴侶的人

靈魂兩分離

眼望著秋去冬又來臨

雪花飄飄飛

世上人嘲笑我

精神病患者

美麗的青春將被埋沒

誰來可憐我

睡夢夢見了你

醒來不見你

我有話兒要對你說

但又不敢講

姑娘喲快來吧

快來到我身旁

歡樂在我面前飛舞

幸福在歌唱

愛情呀快離開我

我不需要你

雖然你長的美麗無比

我也不愛你

愛情呀離開我

快快離開我

世上的女人都是毒蛇

唯有你和我。

　　歌曲表達了當時正在彌漫在知青群體中的孤獨、沮喪、頹廢和對人生無望的情緒，與詩人食指（郭路生）、根子（岳重）等人的同期的一些詩作（如《還是乾脆忘掉他吧》、《三月與末日》等），有異曲同工之妙。

第二節　「傷痕敘事」與現代主義

　　從體裁上看，小說在文革地下寫作中的產生較晚，在藝術創造力方面，

也不及詩歌。現代主義因素開始出現，但基本上處於一種萌芽狀態，除了少數作品之外，大多屬於言情、傳奇一類題材的寫實風格的作品。但小說的相對通俗的特質，使其在影響力和傳播面上，不亞於詩歌等其它文類。在文革「手抄本」中，小說成為最主要的成分之一。這一類作品大多採取批判性的態度對待文革，帶有濃重的批判現實主義的氣息，並多涉足「愛情」禁區，因而，在文革期間遭到不同程度的查禁。其中，較早出現的是畢汝協的中篇小說《九級浪》。

一、《九級浪》：「傷痕」敘事的萌芽

中篇小說《九級浪》作者畢汝協本是紅衛兵的早期成員之一。在「老紅衛兵」被邊緣化之後，開始介入北京紅衛兵文藝沙龍的活動。《九級浪》大約完成於 1968 年前後，並於 1970 年冬季開始在北京知青中廣泛傳抄。

《九級浪》手稿現已佚散，據楊健的《文化大革命中的地下文學》一書的介紹及其它同時代人的回憶，可知小說的概貌。這個俗套的故事模式，一個浪蕩公子與純情女郎的情感糾葛。故事發生在文革期間，一個單純的中學生，見證了一位美麗、高雅的女孩，在文革的混亂中逐步走向墮落的過程。最後，他本人也投身於這場墮落的狂潮當中。敘事人「我」在文革造反運動的高潮過去之後，無所事事，每天坐在家中二層樓上看書繪畫。一天，於百無聊賴中俯瞰窗外，一個美麗的少女從窗下走過，引起了「我」的注意。「我」每天期待著她的出現。後來，「我」設法結識了她，並得知她名叫司馬麗。司馬麗的父親是一箇舊知識分子，家庭具有官僚資本家的背景，文革開始後她因出身問題而備受歧視和侮辱。但司馬麗依然努力保持獨立不羈的個性和高傲的氣質。到文革高潮時期，司馬麗的家庭受到重大打擊，本人又孤立無援，前景渺茫，看不見任何個人出路。「我」與司馬麗遂成好友，一同隨老師學畫。一天夜晚，「我」偕司馬麗學畫歸來，在小胡同裏遇歹徒攔劫，被路人所救。「我」在昏暗中追尋司馬麗，卻發現她跑回了繪畫老師的家裏。進門之後，教師屋裏的燈熄滅了。這讓少年純情的「我」備受打擊，他心中的聖潔女神的幻象破滅了。自此，司馬麗開始墮落。生活放縱，玩世不恭，在各種各樣的人群中廝混，與此前判若兩人。男青年們中間流傳她的閒言碎語，說此女放浪，「浪」的夠九級了。「我」也開始試圖勾引司馬麗。一天，司馬麗也在「我」面前脫下衣服。此時，「我」看到了考究的內衣（金絲鑲邊的乳

罩）和胸部有被煙蒂燙出的疤痕。司馬麗告訴「我」，自己為了生存，而與造反派頭頭廝混。而這些滿口革命的造反派們，私下裏過著糜爛、淫蕩和病態的生活。「我」終於明白了這個世界的真相，他開始肆無忌憚地加入了與司馬麗廝混的男人行列，並把這些經歷作為戰利品，在那幫終日混世的朋友們當中炫耀。

小說的名字源自十九世紀俄羅斯畫家艾伊瓦佐夫斯基的油畫《九級浪》。九級浪是海浪分級中的最高一級。艾伊瓦佐夫斯基的《九級浪》畫面上是茫茫大海上巨浪滔天，烏雲密佈，浪谷中有一群人抱著一根斷掉的船桅，在波濤中掙扎。畫面以宏大的背景、對比強烈的構圖、鮮豔的色彩和驚心動魄的光影效果，以一種「崇高美」，渲染了人與大海間的殊死搏鬥，表現了人在大自然的巨大力量面前的渺小和無助。而在「黃皮書」中，曾出現蘇俄作家愛倫堡的長篇小說，也叫《九級浪》（中文本譯做《巨浪》）。畢汝協的《九級浪》寫作，應該是受到上述文藝作品的影響。只不過，他將「九級浪」一詞還賦予了中文所特有的含義——用「海浪」的「浪」指涉女主人公墮落後生活「放浪」的「浪」。這樣一種文字遊戲，或多或少暴露了作者本人（如小說敘事人所表現出來的那樣）玩味墮落、玩世不恭的情感傾向。

不過，《九級浪》仍屬於最早涉及文革現實的地下文學作品之一。小說第一次把目光投向了「革命」的背面，投向了造反派生活的隱秘角落。小說借女主人公的命運，暴露了在「革命」的面具的掩蓋下，文革造反派的另一重面目。他們造了資本家和剝削階級的反，只是為了把別人的財產留給自己享用，私下裏他們過著糜爛、病態的生活。

小說同時也將目光投向文革受害者的身上，它用驚濤駭浪中即將遭遇滅頂之災的畫面，暗喻女主人公在文革的驚濤駭浪中的兇險命運，揭示了一個瘋狂的年代裏人性的墮落和美與善的泯滅。女主人公司馬麗最初高貴、聖潔的形象與日後墮落、荒淫的現象，構成了強烈的反差。她的內心傾訴，包含著對文革造反派的控訴和批判。司馬麗身上的的「傷痕」，成為造反派邪淫欲望和畸形心理的見證。它既是肉體上的「傷痕」，隱喻性地指向精神「傷痕」。這一主題和動機，或可視作文革後「傷痕文學」的最初萌芽。

作者在一定程度上給文革提出了自己的解釋：階級衝突的背後，隱藏著的是人性深處的欲望和和權利的衝突。通過曾經的造反派與資產階級小姐司馬麗的情慾糾葛，暴露了造反派「革命」在欲望層面的深刻悖論。司馬麗身

上的精緻內衣與受虐傷痕，並置在一起，構成了「革命」情慾的內在矛盾：資產階級的情調、趣味以及整個生活方式和美學，既是造反派仇恨的對象，又是其愛慕的對象。他們在對敵對階級的異性的愛恨交織中，實現了對資產階級生活的象徵性的佔有。造反哲學實踐，就是通過摧毀精緻的美來實現對美的佔有，通過仇恨來實現愛欲。

《九級浪》採用第一人稱敘事，敘事人「我」以冷靜的目光，打量文革時期的北京。小說再現了當時北京的日常生活場景，側面透露了早期紅衛兵在成為「逍遙派」之後的生活狀況：讀小說，學美術，搞藝術，追女孩，出沒於高知、高幹子弟經常聚會的高級餐廳（「老莫」餐廳），並流露出對資產階級生活方式的傾慕和迷戀。小說罕見地寫到了放蕩形骸的浪蕩生活，寫到了情慾和性愛，表達了文革一代青年人的迷惘、幻滅、扭曲和墮落。小說將人性放置到一個特定的環境中加以考驗，呈現了命運之不可捉摸的荒誕境遇，帶有一定程度上的「存在主義」傾向。

《九級浪》作為最早以批判現實主義態度對待文革的獨立寫作，其影響深遠。其主題和敘事模式，日後被許多文革題材的小說直接或間接地沿襲，我們可以再北島的《波動》、禮平的《晚霞消失的時候》等作品中，找到《九級浪》的痕跡。而敘事人「我」及其朋友們的玩世不恭的生活，也可以看作是北京「頑主」的鼻祖。畢汝協的弟弟輩的小說家王朔在二十年後的中篇小說《動物兇猛》，則幾乎就是對《九級浪》的一次深刻的改寫。

二、其它批判性寫作

甘恢理：短篇小說《當芙蓉花盛開的時候》

甘恢理起初寫詩，1968 年秋，創作了中篇小說《當芙蓉花盛開的時候》。小說講述了一個愛情故事。兩個敵對階級：一個幹部家庭出身的男青年與一個家庭出身不好的女孩的愛情悲劇。因為出身的不同，他們的處境不同，最終女孩被迫離開北京，一對有情人不得不在芙蓉花盛開的時候痛苦分離。

儘管故事模式俗套，但在文革殘酷的階級鬥爭背景下，再俗套的愛情也都是珍貴的。普通人的愛情，凸顯了以階級來劃分人群的荒謬，也表達了那個時代人們渴望愛情和人性的溫暖，渴望以愛的力量來超越階級鴻溝。由此可以看出，文革民間思想的某種傾向——強調階級矛盾和其它各種矛盾的和解。這與官方不斷強化的階級鬥爭、路線鬥爭的意識形態相去甚遠。

牟敦白：中篇小說《霞與霧》

　　牟敦白的中篇小說《霞與霧》同樣也是俗套的愛情故事，但它卻不是關於紅衛兵和「知青」群體的，而是一個老幹部南翔的愛情回憶。抗戰前，出身貧寒的南翔與同學、銀行家小姐霞相戀。後南翔參加了中共革命，與霞天各一方。再次重逢時，霞已爲人妻。文革期間身爲老幹部的南翔受到衝擊，妻子自殺身亡。南翔復出後，又與兒子大爲在思想觀念上發生衝突。兒子的女友小娥的母親在文革中因政治問題自殺，也是家庭矛盾的一個因素。最後，兩代人之間達成了和解。南翔在一次心臟病發作後生命垂危，彌留之際，從他的枕下滑出一張「發黃」的照片，上面是小娥的媽媽「霞」。中間還穿插有南翔介入中美建交事務的內容。

　　小說線索繁多，情節複雜，構思機巧，頗顯匠氣。楊健在論述該小說時認爲：「小說自始至終貫穿著三條線索：南翔和霞戀愛的經歷，南翔與大爲的思想衝突，南翔作爲中共代表與美方的幾次聯絡活動。這三條線索貫穿著三方面的對立衝突，這些衝突都在結尾時得到了圓滿的解決。第一方面是階級衝突，南翔與霞的階級對立關係，通過歷史長河，在大爲與小娥身上得到彌合。南翔突破政治偏見，接納了小娥，兒女的婚姻，彌補了上一輩的缺憾，這是對『階級路線』的否定。第二方面是父子衝突，南翔和大爲父子既衝突又相互信任，表現了中共老一代與新生代在文革後期的思想交流與和解。第三方面是中美衝突，中美雙方在經歷了二十多年的敵對後，雙方通過智慧達到和解。這三方面的和解，是權力集團與知識分子、權力集團與新生代、權力集團與西方世界（美國）三大間隔的歷史性跨越。」〔註5〕

　　《霧與霞》的故事模式，在相關題材的小說中較有代表性，在《波動》、《第二次握手》、《晚霞消失的時候》，乃至 1990 年代的電視劇《渴望》中，都能見到其痕跡。

　　牟敦白曾因「X小組案」入獄，後又加入「太陽縱隊」。寫有詩歌《拓荒者之歌》、《孤雁》（敘事詩）、中篇小說《哲里木，你這荒涼的土地》，短篇小說《胎衣》、《夜茫茫》、《快跑——89次列車正點發出》、《臉譜》、《季風之歌》、《在船上》等，大多爲批判上山下鄉運動，表現「知青」群體的愛情悲劇和悲慘命運。

〔註5〕 參閱楊健：《中國知青文學史》（第六章）。

佚名：短篇小說《逃亡》

短篇小說《逃亡》也是「手抄本」之一，流傳於 1970 年前後。小說講述在東北插隊的幾名「知青」，扒火車返城的經歷。幾名「知青」蜷縮在空的悶罐子車皮，各自陷入回憶。幾人的回憶片段，展示文革初期各種不同的身份的人的遭遇和不同社會層面的生活，編織成一幅文革社會的全景圖。後來，他們被凍得陷入了幻覺，在夢幻中看見了自己的童年，看見了父母和親人。最後，火車在某小站停車，人們發現了車廂裏的緊緊地抱成一團的「知青」們。但他們已經凍僵了。這是最直接、最深刻揭示「知青」悲慘命運的批判現實主義小說。

差不多與此同時，鄭義也寫過一篇類似的短篇小說，名叫《閃閃的紅星》。講述在黑龍江生產建設兵團一對「知青」兄妹，在獲知受迫害的父親從監獄放出來後，就在冬天偷偷爬車返回北京。車到北京後，人們發現這對兄妹已經凍死了。鄭義在小說中，不敢使用中國地名，將北京改爲莫斯科，把北大荒改爲西伯利亞，改後還不放心，在故事末尾加上一個注腳：翻譯自《伏爾加日報》。〔註6〕

靳凡：中篇小說《公開的情書》

靳凡（劉青峰）的中篇小說《公開的情書》大約寫於 1972 年左右。小說以書信體的方式，描述了文革期間四個年輕人的精神歷程，表達了一代人對國家、民族的命運的探索和對理想、未來的哲理沉思。小說由四個主人公（眞眞、老久、老嘎、老邪門）半年間（一九七〇年二月至八月）的四十三封書信組成。這些信分爲四輯：第一輯「等待和尋找」；第二輯「心的碰撞」；第三輯「帶著鐐銬的愛情」；第四輯「只有一次生命」。小說中塑造了兩類青年的典型。一類是童汝和石田，在林彪、「四人幫」掀起的黑浪中隨波逐流，是失去了靈魂的騙子和市儈。一類是眞眞、老久、老嘎、老邪門，可以說是驚濤駭浪中湧現的「思考的一代」。作者在書中借老邪門之口說道：「每個人都有愛的權利，這種權利同追求理想的權利、爭取自由的權利同樣神聖。這種權利既不能剝奪，也不能出讓。行使這種權利吧，我的朋友！」文革期間，該小說在知青的小範圍內傳抄。後於 1979 年初刊登於杭州師範學院的學生刊物《我們》，並於 1980 年發表於《十月》雜誌第 1 期，引起社會的廣泛

關注。

甘鐵生：中篇小說《第四次慰問》〔註7〕

作於 1972 年冬季，並迅速在北京的文藝「沙龍」中流傳。小說講述「知青」從熱情到迷茫到覺醒的過程。覺醒後的「知青」對上山下鄉運動極為不滿，他們以各種各樣的方式進行反抗，並與農村幹部發生了衝突。小說中披露了「知青」受到各種各樣迫害的現象，也有不少關於知青生活頹廢，追求感官刺激、酗酒、亂交的描寫。整部小說籠罩著一種悲涼的情緒。小說結尾時，北京知青慰問團來農村慰問，「知青」們卻統統躲到一個叫「懸空寺」的寺廟中，拒絕來自官方的慰問。「懸空寺」的出現，帶有一定程度上的象徵意味。象徵著「知青」追求一種脫離現實世界的精神境界，表達了「知青」看破紅塵的情緒。研究者認為，這種象徵手法來得十分突兀，與小說整體風格並不協調。但「這種跡象預示著知青小說將會發生形式上的重要變化」。〔註8〕

三、敘事作品中的現代主義萌芽

甘鐵生《第四次慰問》中的象徵手法所預示的「知青」地下寫作的重要變化，可以理解為現代主義的轉向的開始。

張寥寥：話劇《日蝕》

張郎郎之弟，「太陽縱隊」成員。1974 年作六幕話劇《日蝕》。主要劇情為：兩位住在山頂上看管林子的知青，一位憤激，一位消沉。他們與世隔絕，每月有一位背米人來送糧食。後來，消沉者的女友前來看望，發現兩人都發瘋了。劇中還穿插了一位少女進山為老父親尋找靈藥治療眼疾的故事，她要找到真正的金龜子為父親治眼。劇中有一個「時間」，在幕間報告場景的轉換和介紹劇情。劇情的最後，憤怒者選擇了自殺，消沉者選擇了沉默，以悲劇為結局。作品帶有明顯的象徵主義色彩。劇中的每一個角色都有其象徵含義，象徵某一種人生價值和追求。「劇中的每個人物都是符號化的，憤怒青年是形而上的探尋者，消沉者是悲觀主義者，女友代表著世俗者，山下的背米

〔註7〕　楊健的《中國知青文學史》中作《第二次慰問》，而甘鐵生在《歲月軼事》（林賢治、章德寧編：《記憶》第二輯，中國工人出版社，2002 年）一文中作《第四次慰問》。本書從甘說。

〔註8〕　參閱楊健：《中國知青文學史》（第六章）。

人代表著物質；女中學生代表著信仰追求者，老山民代表著時代，金龜子代表著終極眞理，它總是閃爍不定。山頂的閣樓是形而上學的象徵，它處在危險的懸崖邊上。」〔註9〕最終的意義指向對絕對眞理的懷疑和對不斷追求眞理的行爲的肯定。

在文革期間寫一部根本不可能排演的戲劇，這一寫作行爲十分奇怪。只能表明作者純粹是在借助戲劇的形式，探索一種現代主義的藝術手法。劇本明顯模仿梅特林克的戲劇《青鳥》，並與後來的高行健的先鋒戲劇《絕對信號》有異曲同工之妙。《日蝕》雖然藝術上還不那麼圓熟，但這種探索在詩歌之外的文體中，尚很罕見。

劉自立：短篇小說《圓號》、《仇恨》

劉自立起初積極投身文革運動，但運動開始不久，父親被迫害致死。他也由「革命小將」變成了「黑幫」的「狗崽子」，並因「惡攻罪」被捕入獄。出獄後轉而信奉「藝術至上」的信條。1974～1975 年間，開始小說寫作，以現代主義的手法探索人的內心世界。代表性的作品有短篇小說《圓號》、《仇恨》等。

短篇小說《圓號》〔註 10〕描述一對陌生的年輕男女在黑夜裏邂逅的過程。夜霧之中，一種朦朧而又神秘的情感促他們接近，彼此傾訴內心的情愫。小說沒有具體的情節和事件，也沒有明確的人物身份和形象，而是以「意識流」手法，通過人在暗夜裏彌漫的意識迷亂的內心獨白，來傳達人物的難以排遣的孤獨感，頗有 1930 年代施蟄存的「新感覺小說」《梅雨之夕》的味道。

> 我想起了她的照片，她的畫像，我把她想像成一座石雕，完全是大理石的。她有女孩子們所有的一切。我懊悔，爲什麼初次見面時，我沒能好好地觀察她。也許，她就是晝夜交接的大海，她就是海中的孤嶼，她是碧月，是醜陋的夜盜，是淫蕩的夜霧，是狡猾的夜鳥……我用雙臂纏住她的腰，在夜鳥的歌唱聲裏我感到她女性的線條在我胸膛裏川流不息。
>
> 我眞想再看看她的眼睛、眉毛和嘴唇。可是，無聲的悲泣扭歪了她的臉。

〔註 9〕 參閱同上。
〔註10〕 載民刊《今天》第 5 期（1979 年），署名「伊恕」。

颱風了，風聲也像一曲德彪西的音樂。風是一群倒塌的建築的亡靈，風聲裏，幸福的悲泣模糊了她的臉。

她是誰？

……

在寧靜的月色裏，她的神色變得異常光明。她的眼睛像是圓號明快的音流，她的嘴唇像濃鬱的紅葡萄酒，她的頭髮像玲瓏的月光一樣捲曲而秀美，她的笑聲像海那樣寬廣和坦蕩，她的情態像是赤道的黃昏。我第一次有幸看到的臉。這是我崇拜的那類女人的臉。可是，我又覺得她的臉和我在街上看到的別的女孩子的臉是一樣的。是的，她就是她們之中的一個。

她到底是誰？

小說的構思與印象派音樂家德彪西的《亞麻色頭髮的少女》音樂動機十分接近，敘事也沿著內心情緒的節律來展開。月色、圓號吹奏的音樂，引導著人物內心情感變化的主題。當黎明到來之際，圓號聲吹出了無意識深處的熱烈，將人物情緒推向一個華采階段。「感到一路一夜的哀怨就要消散了，她快變成一個明朗的人了，我確信我喜歡的是明朗而不是灰暗。再過幾個鐘頭，天就要亮了，她就會像一切少女一樣去迎接光明，而把我和黑夜拋在後面。」

短篇小說《仇恨》〔註11〕寫的是姐弟倆的故事。「姐姐」無意中洩露了「弟弟」的反動言行，導致「弟弟」入獄。「假釋」出獄的「弟弟」等待與「姐姐」重逢時，一種愛恨交織的情感咬齧著他的心靈——

「她回來了嗎？」

他的話音剛落，一道閃電劃破暗空照亮了他的臉，緊接著一陣霹靂。他站起來走到門口，又一道閃電照亮了他的臉。

小說一開頭即以連續八個「她回來了嗎？」這樣的問句，一步一步把「弟弟」的情感推向痛苦的巔峰。痛苦的等待中，不斷插入入獄前與「姐姐」相處時的美好回憶。小說借人物之口，點出了主題——

「自小沒有父母……相依為命的人，總有一天要被這個社會拆散。今天是你的朋友、情人，明天就是別人的掌上明珠。人心淺薄，刁鑽，世界是邪惡的，欺騙是唯一值得崇拜的神！」

〔註11〕 載民刊《今天》第 7 期（1979 年），署名「伊恕」。

他頓了頓說:「我可以寬恕你,也可以寬恕自己。我覺得你弱小、孤單,我憐憫你;我看到自己弱小、孤單,我憐憫自己。但是,憐憫在世上值幾個錢?劫掠吧,佔有吧,毀滅吧!我心裏沒有神明,我厭惡上帝,同時厭惡上帝的信徒。」

小說以「意識流」的手法描述了人物的心靈活動,揭示了親情被人為製造的仇恨所毀滅,同時以藝濬的語言說出了人物內心的對冷酷世界的怨恨。這樣的情緒和思想傾向,在差不多同時期的北島的小說《波動》中,也曾出現過。其現代主義手法嫺熟,可以說代表了當時地下文學在藝術上的較高水準。

王江:長篇小說《夢》

長篇小說《夢》創作於 1972～1973 年。小說模仿魯迅《狂人日記》,採用日記體第一人稱的手法,講述「知青」江曉生精神癲狂的經歷。江曉生虔誠地崇拜領袖,追求大公無私的奉獻精神。忽有一天,他進入了超凡入聖的境界,他眼中的外部世界全部是紅色的,任何一件小事在他眼中都不平凡,都是偉大的共產主義精神的體現。但在周圍的人看來,江曉生的精神出了問題。江在吃了醫生的藥後,蒙頭大睡。一覺醒來,一切都變回原先的面貌,神聖的世界像海市蜃樓一般消逝得無影無蹤。小說不怎麼熟練地使用了「意識流」手法,呈現了文革時期人的精神錯亂的症狀,包含了對荒誕現實的尖銳諷刺。

其它

隨著時間的推移,人們對文革的回憶性的文字越來越多,也越來越細緻,所披露的地下寫作的情況也越來越多。據各種當事人的回憶,許多文革後發表的作品,實際上有不少寫於文革期間,如名噪一時的老鬼的反映知青生活的長篇小說《血色黃昏》,動筆於 1975 年,起初叫《八年》。差不多寫於同一時期的還有靳凡的長詩《太陽島的傳說》(1975 年),王蒙的長篇小說《這邊風景》(1974 年,於 2013 年公開出版),等等。

第三節 《第二次握手》及其它「手抄本」

「手抄本」是文革文化的一大奇觀。據不完全統計,當時社會廣為流傳的手抄本達 300 多種。從內容上看,文革「手抄本」甚為豐富,一般而言,

原創的詩歌、小說等純文學作品的傳抄，大多局限於文學愛好者當中，覆蓋面較小。傳抄最多的是偵破、反特、言情類的通俗文學作品。張揚的長篇小說《第二次握手》則介乎二者之間。

文革後期的 1974～1975 年是，「手抄本」的鼎盛時期。同時，也是「四人幫」對「手抄本」打壓查禁得最嚴厲的時期。這是民眾與當權者之間為爭奪文化權利而進行的一場激烈的搏鬥。民眾與當權者鬥智鬥勇，繼續秘密傳抄。「手抄本」反而愈傳愈多。

《第二次握手》流傳之廣，受眾之多，堪稱 20 世紀中國文化史上的一大奇跡。當時的讀書人，恐怕沒有不知道《第二次握手》的。在當時的地下文化中，只有歌曲《知青之歌》方可與之相提並論。《第二次握手》幾乎成了文革「手抄本」的代名詞。

一、《第二次握手》歷險記

《第二次握手》不僅是傳播史上的奇跡，同時也是寫作史上的奇跡。它最初和最終定稿，都由作家張揚完成，但中間的過程，卻有無數不知名的寫作者在參與，定稿與初稿無論是在情節上還是在主題上，都大不相同。究竟有多少個版本，也無從統計。應該說，這是一次由作家張揚發動的，全民性的寫作活動。

張揚在 1963 年暑假寫下了這篇小說的初稿，題名為《浪花》的短篇小說。1964 年改寫成中篇小說《香山葉正紅》。寫成後不久即被身邊的青年朋友拿去傳看，從此開始了這部小說漫長的「地下」傳奇歷程。《香山葉正紅》在傳看中丟失以後，張揚於 1967 年著手重寫。1970 年前後，張揚因受朋友牽連，被公安機關追查。張揚被迫逃亡。逃亡期間，繼續修改自己的小說，並更名為《歸來》。之後，社會上出現了該小說多種版本的「手抄本」，在傳抄過程中，經由抄錄者不斷地修改、加工。名稱也各不相同，除了上述幾種書名之外，還有《歸國》、《氫彈之母》、《一代天驕》，等等。最後，大約在 1972 年前後，被傳抄者定名為《第二次握手》。從此，小說名字固定下來了，其基本內容也趨於穩定。

小說的故事情節大致如下：1928 年，齊魯大學學生蘇冠蘭在度假地救了一個落水的姑娘。這位才貌雙全的女孩名叫丁潔瓊，是另一所大學的學生。科學救國的共同志使他倆產生了愛情。後來，兩人握手告別，並立下誓

約：到美國留學時再見面。這是第一次握手。蘇冠蘭回家後，身爲大學教授的父親執意迫使兒子與故友的女兒葉玉菡成婚，並阻止蘇冠蘭赴美。丁潔瓊如約赴美，並在美國導師的指導下獲得了博士學位，成爲一名核子物理學家。但她也與蘇冠蘭失去了聯繫。丁潔瓊始終銘記與蘇冠蘭的誓言，拒絕了他人的求愛。1956 年，丁潔瓊從美國歸來，卻得知蘇冠蘭早已成婚。丁潔瓊懷著深深的痛苦，決定離開傷心地。後在周恩來總理、科技界人士和蘇冠蘭夫婦的誠懇挽留下，丁潔瓊拋開個人情感上的不幸，決定留下來與進行科研合作。於是有了第二次握手。經過科學家的通力合作，中國終於成功進行了核試驗。

　　《第二次握手》的廣泛傳抄，一起了有關部門的關注。1974 年 10 月，姚文元看到手抄本後說：「我翻了一下，這是一本很壞的東西，實際上是搞修正主義，反對毛主席的革命路線。它寫了一個科學家集團，如郭堯、吳有訓。寫了許多人。如果不熟悉情況，不可能寫出來；還寫了與外國的關係，如寫了吳健雄。這不是一般的壞書。要查一下作者是誰？怎麼搞出來的？必要時，可請公安部門幫助查！」接著，新華社《內參》以《北京市發現許多單位秘密流傳手抄本反動小說〈第二次握手〉》爲題，詳細反映了流傳情況，並認定小說內容「極其反動」。不久之後，張揚即遭逮捕。一些傳抄者也被關押。張揚被控的主要罪狀有四條：一是「反黨」，二是歌頌「臭老九」知識分子，三是鼓吹「科學救國」，四是描寫愛情。「起訴書」中寫道：「這本反動小說的要害是要資本主義『歸來』，爲反革命復辟製造輿論。爲劉少奇、林彪翻案，反對文化大革命，捧出地主、資產階級和一切牛鬼蛇神的亡靈，在意識形態領域搞和平演變，爲劉少奇、周揚文藝黑線招魂，美化資本主義制度，攻擊無產階級專政的社會主義制度。」當時，張揚已被內定處死刑。所幸未及正式宣判，文革即已結束。〔註 12〕幾經波折後，終於在胡耀邦等人的干預下，張揚於 1979 年 1 月 18 日被釋出獄。

　　出獄後的張揚，得到了來自全國各地「手抄本」讀者的熱烈支持。他在較短的時間裏迅速修訂了《第二次握手》的原稿，於 1979 年 7 月，由中國青年出版社出版。出版後，書店也是掀起搶購狂潮。據統計，這部小說的總印數達 430 萬冊。

〔註 12〕參閱張揚：《關於〈第二次握手〉的前前後後》，《湘江文藝》（長沙），1979
　　　　年第 9 期。

二、意識形態「正統性」衝突及其危機

《第二次握手》實質上是「十七年文學」在文革中的迴光返照。其文學觀念和表現手法，均爲溢出「十七年」所奠定的「社會主義文學」的基本範疇，只不過它不符合文革時期「四人幫」的藝術原則。當時的「起訴書」給它所定的四宗罪，恰好從一個反向的角度，總結出了這部小說的基本特徵。

知識分子題材在文革文學中甚爲罕見，即使是「十七年文學」中，也是較爲稀少的。「十七年文學」中較爲典型的知識分子題材的作品，如《青春之歌》，所表現的是知識分子如何不斷改造自身，在革命的暴風驟雨中洗去身上的小資產階級印記，把自己改造成一個無產階級革命戰士。這是主流文學在塑造知識分子形象時的基本原則。1957 年宗璞的中篇小說《紅豆》較爲正面地寫到了知識分子的情感和人格。其中也有關於知識分子在個人愛情和愛國大義之間的抉擇的描寫。在這些方面，《第二次握手》似乎受到了《紅豆》的影響。文革文學基本上很少以知識分子爲主角，相反，知識分子在文學作品中，常常是灰色人物，甚至是反面角色，如電影《第二個春天》中的潘文、《決裂》中講「馬尾巴的功能」的孫教授等。《第二次握手》在知識分子形象方面有所突破，它以蘇冠蘭、丁潔瓊等有舊時代和西方教育背景的高級知識分子爲主角，描寫了科學家這一神秘群體的生活和愛情故事，一改文革文學對知識分子的「妖魔化」。這一點，應該是吸引廣大讀者的原因之一。由此亦可見民間公眾對文革期間針對知識分子的打壓迫害政策的不滿。也正因此，小說被「四人幫」視作政治翻案的作品。

小說中還破天荒地出現了周恩來的現象。1974 年前後，以周恩來爲代表的中共黨內溫和派主張以實現「四個現代化」爲目標，加快國民經濟建設。鄧小平自 1973 年恢復工作之後，大力推行這一主張，並及時調整知識分子政策，知識分子的處境得以改善。在整頓期間，甚至一度打算逐步恢復「高考」制度。這一系列整頓措施與主張繼續文革路線的「四人幫」之間發生衝突。民間知識分子以一種本能的政治敏感，感受到了這一不同政治意識形態之間的「正統性」的衝突。這也就是「起訴書」中所控的小說「反黨」的依據。

小說中的愛情描寫，尤其是關於高級知識分子的「三角戀愛」故事，當然也是小說吸引廣大讀者的主要原因。但看得出，小說依然沿襲傳統小說的「才子佳人」的俗套，而且，在表現愛情情節時，也相當節制。這種「維多

利亞式」的自我壓抑的愛情表達，尙且要納入「愛情加愛國」的框架中方能得以表達。但是，對于禁欲時代的公眾來說，即使是這樣的俗套的愛情，也足以滋潤情感乾涸的心靈。僅僅是異性間的兩次「握手」，就足以讓許多人感動得熱淚盈眶。作家丁玲的話，說出了這部書的特殊價值：「在『四人幫』的封建法西斯文化專制統治下，成千上萬的熱心讀者們，曾經冒著被批判被鬥爭的危險，在暗淡的燈光下閱讀這本書，傳抄這本書，使這本書不脛而走，使有幸讀到這本書的人，在冷漠的寒夜裏，得到瞬刻的溫暖。」〔註13〕

三、傳奇、欲望與身體

優雅的言情故事對於青年知識分子的吸引力是不言而喻的。而普通民眾更感興趣的，則是更通俗的故事。這些通俗故事大多以口頭形式，在民間的「故事會」上流傳。即使在後來轉化爲「手抄本」，也依然保持著鮮明的口述特徵。

文革期間流行的民間故事主要有這麼幾種類型：

反特偵破故事：《梅花黨》、《閣樓的秘密》、《第五號橋墩》、《一縷金黃色的頭髮》、《地下堡壘的覆滅》等；

驚悚恐怖故事：《一隻繡花鞋》、《綠色的屍體》、《恐怖的腳步聲》、《太平間的魔影》、《三角形磷火》等；

英雄傳奇故事：《林強海峽》、《葉飛三下江南》、《許世友勇殺怪獸》等；

畸戀言情故事：《塔裏的女人》、《一百張鐵床》、《一百個美女的雕像》等；

色情故事：《少女之心》等。

多數故事找不到原作者，但也有一部分出自一些具體的業餘作者之手，其中最有代表性的作者是青年工人張寶瑞。據稱，「手抄本」中能夠確定出自張寶瑞之手的，達二十餘種之多，包括著名的偵破故事《梅花黨》等。

傳奇的快感敘事

文革期間，那些堅持文學自由精神的獨立寫作者，如食指、陳建華、劉自立，乃至北島、多多等人，他們的寫作，旨在建構起一座堅固的精神堡壘，以對抗意識形態高壓，捍衛個體的獨立和自由精神。這些寫作帶有鮮明的個人的精神印記。而這一時期的民間傳奇故事則沒有這樣的精神追求，它們更

〔註13〕丁玲：《一朵新花》，《中國青年報》，1979 年 8 月 11 日。

直接的目標是滿足大多數公眾最基本的文化需求。這些民間傳奇故事帶有明顯的市井文化特徵，大多直接訴諸感官刺激。

在意識形態方面，民間傳奇故事並無特別的雄心。它甚至在一定程度上遷就主流意識形態，比如，它們依然講述階級鬥爭的故事，依然講述革命英雄人物如何抓壞人、破獲特務組織的故事。在美學方面同樣也沒有任何雄心，無非是英雄歷險、「好人－壞人」之類的俗套。但這些傳奇故事的文化生命力植根於民間文化深厚的土壤中。它們給革命的內容塗上了鮮豔的傳奇性的色彩，突出了故事中的感官刺激因素。事實上，至於內容究竟是否革命，是否符合意識形態要求，已經無關緊要。或者說，是民間的價值訴求和美學理想，寄託於革命故事的外殼之中。如《葉飛三下江南》借解放軍的葉飛將軍的形象，塑造了一個富於個性和正義感的獨行大俠。

《梅花黨》是這些故事中最有代表性的一個，它的情節較爲複雜，內容也最豐富，集文革傳奇故事（驚悚、偵破、反特、言情）之大成。《梅花黨》講述的是大陸公安人員破獲一個國民黨特務組織的故事。故事講述偵察員張強（亦作重慶市公安局局長於桑）1949 年前在重慶通過敵高級將領之女打進敵特內部，在其豪宅秘室發現刻有三朵梅花的電臺（或說牆上掛有梅花圖）。線索當即被打斷。這個「梅花黨」是國民黨的黨中之黨，受美國中央情報局操縱。1965 年國民黨元老李宗仁回歸大陸，其妻郭德潔是「梅花黨」的核心人物，受派遣憑梅花戒指（一說旗袍上的梅花形紐扣），與潛伏在中共黨內的特務聯絡。後得知聯絡人是國家主席劉少奇的夫人王光美。但郭心生歸順大陸政權的念頭，被王看破，而遭毒酒害死。郭臨終前將內情報告總理周恩來。偵察員張強繼續追查，與原敵軍將領小姐不期而遇，在經歷了種種驚險曲折後，終於找到了關鍵的線索。最後，把王光美騙至公園擒獲，「梅花黨」成員亦一網打盡。這個故事嵌入了李宗仁回歸大陸的歷史事件和王光美被誣陷的時代謠傳，迎合了當時占支配地位的主流政治理念。但同時把現實中在鬥爭意識支配下的敵意妄想、階級鬥爭恐怖與高層政治內幕的好奇和臆斷，交織在一起，形成了一種引人入勝的奇幻景觀。《梅花黨》在 21 世紀經改編之後被拍成電視連續劇。但在更早的時候，1980 年代的一些驚險電影（如《保密局的槍聲》、《藍色檔案》等）中，已經有它的影響的痕跡。

《一隻繡花鞋》則是一部典型的驚悚故事。它在一些「手抄本」中，也曾被整合成爲《梅花黨》故事的一部分。「繡花鞋」，在文革的氛圍中，是一

種怪異的對象。在草鞋、球鞋、解放鞋和普通布鞋占統治地位的時代，繡花鞋如同高跟皮鞋一樣，屬於沒落階級腐朽糜爛生活的象徵，被掃進了歷史的垃圾堆。繡花鞋總是與剝削階級的姨太太形象聯繫在一起。文革期間，常常有這樣的姨太太自殺身亡。繡花鞋的出現，總是帶著其特有的陳腐、糜爛、陰沉的氣息。而「一隻繡花鞋」，則暗示著另一隻的不在場。另一隻鞋的空缺，留下了一個更為強烈的懸念。一種不確定性，一個生死未明的狀態，或者說，一種幽靈狀態，彷彿死亡的陰影在徘徊。然而，一座深宅大院，一間神秘莫測的房子，一天深夜，窗臺上忽然出現了一隻繡花鞋……這樣的敘述，無須後面的故事，已足以讓人毛骨悚然。

「繡花鞋」還帶有隱晦的情慾暗示。這是一種被「妖魔化」了的情慾，實際上，它比《九級浪》中的蕾絲邊乳罩的直接描寫，來得更為色情，也更具誘惑力。這種窺淫癖式的表達，彷彿是情慾禁錮的維多利亞時代的「哥特式小說」的翻版。隱晦的情慾與神秘的恐懼結合在一起，構成了一種畸形的慾望模式。因此，也就可以理解《塔裏的女人》的流行。

1968 年前後，一部名叫《塔裏的女人》（又名《塔姬》）的「手抄本」開始流傳。《塔裏的女人》本是 1940 年代作家無名氏的作品，曾於 1966 年在香港被拍成電影。小說的主要內容是講一個瀟灑倜儻身價百萬的著名提琴演奏家與一位高傲、清純、出身高貴的少女，某大學的校花之間的情感糾葛的悲劇。後來少女發現戀人早有妻室，絕望之餘，決心報復負心人，進了修道院，並把自己關在塔樓裏與世隔絕。等戀人再次見到她時，她已經變成了一個衰老、目光呆滯的女人，如同「木頭人」一般。在傳抄過程中曾出現過不同的版本和異名，如在南京被改名為《塔裏「木」人》，在西安被改為《塔姬》。這部帶有舊時代都市小資產階級情調小說，所傳達出來的畸零情感、感傷氣息和神秘氛圍，令文革期間精神食糧匱乏、情感生活貧瘠的知青一代癡迷不已。

民間傳奇故事直接訴諸感官刺激，在文化空氣極度沉悶和精神生活極度貧乏的文革時期，這些故事刺激了人們的好奇心和麻木的感官，也激發了人們對另一種生活可能性的想像。另一方面，可以通過對陰謀、罪惡、恐怖、死亡……這些禁忌事物的敘述，聽眾被壓抑下去的「罪」的本能得到了釋放，這種釋放是安全的，不會受到任何懲罰。同時聽眾還可以通過對於「罪」的有距離的觀賞而獲得快感。

如果說，那些獨立的藝術化的個人寫作是以建構自足的美學「烏托邦」來完成個體的精神自救的話，那麼，民間傳奇故事則滿足於在世俗的此岸與大眾共當下的時光，在艱難時世中分享些微快感。這些快感或許是廉價的，但卻是必需的。

身體的覺醒

如果說，《梅花黨》等傳奇故事訴諸無意識中「罪」的本能的話，那麼，另一類故事則尋求更為直接的肉欲快感。

《少女之心》（又名《曼娜回憶錄》），其基本內容是講女主人公曼娜在與表哥初嘗禁果之後，難遏強烈的性欲衝動，不斷尋找性刺激，而且又同其它男同學做愛，惟其如此，方能感到身心快樂。《少女之心》自大約 1974 年起開始在民間傳播。傳抄過程中所形成的不同版本數以十計。

《少女之心》是「手抄本」中唯一直接描寫性行為和性器官的作品。因此，它遭到了與觸犯政治禁忌的《第二次握手》同等嚴厲查禁。許多讀者因為傳抄該文受到批鬥，乃至被以「流氓罪」勞動教養，但該文久禁不絕。甚至有人因傳播《少女之心》而獲死刑。

但是，《少女之心》根本算不上「色情文學」。

首先，它算不上「文學」。寥寥數千字，主要是幾次性行為的描寫，基本上沒有什麼事件背景、經過和情節發展。性愛過程和感受的描寫尚且差強人意，但曼娜本人及其表哥和同學等人物，並無具體的形象和個性，僅僅是性別代碼而已。

其次，它也算不上「色情」。文學史上不乏傑出的「色情文學」作品，但之所以成其為「色情文學」，並非因為寫到了性，而是因為它使性器官和性行為的描寫成為一種隱喻或敘事。這些隱喻或敘事文本，又是性愛當事人的個性、情感、欲望和人格等方面的投射。《少女之心》也寫到了性器官和性行為，但正如學者周勛所指出的：雖然《少女之心》在傳抄的過程中不斷加入抄寫者的個人感受和想像，但其主體無論是性行為的敘述語言，還是細節描寫，都沒有超出《赤腳醫生手冊》中有關生理衛生部分的介紹性白描文字的範疇。〔註14〕

然而，就這麼一個性文本，激發了整整一代人對神秘的性的無限幻想。

〔註14〕 參閱鍾剛等：《〈少女之心〉：70 年代『黃色手抄本』的性啟蒙》，《南方都市報》，2008 年 9 月 13 日。

它是性的匱乏的代償物。儘管《少女之心》只是關於性的一個「生理學式」的說明，但卻以以一種笨拙的手段，在革命的禁欲主義壁壘上，擠開了一道細小的裂隙，終於從那個被妖魔化了的「性」的密室，透出一絲微弱的光線。它第一次直接關注身體，關注身體的生理需求。這在強調「精神萬能」而貶低身體欲望的年代裏，是極為罕見的。它拋棄了附加在身體之上的種種價值：文化的、意識形態的或美學的，以一種徹頭徹尾的「唯物主義」態度對待身體。毫無疑問，身體的覺醒，並不能代替人性解放的全部，它只是將欲望還原到肉欲的物性層面，但卻為主體意識的覺醒，提供了必不可少的物質基礎。性快樂的追求本身並不具有意識形態反叛的意味，意識形態卻不打算放過它。性被視作與政治同等危險的東西。學者楊鍵認為：「《少女之心》對人體官能的青春『迷狂』，是對非理性的一種認定。手抄本不可抗拒的流行正是非理性的勝利。返顧歷史，非理性具有不容忽視的重要價值。一切流行的價值理念都是一種人為的思想預設，對任何崇高的思想預設，都必須保持冷靜與質疑，只有站在人本的立場上，對包括民主、自由在內的一切價值觀念保持警惕，才能避免被天國的美景引入人間地獄。……《少女之心》所說的都是常識，普通的、不帶偏見的日常價值判斷。如果說，它是一種價值觀念，也只是一種市井化的價值觀，一種世俗化的幸福觀。」〔註15〕

《少女之心》呈現出來的「性」的文本，只是一個孤獨的「性」的片段，它孤立於社會生活和意識形態之外，也切斷了與性愛主體的情感、心靈及其它相關事物之間的聯繫。這本身就是文革期間「性」的境遇的一個徵候。儘管性能夠激發人們的強烈興趣，但「性」本身確是一個陌異的、孤獨的存在物。它存在於一個特殊的時代，卻是沒有生氣的官能碎片，如同生理實驗室裏的器官標本。主體可以隨意地徵用或拋棄它。它的地位是卑賤的，它的快感是廉價的，而它的罪孽卻是深重的。在華美的文藝文本中，它處於幽暗不明的地段。即使是在文革後的文藝文本中，它也只能屬於被電影蒙太奇剪切掉的部分，或被《廢都》式的方格了所省略掉的部分。當許多「手抄本」都能找到原作者的今天，《少女之心》的作者卻依然處於潛伏狀態。可見，「性」的禁忌比其它任何方面的禁忌來得更嚴、更深。

21世紀以來，商人看中了《少女之心》的商業方面的價值。號稱「原本」或「潔本」的《少女之心》，被書商所推出。當這位被商業利潤的「洗浴露」清

〔註15〕 楊健：《手抄本的傳閱史》，《南風窗》（廣州），2006年第15期。

潔了身體的新「少女」羞羞答答地出現在公眾面前的時候，所有當年傳閱過
《少女之心》的讀者都看得出來，面前的這位唱著「人文」高調的清潔的「少
女」，不過是一位商人所雇傭的「人造處女」而已。

第七章　新文學的曙光

　　1971 年秋冬季節，政治氣氛突然變得肅殺而又神秘，各式各樣的小道消息、政治流言，隨著寒冷的秋風四處飄散，似乎有什麼大事發生。時隔不久，人們終於得知，早在 9 月 13 日，中共中央副主席林彪及其家人秘密駕機飛往境外，飛機墜毀於蒙古人民共和國境內溫都爾汗的戈壁灘上，機上人員全部身亡。這就是震驚中外的「九一三事變」。

　　中國人開始在世界地圖查找溫都爾汗。面對著地圖上的那一大片灰濛濛的空曠之中的一個小黑點，人們不禁陷入沉思。輿論普遍認為，林彪的背叛行徑不可饒恕，死有餘辜。然而，這位林副統帥，曾經是共和國元帥，偉大領袖的接班人，就在不久前，所有的中國人還必須在他的畫像前敬祝他「身體健康，永遠健康」。這一祝贊的層級僅次於毛主席的「萬壽無疆」。然而，這位文革的標誌性人物，竟然一夜之間成為革命的敵人，那麼，這場革命的合理性何在？這位「語錄不離手，萬歲不離口」的忠於偉大領袖的榜樣，竟然是一個可怕的陰謀家和叛徒，那麼，忠誠的可靠性又何在？被神化了的領袖親自挑選的可靠接班人，比任何人都更不可靠，那麼，領袖的神聖性又如何能令人信服？……所有的這些疑慮，都將從根本上動搖人們對無產階級文化大革命的信心。官方隨後掀起了聲勢浩大的批林運動，但依然無法消除公眾心頭的疑慮。「九一三事變」文革政治轉折的一個分水嶺。它直接撕開了文革期間緻密的政治鐵幕，成為人們反思文革，要求政治上改弦更張的開端。

　　自 1972 年起，文革的疾風驟雨有趨於緩和的跡象，民間的思想開始陞溫，文藝方面也有復蘇的萌芽。年輕一代人思想活躍，文化創造衝動強烈，

在 1970 年代初中期，出現了一個地下思想文化活動的高峰時期，並形成了一種群體效應。這些新生的文學星系，他們以自身強弱不等的光芒，照亮了文革的精神暗夜。

第一節　「白洋淀詩群」

　　1969 年至 1976 年間，在離北京不遠的河北白洋淀地區的周邊農村，散落著多個知青點，這些知青點裏的「知青」大多來自北京，其中有相當數量的文學愛好者，他們此前屬於不同北京青年民間文藝沙龍中的成員，許多人有著相近的家庭背景（「高幹」、「高知」家庭）、相近的教育背景（高幹子弟中學的同學）、相近的閱讀經驗（接觸過「灰皮書」、「黃皮書」），相互之間一直保持著不同程度的聯繫。因此，他們在政治和文學等方面的觀念較爲接近。由於白洋淀離北京距離較近，他們有更多的機會返回北京，與城裏的留城「知青」的文藝沙龍保持接觸，可以及時獲得最新的文化信息。相比於散落在農村各地或更爲偏遠的下鄉「知青」來，這一批人能夠獲取更多更新的文化信息，也有更多的和更爲密切的文化交流的機會。久而久之，這批文學愛好者逐漸形成了一個較爲穩定的文學寫作圈。他們的創作以詩歌爲主，故文學史上稱之爲「白洋淀詩群」或「白洋淀詩歌群落」。

　　「白洋淀詩群」是文革後期民間自發性文學寫作中的盛大景觀。這個群落包括根子（岳重）、芒克（姜世偉）、多多（栗世徵）、方含（孫康）、林莽（張建中）、宋海泉、戎雪蘭、喬伊（潘青萍）、趙哲、楊樺、周陲、周舵、趙振先等，以及與一些白洋淀群落來往密切的「外圍成員」，如北島（趙振開）、齊簡（史保嘉）、彭剛、馬佳、江河（於友澤）、楊煉、嚴力、甘鐵生、鄭義、田曉青等。在 1970 年代昏暗的日子裏，這一小隊文學夜行客，小心翼翼地繞開「樣板文藝」的金光大道，在食指所指向詩歌「小傳統」的蜿蜒小徑上悄然疾行。這在當時是一次沒有目標的，同時又是充滿危險的艱難旅程。

一、「三月與末日」：青春生命的危機

根子的末日判詞

　　根子是「白洋淀詩群」中的一顆光芒耀眼的流星。他作於 1971 年的《三月與末日》，可以視作「白洋淀詩群」形成的開端之作。

三月是末日。

這個時辰

世襲的大地的妖冶的嫁娘

——春天，裏卷著滾燙的粉色的灰沙

第無數次地狡黠而來，躲閃著

沒有聲響，我

看見過足足十九個一模一樣的春天

一樣血腥假笑，一樣的

都在三月來臨。……

這是詩人獻給自己二十歲生日的一首長詩。詩一開頭卻發出了驚世駭俗的末日宣判。「三月是末日」，它讓人聯想起 T.S.艾略特《荒原》中的詩句——「四月是一個殘忍的季節」。無論根子是否直接受惠於艾略特，但根子的詩顯然歸屬於現代派文學家族。在這位年輕的詩人眼裏，春天的世界跟他本人的青春生命一樣，是一個頹敗、沒落的世界。詩中描述了一個末日世界的「荒原化」景觀——

她竟真的這個時候出現了

躲閃著，沒有聲響

心是一座古老的礁石，十九個

兇狠的夏天的燻灼，這

沒有融化，沒有龜裂，沒有移動

不過礁石上

稚嫩的苔草，細膩的沙礫也被

十九場沸騰的大雨沖刷，燙死

礁石陰沉地裸露著，不見了

枯黃的透明的光澤、今天

暗褐色的心，像一塊加熱又冷卻過

十九次的鋼，安詳、沉重

永遠不再閃爍

同食指相比，根子的世界經驗更加極端。食指式的迷人的憂鬱和明亮的信念，在這裡被徹底拋棄，世界露出了其更加猙獰的一面。世界是荒蕪的，人的內心也同樣荒蕪。這一經驗，既是一代人在特定時期的現實經驗，同時

也是一種普泛的現代性的經驗。根子繼續寫道——

　　　　作為大地的摯友，我曾經忠誠

　　　　我曾十九次地勸阻過他，他非常激動

　　　　「春天，溫暖的三月——這意味著什麼？」

　　　　我曾忠誠

　　　　「春天？這蛇毒的蕩婦，她絢爛的褶裙下

　　　　哪一次，哪一次沒有掩蓋著夏天——

　　　　那殘忍的姦夫，那攜帶大火的魔王？」

　　　　我曾忠誠

　　　　「春天，這冷酷的販子，在把你偎依沉醉後

　　　　哪一次，哪一次沒有放出那些綠色的強盜

　　　　放火將你燒成灰燼？」

　　　　我曾忠誠

　　　　「春天，這輕佻的叛徒，在你被夏日的燃燒

　　　　烤得垂死，哪一次，哪一次她用真誠的溫存

　　　　扶救過你？她哪一次

　　　　在七月回到你身邊？」

　　主體分裂為兩個自相矛盾的部分，話語自成主體，從自我「大主體」上分離出來。作為話語主體的「我」，成為自我的肉身生命的異質性的存在，形成了排斥反應。這種自我「他者化」，表明寫作者強烈的話語自覺和批判的「自我意識」的覺醒。外部現實世界的「荒原化」與主體自身生命的「他者化」，構成了一個互為鏡象的關係，但這外面的春天和內在的春天，並非「美好」的象徵，也不是真實和價值的象徵，它們共同指向的是醜陋、虛偽、欺騙和背叛。「我」曾經忠誠，但這種忠誠已遭邪淫的「春天」背叛，忠誠是青春幼稚的產物。根子以一種決絕的態度，表達了與現實生活和舊的自我的不滿，也預示著一代人新的「自我」形象的誕生。「生日」就是「末日」，成為與舊的「自我」決裂的標誌。一代人從「末日」開始成熟。

　　在《致生活》一詩中，根子繼續保持著對現實生活的質疑態度，新的生命即誕生在「懷疑一切」的精神之中——

　　　　喂，你記牢我現在說的

　　　　我的眼睛復明了

以後，也只有我的眼睛

還是活著的。

……

我還要詆毀你，因為大腦

已經冰冷，我

絕不思考！

絕不思考。

有香氣的花是不是真正的花？

絕不思考。

映在水面上的是不是真正的太陽？

絕不思考。

「喂」——這個倨傲的聲音，顯示出走出蒙蔽和愚昧陰影的一代新青年的不滿和自信。「眼睛復明了」，世界的真相盡在眼前。精神蒙蔽下產生的一切，都清晰可辨，即使是虛假的思考，也是通向精神奴役之途。根子的「絕不思考」的宣告，在日後北島的「我不相信」的吶喊聲中，得到了回應。在懷疑主義的價值立場方面，他們有著「遺傳性的家族相似」。

繼《三月與末日》之後，根子還寫有八首長詩，包括《白洋淀》、《橘紅色的霧》、《深淵上的橋》等。根子的詩完全擺脫了政治抒情詩的影響，從食指的起點上向前邁出了關鍵性的一步，標誌著北京新詩人群體在藝術上走向成熟。

1973 年，根子因作詩而被公安機關傳訊、關押，但公安人員被詩中晦澀、怪異的表達弄得不知所措，最終釋放了根子。但根子自此終止了詩歌寫作。

然而，根子的詩不僅讓公安人員不知所措，也讓他的同伴們——芒克、多多等感到茫然不解，並為其新奇的風格所震撼。新的經驗、新的情感、新的意象、新的話語和新的美學……一個全新的文學世界在芒克、多多等人面前，慢慢敞開了它的大門。事實上，比根子的《三月與末日》略早一些時候，依群的詩已經發出了文學新紀元到來的信號。現在，這些年輕的新詩人們，必須為進入這個新世界，準備好自己的美學通行證。

這批新詩人信奉這樣一種詩學理念：詩人的「自我」形象是通過其話語方式方得以呈現。必須通過更新話語，才能夠塑造一個全新的抒情主體。新

的文學世界拒絕同質化的情感和重複、雷同的表達，拒絕千篇一律的複數敘事。只有找到獨特的表達，才能夠將獨特的主體同其它書寫者區分開來。這是一場新的話語挑戰。而作爲根子的密友，芒克和多多理應挺身而出，迎接這場挑戰。

芒克的天真之歌

如果說，根子以「末世」預言的震驚效果撼動了詩歌陳腐的根基的話，芒克的詩歌則以自身的逍遙自在的狀態，建立起美學享樂主義的明媚樂園。

> 一小塊葡萄園，
> 是我發甜的家。
>
> 當秋風突然走進咣咣作響的門口，
> 我的家園都是含著眼淚的葡萄。
>
> 那使院子早早暗下來的牆頭，
> 有幾隻鴿子驚慌飛走。
>
> 膽怯的孩子把弄髒的小臉，
> 偷偷地藏在房後。
>
> 平時總是在這裡轉悠的狗，
> 這會兒不知溜到哪裏去了。
>
> 一群紅色的雞滿院子撲騰，
> 咯咯地叫個不休。
> ……

（《葡萄園》）

把陽光釀成甘甜的葡萄，是詩人明朗、快樂的內心世界的象徵。他歌頌植物和動物，關心狗和雞的動靜，如此天真爛漫的情緒，使芒克的詩意樂園中彌漫著世俗生活的芬芳，沒有一絲文革時期的硝煙氣。

不過，在詩的最後，終於出現了現實的隱喻。快樂的葡萄園的上空，也有陰雲漂浮——

> 我眼看著葡萄掉在地上，
> 血在落葉中間流。
>
> 這真是個想安寧也不得安寧的日子，

這是在我家失去陽光的時候。

即便如此，芒克的詩中也不是陰霾密佈、黑雲壓城的末世景觀。「失去陽光」的日子並非「末日」。他有一點點哀愁，但哀而不傷；還有一點點幽怨，但怨而不怒。

月亮陪著我走回家。

我想把她帶到將來的日子裏去！

一路靜悄悄。

（《路上的月亮》）

明快純淨的語言、妙趣橫生的場景和「溫柔敦厚」的詩學氣質，不僅在文革期間的精神氛圍中極為罕見，即使是在其同時代的詩人當中，也不同凡響。

芒克並沒有刻意追求內心的奇特經驗，而是在大自然的博大懷抱中，找到了溫暖的家園感和身心安寧。芒克在白洋淀的詩友宋海泉評價道，他是一個是「直接面對人的最自然的本質，抗議對這種自然天性的扭曲」的「自然詩人」〔註1〕。

但芒克並非一個遁世的隱逸詩人。芒克的詩中陽光明媚，卻不是「樣板文藝」式的豔陽高照。灼熱的太陽，會令他感到不安。在一個「想安寧也不得安寧的日子」，來自現實世界強大的精神壓力，會使芒克流露出其天性中的另一面。《天空》一詩即是詩人正直、憤激個性的體現。

太陽升起來，

天空血淋淋的

猶如一塊盾牌。

日子像囚徒一樣被放逐，

沒有人來問我，

沒有人寬恕我。

……

太陽升起來，

天空——這血淋淋的盾牌。

（《天空》）

〔註1〕　參閱宋海泉：《白洋淀瑣記》，《詩探索》（北京），1994 年第 4 期。

在這單特殊的語境裏，「太陽」意象的顛覆性的修辭，包含著強烈的政治反叛含義。芒克以一個簡單的修辭學上的改變，即達到了根子式的絕望和北島式的憤怒同等的批判力。從中也可以看出，芒克與根子、北島等人的內在精神上的相通。

從總體上說，芒克是快樂的。詩意來自詩人天性的自然流露，風格介乎洛爾迦的謠曲與葉賽寧的田園詩之間。更富於戲劇性的是，芒克身上的自然天性通過一場略顯滑稽的「行為藝術」表現得更為充分。1972 年前後，他在凱魯亞克的小說《在路上》的蠱惑下，與好友彭剛一起結伴去流浪，結果幾乎淪為乞丐。不過，年輕的前衛藝術家對「波西米亞」式的自由生活的迷戀，並不稀奇，而對於芒克來說，自由自在的本性卻始終未變。他至今依舊「頑童」本性不改，依舊唱著他的「天真之歌」。

多多的話語角鬥

芒克和多多，這兩個人既是朋友，又是敵人。他們像朋友一樣地生活在一起，而他們的詩歌卻是互為敵人的對抗的結果。他們開始寫詩，並「相約每年年底，像決鬥時交換手槍一樣，交換一冊詩集。」〔註2〕這一行為看上去純粹是熱血少年爭強好勝的心理在作祟，但卻無意間成就了詩藝。詩歌藝術在他們那裡，成為自我教育的手段。就這樣，一代詩人在藝術競技中長成。這些年輕的「詩歌騎士」，必須在語言上標新立異，出奇制勝。起碼多多是這麼做的。他從現代主義詩人（如茨維塔耶娃、曼傑利施塔姆、帕斯捷爾納克等）那裡，習得了語言的「劍術」。這門艱難的修辭「手藝」，並非人人都能得心應手。

> 我寫青春淪落的詩
> （寫不貞的詩）
> 寫在窄長的房間中
> 被詩人姦污
> 被咖啡館辭退街頭的詩
> 我那冷漠的
> 再無怨恨的詩
> （本身就是一個故事）

〔註2〕 多多：《被埋葬的中國詩人（1972～1978）》。

　　我那沒有人讀的詩

　　正如一個故事的歷史

　　我那失去驕傲

　　失去愛情的

　　（我那貴族的詩）

　　她，終會被農民娶走

　　她，就是我荒廢的時日……

　　　　　　　　《手藝──和瑪琳娜‧茨維塔耶娃》

　　在同時代詩人中，多多較早懂得詩歌語言技藝的重要性。他在詩歌的學藝階段，對語言的技藝的操練是一種精神的搏擊訓練。這位年輕人，夢想著在語言搏擊中成就自己的英雄般的功業，就像一位渾身冑甲角鬥士，為了在未來的角鬥場上贏得致命一擊，勤勉地練習著自己的劍術。為此，他從一開始就在尋找自己的精神對手。在他的早期詩作《當人民從乾酪上站起》中，修辭上的奇異性即清晰可辨。

　　歌聲，省略了革命的血腥

　　八月像一張殘忍的弓

　　惡毒的兒子走出農舍

　　攜帶著煙草和乾燥的喉嚨

　　牲口被蒙上野蠻的眼罩

　　屁股上掛著發黑的屍體像腫大的鼓

　　直到籬笆後面的犧牲也漸漸模糊

　　遠遠地，又來了冒煙的隊伍……

　　這是依群和根子風格的混合物，只不過多多將其推向了極端。乾酪，這個聞所未聞的食物，跟當時中國的人民並無太大關係。人民既不識乾酪，又如何「從乾酪上站起」？然而，問題不在於此。這個不存在的事物出現在人民面前，它向人民昭示了一種世界的可能性和對可能世界的想像的權利。對於前衛詩人來說，詩歌教導人們的不是現實，而是關於不存在的事物的自由想像，儘管這種尚不怎麼可靠的自由，到頭來很可能只是一種幻覺。但只要自由想像的權利和欲望存在，奇跡就有可能發生。詩歌的力量就在於此。

　　更為強大的對手在外部世界。「文革」時期的話語的閉合性，是那個時

代精神閉合性的嚴重徵兆，革命的堅硬話語構成了漢語文學寫作的堅固囚籠。多多及其同時代詩人的寫作，必須磨礪更加鋒利的言辭，方能把自己解放出來。這些語言和精神的雙重囚徒們，挖空心思地尋找各種可能的精神通道。

> 一個階級的血流盡了
> 一個階級的箭手仍在發射
> 那空漠的沒有靈感的天空
> 那陰魂縈繞的古舊的中國的夢
> 當那枚灰色的變質的月亮
> 從荒漠的歷史邊際升起
> 在這座漆黑的空空的城市中
> 又傳來紅色恐怖急促的敲擊聲……

（《無題》）

這些冰冷堅硬的詩句，強烈敲擊著精神囚籠堅固的牆壁。儘管當時並沒有更多的人聽到它的回響，但它依然是一個時代的精神解放的先兆。

多多自稱為有專業水準的男高音歌手，深諳意大利美聲技巧，自然也就懂得呼吸對發聲的重要性。與此相類似的是，他的詩歌藝術則可以看作另一種意義上的「呼吸」，一種精神性的「呼吸」。在對於內在精神渴望的強有力的擠壓下，多多把漢語抒情推到「高音 C」的位置上，以一種精確而又純粹的、金屬質的聲音，表達了自由而又完美的漢語抒情技巧。

二、「瞧！這些人」……

「白洋淀詩群」的其它詩人，在詩學觀念上沒有像根子、芒克、多多他們那樣極端，也沒有他們那麼強烈的話語變革意識。但他們的詩作，至少與主流抒情文學中的政治抒情詩和工農兵詩歌，拉開的足夠的距離。在意象的使用上，這些詩人都在尋找與個體內心情感相關的意象。

方含在「白洋淀詩群」中，稱得上是一位「老詩人」。他開始寫詩較早，其中以《在路上》最具代表性。

> 從北京到綠色的吐魯番
> 我帶回一串葡萄
> 它是我的眼淚

紫的，綠色的
飽含著辛酸的淚水

　　從北京到吐魯番
　　眼淚灑在了路上

　　全詩共 6 段，其它各段分別描寫從北京到烏魯木齊、酒泉、拉薩、大理和西雙版納。詩人在這些地方帶來了「葡萄」、「玫瑰」、「夜光杯」、「哈達」、「孔雀石」和「蝴蝶」，但卻丟失了青春、愛情、夢想和時光。這種青春失落的苦悶，情感是個人化的，情調是憂傷的。這一點，與主流抒情詩大相徑庭。又如《謠曲》一詩──

我從天空慢慢地下降
夢輕盈地落在我的心上
姑娘，如果你去山裏
請找到我的馬兒
它是被光偷去的
我的影子
你緊緊繫住它
用小溪的綠絲帶
然後騎上它
像一陣風
跑回
這夜的暗綠的城市
……
我的心靈火紅的果子
被夏天遺忘在生命的樹上
讓我的聲音，拋下錨
停泊在你的門前
我的眼睛在水裏歌唱
是散落在海裏的星星
我的嘴唇
是風，是浪花
輕輕地吻著

我的手臂和肩膀

我的天空慢慢地下降

夢輕盈地落在我的心上

不過，謠曲式的詩歌，與 19 世紀西方浪漫主義和 1930 年代中國「新月派」詩歌更接近。

與方含詩歌風格較爲相近的，還有宋海泉。宋海泉作於 1973 年前後的長詩《海盜船謠》、《流浪漢之歌》，帶有拜倫、海涅和普希金的痕跡。

林莽的詩則介乎浪漫主義與現代主義之間。其代表作是作於 1974 年的長詩《二十六個音節的回想——獻給逝去的歲月》，是爲自己 26 歲生日而作。全詩分 26 個小節，分別由 26 個英文字母爲小節標題號。

A

夕陽在沉落

土地上迴蕩起輓歌聲

昨日的一切已經死去

殘留下蜘蛛一樣的意念

羅織著捕獲的網

B

廟宇倒塌了

迷信的塵埃中，有泥土的金身

沒有星座，沒有月光

只有磷火在游蕩

廢墟上飄浮起蒼白的時代

在這些詩行中，我們可以看到從食指和根子的抒情傳統：頹敗的景觀、強烈的末世感、失落的情緒和對現實神話的懷疑與批判的精神。但在接下來又有這樣的詩句——

T

依偎在母親般的土地上，傾聽祖國的心跳

蒼白的你，躺在冰冷的手術臺上

人民將用鮮血洗滌你心靈的創傷

我無語地伸出一支粗壯的手臂

我是你忠誠的兒子

　　詩人表現出強烈的國族關懷和沉重的歷史責任感，並將「自我」形象納入到國族「大敘事」之中來呈現。這一抒情模式在話語風格上與主流的政治抒情詩有相似之處，但它用「民族－人民－母親」的三位一體的宏大意象，取代了政治抒情詩中的「黨－領袖－人民」的三位一體。這一類詩歌承接了20世紀前半葉的詩歌傳統，在修辭手法和話語風格上，更接近於艾青、臧克家的傳統。與林莽詩歌風格比較接近的是馬佳和江河。他們的詩，試圖在國族「大抒情」與自我「小抒情」之間達成妥協，將抒情的個人化色彩與民族、國家以及時代的大背景之間，找到一種協調。

三、「小抒情」的朦朧面容

　　新詩人群體在「依群－根子－多多」的現代主義路徑上並沒有走得太遠。他們在充滿末世感的精神深淵前面，停下了腳步，佇足於文革的文化廢墟之上，回身將目光投向環繞著自我的「小世界」，開始收拾屬於他們自己的經驗碎片，以重整破碎的精神天地。經過北島、舒婷、顧城等人的努力，一種新的抒情方式開始趨於成熟。這種新抒情，為文革後的新文學的誕生，做好了準備。

北島

　　這一時期的北島，與文學史上所常見到的北島有所不同。1970年代初期，北島開始寫詩，但在當時，他並非最重要的詩人。北島最初的一批詩，如《你好，百花山》、《陌生的海灘》、《在我透明的憂傷中》、《微笑・雪花・星星》、《小木房裏的歌》、《紅帆船》、《黃昏：丁家灘》等，多帶有童話色彩和夢幻風格。抒情者經常模擬孩童的語氣，營造一種天真浪漫的童話世界的氛圍。

> 我猛地喊了一聲：
> 「你好，百——花——山——」
> 「你好，孩——子——」
> 回音來自遙遠的瀑澗

　　對於傾聽回音的喜愛，是兒童自我確認的表現方式之一。在與現實世界相分離的抒情童話裏，青年北島找到了情感認同。在那裡，他們疲憊的心靈可以得到暫時的安歇，在一種自由嬉戲的狀態下，完成對失落已久的夢幻城堡的營造。據友人回憶，「北島是在1970年到海邊度過一段時間後開始寫詩

的，詩中充滿著關於海岸、船隻、島嶼、燈塔的意象。」〔註3〕可見，北島沉迷於尋找屬於自己的意象。語詞和意象，是他構建這座城堡的基本建築材料。這些陌生的事物，阻斷了外部世界的景色對詩人內心的侵擾。內在的「小世界」裏，風景秀美怡人——

> 一切都在飛快地旋轉，
> 只有你靜靜地微笑。
>
> 從微笑的紅玫瑰上，
> 我採下了冬天的歌謠。
>
> 藍幽幽的雪花呀，
> 他們在喳喳地訴說什麼？
>
> 回答我，
> 星星永遠是星星嗎？

（《微笑·雪花·星星》）

這種「軟性」浪漫主義的詩句，甜美而嫵媚。抒情者既不需要理性指引去「相信未來」，也不會產生「末日」恐懼的焦慮。星星閃爍著微弱幽藍的光芒，未來充滿了神秘的誘惑。

但也有迷惘時候，也有對於迷失經驗的表達——

> 沿著鴿子的哨音
> 我尋找著你
> 高高的森林擋住了天空
> 小路上
> 一顆迷途的蒲公英
> 把我引向藍灰色的湖泊
> 在微微搖晃的倒影中
> 我找到了你
> 那深不可測的眼睛

（《迷途》）

但這與其說是「迷失」，不如說是「躲藏」，孩童捉迷藏時的小插曲，或者說，是「小紅帽」被林中景色所吸引而忘了回家的路。童話城堡裏的小小

〔註3〕 參閱宋海泉：《白洋淀瑣憶》。

迷失，並不會改變主人公基本的世界經驗，只會給他的童話世界帶來更多的變化的樂趣，更爲引人入勝。

顧城、舒婷

在童話風格方面，顧城更爲純粹。顧城開始寫詩的時候，還是一個少年。與其它寫作者不同的是，他作爲一位少年詩人，其詩作就得以在文革期間的文藝刊物上發表。雖然不同於文革主流詩歌的革命抒情，但其詩中的明媚氣象，與主流文化並無根本性的衝突，甚至，它可以視作對激烈的革命氛圍之偏至的一種小小的的補償。革命也需要幻想，也需要夢幻般的情感。

> 把我的幻影和夢
> 放在狹長的貝殼裏
> 柳枝編成的船篷
> 還旋繞著夏蟬的長鳴
> 拉緊桅繩
> 風吹起晨霧的帆
> 我開航了
>
> 沒有目的
> 在藍天中蕩漾
> 讓陽光的瀑布
> 洗黑我的皮膚
>
> 太陽是我的縴夫
> 它拉著我
> 用強光的繩索
> 一步步
> 走完十二小時的路途
>
> 我被風推著
> 向東向西
> 太陽消失在暮色裏
>
> 黑夜來了
> 我駛進銀河的港灣

　　　　幾十個星星對我看著

　　　　我拋下了

　　　　新月——黃金的錨

　　　　……

　　　　　　　　　　　　　　　　　　（《生命幻想曲》）

　　從純粹詩學的角度看，顧城的詩渾然天成，晶瑩剔透，充滿奇思妙想，又毫無矯揉造作的痕跡。這是另一個世界的聲音。只有有著同等純淨的內心世界，才會有如此純淨的語言。

　　舒婷在遠離北京的地方。在她的故鄉廈門，那裡倒是眞有「海岸、船隻、島嶼、燈塔」之類的事物，但舒婷更感興趣的是那些更細小的事物。在意象的選擇上，舒婷與顧城較爲接近。

　　舒婷的詩，在總體上可以視作十九世紀西方浪漫派（如普希金、萊蒙托夫）、二十世紀二三十年代的中國詩歌中的「新月派」和象徵派（如徐志摩、戴望舒等）與古典詩詞中的婉約派（如李煜、秦觀、李清照等）的混合體。其中，以一部分詠物詩最爲典型，如《珠貝——大海的眼淚》——

　　　　在我微顫的手心裏放下一粒珠貝，

　　　　彷彿大海滴下的鵝黃色的眼淚……

　　　　當波濤含恨離去，

　　　　在大地雪白的胸前哽咽，

　　　　它是英雄眼裏灼燙的淚，

　　　　也和英雄一樣忠實，

　　　　嫉妒的陽光

　　　　終不能把它化作一滴清水；

　　　　當海浪歡呼而來，

　　　　大地張開手臂把愛人迎接，

　　　　它是少女懷中的金枝玉葉，

　　　　也和少女的心一樣多情，

　　　　殘忍的歲月

　　　　終不能叫它的花瓣枯萎。

　　比起顧城來，舒婷的詩更多了一些感傷。這是多愁少女與夢幻男孩的差

別。舒緩的語氣、感傷的情懷，還有一絲淡淡的熱情。這種熱情的存在，使得舒婷能夠在「嚶嚶其鳴」的求友聲中，找到友情，而不像顧城那樣，完全沉浸在自己幻想所虛構出來的海市蜃樓當中。

> 如果有一個晴和的夜晚
> 也是那樣的風，吹得臉發燙
> 也是那樣的月，照得人心歡
> 呵，友人，請走出你的書房
>
> 誰說公路枯寂沒有風光
> 只要你還記得那沙沙的足響
> 那草尖上留存的露珠兒
> 是否已在空氣中消散
>
> 江水一定還是那麼湛藍湛藍
> 杭城的倒影在漣漪中搖蕩
> 那江邊默默的小亭子喲
> 可還記得我們的心願和嚮往
>
> 榕樹下，大橋旁
> 是誰還坐在那個老地方
> 他的心是否同漁火一起
> 漂泊在茫茫的天上……

（《寄杭城》）

顧城、舒婷對於大自然、春天、童真、友誼、愛情和夢想的歌頌，確實代表了一代人的情感的某些方面。他們曾經失落了人性中的美好和單純，現在，似乎可以通過詩歌，把它們再找回來。詩歌在這裡承擔了心靈撫慰的功能。毫無疑問，這種柔軟的撫慰，在文革時期顯示出了珍貴的品質。它不是燃遍荒野的燎原烈火，也不是洞明前路的熊熊火炬，但在那些個寒冷的精神暗夜裏，這些柔軟的細語，如同微弱的燭光，散發出明亮、溫馨的人性光芒，給許多人以慰藉。

很顯然，女性詩人更容易認同這種柔軟的情感抒發方式。徐浩淵曾經是北京地下沙龍中的主導性的人物，她很早就開始了這種「小抒情」的書寫——

静静的海接著明朗的天

　　深藍和淡藍

波浪吻著金色的沙岸

　　埋下了一顆小小的貝殼

潮水爲她銘記著

　　二十又二年

……

《海岸・貝殼・少年》

「白洋淀詩群」中女詩人趙哲的詩也有相近的風格。趙哲的詩流傳甚少，《丁香》一詩可窺其一斑——

一群女孩子興沖沖走過，

滿懷盛開的丁香，

留下一路芬芳，一路歡唱。

生活裏更多的是丁香葉子的苦味啊，

姑娘，

不信，你就嘗嘗。

在這些詩歌中，我們可以看到一種新的抒情模式的萌芽。它不同於文革主流革命詩歌的紅色風格：集體性的情緒高亢以及喧囂、巨大和誇張的話語方式；也不同於根子、多多等人詩歌中的那種黑色風格：堅硬、孤傲、冷漠、怪異、尖銳和幽暗。這種詩歌的色調總體上時淡紅或灰綠的，柔和的暖色調，意象細小、語調輕微、質地柔軟、節奏舒緩。它們在宏大的主流話語的邊緣地帶，建立起「自己的園地」。

詞彙和句法

新詩歌形成了一種「小抒情」的模式。它首先提供了一份新的抒情「詞彙表」：鳶尾花、丁香、薔薇、橡樹、凌霄花、三角梅、蒲公英、貝殼、沙灘、帆船、浪花、雪花、晨霧、小鳥……等等，這些陌生而又屑小的事物，是構成新詩歌的隱喻結構的基本成分。它們替代了青松、翠柏、高山、長河、朝陽、紅旗等革命宏大抒情的基本意象。從表面上看，這似乎只是一道修辭學上的「替換練習」習題，但在這波瀾不驚的表面之下，卻蘊藏著一場深刻的文學變革。這些細小意象，直接指向抒情主體個人內在的小世界，

這個小世界，並無與外部大世界宏大抒情對抗的雄心，但它其自身的完整性和自足性。它預示著一個雖然細弱但卻有著獨立「自我意識」的抒情主體的誕生。

另一方面，這些意象在語義上也發生了一些重要的改變。它們本就是一些語義不明的陌異化的事物，其所建立起來的隱喻關係是不穩定的和易變的。隱喻關係的不穩定和易變，表明文本的語義空間的複雜、多變的品質。有時，抒情者還有意造成意義上的含混、扭曲，甚至悖反。這就形成了所謂「朦朧」的風格。一個充滿了變易性的世界的出現，既是抒情主體不安定的內心變化的重要徵兆，同時，也對主流的外部世界的意義秩序形成了某種挑戰。而主流的革命文藝要求語詞與其所指涉的事物之間，有一種穩定的、單維度的、不可逆的意義指向，以保證外部世界的事物在語義上明確和清晰可辨，同時也要保證革命意識形態的價值秩序的高度穩定。但這種話語模式，已經無法承載新的抒情主體的內在經驗和價值立場。北島在後來總結道：「詩歌面臨著形式的危機，許多陳舊的表現手段已經遠遠不夠用了，隱喻、象徵、通感，改變視角和透視關係，打破時空秩序等手法為我們提供了新的前景。我試圖把電影蒙太奇的手法引入自己的詩中，造成意象的撞擊和迅速轉換，激發人們的想像力來填補大幅度跳躍留下的空白。另外，我還十分注重詩歌的容納量、潛意識和瞬間感受的捕捉。」〔註4〕從這個意義上說，新詩歌的「小抒情」，是對於革命文藝的一次革命。「朦朧詩」在一定程度上改變了革命文藝的美學貧困狀態。「朦朧」修辭與其說是一種全新的美學原則，不如說是一項重要的話語政治策略。它與革命文藝的制度化的話語秩序之間構成了某種程度上的緊張關係，但並非根本性的對抗關係。也正因為如此，在文革結束後早期北島，以及顧城、舒婷等人所開創的「小抒情」，成為「朦朧詩」的主導風格。關於「朦朧詩」，儘管最初有許多的爭議，但在不久之後，它就彙入了「新時期」文學主潮，成為主流文學的基本傳統之一。

獨立的「自我」形象的誕生在夢幻般的花紅草綠的花園裏，有花兒、鳥兒和貝殼等小玩意兒與之做伴。除非像顧城那樣，始終躺在童年的搖籃裏，唱著快樂的童謠，否則，外部世界的喧囂，必然會打攪他們的好夢。當被吵醒的新「自我」睜開眼睛看見外面的世界時，他們開始變得情緒激昂起來。朦朧的純情表情被憤怒和反叛所替代。在北島身上，即表現出了一代人「自

〔註4〕北島：《談詩》，《上海文學》（上海），1981 年第 5 期。

我」形象的二重性。

　　文革後期，北島詩歌的語言開始改變，變得越來越堅硬有力和富於批判性，情緒也越來越憤激，風格越來越向根子、多多等人的詩歌趨近。1975 年，他連續兩首獻給遇羅克的詩篇，即是這一轉型的重要標誌，並預示著「《今天》時期」的北島風格的形成。

> 也許最後的時刻到了
> 我沒有留下遺囑
> 只留下筆，給我的母親
> 我並不是英雄
> 在沒有英雄的年代裏，
> 我只想做一個人。
>
> 寧靜的地平線
> 分開了生者和死者的行列
> 我只能選擇天空
> 決不跪在地上
> 以顯出劊子手們的高大
> 好阻擋自由的風
>
> 從星星的彈孔裏
> 將流出血紅的黎明

（《宣告——獻給遇羅克》）

> 我，站在這裡
> 代替另一個被殺害的人
> 為了每當太陽升起
> 讓沉重的影子像道路
> 穿過整個國土
> ……
> 以太陽的名義
> 黑暗公開地掠奪
> 沉默依然是東方的故事
> 人民在古老的壁畫上

默默地永生
默默地死去
……

《結局或開始——獻給遇羅克》)

第二節　《波動》：新理性與新敘事

　　與詩歌相比，文革期間地下文學中的小說新局面來得較遲一些，而且，藝術上也不夠成熟。這也就意味著，新一代寫作者，這個新生「自我」在個體品格、價值立場、情感傾向及其表達方式上的獨立形態和主體性，已開始形成，但他們在敘事上的總體性，尚未建立起來。比起抒情性作品來，敘事話語形態的成熟，不僅需要敘事主體「自我」形象的明晰和穩定，而且，需要整個時代的敘事話語形態和結構的整體性的轉變。比如說，19 世紀的批判現實主義小說的成熟，其敘事結構內在地包含著發達資本主義制度及其成熟的中產階級階層的「自我意識」的自覺。文革時期在將革命現實主義與革命浪漫主義相結合的創作方法推向極端的「三突出」敘事模式，則有這一時期占主導地位的政治意識形態的強大支撐。而文革時期新一代寫作者，如果他們不打算沿襲「三突出」的敘事路徑的話，那麼，他們只有完全進入個體「自我」的內心世界，才能保證其敘事上的完整性。然而，這個新生「自我」的主體世界，即使是在抒情方面，尚且只能維持一種童話性的完整。他們的童話世界向疾風驟雨的現實世界一旦敞開，便會迅速風雨飄搖、分崩離析。這種脆弱的主體性，遠不足以支撐起大規模敘事性作品的總體架構。不僅如此，即使是在文革結束以後相當長的一段時間裏，新敘事話語依然未能真正建立。最初的敘事性作品，在經過了短暫的精神傷痕的自我撫慰之後，便迅速退回到文革前的社會主義現實主義中，去尋找敘事的動力和結構。直到 1985年前後的先鋒小說的出現，後文革敘事話語才真正成熟起來。

　　如此看來，文革時期地下文學中，新一代寫作者的敘事性作品，其敘事邏輯必然是破碎的。或者說，只有打碎既定的敘事邏輯的鎖鏈，新敘事才有可能將自己從文革敘事的強大的總體性結構中解放出來。從前文所述的劉自立等人的短篇小說中，我們已經看到了這樣一種自我解放的敘事努力，而北島的中篇小說《波動》，則可視作這一階段的敘事話語變革方面的一次總結。

一、中篇小說《波動》

　　1974 年末，北島的中篇小說《波動》初稿完成，並在小範圍內傳抄。後經過 1976 年 6 月和 1979 年 4 月兩次修改，定稿。1979 年在民刊《今天》第四、五、六期上連載，署名「艾珊」，後又公開發表於文學刊物《長江》1981 年第 1 期，署名「趙振開」。

　　故事發生在文革期間的河北某小城。小說由五個不同身份、不同思想傾向和不同個性的人物——女青年蕭凌、林媛媛，男青年楊訊、白華和老幹部林東平——的內心獨白交錯組合而成。這些內心獨白片斷，又由兩條故事線索來串聯。一條是蕭凌和楊訊的不幸遭遇及其愛情悲劇，另一條是林東平家庭的父女衝突，以及幹部階層中的幾個人在文革的現實舞臺上的爭鬥和沉浮。

　　主人公蕭凌和楊訊，都是下放在河北某地農村的北京知青，他們相識後，開始戀愛。蕭凌出身於高級知識分子家庭，父母在文革中被迫害致死，她也被驅逐到鄉下，後被招工進小城。蕭凌在農村曾與一有著同樣不幸的幹部子弟「同病相憐」，並懷孕生下一個女孩，後來這個幹部子弟的父親官復原職，他也走後門上了大學，將蕭凌拋棄。楊訊也是一個幹部子弟，插隊時因為農村大旱，他領頭反對「交公糧」蹲過「縣大獄」。楊訊與蕭凌相愛後，得知蕭凌有個私生女，兩人感情出現裂痕。

　　市革委領導林東平是楊訊母親的老戰友，他與楊訊母親——解放區領導同志的夫人，曾有「不正當關係」，受到黨內處分。小說暗示林東平是楊訊實際上的父親。但他在查出蕭凌有所謂「生活作風問題」之後，同意有關部門將蕭趕回鄉下。

　　林媛媛是林東平的女兒。她在父親受衝擊的期間，遇到一些挫折。在父親終於又回到了領導崗位上後，她則屬於生活條件優越的「幹部子弟」。但她從父親身上看到了陰暗現實的投影，看到了人生的可恥和污卑。她追求放蕩不羈的自由生活，與道貌岸然的父親發生衝突，最終離家出走。

　　白華是小城裏盡人皆知的「流氓」。但他卻有其獨立的倫理、規範、行為準則。他行俠仗義，路見不平拔刀相助，以驚心動魄的方式表達愛情。在小說中，白華是一個關鍵性的人物，通過他，把楊訊、蕭凌這兩個「天涯淪落人」和林東平、林媛媛的分崩離析的家庭聯結在一起。

　　其它還有幾個在敘述中被轉述的人物：黨內腐化分子林德發、二流子「工

人師傅」二踢腳。他們代表了現實世界的邪惡和無賴。二踢腳是小說惟一出現的「工人階級」，但他卻是一個墮落、醜陋的形象。蕭淩曾多次遭他調戲、羞辱，但被白華解救。還有發發，一個貪圖享樂的行屍走肉，等等。

最後，楊訊的母親已通過關係將他調回北京，而蕭淩則被遣送回農村。當楊訊踏上回北京的列車的時候，蕭淩正孤身一人奔向山中，恰遇山洪暴發，不幸遇難。

二、「迷惘」、「垮掉」與「憤怒的青年」

小說的主要人物是幾個年輕人，他們分別代表了那個時代青年一代的幾種類型。

蕭淩是「垮掉」的象徵。一次又一次的暴行和欺騙，把她推向了絕望的深淵，她的內心一次一次地被失望、空虛、孤獨所籠罩。在她看來，這個世界是荒誕的，冷酷無情的。她不再相信世間還有什麼革命、正義、公理和友愛之類的宏大空洞的辭藻。在與楊汛的一場對話中，她以輕蔑的口吻，評價了這個時代——

「哼，偉大的二十世紀，瘋狂、混亂，毫無理性的世紀，沒有信仰的世紀……」

「咱們都信仰過。」

「那些碎片，還在後面叮噹作響。也許是前進了，可是路呢？」

面對蕭淩的疑問，楊訊無力應對。蕭淩甚至提出了更加極端的懷疑——

「請告訴我，」她掠開垂髮，一字一字地說，「在你的生活中，有什麼是值得相信的呢？」

我想了想。「比如：祖國。」

「哼，過了時的小調。」

「不，這不是個用濫了的政治名詞，而是咱們共同的苦難，共同的生活方式，共同的文化遺產，共同的嚮往……這一切構成了不可分的命運，咱們對祖國是有責任的……」

「責任？」她冷冷地打斷我。「你說的是什麼責任？是作為供品被人宰割之後奉獻上去的責任呢，還是什麼？」

「需要的話，就是這種責任。」

「算了吧，我倒想看看你坐在寬敞的客廳裏是怎樣談論這個題

目的。你有什麼權力說『咱們』？有什麼權力？！」她越說越激動，
滿臉漲得通紅，淚水溢滿了眼眶。「謝謝，這個祖國不是我的！我沒
有祖國，沒有⋯⋯」她背過身去。

而在她自己的內心獨白中，她又對自己說：「祖國，哼，這些玩意兒從來
都是不存在的。不過是那些安分的傢夥自作多情，他們需要一種廉價的良心
來達到一種廉價的平衡⋯⋯」作者借這位被侮辱與被損害的女性之口，說出
了文革一代青年在身心受到極大的傷害之後的內心感受。這種「懷疑一切」
的心聲，成爲理性反思的開端。

楊訊則是「迷惘」的象徵。他與蕭淩同病相憐，他也有懷疑的精神，但
他又不能接受蕭的虛無的和徹底懷疑的觀念。他試圖固守某種信念，讓自己
相信世界的價值，並試圖說服蕭翎接受他的信念，同時，他還試圖以摯愛與
關懷來溫暖蕭淩冷漠的內心。然而，他自己的行爲又背叛了他的信念。當蕭
淩向他承認「是你改變了我的生活。我也願意相信幸福是屬於咱們的」之後，
他卻又不能接受蕭還有一個私生女的事實。最終，他與他所唾棄的人一樣，
拋棄了蕭淩，獨自回了北京。楊訊空頭的、無法兌現的「希望哲學」，不僅未
能拯救蕭淩，反而又一次把她拋入了絕望的深淵。命運再一次殘酷無情地捉
弄了蕭淩。

林媛媛的形象較爲模糊。她既有小姐脾氣，又有一點波西米亞氣質。她
懷著對眞情的珍惜和自由的渴望，毅然離開了沉悶無聊的革委大院，離開了
舒適的家，也離開了虛僞的父親，追隨白華，去過浪跡天涯的生活。

官僚林東平使人聯想到《牛虻》中的紅衣大主教蒙泰里尼。他是現行社
會制度的維護者和既定倫理秩序的衛道士。他又一整套冠冕堂皇的說辭，隨
時準備向晚輩說教，也說服自己。他向楊訊說教，向自己的女兒說教。但他
生活在自欺欺人的謊言和空話當中。他本人的私生活並不檢點，卻同意以「生
活不檢點」的名義，開除蕭淩。當他看見蕭淩隻身離開之後，內心也有過懺
悔，但同時很快又找到了自我開脫的理由——

我幹了件什麼蠢事啊，這個女孩被廠裏開除了，今後的生活該
怎麼辦？可我有什麼責任呢？我只對我的兒子負責，這又有什麼不
對？再說，即使負責，也是廠方、小張、習慣勢力的事情，我什麼
也沒說，甚至連個眼色也沒使。不，責任不在我。她往哪兒走，不
會是尋死吧？也許應該追上她，安慰她。不，責任不在我。他們的

心思眞難捉摸，這代人啊，他們在想些什麼，他們要往哪兒走呢？

……在那個瘦弱的女孩子面前，我顯得多麼虛僞和不義啊，這一切是怎麼開始的？

這個內心充滿矛盾的人，看到了自己的虛僞，但制度的力量卻使他不得不繼續與自己的良心背道而馳。

白華是「憤怒的青年」的象徵。如果說楊汛、林媛媛與林東平之間的關係，是《牛虻》中亞瑟與蒙泰里尼的關係的映像的話，那麼，變換身份後的亞瑟──列瓦雷士的形象則可以由白華來表達。他雖然不像列瓦雷士那樣，成爲一個革命者，但他身上有一種俠客般的精神。白華像一個黑色的幽靈，飄蕩在故事之中。他以自己的方式在這個畸形的社會裏生存，他信奉強力，依靠拳頭來解決問題。這個社會邊緣人，性格冷酷，行爲瘋狂。他是「以惡抗惡」的路線的代表。然而，恰恰是在他身上，顯示出良知和正義的力量。他在火車站候車室裏救助一個被後母遺棄的小女孩，對因生活所迫而出賣肉體的小蘭子也慷慨解囊。在現實中感到絕望的其它青年──蕭凌、楊訊、林媛媛等人，反而能在白華那裡找到心靈上的共鳴。在他身上，反射出現實社會的幽暗的一面。

《波動》以一種特殊的人物關係結構，表現了文革中後期的中國社會結構的基本方面。每一個人物都代表了社會的某一側面，每個人物的內心活動都代表了社會上的某種情緒。《波動》見證了一代人的精神裂變，他們的苦悶、痛苦、迷惘、覺醒、反叛、頹廢，乃至虛無。正如小說人物蕭凌所說的──「咱們這代人的夢太苦了，也太久了，總是醒不了，即使醒了，你會發現準有另一場惡夢在等著你。」而這黑暗裏令人不安的震顫與「波動」，是一個時代變革前夜的焦灼、躁動的精神表徵。它在混亂中散發出一種「理性」的光芒。這種「理性」並不只是一種哲學層面上的抽象的邏輯，而是包含著愛與恨相交織的情感衝動、邪與正相對抗的政治激情和強大的歷史批判意識的「新理性」。

三、現代主義與敘事革命

很顯然，《波動》是一部帶有明顯的現代主義色彩的小說，其中有「意識流」手法的運用，又有複雜的敘事視角和人稱的轉換。《波動》並無完整的故事，也無統一的情節，而是由五個主要人物的回憶性的陳述和內心獨白穿插

文織而成，如同電影的「蒙太奇」手法的組接。整部小說也如同電影分鏡頭腳本，畫面感很強。如一下這樣的段落——

> 路燈。商店。電影院。路燈。飯館。垃圾堆。小土房。路燈……
> 我閉上眼睛，這是一座多麼破舊的城市，夜色也遮掩不住它的寒傖。
>
> ……
>
> 居高臨下。殘垣斷壁在荒草中肅立，彷彿在緬懷過去的繁榮。
> 閃光的溪水從院牆外流過，沖刷著一棵老柏樹裸露的樹根。藍色的遠山遙遙在望。

以隱喻替代敘述，以鮮明的畫面感的空間性來肢解敘事的時間性，以事件和經驗的碎片化來顛覆敘事的總體性，這是《波動》的重要的敘事策略。作者表現出對宏大敘事模式的強烈的拒絕態度。

另一方面，《波動》以多重視角的敘述，拼接起一個整體。這種「馬賽克」敘事，不僅改變了世界經驗的一體化格局，更重要的是，它表達了一種存在經驗多樣性的觀念。這一敘事手法最典型的是日本作家芥川龍之介的小說《在莽叢中》。這篇小說後來被導演黑澤明於1951年改編成電影《羅生門》。我們無法證明北島在此之前已經看過《羅生門》，但在當時有另一部電影——阿爾巴尼亞故事影片《第八個是銅像》——採用過類似的手法。這部電影以七個人對於銅像主人的回憶，拼接起銅像主人的一生。不同視角的敘述之間，互相拼接，但又有交錯和衝突。沒有任何單一的視角能夠窮盡事物的全部，也沒有任何單一的聲音可以代表終極真理。有限制的單個視角，實際上是對主體擴張之邊際的限制。它提醒個體的人的局限性，任何個體都不可能完全替代他人，成為終極真理的絕對主宰。同時也是對無限膨脹的宏大「主體」神話（文革「樣板文藝」即使這樣一個神話的絕對呈現）的拒絕。

在語言風格上，《波動》也是奇特的。它並不完全採用一般敘事性的陳述句，而是大量使用隱喻、象徵的手法，尤其是在表達人物內心活動的時候，採用了跳躍式的短句，甚至是單個語詞的拼接，使得小說帶有濃鬱的詩意。

> 〔楊訊〕
>
> ……
>
> 突然，咣的一聲，列車緩緩移動了。她的下巴頦哆嗦了一下，猛地背過身去。

「蕭凌——」

她轉回身，臉色蒼白，神情呆滯。她舉起手臂，袖子滑落了。
這纖細的手臂，浮在人群的上面，浮在遠去的城市上面。

……

〔蕭凌〕

左側是深不可測的懸崖。崖邊的樹木在雨中沙沙作響，枝椏微
微擺動。遠處城市的燈火，已被山巒遮去。

道路，道路。

……

〔楊訊〕

我走下車廂。檢車工的小錘叮叮噹當的敲擊聲，在這雨夜裏顯
得格外響。水銀燈被雨絲網住，變成朦朧的光暈。

柵欄門旁，檢票的老頭打著哈欠，他的膠布雨衣閃閃發亮。

〔蕭凌〕

我醒過來，一棵小草輕拂著我的臉頰。在頭頂的峭崖之間，迷
霧浮動著。不久，天放晴了，月亮升起來。

忽然，一位和我酷似的姑娘，飄飄地向前走去，消失在金黃色
的光流中……

《波動》的多方面的創新性，即使是在其發表之後，也未能引起主流文
學界的關注。在相當長的時間裏，它幾乎被文學史所遺忘。直到近幾年，它
才重新被文學史家所提起。〔註5〕但當時《波動》發表在《今天》雜誌上的時
候，仍有個別青年評論家認識到了其文學價值。老廣（黃子平）在評論文章
中寫道：「沒有曲折複雜的情節，沒有聳人聽聞的場面，也沒有迴腸蕩氣的感
傷，更沒有聲淚俱下的控訴。不是一個五光十色的萬花筒，也不是一粒耀人
眼目的鑽石，是一塊純淨的、透明的水晶。是在黑暗和血拍中升起的詩的光
芒，是雪地上的熱淚，是憂傷的心靈的顫動，是苦難的大地上沉思般迴蕩的
無言歌。青年知識分子騷動不寧的追求與下層社會粗暴的掙扎奇異地交織在

〔註 5〕 在數量眾多的「當代文學史」著作中，只有洪子誠的《中國當代文學史》和
陳思和的《中國當代文學史教程》，才對《波動》有較爲強烈的關注和較爲恰
當的評價。多數文學史甚至根本沒有提及。

－263－

一起，仕不到八萬字的篇幅裏包含了這樣多的社會容量和思想容量，這種令人驚訝的簡潔無疑得力於作者所採取的藝術形式……最令人難忘的是茫茫夜空裏的星光，這星光從黑暗和血泊中升起，照著古老蒼茫的大地和飽經憂患的人民，連接著生與死，善與惡，昨天和明天……」〔註6〕

第三節　這是最後的鬥爭

一、「四五運動」

　　1976 年，文革已成強弩之末。中國大陸經濟停滯，國民生活水準低迷，上山下鄉的「知青」生活艱難，學生們也看不到希望而厭倦學業，社會秩序混亂。政治形勢雲譎波詭，民間對於文革的不滿情緒越來越強烈，民心向背，民心思變的傾向也越來越明顯。另一方面，不斷升級的批林批孔運動和反擊右傾翻案風運動，已經讓民眾感到身心交瘁。民眾對極左路線的忍耐，已經到了一個極限。在文藝方面，「樣板文藝」也已黔驢技窮。江青等人的興趣轉向了政治權力的爭奪，對文藝的關注度明顯下降。「八個樣板戲」之後的新「樣板戲」，除了極少數幾部稱得上製作精良之外，大多數明顯屬於粗製濫造、濫竽充數。小說、詩歌也大多是一些為了政治陰謀服務的、品質低劣的文字遊戲。至於「小靳莊詩歌」運動，則更是淪為一場鬧劇。

　　而該年又接二連三地發生了一連串重大事變，加劇了社會的動蕩。

　　1976 年 1 月 8 日，國務院總理周恩來去世。這對於在沉默中忍耐的中國民眾來說，是一個沉重的精神打擊。周恩來在高層政治格局中，代表了關注民生的、溫和的改革派的形象，他所主持的國務院行政系統，在文革的動蕩中，起到了顯著的穩定作用。尤其是 1972 年以來，他力主恢復鄧小平的職務，並支持鄧小平的一系列調整、整頓措施，在一定程度上扭轉了文革極左路線所造成的混亂局面。而改革派所倡導的實現「四個現代化」的目標，更是讓民眾看到了希望。他個人勤勉務實的形象，也讓在動蕩中的民眾產生一種安全感。他以及他所支持的鄧小平等務實的改革派，在人們心目中，是結束文革，引導國家走出動蕩困境的希望所在。現在，周恩來的去世，突然一下子讓億萬民眾對政壇出現轉機感到無望，感到國家失去了依靠和主心骨。

〔註 6〕　參閱老廣：《星光，從黑夜和血泊中升起——讀〈波動〉隨想錄》，《今天》文學研究會編《文學資料》第 2 輯，1980 年。

「四人幫」對他的詆毀和攻擊，早已讓民眾心生不滿，而現在，人們更加看不到前途。在這樣的背景下，民眾開始自發地舉行各種形式的悼念活動。而「四人幫」則認為，不得以悼念總理為由來干擾「反擊右傾翻案風」的鬥爭大方向，通過他們所控制的文宣系統，下了不得自發悼念的禁令。文化部部長於會泳等人下令阻止悼念周恩來的活動，布置文化部各單位在悼念期間不准戴黑紗、設靈堂、送花圈，並要求文藝團體堅持文藝演出活動。工人、幹部紛紛打電話抗議，於會泳等說這是「階級敵人的恐嚇」，通知公安部追查。

1 月 15 日，周恩來追悼會在人民大會堂舉行。由鄧小平致悼詞。大會堂外的天安門廣場已經戒嚴，但仍聚集了數萬前來悼念的民眾。同日上午 9 時 57 分，上海港工人自發拉響了汽笛達半小時之久。所有的汽車停駛，鳴笛，行人原地肅立默哀。自此，全國各地拉開了民眾自發悼念周恩來、反對「四人幫」的運動的序幕。

2 月，一份號稱「周總理遺言」的「檔」在民間流傳，並迅速傳遍全國。後經追查，證實為偽造，「偽造者」為浙江省杭州汽輪機廠青年工人李君旭。李很快被逮捕，並株連親友多人。「遺言」中表達了公眾對國家命運的擔憂和穩定繁榮的願望，使得公眾願意相信它的真實性。

3 月 25 日，《文匯報》發表中共上海市儀表電訊工業局委員會學習中心小組的文章《走資派還在走，我們就要同他鬥》，文章稱，「孔老二要『興滅國，繼絕世，舉逸民』，黨內那個走資派要把被打倒的至今不肯改悔的走資派扶上臺」，影射周恩來與鄧小平，遭民眾抗議。28 日，南京大學師生 400 餘人，抬著周恩來的巨幅遺像和大花圈，繞道新街口到梅園新村，掀起了抗議《文匯報》影射周恩來、反對「四人幫」的全國第一次有眾多群眾參加的大規模示威遊行。

在北京，自 3 月下旬以來，各界民眾紛紛自發走上街頭和天安門廣場，以各種形式悼念周恩來總理。先後到達天安門廣場的民眾數以百萬計。人們以花圈、輓聯、橫幅、小字報、大字報和詩歌、悼文，表達哀思和對當時的極左政治的不滿，要求結束極左專制的文革，推行政治改革的呼聲也開始浮出水面。悼念活動逐漸演化為全國性的政治抗議行動，抗議目標直指「四人幫」集團及其所代表的文革極左派。

4 月 4 日，中國傳統清明節（丙辰年）。清明節是中國傳統中追悼和祭奠

亡靈的日子，民眾紛紛聚集天安門廣場。以人民英雄紀念碑爲中心，天安門廣場上人山人海，花圈、輓聯、大字報鋪天蓋地，朗誦者、演說者慷慨激昂。悼念活動持續到午夜。

4月5日淩晨，北京市公安部門派人到廣場清場，輓聯、大字報被撕毀，花圈被運走，一部分在場的抗議民眾被拘押。清晨，通往廣場的路口被封鎖，不准送花圈的民眾進入。紀念碑由軍隊、員警、民兵組成的封鎖線層層圍住。但民眾仍堅持突破封鎖線，進入廣場。至上午時分，民眾聚集答數十萬人。北京市清場行動的聯合指揮部則開始往大會堂東門增調民兵、員警和部隊。雙方開始發生小規模的衝突。憤怒的民眾在大會堂門口高呼：「還我花圈，還我戰友」的口號，包圍了聯合指揮部所在的小灰樓，縱火焚燒了小灰樓及其一些車輛。晚上 9 時之後，數萬名民兵、員警和衛戍部隊士兵開進了天安門廣場，舉行武力清場，對抗議者施以棍棒和刺刀，並當場逮捕了 200多名抗議者。這一事件史稱「四五事件」（或「天安門事件」）。而清明節前後的民眾悼念、抗議活動，則被稱之爲「四五運動」。

4月5日之後，當局將這場運動定性爲「反革命政治事件」。接下來的數月，當局對開動宣傳機器，批判「四五運動」。同時，在全國範圍內抓捕運動的參與者。數以萬計的民眾被審查，數百人遭拘押或判刑。

「四五運動」的另一個後果，是導致剛剛恢復工作不久的國務院副總理鄧小平再一次被撤職。鄧小平被指爲「天安門事件」的黑後臺，接下來，全國各地掀起了更爲猛烈的「批鄧、反擊右傾翻案風」運動。改革派遭到嚴重挫折。

二、「四五運動」中的文學

「四五運動」中，文學，尤其是詩歌，最重要的表達方式。參加悼念活動或政治抗議活動的民眾，通常會選取詩歌來表達內心的訴求。這些詩行，或題寫於花圈上、或題寫於人民英雄紀念碑的欄杆上、或書於橫幅上、或當場即興口占朗誦。許多詩歌被廣泛傳抄。

在這些詩歌中，古體詩詞最多。古體詩詞有短小、凝練、朗朗上口、易於傳誦的特徵，最適合廣場化的公開表達。古典詩詞的起興、比喻、寄託等手法，也最適合民眾當時的情感表達。如：

> 京城處處皆白花，

風吹熱淚撒萬家。

從今歲歲斷腸日，

定是年年一月八。

欲悲聞鬼叫，

我哭豺狼笑。

灑淚祭雄傑，

揚眉劍出鞘。

　　也有一些屬於民謠體的打油詩、諷刺詩，鋒芒直指「四人幫」。如《向總理請示》一詩——

黃浦江上有座橋，

江橋腐朽已動搖。

江橋搖，

眼看要垮掉：

請指示，

是拆還是燒？

　　自由體詩歌則大多為輓歌風格的悼念詩，或政治抒情詩。如署名「10 名工農兵學員」的長詩《請收下——獻在紀念碑下》——

收下吧，

請收下接班人深情的鮮花。

手捧她，

我們彷彿看見您，

敬愛的周總理啊，目光炯炯，

右手端在懷間，

巍然屹立在藍天白雲下……

　　又如《告別——寫在舉國哀悼的日子裏》——

我多想，多想生出凌雲的翅膀

飛上九霄，把您的忠魂探望；

再聽聽您那深情的教導，

再看看您那慈祥的目光。

我多願，多願是那月裏的吳剛

把最醇的美酒，為您捧上……

但我只有悲痛的歌聲能向那九霄輕揚；

我只有這哀悼的詩句能在您的靈前獻上。

一月的凌晨上，寒冷，寧靜，

人們剛剛醒來，

剛剛開始新的工作和鬥爭，

忽然，凜冽的寒風，

從空中吹來了不祥的哀樂

啊，那低沉的不能相信的宣告聲……

天空啊，還同昨天一樣高朗，

大地上卻倒下了一座擎天的棟樑

晨曦啊，還同昨天一樣明亮，

人世間卻熄滅了一盞燦爛的燈光……

億萬雙清澈的眼睛霎時間昏黑，

億萬顆純樸的心靈猛烈地震蕩

浪潮，悲痛的浪潮，

湧向了紀念碑前的廣場……

　　自由體新詩容量可任意放大，更能表達綿長、深沉、複雜的情感，但在言辭的力量、聲音的感染力等方面，則有局限性，因此，它在廣場化的傳播效果方面，不如古體詩詞。但還有一類詩，是寫作者的現實批判立場和政治訴求的直接表達，並不屬於抒情詩的範疇，或者說，是一種「政論詩」。如：

中國已不是過去的中國，

人民也不是愚不可及。

秦皇的封建社會一去不復返了，

我們信仰馬列主義。

讓那些閹割馬列主義的秀才們見鬼去吧！

我們要的是真正的馬列主義。

為了真正的馬列主義，

我們不怕拋頭灑血，

我們不惜重上井岡舉義旗！

　　「四五運動」是一場規模盛大的集體創作的文學盛典。如此大規模的群眾運動式的文學行動，短時期內爆發出來的如此驚人的文學能量，即使是「大

躍進」時期的詩歌運動和文革初期的紅衛兵文藝運動，也不能與之相比。更為重要的是，這一次是真正意義上的民間自發的集體文藝行動。它沒有任何有組織的力量（無論是官方還是民間）的策動，也沒有任何可預知的醞釀過程。它像火山爆發一般，突然噴湧而出，展現出驚天動地的奇觀。

　　「四五運動」是對文革中後期積蓄起來的公民民主政治力量的一次大檢閱，同時也是民間自發的地下文藝力量衝出地表的最初嘗試。儘管它最終被政治強力所遏制，但它所播下的火種，很快就以燎原之勢，燃遍神州大地。它是文革歸於終結的第一聲信號。諷刺的是，十年前，文革的發動者是文藝批判的方式，點燃了文革的導火索，十年之後，同樣是以文藝的形式，為文革結束埋下了伏雷。文革結束後的 1979 年，中國文聯主席周揚在談到丙辰「四五運動」時說：「廣大人民群眾哀悼周總理，怒討『四人幫』，為後來粉碎『四人幫』的勝利作了思想動員和輿論準備。歷史是無情的，也是富於戲劇性的。『四人幫』篡黨奪權首先從文藝戰線開刀，人民則用文藝的重錘敲響了他們覆滅的喪鐘。」〔註7〕

　　文學從來沒有像在「四五運動」中那樣，顯示出如此巨大的威力。但這種威力並不屬於美學，它首先是訴諸情感的，但從根本上說，卻是政治性的。列寧在紀念《國際歌》的作者歐仁·鮑狄埃的時候，曾經這樣說過：「公社被鎮壓了……但是鮑狄埃的《國際歌》卻把它的思想傳遍了全世界，在今天公社比任何時候都更有活力。」「四五運動」被鎮壓了，它的詩歌傳遍全中國。但是，「四五運動」並沒有產生出他們自己的「國際歌」。在情感的熾熱消退之後，在政治的訴求逐步被滿足之後，「四五」的詩歌卻逐漸被人們所遺忘。然而，值得慶幸的是，在「四五」詩歌被淡忘之日，正是「四五」精神實現之時。

　　在文革即將落下其沉重的大幕之際，人民彙集到廣場上。這是最後的鬥爭。人民在這場鬥爭中，付出了慘重的代價，只有文學仍始終伴隨著他們。在人聲鼎沸的廣場，詩的聲音在轟鳴。其中，依然徘徊者舊政治的幽靈，但同時也透露出新文化的曙光。

〔註 7〕　周揚：《繼往開來，繁榮社會主義新時期的文藝──一九七九年十一月一日在中國文學藝術工作者第四次代表大會上的報告》，《人民日報》，1979 年 11 月 20 日。

結語　《今天》：終結或開始

一、1976 年 10 月～1978 年 12 月

1976 年 9 月 9 日，中共中央主席毛澤東去世。

1976 年 10 月，「四人幫」垮臺。華國鋒擔任中共中央主席。

　　儘管代表文革極左派政治力量的「四人幫」已經垮臺，但文革的「以階級鬥爭為綱」的基本路線仍未改變。當時的高層主要領導人仍堅持「凡是毛主席作出的決策，我們都堅決維護；凡是毛主席的指示，我們都始終不渝地遵循。」即所謂「兩個凡是」的方針，對全國上下檢討文革的要求置之不理，甚至強力打壓。文革所造成的大量冤假錯案得不到平反。文革期間有反對極左路線的言論而獲罪的民眾，包括反對「四人幫」的「四五運動」中被拘捕的民眾，依然被關押。個人崇拜的流毒並未肅清，而且，正在以新的方式延續。在文革中受到了種種不公正的待遇民眾紛紛湧向北京上訪。上訪高峰期僅在北京就有幾十萬人。國務院有個上訪接待處，每天擠滿了人，上訪者大都露宿街頭。他們聚集在西單大街的一道長達 200 餘米的灰色磚牆邊，張貼申冤及個人訴求的大字報、小字報。除了個人申冤的內容之外，這些大字報、小字報，越來越多的內容抨擊「四人幫」的文化專制，披露極左政治路線的危害，發表政治建言，表達民間對中國的政治前途的思考。到 1978 年底，一些非官方的報紙刊物開始出現（首先張貼在這牆上），其影響逐漸擴展到全國主要城市。「西單牆」成為瞭解民間輿情的重要管道。

　　1976 年 12 月，原七機部二一一廠資料科和工藝科的部分工作人員自發組織起來，首先在廠內貼出了手抄的《丙辰清明天安門詩抄》。原七機部五〇二

所二室和七室的部分工作人員也自發組織起來，搜集、整理和刻印天安門詩文。在周恩來逝世一週年之際，他們把一百三十多首天安門詩詞張貼在天安門廣場和中關村的牆上。後與中國科學院自動化研究所的工作人員一起，成立了「七機部五〇二研究所、中國科學院自動化研究所《革命詩抄》編輯組」，四處搜集有關天安門詩詞，於 1977 年 12 月編就了《一九七六年清明節革命詩抄》。與此同時，北京第二外國語學院漢語教研室的 16 位教師，自發組織起來搜集和整理天安門詩文。他們把這個小組取名爲「童懷周」——取「共同懷念周恩來」之意。1977 年 1 月，周恩來逝世一週年之際，「童懷周」刻印成一本《天安門革命詩抄》。1977 年 6 月，中國科學院哲學社會科學部《世界文學》編輯部的四位編輯，也開始從事天安門詩詞的搜集和編輯工作。在「四五運動」兩週年之際，這本書名爲《心碑》的天安門詩文集問世。1978 年 9 月 11 日出版的《中國青年》復刊號有介紹「天安門事件」中堅強不屈的青年工人韓志雄事蹟報告文學《革命何須怕斷頭》，還選登了「童懷周」編輯的《天安門詩抄》。1978 年 11 月 16 日，《人民日報》、《光明日報》在頭版頭條發表了新華社電訊稿《中共北京市委宣佈天安門事件完全是革命行動》。

爲了結束極左政治，推動思想解放，文藝界也在行動。1977 年，《人民文學》第 11 期上發表劉心武的短篇小說《班主任》。小說以一個班主任的視角，觀察到文革極左政治對少年學生的精神戕害，並發出「救救孩子！」的呼籲。

1978 年 8 月 11 日，《文匯報》發表盧新華的短篇小說《傷痕》。盧是恢復高考之後的復旦大學 77 級學生。他在班級的牆報上貼出了這篇小說。小說被迅速傳抄。8 月 11 日，在反覆醞釀和修改以後，《文匯報》用一個整版的篇幅刊登了這篇 7000 餘字的學生作品。故事一個講述一位名叫王曉華的女青年，母親在文革期間被打成「叛徒」，她卻選擇了與家庭決裂。之後，她參加了狂熱的造反運動，也經歷了消沉、掙扎、孤獨和彷徨。粉碎「四人幫」後，她才知道母親蒙冤。在經歷一番內心的懺悔和掙扎後，她趕回家中請求母親的原諒，但飽受身心折磨的母親卻離開了人世。王曉華心中的「傷痕」永遠難以撫平。《傷痕》刊發後，引起社會強烈反響，並引發了「傷痕文學」的熱潮。

1978 年，上海的青年工人宗福先創作的直接反映四五天安門事件的話劇《於無聲處》。故事講述梅林和兒子歐陽平途經上海，來到老戰友何是非家

中。何是非過去曾誣陷梅林爲叛徒，這次又得知歐陽平因收集天安門詩抄而成爲被追捕的反革命分子，即向「四人幫」分子告密。歐陽平遭逮捕後，何是非的妻子、女兒堅決與何決裂。話劇先後在上海、北京上演，引起極大的反響

1978 年 5 月 10 日，中共中央黨校《理論動態》第 60 期發表經胡耀邦審定的《實踐是檢驗眞理的唯一標準》一文，11 日《光明日報》以特約評論員的名義公開發表。文章提出：社會實踐不僅是檢驗眞理的標準，而且是唯一的標準。馬克思主義的理論寶庫不是一堆僵死不變的教條，對「四人幫」設置的禁錮人們思想的禁區，要敢於觸及，弄清是非。文章的鋒芒直指「兩個凡是」的指導方針，引發了一場全國性的關於眞理標準問題的大討論。

1978 年 12 月 18 日至 22 日，中共十一屆三中全會在北京召開，會議通過決議，批評了「兩個凡是」的方針，高度評價了「關於眞理標準問題的討論」，肯定了 1976 年 4 月 5 日天安門事件的革命性質，決定撤銷中央發出的有關「反擊右傾翻案風運動和天安門事件的文件」。決定停止使用「以階級鬥爭爲綱」這個口號，否定了中共十一大沿襲的「文化大革命」中的「無產階級專政下繼續革命」，以及「文化大革命」今後還要進行多次的觀點。自此，文革正式宣告結束。

文革結束，是民間精英、知識精英與官方改革派政治精英的良性互動的結果。

二、《今天》的生與死

1978 年 12 月 23 日，《今天》創刊。

這一階段，各地出現了一批自發性出版物。其中，有一部分出現在北京「西單牆」上，如《四五論壇》、《北京之春》、《人權同盟》、《探索》、《今天》、《沃土》，還有青島的《海浪花》、貴州的《啓蒙》等。《今天》是最早出現在「西單牆」上的民刊之一，也是其中唯一的一份專門的文學刊物。

《今天》是一份民間獨立刊物。爲蠟紙手工刻印。最初的創辦者爲青年工人北島、芒克、黃銳、張鵬志、孫俊世、陸煥興、申麗靈、馬德升等人。第一期從 12 月 20 日起，北京郊區的一間小民房裏在小屋裏幹了三天三夜，22 日晚印製完成。12 月 23 日北島等人帶著印製好的《今天》第一期，在「西單牆」、中南海、天安門廣場，文化部、人民文學出版社、《詩刊》、《人民

文學》等處張貼。第二天則前往大學區，包括北大、清華、人大、帥大等處張貼。

第一期發出之後，因辦刊方針問題，內部發生了分歧，最後，只留下北島、芒克和黃銳三人堅持下來。後來，又有周郿英、鄂復明、劉念春、徐曉、萬之（陳邁平）、趙南等人的加入。圍繞《今天》雜誌編輯部，形成了一個鬆散的作者隊伍，主要作者除了上述參與者之外，還有食指、舒婷、顧城、蔡其矯、劉自立、方含、楊煉、田曉青、嚴力、史鐵生、甘鐵生、葉三午、趙振先、王力雄、陳凱歌等。《今天》編輯部在 1979 年 2 月第二期上發布的「徵稿啓事」中，解釋了《今天》雜誌的基本特徵——

> 《今天》是綜合性文藝雙月刊，它的任務是：打破目前文壇上的沉悶氣氛，在藝術上力求突破，爲中華民族文學藝術的繁榮和發展盡其菲薄的力量；作爲年輕一代的喉舌之一，它要唱出人們心裏的歌，鞭撻黑暗、謳歌光明，尤其是要面對今天的社會生活和人們心靈的空間發出正義的回響。

《今天》編輯部每月定期開作品討論會。由作者念自己的作品，大家討論，提出修改意見。還有許多志願者前來幫助《今天》的編務活動。據稱從早到晚，來編輯部幫忙幹活的人絡繹不絕，各行各業的人都有，護士、售貨員、大學生、工人、待業青年，等等。1979 年春季和秋季，《今天》雜誌主要成員還在北京玉淵潭公園舉辦了兩次詩歌朗誦會，吸引了大批聽眾。〔註1〕

一批自稱「星星畫會」的青年前衛藝術家則與「今天派」的詩人和作家形成了互動，他們爲今天設計封面和插圖。《今天》雜誌的創始人之一的黃銳，即爲「星星畫會」的成員，其它還有馬德升、曲磊磊、王克平、艾未未、鍾阿城、嚴力等人。1979 年 9 月 27 日在北京中國美術館東側的鐵柵欄上，他們舉辦了「星星畫展」，展出了他們的前衛藝術作品，與主流美術形成對抗。在「星星美展」中，年輕藝術家第一次表達了「藝術要介入社會」、「力求新的表現形式」等想法，激烈抨擊「文革」偶像崇拜的創作模式，表達年輕一代人的內心世界的躁動、焦慮意識和反叛精神。〔註2〕

〔註1〕 參閱北島、田志凌、鄭如煜：《青春和高壓給予他們可貴的能量》，《南方都市報》，2008 年 6 月 1 日。

〔註2〕 參閱黃銳、田志凌、鄭如煜：《「星星」撼動了當時的社會》，《南方都市報》，2008 年 5 月 18 日。

　　1979 年 12 月 6 日，北京市規定，今後凡在自己所在單位以外張貼大字報，只准在月壇公園內的大字報張貼處，禁止在「西單牆」及其它地方張貼。隨後，「西單牆」被拆除，很多雜誌都自動停辦。《今天》編輯部則於 1980 年 9 月改稱「今天文學研究會」，以「今天文學研究會內部交流資料」的方式繼續出版。直至 1980 年 12 月徹底停辦。前後兩年內共出版了《今天》雜誌共九期和四本叢書。

三、從「今天」看昨天和明天

　　《今天》的編創人員在《致讀者》中寫道：

　　　　歷史終於給了我們機會，使我們這代人能夠把埋藏在心中十年之久的歌放聲唱出來，而不致再遭到雷霆的處罰。我們不能再等待了，等待就是倒退，因爲歷史已經前進了。

　　　　馬克思指出：「你們讚美大自然悅人心目的千變萬化和無窮無盡的豐富寶藏，你們並不要求玫瑰花和紫羅蘭散發出同樣的芳香，但你們爲什麼卻要求世界上最豐富的東西──精神只能有一種存在形式呢？我是一個幽默家，可是法律卻命令我用嚴肅的筆調。我是一個激情的人，可是法律卻指定我用謙遜的風格。沒有色彩就是這種自由唯一許可的色彩。每一滴露水在太陽的照耀下都閃耀著無窮無盡的色彩。但是精神的太陽，無論它照耀著多少個體，無論它照耀著什麼事物，卻只准產生一種色彩，就是官方的色彩！精神的最主要的表現形式是歡樂、光明，但你們卻要使陰暗成爲精神的唯一合法的表現形式；精神只准披著黑色的衣服，可是自然界卻沒有一枝黑色的花朵。」「四人幫」的文化專制主義就是只准精神具有一種存在形式，即虛僞的形式；只准文壇上開一種花朵，即黑色的花朵。而今天，在血泊中升起黎明的今天，我們需要的是五彩繽紛的花朵，需要的是眞正屬於大自然的花朵，需要的是開放在人們內心深處的花朵。

　　　　過去，老一代作家們曾以血和筆寫下了不少優秀的作品，在我國「五・四」以來的文學史上立下了功勳。但是，在今天，作爲一代人來講，他們落伍了。而反映新時代精神的艱巨任務，已經落在我們這代人的肩上。

「四‧五」運動標誌著一個新時代的開始。這一時代必將確立每個人生存的意義，並進一步加深人們對自由精神的理解；我們文明古國的現代更新，也必將重新確立中華民族在世界民族中的地位。我們的文學藝術，則必須反映出這一深刻的本質來。

今天，當人們重新抬起眼睛的時候，不再僅僅用一種縱的眼光停留在幾千年的文化遺產上，而開始用一種橫的眼光來環視周圍的地平線了。只有這樣，才能使我們真正地瞭解自己的價值，從而避免可笑的妄自尊大或可悲的自暴自棄。

我們的今天，植根於過去古老的沃土裏，植根於為之而生、為之而死的信念中。過去的已經過去，未來尚且遙遠，對於我們這代人來講，今天，只有今天！

這份「發刊詞」明確地宣告了「今天派」的文學主張。從根本上說，他們繼承了中國傳統的「文以載道」的傳統和「五四」新文化運動的啟蒙主義傳統，同時，又試圖給這些傳統增添新的內涵。在新的歷史時空裏，再造民族的文化精神。他們認為，老一代人已經成為歷史，新的文化使命，將由今天的一代人來承擔。他們呼籲文藝的多樣化，呼籲文藝的自然本性，呼籲文藝表達現代人的內心世界。他們自命為「四五」一代。然而，對「四五運動」的解釋卻不同於當時通行的解釋。他們不滿足於僅僅將「四五運動」解釋為反對「四人幫」的政治鬥爭，而是認為「四五運動」是歷史的新開端。歷史的明天，在「今天派」看來，包含著對人的存在價值的肯定，對自由精神的弘揚，以及對民族文化的繼承和更新。廣闊的歷史文化視野和深厚的人的存在論深度，使之與當時流行的「傷痕文學」，甚至與一般意義上的「朦朧詩」劃清了界限。這一姿態，頗似十八世紀末十九世紀初的德國的「狂飆突進」運動。在《今天》創刊號發表的北島的詩作《回答》一詩中，可以看到「今天派」的這種精神面貌和文化雄心——

卑鄙是卑鄙者的通行證，
高尚是高尚者的墓誌銘，
看吧，在那鍍金的天空中，
飄滿了死者彎曲的倒影。

冰川紀過去了，
為什麼到處都是冰淩？

好望角發現了，
爲什麼死海裏千帆相競？

我來到這個世界上，
只帶著紙、繩索和身影，
爲了在審判之前，
宣讀那些被判決的聲音。

告訴你吧，世界
我──不──相──信！
縱使你腳下有一千名挑戰者，
那就把我算作第一千零一名。

我不相信天是藍的，
我不相信雷的回聲，
我不相信夢是假的，
我不相信死無報應。

如果海洋注定要決堤，
就讓所有的苦水都注入我心中，
如果陸地注定要上升，
就讓人類重新選擇生存的峰頂。

新的轉機和閃閃的星斗，
正在綴滿沒有遮攔的天空。
那是五千年的象形文字，
那是未來人們凝視的眼睛。

　　這首詩可以看作是「今天派」的宣言書。它宣告了一代人的「自我」形象的誕生。這個新的「自我」形象，有著強烈的歷史主體意識，他既不像食指那樣「相信未來」，也不像根子那樣把當下視爲「末日」，它站在「生存的峰頂」，把時間凝結在「今天」這個現實生存的瞬間。在他的頭頂之上是燦爛的星空，而灌注其心靈的則是「懷疑一切」的律令。堅定的批判理性，構成了其主體意識的核心部分。這是一個啓蒙的時刻，是一個新紀元的早晨。「前不見古人，後不見來者。」時間過去和時間未來如同燦爛星河的神奇光芒，彙入時間現在，彙入這個堅定「主體」的敞開的心胸。

　　然而，這是一個被青春激情夢想所放大了的幻景，還是歷史還饋給這一代人的現實承諾？這個「今天」，究竟不過是「昨天」在當下的又一次虛幻的迴光返照，還是「明天」美麗新世界的一次熱情的預告？──這一切，將在這一代人的現實的生存實踐中得到印證。

主要參考文獻

著作

1. 席宣、金春明：《「文化大革命」簡史》（增訂新版），中共黨史出版社，2005 年。

2. 高皋、嚴家其：《文化大革命十年史》，天津人民出版社，1986 年。

3. 周明（主編）：《歷史在這裡沉思——1966～1976 年記實》（1～3 卷），華夏出版社，1986 年。

4. 周明（主編）：《歷史在這裡沉思——1966～1976 年記實》（4～6 卷），北嶽文藝出版社，1989 年。

5. 卜偉華：《「砸爛舊世界」——文化大革命的動亂與浩劫（1966～1968）》，中文大學出版社（香港），2008 年。

6. 史雲、李丹慧：《難以繼續的「繼續革命」——從批林到批鄧（1972～1976）》中文大學出版社（香港），2008 年。

7. 劉青峰（編）：《文化大革命：史實與研究》，中文大學出版社（香港），1996 年。

8. 宋永毅：《文化大革命和它的異端思潮》，田園書屋（香港），1997 年。

9. 印紅標：《失蹤者的足跡——文化大革命期間的青年思潮》，中文大學出版社（香港），2009 年。

10. 魏承思：《中國知識分子的沉浮》，牛津大學出版社（香港），2004 年。

11. 范達人：《梁效往事》，明報出版社有限公司（香港），1999 年。

12. 劉小萌：《中國知青史：大潮（1966～1968 年）》，中國社會科學出版社，1998 年。

13. 宋柏林：《紅衛兵興衰錄——清華附中老紅衛兵手記》，德賽出版有限公司（香港），2006 年。

14. 羅平漢：《「文革」前夜的中國》，人民出版社，2007 年。

15. 金大陸：《非常與正常——上海「文革」時期的社會生活》，上海辭書出版社，2011 年。

16. 李遜：《革命造反年代——上海文革運動史稿》，牛津大學出版社（香港），2015 年。

17. 羅平漢：《牆上春秋——大字報的興衰》，福建人民出版社，2001 年。

18. 於可訓、李遇春（主編）：《中國文學編年史》（當代卷），湖北人民出版社，2006 年。

19. 張閎（主編）：《中國當代文學編年史》（第四卷），山東文藝出版社，2012 年。

20. 洪子誠：《中國當代文學史》，北京大學出版社，1999 年。

21. 陳思和（主編）：《中國當代文學史教程》，復旦大學出版社，1999 年。

22. 王明賢、嚴善淳：《新中國美術圖史：1966～1976》，中國青年出版社，2000 年。

23. 中國電影圖史編輯委員會（編）：《中國電影圖史 1905～2005》，中國傳媒大學出版社，2007 年。

24. 北京市藝術研究所、上海藝術研究所：《中國京劇史》，中國戲劇出版社，1999 年。

25. 陳徒手：《人有病，天知否——一九四九年後中國文壇紀實》，人民文學出版社，2000 年。

26. 沈展雲：《灰皮書，黃皮書》，花城出版社，2007 年。

27. 楊健：《文化大革命時期的地下文學》，朝華出版社，1993 年。

28. 楊健：《中國知青文學史》，中國工人出版社，2002 年。

29. 廖亦武（主編）：《沉淪的聖殿——中國 20 世紀 70 年代地下詩歌遺照》，新疆青少年出版社，1999 年。

30. 唐小兵（編）：《再解讀：大眾文藝與意識形態》，牛津大學出版社（香港），1993 年。

31. 王堯：《遲到的批判：當代作家與「文革文學」》，大象出版社，2000 年。

32. 劉志榮：《潛在的寫作：1949～1976》，復旦大學出版社，2007 年。

33. 王家平：《文化大革命時期詩歌研究》，河南大學出版社，2004 年。

34. 蕭敏：《20 世紀 70 年代小說研究——「文化大革命」後期小說形態及其延伸》，中國社會科學出版社，2012 年。

35. 余岱宗：《被規訓的激情——論 1950、1960 年代的紅色小說》，上海三聯書店，2004 年。

36. 戴嘉枋：《樣板戲的風風雨雨》，知識出版社，1995 年。

37. 馮原：《被壓迫的美學：視覺表象的文化批評》，中國人民大學出版社，2013 年。

38. 鄒躍進：《毛澤東時代的美術（1942～1976）》，湖南美術出版社，2005 年。

39. 廣東美術館（編）：《毛澤東時代美術論文集》（內部資料），2005 年。

40. 北島、李陀（編）：《七十年代》，生活‧讀書‧新知三聯書店，2009 年。

41. 郝海彥（主編）：《中國知青詩抄》，中國文學出版社，1998 年。

42. 白士弘（主編）：《暗流：「文革」手抄文存》，文化藝術出版社，2001 年。

43. 謝冕（編）：《魚化石或懸崖邊的樹‧歸來者詩卷》，北京師範大學出版社，1993 年。

44. 唐曉渡（編）：《在黎明的銅鏡中‧朦朧詩卷》，北京師範大學出版社，1993 年。

45. 綠原等：《春泥裏的白色花》（陳思和主編），武漢出版社，2006 年。

46. 蔡華俊等：《青春的絕響》（陳思和主編），武漢出版社，2006 年。

47. 啞默等：《暗夜的舉火者》（陳思和主編），武漢出版社，2006 年。

48. 食指等：《被放逐的詩神》（陳思和主編），武漢出版社，2006 年。

49. 穆旦：《穆旦詩全集》（李方編），中國文學出版社，1996 年。

50. 朱英誕：《朱英誕詩文選》（朱紋、武冀平編），學苑出版社，2013 年。

51. 陳建華：《陳建華詩選》，花城出版社，2006 年。

52. 北島：《北島詩選》，新世界出版社，1986 年。

53. 多多：《多多詩選》，花城出版社，2005 年。

文革期間的報刊

1. 《人民日報》

2. 《解放軍報》

3. 《光明日報》

4. 《北京日報》

5. 《解放日報》

6. 《文匯報》

7. 《紅旗》

8. 《解放軍文藝》

9. 《詩刊》

10. 《北京文藝》（《北京新文藝》）

11. 《朝霞》

12. 《朝霞叢刊》（《上海文藝叢刊》）

13. 《學習與批判》

14. 《摘譯》（叢刊）

15. 《廣西文藝》

16. 《工農兵文藝》（《遼寧文藝》）

17. 《廣東文藝》

18. 《吉林文藝》

19. 《湘江文藝》

20. 《天津文藝》

21. 《山東文藝》

22. 《黑龍江文藝》

23. 《四川文藝》

24. 《安徽文藝》

25. 《河北文藝》

26. 《內蒙古文藝》

27. 《福建文藝》

28. 《陝西文藝》

29. 《雲南文藝》

30. 《新疆文藝》

31. 《河南文藝》

32. 《湖北文藝》

33. 《寧夏文藝》

34. 《江蘇文藝》

35. 《江西文藝》

36. 《青海文藝》

37. 《貴州文藝》

38. 《汾水》（《山西文學》）

39. 《甘肅文藝》

40. 《新疆文藝》

41. 《浙江文藝》

42. 《群眾藝術》

43. 《人民電影》

44. 《人民戲劇》

45. 《武漢文藝》

46. 《呼和浩特文藝》

47. 《上海少年》

文革後相關刊物

1. 《炎黃春秋》

2. 《黨史縱覽》

3. 《當代中國研究》

4. 《青年研究》

5. 《中國青年研究》

6. 《南風窗》

7. 《詩探索》

8. 《當代作家評論》

9. 《文藝爭鳴》

10. 《文藝報》

11. 《書屋》

12. 《二十一世紀》（香港）

13. 《今天》（紐約）